Gerwens & Schröger
Rufmord in Kleinöd

PIPER

Zu diesem Buch

Im Gasthaus zum Blauen Vogel wird ein Mann ermordet aufgefunden. Schnell richtet sich der Verdacht der Dorfbevölkerung auf Leopold Schmiedinger, der im Gartenhäuschen der Künstlerin Ilse Binder lebt. Denn der Cousin des ortsansässigen Polizeiobermeisters ist nicht nur ein ehemaliger Strafgefangener, sondern verfügt zudem gleich nach dem Mord über viel Geld. Während sich das Misstrauen des Bürgermeisters und seiner selbsternannten Bürgerwehr gegen Schmiedinger richtet, geht Hauptkommissarin Franziska Hausmann wie üblich eigene Wege und lässt die Leute reden. Im Zuge ihrer von privaten Querelen überschatteten Ermittlungen wird immer klarer, dass ihre Intuition sie auch diesmal nicht trügt …

Katharina Gerwens wuchs in einem Dorf im Münsterland auf. Nach ihrer Ausbildung zur Journalistin arbeitete sie in verschiedenen Verlagen und ist heute als freie Lektorin und Autorin tätig. Sie lebt mit Mann und Kater in München und Niederbayern.

Herbert Schröger lebt als gebürtiger Münchner mit niederbayerischen Wurzeln in München-Giesing. Er ist seit vierzig Jahren Anhänger des TSV 1860 München, Herausgeber des Fanmagazins »Löwenmut« und Gründungsmitglied der Initiative »Löwen-Fans gegen Rechts«, die 2009 den Julius-Hirsch-Preis des DFB erhielt.

Nach den großen Erfolgen von »Stille Post in Kleinöd«, »Die Gurkenflieger von Kleinöd« und »Anpfiff in Kleinöd« ist dies der vierte Fall mit Hauptkommissarin Franziska Hausmann. Weiteres unter: www.kleinoed.de

Gerwens & Schröger

Rufmord in Kleinöd

Kriminalroman

Piper München Zürich

Mehr über unsere Autoren und Bücher:
www.piper.de

Von Katharina Gerwens und Herbert Schröger liegen bei Piper vor:
Stille Post in Kleinöd
Die Gurkenflieger von Kleinöd
Anpfiff in Kleinöd
Rufmord in Kleinöd

Alle Personen des Buchs sind frei erfunden. Bei der juristischen Darstellung des Falls Leopold Schmiedinger beziehen wir uns auf einen Artikel von Hans Holzhaider in der Süddeutschen Zeitung vom 27. März 2009 mit dem Titel »Freiheit nach 21 Jahren und 30 Minuten«.

FSC
Mix
Produktgruppe aus vorbildlich bewirtschafteten Wäldern und anderen kontrollierten Herkünften
www.fsc.org Zert.-Nr. GFA-COC-001223
© 1996 Forest Stewardship Council

Originalausgabe
Januar 2011

Umschlag: semper smile, München
Umschlagmotiv: Axiom / plainpicture, Adrian Assalve / iStockphoto
Autorenfotos: Gülten Kuscu (Katharina Gerwens)
und Peter Neugart (Herbert Schröger)
Satz: Kösel, Krugzell
Papier: Munken Print von Arctic Paper Munkedals AB, Schweden
Druck und Bindung: CPI – Clausen & Bosse, Leck
Printed in Germany ISBN 978-3-492-25744-2

Kapitel 1

Niemand machte ihm deswegen einen Vorwurf, aber er sollte sich ein Leben lang schuldig fühlen, weil er an diesem einen Tag nicht aufgepasst hatte und deshalb das Rätsel um die Herkunft des Fremden nicht schneller gelöst werden konnte. Dabei hätte es ihm doch auffallen müssen, dass da plötzlich einer in seinem Schulbus saß, der da gar nicht hingehörte.

Er konnte sich auch dann nicht an ihn erinnern, als man ihm genau sieben Tage später Fotos der Leiche zeigte. Die Kinder behaupteten hinterher, bereits an der Haltestelle bei der Zuckerfabrik habe der Mann auf der Fahrerseite in der vorletzten Bank gesessen, eng ans Fenster gedrückt und so konzentriert nach draußen schauend, als suche er etwas oder jemanden. Der Busfahrer konnte sich einfach nicht erklären, wie er ihn hatte übersehen können.

Wofür er jedoch seine Hand ins Feuer gelegt hätte, war die Tatsache, dass der Bus in Tabertshausen noch leer gewesen war, schließlich übte er auf dieser Strecke – natürlich nur, wenn er allein war – für das geplante Sommer-Song-Festival der Freilichtbühne in Eggenfelden, und er hatte sich an jenem Donnerstag das Lucio-Dalla-Lied »Te voglio bene assai« in den Rekorder geschoben und inbrünstig mitgeschmettert. Kurz vor dem Friedhof Plattling war er an genau jene Stelle gekommen, die die meergrünen Augen eines weinenden Mädchens beschreibt, was die Stimme des Interpreten in eine sentimentale Kipplage zu bringen hatte, und mit Tränen in den Augenwinkeln hatte er den Part schnell zu Ende gesungen, bevor er den Bus zum Stehen und seine Stimme zum Schweigen brachte.

In der Nähe des Friedhofs waren dann die ersten Schulkinder eingestiegen. Er hatte auf Bayern 3 umgeschaltet und geschwiegen, war konzentriert weitergefahren und hatte im Zehnminutentakt weitere Grüppchen von Schülern aufgenommen. Enger und lauter war es in dem Bus geworden, bis das Zusteigen von Kindern in der Höhe von Wallerfing seinen Gipfelpunkt erreicht hatte: Jetzt hatte er für die nächsten zehn Minuten ein Gefährt voller johlender, lachender und lauthals miteinander schwätzender Schülerinnen und Schüler kutschiert, aber Blicke in den Rückspiegel hatten ihn beruhigt: Gerauft wurde da nicht. Eigenartig, dass er auch bei diesen Kontrollblicken den Fremden in der vorletzten Bank nicht wahrgenommen hatte.

Nächtelang sollte er darüber nachdenken und verzweifelt nach einer Erklärung suchen. Warum hatte er ihn nur übersehen? Und was alles in seinem Leben übersah er sonst noch, nur weil er nicht damit rechnete?

An der Grundschule von Pankofen waren die Schwestern Laura und Rosa Blumentritt zugestiegen und hatten ihn freundlich gegrüßt. Sie waren die Einzigen, die von seinem Traum, ein großer Opernstar zu werden, wussten, da er einmal wöchentlich von ihrer italienischen Mutter Gesangsunterricht erhielt und dazu neigte, an diesen Nachmittagen mit italienischen Vokabeln zu renommieren. Gelegentlich rief ihm die achtjährige Rosa beim Einsteigen ein »Buon giorno« zu, und die zehnjährige Laura verabschiedete sich in Kleinöd gern mit dem Wort »Arrivederla«. Er nickte dann wohlwollend und murmelte leicht errötend: »Ciao, bella.«

Im gleichen Rhythmus, wie der Bus die Kinder eingeladen hatte, spuckte er sie wieder aus, und der Lärmpegel ebbte ab.

Laura Blumentritt sollte später erzählen, dass sie an diesem Tag gegen einen Fremden gedrückt worden war, der unbeweglich auf seinem Platz gesessen und stur aus dem Fenster gestarrt hatte. Es sei ein Mann mit Glatze gewesen, Hals, Hände und Unterarme seien mit blauen Zeichnungen tätowiert gewesen. Fasziniert hatte sie ihn angestarrt und gesehen, dass er überall Ringe und kleine Schmuckstücke trug: Herzchen, Anker und stilisierte Blütenblätter. »Der muss völlig durchlöchert sein«, vertraute sie ihrer Schwester auf dem Heimweg an und stellte sich vor, dass das Wasser in der Badewanne oder im Schwimmbad durch ihn hindurchfließe, als sei er ein Sieb: Nasenringe, Lippenringe, Ohrringe, sogar in den Ohrmuscheln, an den Augenbrauen und im Mundwinkel waren silberne Schmuckstücke durch die Haut gestochen.

Der Mann hatte ihre forschenden Blicke bemerkt, sie unwillig angeschaut, die Stirn in Falten gelegt – wobei der Silberring an der oberen rechten Augenbraue gezittert hatte – und beide Hände so fest um den Griff seines kleinen Koffers gekrallt, dass die mit blauen Schlangenlinien tätowierten Fingerknöchel weiß hervortraten.

In weiteren Befragungen sollte sich ein kleiner Junge an die Glatze des Fremden erinnern und unerschütterlich behaupten, er habe genau gesehen, dass darauf zwei Teufelshörnchen gewesen seien. Einige beschrieben seine Kleidung als bunt und farbenprächtig, während andere schworen, dass er ganz in Weiß oder völlig schwarz gekleidet gewesen sei. Die meisten der Kinder aber hatten ihn gar nicht gesehen.

Der Fahrer des Busses würde von nun an nie wieder behaupten, nur weil er an einem Ereignis teilgenommen habe, habe er auch alles bemerkt. Er würde überhaupt niemandem mehr trauen. Und erst recht nicht sich selbst.

Teres Schachner, die Wirtin des Blauen Vogels, steckte sich ihr verwegen geflecktes Haar hoch und band sich eine Schürze um. Frühjahrsputz im zweiten Stock. Von den acht Gästezimmern war nur eins belegt, da bot es sich an, an diesem schönen Vormittag die restlichen Zimmer und den Flur mitsamt den Fenstern gründlich zu reinigen. Während sie schnaufend die Treppe hochstieg, dabei Putzeimer, Schrubber, Besen sowie eine große Flasche Essigreiniger von Stufe zu Stufe wuchtete, fragte sie sich erneut, was dieser Fremde in Nummer acht wohl den ganzen Tag machte. Vor nicht ganz einer Woche war er dort eingezogen und hatte sein Zimmer seitdem kein einziges Mal verlassen. Ein komischer Typ, vielleicht ein Popstar, der in Klausur gegangen war, um Texte für ein neues Album zu dichten? Popstars sahen ja immer irgendwie schräg aus, und dieser hier war haarlos, an Hals, Armen und Händen tätowiert und mit silbernen Ringen durchbohrt.

Gelegentlich hörte sie ihn durch die geschlossene Tür hindurch telefonieren und stellte sich vor, dass er mit seinem Manager oder Agenten verhandelte oder der *Bravo* ein Interview gab, und einmal hatte sie durchs Schlüsselloch gesehen, wie er auf seinem Laptop schrieb. Er hatte schnell getippt, mit beiden Zeigefingern, und dabei zischend Luft durch die Zähne gezogen. Einerseits schmerzte ihr der Rücken vom vielen Schlüssellochgucken, andererseits aber hatte sie es nun bestätigt bekommen: Die Investition, zu der der junge Enzo Blumentritt sie überredet hatte, war richtig und gut.

Denn Teres Schachner hatte ihr Gasthaus zum Blauen Vogel, das sie insgeheim und mit verhaltenem Stolz »Hotel« nannte, mit der in Kleinöd einmaligen Einrichtung eines Hotspots aufgewertet. Seitdem kehrten andere und bessere Gäste bei ihr ein als nur Lastwagenfahrer, Erntehelfervermittler und Pferdehändler. Nun kamen richtige Vertreter in Anzügen, mit gestärkten Hemden und mit goldenen Armbanduhren, die sich auskannten in Deutschland und mit Gott und der Welt vertraut waren. Sogar berühmte ausländische Popstars wie dieser hier pflegten in ihrem Hotel abzusteigen.

Auch die Jugendlichen aus der Neubausiedlung, ihre zukünftige Klientel, hatten den Internetzugang begeistert angenommen und überbrückten im Blauen Vogel die dort ansonsten stille Zeit zwischen siebzehn und neunzehn Uhr, tranken Limo und chatteten sich mit ihren Netbooks durch eine mehr oder weniger virtuelle Welt, während ihre Eltern daheim per Onlinebanking Rechnungen beglichen und in Internetshops einkauften.

Die Wirtin des Blauen Vogels stellte sich vor, dass auch ihr Gast aus Zimmer acht das Hotspotlogo gesehen und gleich gewusst hatte, dass er hier kreativ sein könne, weil man ihn in Ruhe lassen würde. Mit der Sicherheit eines Menschen, der weiß, was er will, würde er seinen Fahrer angewiesen haben, anzuhalten, ihm den Koffer zu reichen und heimzufahren, wo immer dieses Daheim auch sein mochte. Niemand sollte Rückschlüsse auf seine Identität ziehen können – Teres war sich sicher, dass er eine Auszeit brauchte, eine Phase der Ruhe, wie alle wirklichen Künstler das in regelmäßigen Abständen brauchten. Das wusste sie von Hansi Hinterseer, der das neulich in einem Fernsehinterview gesagt hatte.

Der Fremde aus Zimmer acht war an einem frühen Nachmittag gekommen, als Teres im Schankraum stand und ihre Edelstahltheke wienerte. In der Gaststube war es eigenartig still gewesen, einzig zwei junge Männer saßen im hintersten Eck des Raums und tippten auf der Tastatur ihres Notebooks. Teres hatte ihnen stirnrunzelnd zugesehen, aber nichts gesagt. Die kamen fast jeden Tag, bestellten je ein Spezi und waren dann stundenlang im Internet unterwegs. Vermutlich hatten sie keinen Internetzugang.

Da war sie ausnahmsweise mal der Zeit voraus. Aber verdienen konnte sie an solchen Kunden nicht.

Der Fremde dagegen hatte eine Woche im Voraus bezahlt, keine Rechnung gewollt und in fast akzentfreiem Deutsch darum gebeten, dreimal täglich mit Mahlzeiten versorgt zu werden. Abends hätte er gegen ein, zwei Halbe Bier nichts einzuwenden, mittags jedoch lieber Wasser, denn er müsse arbeiten. Außerdem brauche er absolute Ruhe zum Denken. Das hatte Teres beeindruckt, und ganz kurz war in ihr die Vorstellung aufgeblitzt, dass mit ihm ein großer Philosoph vor ihr stehen könne. Aber Philosophen waren vermutlich weder tätowiert, noch ließen sie sich die Haut mit Nieten durchlöchern.

Ein Künstler, ein Popstar, war ihr zweiter Gedanke gewesen, ein geistig Verwandter ihres Idols Hansi Hinterseer, und voller Bewunderung hatte sie den Fremden im diskretesten Raum ihres Hotels im zweiten Stock untergebracht, wo er weder von hitzigen Stammtischgesprächen noch von überlauten Fernsehgeräuschen behelligt werden würde. Wenn er wollte, konnte er die Fenster öffnen und den Frühling hereinlassen, allerdings würden ihm dann die Amseln was zwitschern, hatte sie bemerkt, hilflos ihrem kleinen Witz hinterhergekichert und ihm die Tür aufgeschlossen. Er hatte ihren Scherz nicht verstanden. Aber sie verzieh ihm. Große Künstler schwebten bisweilen in ihren eigenen Welten.

Abends hatte sie ihrer Mutter Kreszentia von dem Mann mit den abenteuerlichen Tätowierungen und dem Kopf voller silberner Kettchen und Ringlein erzählt und ihr gesteckt, dass das sicher eine ganz berühmte Persönlichkeit sei, die nun inkognito bei ihnen wohne.

Klar, dass es sich die inzwischen fast Neunzigjährige nicht nehmen ließ, ihren seit Wochen einzigen Hotelgast persönlich in Augenschein zu nehmen und ihm das Frühstück zu servieren, wobei ihr jedoch Daniela, die

Küchenhilfe, das Tablett bis vor die Nummer acht tragen musste.

»Das glaubst doch g'wiss selber ned, dass der da oben ein berühmter Künstler wär«, hatte sie ihrer Tochter mitgeteilt und verwundert über so viel Blauäugigkeit den Kopf geschüttelt. »Ich hab mir extrig noch meine gute Brillen aufg'setzt und auf den Schlag g'spannt, dass der da ein ganz ein normaler Mensch ist, wenn ned gar ein Hungerleider. So was seh ich nämlich gleich an den Schuhen. Wie oft muss ich dir eigentlich noch sagen, dass du den Leuten auf d' Schuh schaun sollst. An den Schuhen siehst nämlich gleich, was jemand für einer wär.«

Dabei könnt doch aus jedem einfachen Menschen irgendwann auch noch einmal was ganz was Großes, so wie ja alle Großen eigentlich früher auch einmal ganz normal gewesen sein müssen, dachte Teres trotzig, während sie den weitläufigen Flur mit seinen breiten Holzdielen betrat, von dem rechts und links je vier Zimmertüren abgingen und an dessen Stirnseite sich in einem großen Westfenster die Kühlturmwolke des Atomkraftwerks Ohu zeigte. Wenn sie hier oben stand, wusste sie wenigstens immer gleich, woher der Wind wehte.

Sie putzte in aller Ruhe die Fensterflügel des Westfensters, hörte den Fremden hinter verschlossener Tür telefonieren und versuchte gewohnheitsmäßig, etwas aufzuschnappen. Er redete in einer Sprache, die sie nicht verstand. Seine Sätze waren kurz und abgehackt, manchmal wurde die Stimme laut, als gäbe es etwas zu beklagen, dann wieder leise und lockend. Eine schöne Stimme, dachte Teres, die ihr Leben lang nur von Träumen gelebt hatte und bedauerlicherweise nie in Versuchung gekommen war, irgendwelchen Verlockungen nachzugeben. Dafür pflegte sie jedoch alles, was auch nur im Entferntesten mit Liebe zu tun haben könnte, gedanklich mit rosafarbenem Zuckerguss zu überziehen.

Rechtzeitig zu ihrem fünfzigsten Geburtstag waren Teres' Haare grau geworden, jetzt, mit Anfang sechzig, hatte sie von einer Stammkundin die Geheimnisse der Chemie erfahren und färbte sich ihr langes und immer dünner werdendes Haar allsamstäglich in einer gewagteren Farbe. Da es ihr bisher noch nie gelungen war, die Substanz gleichmäßig zu verteilen, erinnerte ihr Schopf an eine Vorführpalette für Erdfarben.

Hingebungsvoll wienerte sie die Glasscheibe des Westfensters und versank dabei in ihrem Lieblingstraum, dessen Haupthandlung sich darin erschöpfte, dass der große Hansi Hinterseer sie entdeckte und um ihre Hand anhielt. Okay, sie war fast zwanzig Jahre älter als er, und garantiert würde ein Aufschrei des Entsetzens durch die Presse gehen, aber Hansi würde zu ihr halten, ihre inneren Werte loben, ihre Liebenswürdigkeit preisen, und an seiner Seite würde sie aus dem Musikantenstadel im Fernsehen auf ihre treuen Stammgäste im Blauen Vogel hinunterblicken und diese gnädigst grüßen.

»Mei, unser Teres, da schau her, so weit hat's die nun doch noch bracht, bis ins Fernsehen, dabei war die doch allerweil stinknormal«, würde es heißen.

»Seht gut hin, Brüder und Schwestern, und lasset eure Hoffnung ned fahren, denn es kann eben doch zum Ruhme des Herrn jederzeit direkt aus unsrer Mitten naus was ganz was Großes herwachsen«, würde Hochwürden Moosthenninger an der Stelle verkünden und ...

Der Schlag kam plötzlich, ohne Vorwarnung, und war höchst wirkungsvoll. Lautlos sackte die Juniorwirtin des Blauen Vogels auf ihrem eigenen Flur vor dem halb geputzten Panoramafenster zusammen.

Der Riese hinter ihr atmete auf, legte unter einem dunklen Wolltuch eine Zweikilohantel frei, schlug sich einen ebenfalls schwarzen Schal um den Hals und platzierte die Hantel mit behandschuhten Fingern neben Teres. Dann vergewisserte er sich, dass die bewusstlose Frau nicht auf Anhieb vom Bewohner des Zimmers acht entdeckt werden konnte, straffte sich und klopfte dreimal kurz an die Tür.

»Mittagessen heute besonders früh, oder?«, murmelte es auf Deutsch von innen, und ein Schlüssel drehte sich im Schloss.

Dann ging alles ganz schnell. Die Waffe an der Stirn des vermeintlich größten Popstars aller Zeiten. Wegen des Schalldämpfers hörte sich der Schuss an, als fiele ein großer Korken zu Boden. Der tödlich Getroffene brach augenblicklich in sich zusammen. Der Riese zog ihn an seinem Hemdkragen in die Mitte des Zimmers und schloss die Tür. Zielstrebig riss er den silbernen Piercingschmuck ab, Stück für Stück, zerrte Ringe, Kettchen und Stifte aus Mundwinkel, Lippen, Ohren, Augenbrauen, Nasenflügeln und von der Zunge des Toten. Dann entkleidete er ihn, rümpfte die Nase über vermutlich geschmacklose Tattoos und pflückte weitere Silberteile vom nackten Körper des Opfers. Achtlos stopfte er sich den blutigen Schmuck in die Hosentasche und verschwand ebenso unbemerkt, wie er gekommen war.

Kapitel 2

Seit acht Uhr vormittags hatten die drei Männer eine Skulptur nach der anderen aus ihrem Kunsttransporter herausgetragen, von dicken Noppenfolien befreit und in den sonnendurchfluteten Vorgarten der Bildhauerin gestellt.

»An der Binder merke ich, dass und wie sich die Jahreszeiten verschieben«, sagte Vincent Delle, der Kunstspediteur, und fügte hinzu: »Früher ist die nie vor Ende April gekommen. Und jetzt schon Anfang März. Das alles haben wir nur der Erderwärmung zu verdanken.«

»Wie lang machst du das eigentlich schon?«, wollte der kräftige Mann neben ihm wissen.

»Zwölf Jahre bestimmt. Und soll ich dir was verraten? Schöner werden sie auch nicht mehr, weder sie noch ihre Werke.« Der Spediteur grinste.

Sein Kollege nickte und griff sich ans Kinn: »Weißt du, ich verstehe das Prinzip nicht. Angeblich sind einige von den Skulpturen fertig und andere nicht. Die fertigen sollen in den Ausstellungsraum und die unfertigen ins Atelier – nur, ich sehe da keinen Unterschied. Weißt was, ich stell erst mal alle in den Hof. Soll sie uns dann sagen, wo es langgeht.«

Vincent Delle gab ihm recht: »Genau, sie wollte ja am frühen Nachmittag hier sein.«

Das kleine schmale Männlein, das von der südlichen Grundstückskante her auf sie zugeschlendert kam, bemerkten sie erst, als es schon neben ihnen stand.

»Ja, was soll denn das da vorstellen, wenn's fertig ist?«, fragte der Mann, pfiff kurz und trocken durch die Zähne und stellte sich mit einer angedeuteten Verbeugung vor: »Grüß Gott beieinand, Schmiedinger ist mein Name, Leopold Schmiedinger. Tät ich höflichst fragen dürfen, was ihr mir da herstellt? Ich wohn nämlich da.«

Vincent Delle musterte ihn interessiert von oben bis unten. »Schmiedinger? So heißt doch der Polizeiobermeister von Kleinöd. Der Schmiedinger Adolf. Sind Sie sein Bruder?«

»Ja um Gottes willen! Das tät mir grad noch abgehn!« Der kleine Mann schüttelte energisch den Kopf. »Naa, das ist bloß ein Vetter von mir – allerdings, wenn S' mich schon direkt fragen, ein sauber zu fetter Vetter.« Er lachte gackernd und mit bebenden Schultern.

»Wenn der Kerl hier wohnt, müsste er doch eigentlich

wissen, was wir hier anliefern«, meinte der jüngere der beiden Möbelpacker. »Also, eigenartig ist das alles schon.«

Das kleine Männchen stellte sich sehr gerade und aufrecht hin.

»Wohnen Sie denn nicht beim Schmiedinger?«, fragte Vincent Delle und wies auf das Haus des Polizeiobermeisters, das im Südwesten an den Grundstücksrand der Bildhauerin anschloss.

»Ach, geh weiter, schon ewig nimmer. Da hab ich mich doch lieber auf meine eigenen Füß g'stellt und wohn jetzt dahinten im Gartenhaus. Seit Januar, um genau zu sein. Ist garantiert besser so. Für uns alle zwei.«

»Dann sind also Sie jetzt der Hausmeister von Frau Binder?«

»Horch zu, auch wenn ich vielleicht ned so ausschau: Ich bin fünfundsechzig. Sie glauben doch wohl ned, dass ich da noch irgendwas arbeiten tät«, stellte Leopold Schmiedinger klar. »Ich leb da und fertig. Das Leben an und für sich ist schon anstrengend g'nug für unsereins. Da brauch ich mir die Arbeiterei ned auch noch antun. Die Frau, der was das Haus g'hört, weiß übrigens schon Bescheid. Der Bürgermeister selber hat in meine Angelegenheiten mit ihr telefoniert und alles abklärt. Im Sommer werd ich sie dann mal selber kennenlernen dürfen. Da freu ich mich schon drauf. G'wiss ist das eine ganz eine weltgewandte Person.«

»Nicht erst im Sommer, mein Freund«, murmelte Vincent Delle. »Heute Nachmittag schon.«

Der kleine Herr Schmiedinger hob den Kopf: »Was haben Sie g'sagt?«

»Nichts Besonderes – außer, dass wir hier Kunst anliefern. Danach hatten Sie ja gefragt. Frau Binder ist nämlich eine sehr berühmte Bildhauerin. Das hier sind übrigens ihre Skulpturen. Sie sollten sich schon mal mit ihnen vertraut machen.«

Leopold Schmiedinger umrundete schweigend die Objekte und schien ihren Wert abzuschätzen. Dann nickte er mit Kennermiene: »Ned schlecht – und das in aller Herrgottsfrüh. Apropos früh: Wissen S' was? Ich geh jetzt erst einmal zum Supermarkt nüber und hol mir was zum Essen. Habe die Ehre.« Er verbeugte sich leicht und verschwand.

»Was für ein komischer Vogel. Aber irgendwie passt er hierher. In Kleinöd gibt es eine Menge komischer Vögel – möglicherweise heißt deshalb das Gasthaus Zum Blauen Vogel«, beendete Vincent Delle das kurze Intermezzo, sprang auf die Ladefläche seines Transporters und umarmte die nächste Skulptur aus dem Atelier der Binder mit solcher Behutsamkeit, als halte er seine Geliebte im Arm.

Vier Stunden lang arbeiteten sie verbissen und konzentriert, machten keine Pausen, rauchten keine Zigaretten und stellten eine Skulptur nach der anderen vor dem gläsernen Atelier der Künstlerin auf, als wüssten sie, dass die Nachbarn alles genauestens im Blick hatten.

Im Haus auf der gegenüberliegenden Straßenseite hatte Eduard Daxhuber gegen acht Uhr dreißig die Gardine des Wohnzimmerfensters ein klein wenig zur Seite geschoben und gerufen: »Otti, schau dir das da einmal an! Was täten denn die jetzt schon wollen bei uns? Die Binder hat doch in all den Jahren allerweil einem jeden verzählt, dass sie bloß die Monate ohne r im Dorf verbringen möcht. Aber der März hat ja wohl ein r und der April auch. Das tät unterm Strich heißen, dass die heuer fast sechs Wochen zu früh dran wär.«

»Wird schon am Klimawandel liegen«, stellte Frau Daxhuber lapidar fest, warf einen kurzen Blick aus dem Fenster und murmelte ärgerlich: »Nachad geht der ganze Zirkus heuer schon vor Ostern los. Mit Sicherheit hat die wieder ihre hunderttausend g'schreimauligen Katzen dabei und ihren polnischen Stecher, ihren komischen Gärtner da! Ach, was red ich überhaupt drüber, im Grunde will ich doch gar nix Genaues wissen davon.« In den Kitteltaschen ballte sie die Hände zu Fäusten und ging zurück in die Küche.

»Was hast denn jetzt gar so gegen die?«, wollte ihr Mann wissen.

»Nix! Gar nix!« Ottilies Stimme klang hart.

Er würde es ja doch nicht verstehen. Aber die Binder hatte alles, während sie, Ottilie, ihr ganzes Leben lang nur eine unverschämt kleine Auswahl an Freude gehabt hatte und nun nichts mehr besaß außer einem gebrochenen Herzen. Die Tochter war weggezogen und mit ihr das einzige Enkelkind, das nun bereits in die Schule gekommen sein musste und garantiert schon schreiben gelernt hatte, aber noch keinen einzigen Brief an seine Oma geschickt hatte. Bis heute nicht. Undankbar war die Welt und grausam. Und was letztendlich für sie übrig blieb, waren die Küchenabfälle des Lebens, waren neidische Blicke auf das pralle Leben jener, die im Überfluss schwelgten, während sie von nichts als Trostlosigkeit umgeben war: kochen, essen und fernsehen. Und dort drüben lebte eine Frau namens Ilse Binder, und die nahm und erlaubte sich alles, was sie wollte, und je mehr sie sich erlaubte, umso erbärmlicher wurde das Leben der Ottilie Daxhuber.

Einen Liebhaber hatte ihre prominente Nachbarin sich gekauft und ihn dem ganzen Dorf als ihren Gärtner vorgestellt: »Karl, mein Mann fürs Grüne!« Ottilie schüttelte verächtlich den Kopf. Schämen sollte die sich!

Sie verstand nicht, warum die hässlichen Skulpturen der Bildhauerin ständig für Hochglanzmagazine fotografiert und in Ausstellungen gekarrt wurden, wieso ausgerechnet diese Nachbarin, der sie schon tagsüber nicht unbedingt begegnen wollte, sie abends am Fernsehschirm selbstsicher anlächelte und in Talkshows über alte und neue Werte redete. Ilse Binder durfte dick und hässlich werden wie ihre eigenen Figuren und wurde dennoch immer bewundert und von allen geliebt. Sie leitete in München an der Akademie der Bildenden Künste einen Kurs und durfte sich seitdem Frau Professor nennen und ihre Lieblingsschüler zu sich einladen. Diese schönen und blässlichen jungen Männer und Frauen schwebten dann mit erleuchteten Blicken über die einzige Dorfstraße und hielten sich für so auserwählt, dass man mit denen schon gar nicht reden konnte.

Sie, Ottilie Daxhuber, hatte niemanden mehr, den sie lieben konnte. Ihr Mann war wie ein Teil von ihr, und wer käme schon auf die Idee, sich in die eigene Hand oder den eigenen Fuß zu verlieben. Ach, das Leben war ungerecht.

»Mittagszeit«, sagte Vincent Delle und sah auf seine Armbanduhr. »Jetzt machen wir mal Pause. Ich lad euch in den Blauen Vogel ein. Das ist die schrägste Kneipe hier im Ort, und ganz ehrlich gesagt, es ist auch die einzige. Aber dort gibt's neben der besten Schweinepfötchensülze, die ich je gegessen habe, zwei Wirtinnen, die von morgens bis abends miteinander streiten und sich ständig anschreien.«

Einer seiner Mitarbeiter schüttelte sich. »Sülze? Familienkrach? Ich weiß nicht. Mir ist schon zu Hause nicht danach, warum soll ich mir das ausgerechnet hier antun? Und auf Sülze hab ich schon gar keine Lust.«

»Na ja, es gibt auch anderes. Wurstsalat und Schweinsbraten und Knödel ... Aber auf jeden Fall solltet ihr Sonderwünsche haben. Dann geht nämlich das Gekeife los, beispielsweise wenn einer Bratkartoffeln will statt Brot. Die Tochter ruft's Richtung Mutter, die Mutter versteht nur die Hälfte, und die auch noch falsch, verflucht ihr Kind, dann die Gäste und das Leben und zum Schluss die Welt als solche. Es ist göttlich. Ihr lacht euch krumm!«

Wenig später stieß Vincent Delle die Tür zum Blauen Vogel auf und stürmte mit seinen Begleitern ins Lokal. »Da sind wir schon wieder, wie jedes Jahr, einmal im Frühling und einmal im Herbst«, rief er aufgeräumt und kam auch gleich zur Sache: »Hallo, Teres, drei kalte Limos!«

Der Platz hinter dem Tresen war leer, und Vincent Delle sah sich beunruhigt in der verwaisten Gaststube um. »Das versteh ich nicht. Die haben doch gar keinen Ruhetag. Na ja, die wird bestimmt gleich wieder da sein.« Aber nichts geschah. Nach einer kleinen Weile klopfte er an die Durchreiche zur Küche, aus der es nach gesottenem Fleisch und überbackenem Käse roch und leises und zischendes Gemurmel auf eine scharfe Auseinandersetzung schließen ließ.

Augenblicklich hob sich die Klappe der Essensausgabe, und eine winzige Frau mit langer Nase, auf der eine riesige Brille hüpfte, schimpfte los: »Ja, hat denn jetzt unsereins ned einmal mehr beim Arbeiten seine Ruh? Was wollts denn von mir?«

»Was will man schon um diese Zeit?« Die Männer lachten. »Essen und trinken. Oder hast noch was anderes im Angebot?«

»Ja, das wär's noch!« Die Klappe schloss sich wieder.

»Also erst mal kriegen wir drei kalte Limos«, wiederholte der Chef der Truppe und klopfte erneut.

»Macht alles die Tochter«, tönte es aus der geschlossenen Durchreiche. »Ich kann mich ned ums Trinken auch noch kümmern!«

»Die ist aber nicht da«, rief der Spediteur und hob den Daumen in Richtung seiner Begleiter. »Achtung, gleich geht's los.«

»Wie? Ned da? Wo tät denn die schon groß sein sollen? Das eine Momenterl werdets ihr ja wohl noch abwarten können, wenn der Mensch zwischendrin einmal g'schwind aufs Häuserl muss!«

Es dauerte dann noch einige Augenblicke, bis Kreszentia Schachner schließlich doch aus der Küche in den Schankraum geschlurft kam und verärgert um sich blickte.

Vincent Delle erschrak über den Verfall der alten Wirtin. Sie schien während des Winters um ein Viertel ihrer selbst geschrumpft zu sein und hatte das, was früher eine schlechte Haltung war, gegen einen Buckel eingetauscht. Sie hob ihren mit schwarzem Tuch bedeckten Kopf und blickte von schräg unten zu ihm hoch. Dann holte sie tief Luft, und ihre Schimpfkanonade war ein eindeutiger Beweis dafür, dass sie trotz ihres äußerlichen Verfalls noch voller Leben war: »Ja, ist das denn zu fassen? Wo steckt denn nachad das Rabenaas bloß schon wieder! Alles musst selber machen, dein Lebtag lang. Es ist doch allerweil das Gleiche, auf keinen kannst dich verlassen, und schon gleich zweimal ned auf das eigene Kind.«

Vincent zwinkerte seinen Helfern zu: »So, das Theater beginnt!«

Mit heiserer Greisinnenstimme steigerte Kreszentia ihre Litanei der Beschwerden und Unzumutbarkeiten: »Und dann der Depp da in der Küchen, den sie mir vor die Nasen setzen hat müssen! Der G'scheitmeier mag sich doch tatsächlich einen Koch schimpfen! Dabei weiß der bloß alles besser und hat in Wahrheit von nix eine Ahnung. Eine einzige Katastrophe ist das!«

Mit zitternden Händen füllte sie drei Limonadegläser und klagte weiter: »Hat denn das Schaffen nie ein End, kann man sich denn ned einmal im Leben auch ein bisserl ausruhen! Jetzt bin ich schon bald neunzig Jahr alt und hab immer noch keine Ruh ned. Vermutlich erst im Grab. Genau darauf arbeitet die nämlich hin, die g'scheckerte Kuh. Dass es mich direkt beim Arbeiten vom Stangerl haut! Aber mei, hätt ich halt seinerzeit was Vernünftigs g'lernt, nachad wär ich jetzt auch eine normale Rentnerin und könnt in einem Park spazieren gehn.«

»In welchem Park?« Einer der jungen Männer sah sich suchend um.

»Heut ham mir keinen Quark!«, fuhr sie ihn an, schlurfte an ihm vorbei, öffnete die Tür zum Treppenhaus und rief: »Teres, wo bleibst denn bloß! Was trödelst denn wieder gar so? Schau, dass du runterkommst! Und zwar schneller als wie sonst! Mir ham einen Haufen Kundschaft da.«

Keine Antwort.

In der Küche sang der Koch.

Kreszentia Schachner schob sich ihre riesigen Brillengläser dicht vor die Augen und kontrollierte die Wanduhr. Dann schlurfte sie kopfschüttelnd zur Essensausgabeklappe, donnerte von außen dagegen und schrie in die Küche: »Daniela! Du gehst mir jetzt da nauf und holst die Schlampen nunter. Und zwar ned gleich, und auch ned geschwind, sondern sofort!«

Die drei Möbelpacker saßen auf einer Bank am Fenster und beobachteten, wie ein weiß gekleidetes Mädchen mit weißem Plastikhäubchen im Treppenhaus verschwand. Vincent Delle hob sein Glas: »Na, hab ich euch zu viel versprochen? Es ist doch wie im Bauerntheater, oder?«

Bevor seine Mitarbeiter richtig zustimmen konnten, kam die Küchenhilfe in den Schankraum gestürzt und schrie: »Um Gottes willen! Da oben ist was ganz was Grausliches passiert!«

»Freilich pressiert's«, fauchte Kreszentia zurück. »Es pressiert doch allerweil. Du kennst das doch. Also, wo steckt das Luder?«

Die Küchenhilfe stand zitternd vor dem Tresen und hielt mit ausgestreckten Armen ihre gespreizten Hände so weit von sich, als habe sie mit ihnen das personifizierte Böse berührt. Hilflos und verzweifelt schüttelte sie immer wieder den Kopf.

»Die liegt da auf'm Boden umeinand! Am End ist die

sogar tot. Ich hab mich so erschrocken, dass ich gleich wieder nunter bin!«

Die drei Kunstspediteure im Schankraum horchten auf. »Supervorstellung«, murmelte der Jüngste von ihnen. »Besser als im Fernsehen. Hast du das arrangiert, Chef? Würde mich nicht wundern!« Er pfiff anerkennend durch die Zähne.

»Sei still«, mahnte Vincent und sah besorgt auf die alte Wirtin, die nun nach ihrem Stock griff und kopfschüttelnd murmelte: »So ein Schmarrn. Warum sollt denn die da liegen? Ein solchenes Unkraut vergeht ned so leicht. Höchstens, dass die wieder einen Schnaps trunken hat am helllichten Tag! Und jetzt tut s' da einfach ihren Rausch ausschlafen! Aber dann verzähl ich der fei was, dass ihr Hören und Sehen vergeht!«

Vorsorglich winkte Vincent Delle einem seiner Männer und schrie Kreszentia ins Ohr: »Warten Sie, bevor Sie sich da die steile Treppe hochquälen, tragen wir Sie schnell. Sie sind ja ein Leichtgewicht gegen das, was wir sonst zu schleppen haben.«

Er griff nach einem Lehnstuhl und schob ihn der Wirtin zu. Demonstrativ seufzend und mit gespieltem Widerwillen ließ sie sich darauf nieder, schien aber den provisorischen Thron insgeheim zu genießen.

»Das ist ja nun auch nicht grad die schönste aller Figuren – aber wenigstens nicht so schwer wie diese Granitdinger der Binder«, murmelte der zweite Träger mit Blick auf die Alte.

Die alte Wirtin wog höchstens vierzig Kilo, und es hatte etwas Rührendes, wie sie sich in ihrem Sessel um eine königliche Haltung bemühte. Die zwei Männer trugen sie mitsamt dem Stuhl zweiunddreißig Stufen hoch und bogen dann nach links in den breiten Flur.

Da lag sie. Hingestreckt auf den Holzdielen. Die Hornspange, mit der sie sich ihr herbstlaubbuntes Haar hochgesteckt hatte, bestand nur noch aus unzähligen kleinen Splittern und sollte den Experten der Spurensicherung einige Rätsel aufgeben. Ihre Hände steckten in rosafarbenen Vinylhandschuhen, ihr grün-weiß gemusterter Kittel war bis zur Mitte der Oberschenkel hochgerutscht. Im Sturz hatte sie den linken Schuh verloren, und ihr linkes Bein war eigenartig nach innen geknickt. Auf ihrem Hinterkopf wuchs eine Beule gigantischen Ausmaßes.

»Ja Bluatsakra. Ich glaub, ich spinn!« Kreszentia schnappte nach Luft. »Wie hat s' denn das bloß wieder ang'stellt? Kann man denn ein Weib in ihrem Alter ned einmal für fünf Minuten aus den Augen lassen?« Während sie eine endlose Aufzählung an Beleidigungen vor sich hinkeifte, schien sie die Dimension der Katastrophe zu begreifen. Ein Zittern durchlief ihren Körper, und Augenblicke später hörte es sich an, als würde jeder einzelne Knochen ihres Skeletts unter den schwarzen Kleidern klappernd gegen die die anderen schlagen.

Gut, dass die sitzt, dachte Vincent Delle und legte ihr eine Hand auf die Schulter. Hoffentlich kippt die mir nicht um.

Er sah nach seinem Mitarbeiter, der gerade in den Gang bog, und rief ihm zu: »Ruf die Eins-eins-zwei und bestell Arzt und Krankenwagen. Sieht so aus, als hätte man die Wirtin bewusstlos geschlagen.«

Unten in der Küche sang der Koch den Faschingsschlager der Saison.

»Aber wozu und wegen was bloß?« Kreszentias Mund klappte auf und zu, ihr Gebiss knirschte, als würde sie Steine mahlen.

Der Spediteur brachte die bewusstlose Teres in eine stabile Seitenlage und beruhigte ihre Mutter: »Sie atmet noch, Gott sei Dank. Ganz ruhig, alles wird gut.«

»Die hat keinen Hut aufg'habt. G'wiss ned«, fauchte Kreszentia und ließ sich neben ihrer Tochter auf die Knie fallen. »Mein Mäderl, mein kleines Mäderl. Was bist denn gar so blass? Das geht fei gar ned, dass du mich einfach so verlassen tätst. Das kannst ned machen! Wie sollt ich denn leben ohne dich?«

Die Juniorwirtin rührte sich nicht.

»Die Mama hat ihr kleines Mäderl doch lieb! Trotz allem!«, keuchte die Alte und suchte die Hand der Bewusstlosen. »Was wär denn ich noch ohne dich?«

Keine Antwort.

»Warum sagst denn jetzt gar nix mehr? Von früh bis spät hast deine Pappen offen g'habt, hast dich den ganzen Tag um Kopf und Kragen g'schnabelt ... und jetzt, wo ich mir nix sehnlicher wünschen tät, als dass du was sagst ... Es ist doch allerweil das gleiche G'frett mit dir!« Sie entfaltete ein weißes Taschentuch mit Bügelfalten und putzte sich ausgiebig die Nase.

Ohne Vorwarnung tauchte das gut sechzig Jahre alte Bild der zweijährigen Teres vor ihrem inneren Auge auf, die dauernd an ihrem Rockzipfel gehangen hatte und ständig in ihrem Bett schlafen wollte. So lästig, so ungeheuer nervig und so überflüssig wie ein Kropf. Sie hatte sie nicht gewollt. Dieses Wesen war ungefragt in ihr Leben gekommen und konnte daher nicht erwarten, dass es gelobt oder gar geliebt wurde.

Teres war kein schönes kleines Mädchen gewesen. Die Kinder der anderen Frauen waren niedlich und süß und freundlich; Kreszentias Tochter dagegen ein Ausbund an Hässlichkeit mit fransigem Haar, einer krähenden Stimme und abstehenden Ohren. Dauernd lief ihr die Nase, und wenn sie sich aufregte, begann sie zu stottern und zu schielen und bekam eine ungesunde rote Gesichtsfarbe. Ihre Augen hatten die Farbe eines schmutzig grauen Himmels, aus dem es gleich schneien würde.

Kreszentia wusste nicht, warum und wofür sie mit diesem Wesen gestraft worden war, und hatte das Kind oft weggestoßen: »Ich hab jetzt keine Zeit für dich! Schau, dass du weiterkommst, du Bankert.«

Während sie sich nun über ihre vermeintlich tödlich verletzte Tochter beugte, flehte sie um Vergebung. »Ich würd auf der Stelle zum Beichten gehn, zwanzig Jahr war ich g'wiss schon nimmer, und fürderhin jeden Sonntag brav in die Kirchen, ich schwör's bei Maria und Joseph und alle Heiligen – wennst mir bloß wieder wach werden tätst.«

Doch Teres rührte sich nicht.

Immer mehr Erinnerungen stürzten auf Kreszentia ein, und schnaufend versuchte sie, die unangenehmen Szenen wegzudrängen, aber es ging nicht. Sie sah sich mit der Kleinen an einem Sonntagnachmittag über die frisch asphaltierte Hauptstraße von Kleinöd spazieren, sah, wie sich das Mädchen in seinem rot-weiß karierten Kleidchen von ihrer Hand befreite und zu tänzeln begann: mit einem Fuß auf dem Bürgersteig, mit dem anderen auf der Straße. Ungefähr in der Höhe, wo sich heute die Auffahrt zum binderschen Anwesen öffnete, hatte dieses schreckliche Kind dann lauthals gerufen: »Da schau her, Mama, ich kann fei auch schon vom rechten Weg abkommen. Grad wie du!« und war hüpfend vor der Mutter hergetänzelt, und in allen anliegenden Gärten wurden Ohren gespitzt und Köpfe geschüttelt, und verheiratete Frauen warfen ihren Ehemännern bedeutsame Blicke zu.

Kreszentia hatte nach dem Kind gegriffen, um ihm das freche kleine Maul zu stopfen, doch das Biest war ihr entwischt, und so hatte sie der Tochter mit ihrer schrillsten und bösesten Stimme nachgerufen: »Mach bloß so weiter, nachad landest du am End noch in der Gossen.« Und dieses unsägliche Wesen jubelte stolz und fröhlich zurück: »Bin ich doch eh schon, Mama, mit einem Fuß, da schau halt her, geht ganz leicht.«

Mindestens eine Woche lang hatte sie ihre Tochter daraufhin angeschwiegen, nicht reagiert, wenn sie kam, Nähe suchte, jammerte und weinte, sondern sie mit heftigen Bewegungen von sich gestoßen.

Und jetzt, fast sechzig Jahre später, machte das Kind das Gleiche mit ihr, schwieg beharrlich und lag wie ein gefällter Baum auf den Dielen des Gasthofs, umstanden von drei ratlosen Kerlen und einer reichlich depperten Küchenhilfe. Sie alle warteten auf den Notarzt.

Unten in der Küche sang der Koch.

Jetzt nahm Teres Rache an ihrer Mutter, starb einfach so weg und ließ Unmengen von Baustellen unerledigt zurück. Kreszentia hatte es insgeheim befürchtet, und die alte Dorflehrerin hatte es ihr auch einst prophezeit: »Eines Tages wirst schon noch weinen und jammern, bloß um ein einziges Wort von deiner Tochter zu hören!«

»Möcht schon sein, aber im Moment tät's mir vollauf langen, wenn s' derweil ihre Pappen halten tät«, war damals ihre Antwort gewesen.

Als dieses Kind in die Schule kam, hatte es nicht einmal gewusst, wie es hieß. Wenn die Lehrerin »Teres« rief, sah es sich interessiert um, neugierig auf eine Klassenkameradin dieses Namens. Nach ihrem eigenen Namen gefragt, gestand sie mit rotem Kopf: »Alle sagen s' allerweil bloß Bankert zu mir.«

Daraufhin war zum ersten und einzigen Mal die Dorfschullehrerin Lydia Blumentritt in den Blauen Vogel gekommen, hatte sich ganz dicht vor Kreszentia gestellt und nur den einen Satz gesagt: »Sei gefälligst ned so g'schert zu deiner Tochter. Die kann ja wohl wirklich am allerwenigsten dafür.«

Kreszentia hatte sich bemüht, schon allein um des lieben Friedens willen. Es war dann auch erträglicher geworden mit der Zeit. Mutter und Tochter arrangierten sich. Teres half in der Gaststube, trug volle Teller auf und leere Teller ab, gab bereits als Vierjährige brav Auskunft über ein auswendig gelerntes Speisenangebot, erlernte später die Buchhaltung sowie eiskaltes Verhandeln mit Grossisten und Bierverlegern und entwickelte mit der Zeit ein raffiniertes Gespür für lukrative Geschäfte, auch wenn diese nicht immer ganz legal waren und bevorzugt in diskreten Hinterzimmern des Blauen Vogels abgewickelt werden mussten. So hatten sie sich mit den Jahren aneinander gewöhnt, und Kreszentia hatte ihr Szepter abgegeben und beschlossen, besser nicht zu viele Fragen zu stellen, zumal Teres ihre eigenen Methoden entwickelt hatte, um auch einmal »a bisserl was dazuzuverdienen«.

So erinnerte sich Kreszentia beispielsweise genau daran, dass das Geld dieses glatzköpfigen Fremden mit den vielen Bildern auf der Haut ohne Umwege in Teres' rechter Kitteltasche verschwunden und dafür das Gästebuch verschlossen geblieben war. Dieser vermeintliche Philosoph! An den dachte sie jetzt. Der musste doch was gehört haben. Überhaupt, was war das für ein Gast, der sich bei einem solchen Radau weiterhin in seinem Zimmer versteckte? Mit dem stimmte doch was nicht!

Spontan griff sie zum Ende ihres Stockes und schob dessen Griff geschickt um den schmalen Knöchel der immer noch wie erstarrt dastehenden Küchenhilfe. Daniela schrie erschrocken auf.

»Steh da ned so deppert rum und halt Maulaffen feil! Geh g'schwind zum Zimmer acht vor und schau einmal nach!«, befahl sie. »Der Kerl da muss doch irgendwas g'hört oder g'sehn haben!«

»Ich fürcht mich aber so!« Daniela schluchzte.

»Schon gut.« Einer der Möbelpacker holte Luft und klopfte mehrmals an die Acht, doch hinter der Kassettentür mit dem Eichenfurnier blieb es still. »Da rührt sich nix«, stellte der junge Mann fest. »Da ist wahrscheinlich niemand da!«

»Wie ned da? Freilich muss da wer da sein! Der geht

doch nie naus aus seinem Zimmer!« Kreszentias Stimme kippte ins Schrille.

Hoffentlich hat der Notarzt für die ein Beruhigungsmittel in seinem Koffer, dachte Vincent Delle und wies seine Männer mit einer eindeutigen Kopfbewegung an, die Tür mit der Nummer acht zu öffnen.

Gleißendes Mittagslicht fiel wenig später in den breiten Flur und ließ Unmengen von Staubflocken tanzen. Die plötzliche Stille war fast greifbar.

»Ich glaub's nicht!«, schrie Delles Mitarbeiter. »Also echt! Ich glaub's einfach nicht. Chef, da liegt ein Toter!«

Kapitel 3

Der Wagen war dunkelrot lackiert und hatte um 1965 herum seine beste Zeit erlebt. Eduard Daxhuber konnte ihn auf den ersten Blick identifizieren. Es war ein Traum von einem Opel Kadett. Den gleichen hatte er sich 1963 gekauft, fabrikneu und mit eingebautem Transistorradio, alles für genau fünftausenddreihundertzwanzig Mark. Mit diesem Auto hatte er seine Ottilie, mit der er damals noch verlobt war, zu sonntäglichen Ausflügen abgeholt. Sie trug Kleider mit weiten Röcken und enger Taille, und nach dem Tanzen waren sie in ihrem »OK«, wie er seinen Wagen liebevoll nannte, auf kleine Feldwege gefahren und hatten miteinander geknutscht und etwas gemacht, wofür später das Wort Petting erfunden wurde. Er seufzte und erinnerte sich an sein unbändiges Herzklopfen. Das war eine schöne Zeit gewesen, damals ... Das Auto allerdings war auch heute noch schön.

Wenn er so was mal im Internetforum auf dem Oldtimerportal anböte, damit könnte er sich einen Namen machen. Er sah es schon vor sich, die blinkende Überschrift: »Superschnäppchen – Original OK, entdeckt von unserem Experten aus Kleinöd!«

Seit er sich vor einiger Zeit einen Laptop gekauft und einen Internetzugang hatte legen lassen, war er zu einer selbst ernannten Autorität in Sachen »Rostlauben« geworden, wie Ottilie das neue Interessensgebiet ihres Mannes despektierlich nannte, und hatte auch schon seinen ersten Deal abgewickelt, indem er einen zwanzig Jahre alten Mercedes – leider unter Wert – verkauft hatte.

»Otti, hast den g'sehn?«, rief er jetzt, und seine Stimme war ganz heiser vor Aufregung. »Ein solchenes Wahnsinnsteil! Praktisch ganz genau unser Verlobungswagen! Wart, ich geh g'schwind naus und mach ein Foto.«

»Nix da, du bleibst jetzt herin! Z'erst einmal wird gessen! Oder meinst, dass ich mich stundenlang da in die Küche stell, bloß damit du danach alles wieder kalt werden lässt?«, stellte seine Frau klar und zog aus dem Backrohr einen Eintopf, den sie in die Mitte des Tisches wuchtete.

Begehrlich sah Eduard Daxhuber dem Wagen nach. Das rote Objekt setzte einen Blinker und bog nach links ab, direkt auf die Ortsumgehung.

»Wegen einem solchenen Schmarrn noch dazu.« Seine Frau schüttelte den Kopf. »Autos fotografieren! Ja, hast denn du sonst gar nix mehr zum tun? Früher bist wenigstens noch ab und an vors Haus gangen und hast Rasen g'mäht, Sträucher g'schnitten oder Beete g'hackt.«

»Früher war ich auch noch jünger wie heut«, konterte Eduard und ahnte mehr, als dass er es hätte erklären können, warum der Wagen es ihm so angetan hatte: Er und der Opel Kadett, sie beide hatten vermutlich um Mitte der Sechzigerjahre ihre beste Zeit gehabt und im Mittelpunkt des Begehrens gestanden.

Polizeiobermeister Adolf Schmiedinger hatte sich an diesem frühlingshaften Märztag konzentriert mit seiner ganz privaten Verbrechensstatistik beschäftigt, weil das die beste Therapie gegen Langeweile war.

Dazu holte er sich die Aktenordner der vergangenen fünf Jahre aus dem vorschriftsmäßig verschlossenen Schrank und zählte jeweils zusammen, was in den einzelnen Februaren passiert war, nur um festzustellen, was er bereits wusste: Auch dieser Februar war so trist und ereignisarm wie immer. Im Januar pflegten wenigstens ab und zu noch ein paar überfällige Silvesterraketen zu explodieren, aber im Februar war so gut wie gar nichts los. Kopfschüttelnd stellte er fest, dass die Fahrraddiebstähle seit Beginn seiner Aufzeichnungen um fünfzig Prozent zurückgegangen waren, wusste aber gleichzeitig, dass das nichts mit ihm und seiner Kompetenz zu tun haben konnte. Während im ersten Jahr seiner Buchführung zwei als gestohlen gemeldet worden waren, wurde jetzt nur noch eins vermisst.

Er legte mit »Vandalismus« eine neue Rubrik in seiner Excel-Datei an, weil heuer an einem Auto ein Reifen angestochen worden war, und unter dem Titel »Diebstahl« vermerkte er, dass in diesem Jahr aus dem Rathaus ein Schreibtischstuhl abhandengekommen war, und zwar mit einer siebenstelligen Inventarnummer, die er fein säuberlich in seine Datei eintippte, um sie eines Tages – sollte ihm ein solcher Stuhl unterkommen – mit der dort unter dem Sitz eingravierten Nummer vergleichen zu können.

Inmitten all dieser Überlegungen sah er von seinem Schreibtisch hoch und verfolgte durchs Fenster, wie sein Cousin Leopold Schmiedinger vom Supermarkt kommend mit einer gut gefüllten Einkaufstasche in der Hand durch den Garten von Ilse Binder stapfte. Stirnrunzelnd murmelte der Polizeiobermeister: »Mit dem Menschen bin ich echt sauber g'straft. Mir passen z'sammen wie

Feuer und Wasser ... Der Leo ein verkommenes Subjekt und ich ein braver und rechtschaffener Staatsdiener. Hat zumindest mein Freund Eduard letzthin so g'sagt, und in dem Punkt hat er ganz g'wiss recht.«

Es war Adolf Schmiedinger immer noch ein Rätsel, wie Leopold an seine private Telefonnummer gekommen war. Über die offizielle Dienststellennummer, die in allen Telefonbüchern verzeichnet war, war er von acht bis acht für jedermann erreichbar. Zu Hause aber gab es nur eine Geheimnummer. Das hatte Erna damals durchgesetzt, als sie von dem schwarzen Schaf der Schmiedinger-Familie erfahren hatte. »Nicht, dass uns ein solchener am End noch eines Tages ins Haus schneien tät und dann nix wie Scherereien macht.«

Und genau dieses Telefon mit der Geheimnummer hatte an einem trüben Novembertag um die Mittagszeit geklingelt, als Adolf sich gerade ein Spiegelei zu seinem Schinkenbrot briet und dabei wie so oft den köstlichen Eintöpfen seiner Frau nachtrauerte.

Seit Erna verschwunden war – das hörte sich eleganter an als »verlassen«, fand Adolf –, hatte niemand auf dieser Leitung angerufen. Hoffnungsvoll war er zu dem mit einem moosgrünen Brokatmäntelchen überzogenen Telefon gestürmt und hatte sich mit zitternder Stimme gemeldet: »Erna, bist's du?«

»Justizvollzugsanstalt Straubing«, plärrte ihm eine Stimme entgegen. »Sprech ich mit Polizeiobermeister Schmiedinger Adolf?«

Noch bevor Adolf »Ja« sagen konnte, hatte er dieses dumpfe Gefühl gehabt, dass eine Katastrophe im Anmarsch war. Er beschloss, grundsätzlich mehr auf seine Gefühle zu achten, denn sein Gefühl hatte ihn damals nicht getrogen.

Der Beamte am anderen Ende der Leitung schien den Hörer weiterzugeben. Jemand räusperte sich und brüllte dann so laut ins Telefon, als ginge es darum, die Entfernung von Straubing nach Kleinöd zu überbrücken: »Servus. Ich wär's, der Leopold! Der Leopold Schmiedinger. Du kennst mich, mir sind ja schließlich Vettern. Dürft ich auf B'such zu dir kommen?«

»Was möchtst du?«

»Horch mir halt zu! Ich muss auf den Schlag da raus. Die dürfen mich keinen Tag länger drinbehalten, und ich weiß überhaupts ned, wohin.«

Adolf nickte und brummte irgendwas und war sich noch im selben Moment sicher, dass er sich mit diesem Nicken und Brummen ein Ärgernis größeren Ausmaßes einhandelte. Und genauso war es dann ja auch gekommen.

Seufzend wandte er sich wieder seiner Statistik zu und beschloss, sich mit der Grafikfunktion zu befassen, um Balken- und Säulendiagramme der gelösten und ungelösten Verbrechen in Kleinöd zu erstellen. Die würden dann als aufschlussreiche Bilder die Wände seiner kleinen Polizeistation schmücken und das aufopferungsvolle Arbeitsleben eines Polizeiobermeisters dokumentieren.

Als er gerade darüber nachdachte, ob er auf die Rubrik Alkoholismus verzichten und stattdessen die vier unter diesem Vorzeichen festgehaltenen Fälle einfach als Körperverletzung zusammenfassen sollte (statistisch würde das nämlich so wirken, als habe er Unmengen von Streitigkeiten geschlichtet), läutete das Telefon.

Es war ein Notruf über die Eins-eins-null.

Manchmal wählten Leute von der nahe gelegenen Autobahn diese Nummer, um einen überfahrenen Hund oder eine geborstene Leitplanke zu melden.

Er meldete sich sachlich und zackig mit der gebotenen Haltung und einer besonders klaren Aussprache. »Schmiedinger Adolf, Polizeirevier Kleinöd, selber am Apparat. Wo brennt's?«

»Herkommen sollen Sie, aber so schnell, wie's geht. Wir haben da eine Leiche«, rief jemand, den er gar nicht kannte. Der Polizeiobermeister staunte über sich selbst, weil er bei dieser Mitteilung als Erstes an seine Märzstatistik dachte, die dank dieser Meldung einen deutlichen Ausschlag in Richtung Kapitalverbrechen aufweisen und damit seiner schon des Öfteren in Frage gestellten Einmannstation mehr Gewicht verleihen würde. Erst dann holte er Luft, japste erschrocken und kurzatmig los und fragte ungläubig: »Wo?«

»Blauer Vogel, Zimmer acht.« Das Gespräch war beendet.

»Um Gottes willen, es wird doch wohl bloß nix mit unserer Teres sein?« Eilig verließ er seine Dienststelle, schloss sorgfältig hinter sich ab und donnerte mit dem grünen VW-Bus Richtung Wirtshaus.

Dort standen schon der Notarztwagen und ein paar neugierige Dorfbewohner, darunter die gute alte Charlotte Rücker mit dem bonbonrosa Kinderwagen, in dem ihre Großnichte Eulalia-Sophie schlief, sowie sein bester Freund Eduard Daxhuber.

»Kaum dass ich g'schwind einmal vom Mittagessen aufschau«, berichtete Eduard aufgeregt, »nachad rasen die auch schon mit'm Blaulicht an unserm Haus vorbei. Also hab ich mich gleich aufs Radl g'setzt und bin sofort rüberg'fahrn.«

»Weißt denn schon was?« Adolf Schmiedinger sah seinen Freund fragend an.

Eduard schüttelte den Kopf. »Ach wo. Der Notarzt ist drin, und der Sanitäter g'schaftelt da in seinem Krankenwagen umeinand. Grad wichtig machen tun die sich alle. Weißt eh, wie d' Leut sind.«

»Die Ermittlungen sollte ich wohl am g'scheitsten gleich selber aufnehmen«, murmelte Schmiedinger und knöpfte sich förmlich die Uniformjacke zu. »Womöglich sind's ja sogar Mordermittlungen.«

Eduard schnappte nach Luft. »Ja sauber! Meinst ehrlich? Und falls ja, wer denn wen, und wenn überhaupt, wo, und vor allem, warum? Ja, da legst di nieder!« Er schnappte nach Luft, dachte kurz nach und schlug dann vor: »Du, wennst fei schon sonst gar keinen Kollegen da hast momentan – ich könnt dir schon ein bisserl assistiern. Ich tät auch ned einmal groß was wollen dafür – allerhöchstens eine Halbe halt. Unter Spezln.«

Bier – das beste gab's immer noch bei Teres. Adolf Schmiedinger schluckte. »Und wenn's am End die Teres selber erwischt hat?«

»Wie, die Teres erwischt?« Eduard riss die Augen auf und sah um sich. »Obwohl, jetzt wo du's sagst, das ist fei schon arg komisch, dass die ned da herunten steht und mit uns ratscht. Ja, ist denn der am End tatsächlich was passiert? Also, das wär ja wirklich einmal eine echte Katastrophe! Dann müsst ja vielleicht sogar der Blaue Vogel zusperren! Und da tät'n mir dann fei saudumm dastehn, alle miteinand! Unser einziges Wirtshaus weit und breit!«

Der Polizeiobermeister kratzte sich am Hinterkopf und nickte. Es war zu entsetzlich, diesen Gedanken überhaupt zu denken. Schließlich gehörten die Teres und ihr Blauer Vogel doch zu ihrer aller Leben. Was wäre Kleinöd ohne seine Dorfschenke? Ein Nichts, eine Ansammlung von Häusern und Menschen, die kaum etwas miteinander zu tun hatten. Es gäbe keinen Dorfmittelpunkt und vor allem nicht mehr dieses wunderbare frisch gezapfte Bier vom Fass, das eigenartigerweise immer genau die richtige Temperatur hatte. Und wo, bitte schön, sollte er dann abends hin? Er konnte doch nicht ständig seinen Freund Eduard besuchen, wenn ihm die Decke auf den Kopf fiel.

»Ja, wo bleiben Sie denn?«, schrie der Notarzt aus einem Fenster des zweiten Stocks. »Die Frau haben wir schon versorgt, aber hier ist die Leiche. Ich kann mich wirklich nicht immer um alles kümmern. Für die Toten ist der Pathologe zuständig. Also rufen Sie einen Gerichtsmediziner und die Spurensicherung. Und ziehen Sie bitte Ihre Schutzanzüge über!«

»Das ist vielleicht ein G'scheitmeier!« Eduard schüttelte den Kopf. »Kennst du den? Der führt sich die ganze Zeit schon so auf.«

»Ned, dass ich wüsst. Aber der tut ja echt, als wären mir Volldeppen.« Er sah seinem Freund in die Augen: »Also gut! Nachad kommst halt mit nauf! Von den weißen Kapuzenanzügen hab ich eh mehrere in meinem Einsatzwagen und von die Plastiküberschuh auch. Und vier Augen sehen ja allerweil mehr als wie zwei.« Es war gut, dass er jemanden hatte, der ihn unterstützte. Es war gut, einen wahren Freund zu haben.

Unten in der Wirtsstube lag die Juniorwirtin auf einer Krankentrage. Bleich und bewusstlos, die lange Nase und das spitze Kinn gen Himmel gereckt, als könne sie es nicht erwarten, bald zum Herrn zu kommen, um endlich Ruhe zu haben.

Im Stillen dachte Eduard, dass er es gut verstanden hätte, wenn Teres den Abflug gemacht hätte. Sechzig Jahre lang ein schweres Leben. Immer Ärger mit der Mutter, nichts als Arbeit und keine freie Minute für sich. Die machte doch alles in dem Haus. Vom Zimmermädchen bis zum Empfang, von der Küchenchefin bis zur Kellnerin, und ständig hatte sie ihre keifende Mutter im Nacken und kein einziges Mal auch nur ein kleines bisschen Glück gehabt im Leben. Ob sie wohl jemals in jemanden verliebt gewesen war? So wie er in seine Otti?

»Wir nehmen sie mit zum Röntgen«, erklärte der Arzt und sah interessiert zu, wie die beiden Herren in ihre weißen Schutzanzüge stiegen, deren Klettverschlüsse ständig an den falschen Stellen zusammenzupappen schienen. »Soll ich Ihnen etwa helfen?«

»Passt scho.«

Der Doktor sah auf seine Patientin und wies die Sanitäter an, sie vorsichtig in den Krankenwagen zu hieven. »Also die Frauen hier auf dem Land, da kann sich manch eine Städterin eine Scheibe abschneiden. So ein Dickschädel. Vermutlich nicht einmal eine Fraktur, aber man weiß ja nie ... Wir nehmen sie vorsichtshalber mit. Fühlen ist gut, röntgen ist besser. Und es ist auch besser, wenn sie unter Aufsicht aufwacht.« Im Rausgehen rief er den inzwischen weiß gekleideten Ermittlern Adolf und Eduard noch zu: »Übrigens, der Alten da oben habe ich ein Beruhigungsmittel gegeben. Die liegt in Zimmer sechs. Lassen Sie sie einfach schlafen. Und holen Sie sich unbedingt Verstärkung aus der Stadt. Diese Geschichte scheint für uns alle mindestens eine Nummer zu groß zu sein.«

»Mei, bist du g'scheit«, kommentierte Adolf leise und nickte den drei Möbelpackern zu, die an »seinem« Stammtisch saßen.

Vincent Delle und seine Männer hatten ihre Limos mittlerweile durch ein helles Bier ersetzt und stocherten lustlos in ihren Wurstsalaten herum, während der weiß gekleidete Koch ohne Punkt und Komma auf sie einredete.

»Klar hat sie mich genervt, alle beide haben sie mich genervt, so könntet ihr auch nicht arbeiten, keiner von euch, und meine Arbeit ist kreativ, da braucht man genug Raum und Ruhe. Aber wie soll so etwas gehen, wenn da immer eine hinter dir steht und alles besser weiß und dich rumkommandiert und dabei noch nie im Leben was von Nouvelle Cuisine gehört hat? Nur, deswegen erschlag ich die doch nicht, und überhaupt, wenn ich jemanden erschlagen würde, dann höchstens die Alte, also die ging mir ziemlich auf den Senkel. ›Du kannst ja gehen‹, hat die Junge gesagt, wenn ich mich mal beschwert hab. Den ganzen Tag mit der Mutter rumgekeift, aber wenn's drauf ankam, hat sie immer zu der Alten gehalten. So sind sie eben … Frauen.«

Adolf hatte sich in der eigenartig verwahrlost wirkenden Gaststube umgesehen, war hinter den Koch getreten und hatte ihm die Hand auf die Schulter gelegt. »Sie bleiben fei da herin. Sie sind offenbar ein wichtiger Zeuge. Und ihr drei auch! Einer von euch hat ja sogar die Leiche entdeckt, gell? Zumindest hat der g'spinnerte Doktor das grad eben behauptet. Niemand verlässt den Raum, zumindest bis mir uns ein Bild vom Tatort g'macht ham und ich ausdrücklich was Gegenteiliges erlaube. Ham mir uns so weit verstanden?«

Die Männer nickten.

Wie zwei überdimensionierte Schneemänner stapften Adolf und Eduard in ihren weißen Anzügen davon.

»Daniela«, rief der Koch in die Küche. »Bring mir auch so einen Salat und mach den Herd aus. Wir schließen für heute.«

Auf der Treppe blieb Eduard stehen. »Ich hab fei noch nie als Allererster so einen Mord g'sehn. Außer im Fernsehen. Ich wüsst jetzt auch auf Anhieb gar ned, was man da so macht. Meinst ned, du solltest g'scheiter gleich die Kommissarin aus Landau anrufen? Du weißt schon, die Frau Hausmann. Das wär doch die Expertin schlechthin für so was. Außerdem hat s' uns ja schon öfter g'holfen.«

»Z'erst werd ich mir wohl oder übel selber ein Bild von der Lage machen müssen«, erklärte Adolf mit weißer Nase. »Dafür werd ich schließlich zahlt, dass ich dann was mach, wenn was ist. Und außerdem, was sollt denn ich der Hausmann am Telefon erzählen, wenn ich von nix weiß und mir auch noch nix ang'schaut hab? Naa, naa, da muss ich jetzt schon durch. Also, auf geht's, bringen mir's hinter uns!«

»Wo soll der Tote nachad sein?«, flüsterte Eduard mit zittriger Stimme.

»Auf Nummer acht«, wisperte Adolf zurück.

Der wollweiße Berberteppich in dem Zimmer war angeschmuddelt und abgetreten. Mitten darauf lag der Tote, seine gebrochenen Augen starrten zur Decke. Unübersehbar das kreisrunde und zerfranste Loch in seiner Stirn, unter dem Kopf war eine gallertartige und mit frischem Blut durchtränkte Flüssigkeit ausgetreten. Ein Piercingring lag neben der aufgerissenen Unterlippe und der ausgestreckten Zunge. Adolf war eigenartig erleichtert, als er das sah. Er dachte an seine letzte, nun schon Jahrzehnte zurückliegende Weiterbildung, die auch einen Besuch in der Pathologie umfasste. Damals war er mit einigen Kollegen aus dem Vilstal bis nach Regensburg gefahren. Tagsüber Seminare und abends alkoholgetränkter Erfahrungsaustausch an der Hotelbar. Trotzdem: Ein bisschen was von den ganzen Vorträgen war wohl doch bei ihm hängen geblieben. Er sah auf die Leiche und wusste, dass der Mann bereits tot gewesen sein musste, als ihm das Schmuckstück aus der Lippe gerissen worden war, sonst hätte sich in der Risswunde Blut gesammelt.

Das hier war ein Kapitalverbrechen gigantischen Ausmaßes.

Er blieb an der Türschwelle stehen und befahl Eduard: »Bleib, wo du bist. Da herin machen mir lieber gar nix, da braucht's eine Sonderkommission und eine Spurensicherung. Schaut mir ganz nach einer regelrechten Hinrichtung aus. Ich ruf jetzt gleich bei der Zentrale in Landau an. Du könntest ja derweil schon einmal die Personalien von allen denen da unten aufnehmen. Name, Adresse, Telefon, Handy etc. Und alles, was die sonst noch so daherreden. Schau her da, nimmst derweil meinen Dienstblock und meinen Schreiberling mit.«

Kapitel 4

Hauptkommissarin Franziska Hausmann stand am Fenster des Büros, goss die Zimmerpflanzen ihres Kollegen Bruno Kleinschmidt und fragte sich wie immer, wenn ihr Kollege verreist war, warum sie eigentlich zu Hause so gut wie keine Pflanzen hatten. Einzig im Arbeitszimmer ihres Mannes stand eine große Zimmerlinde, die in regelmäßigen Abständen von Kater Schiely missbraucht wurde, um seinen Unmut zu bekunden. Wenn er mit den Hausmanns nicht zufrieden war, nutzte er den Topf der Pflanze als Katzenklo, worauf die Linde Unmengen von Blättern abwarf und vor sich hin mickerte.

Zimmerpflanzen im Büro fand sie eigentlich spießig – andererseits ertappte sie sich auch jetzt wieder dabei, wie sie gerade beim Blumengießen, Blattpolieren und dem unvermeidlichen Herumzupfen an Blättern und Zweigen auf interessante Gedanken kam und außergewöhnliche Ideen entwickelte.

Vermutlich war an Brunos Behauptung, auch Pflanzen hätten eine Seele, doch was dran. »Wennst vernünftig mit ihnen umgehst, nachad kriegst denen ihre positive Energie ganz automatisch z'rück«, pflegte er zu sagen, und sie hatte ihn manchmal beneidet, wenn er so selbstvergessen in seinem kleinen Urwald am westlichen Fenster verschwand. Nun machte er zwei Wochen Urlaub auf Teneriffa, und sein Bürogarten gehörte ihr. Bruno und Ludwig auf der Insel des ewigen Frühlings, dachte sie und beneidete ihre Kollegen, die vermutlich in diesem Moment inmitten von blühenden Pflanzen an einem gepflegten Pool ruhten und sich fragten, ob sie sich zum Mittagessen ein kühles Helles erlauben sollten.

Es gibt Menschen, überlegte sie, die können zusammen Urlaub machen – wie beispielsweise Bruno und Ludwig –, aber nicht miteinander in einer Wohnung leben. Die zwei hatten es versucht, aber nach einem halben Jahr hatte Bruno resigniert feststellen müssen: Männer und Männer passen nicht zusammen. »Männer und Frauen auch nicht«, hatte Franziska hinzugefügt, die damals gerade mit ihrem Mann aus einem Urlaub zurückgekehrt war. Es gab nämlich auch Paare, die wunderbar zusammenleben konnten, bei denen sich aber die Ferienwochen zu einer einzigen Katastrophe entwickelten. Ihr Mann Christian und sie gehörten zweifellos zu dieser Kategorie.

Möglicherweise gab es auch noch eine weitere Variante: Menschen, die sowohl miteinander in Urlaub fahren als auch zusammenleben konnten, aber das wäre so paradiesisch, dass sie es sich lieber nicht vorstellen wollte. Sie würde nur neidisch werden.

Wenn sie an die letzten Urlaube mit ihrem Mann zurückdachte, musste sie unweigerlich seufzen. Sie hatten sich nicht erholt, sondern gemeinsam die Zeit totgeschlagen, sich gegenseitig belauert und dabei gehofft, der andere möge einen interessanten Vorschlag machen, um den Tag irgendwie hinter sich zu bringen. Christian wollte wandern und bergsteigen, aber nicht allein, sondern mit ihr, während Franziska davon träumte, mit ihrem Mann unter schattigen Palmen an einem Pool zu liegen und zu schlafen. »Schlafen kannst du auch zu Hause«, war Christians Standardantwort gewesen, und sie hatte zurückgegiftet, dass sie keinen Bock habe, einen Berg zu erklimmen, weder im Urlaub noch in der Arbeitszeit. Sie sei das ganze Jahr über unterwegs und daher zutiefst erschöpft, was er sich mit seinem Schreibtischjob naturgemäß nicht einmal vorstellen könne.

Nach solchen Diskursen pflegte er in den nächstgelegenen Ort zu spazieren – oder auch weiter, sie wusste es nicht – und weit nach Mitternacht heimzukehren. Die sich daraus ergebenden Gespräche drehten sich hauptsächlich um die Frage, warum sie nichts gemeinsam machen konnten, jeder gab dem anderen die Schuld, letztendlich saßen sie bockig und beleidigt mit ihren Gin Tonics auf der Terrasse, starrten mit finsteren Mienen in Sonnenuntergänge von postkartenschöner Qualität und zählten die Stunden bis zur Heimreise.

Daheim begrüßten sie mit fast krankhafter Überschwänglichkeit ihren Kater Schiely, der sich erst einmal abweisend zeigte, duschten, tranken ein gepflegtes Glas Rotwein, gingen miteinander ins Bett und schworen sich, nie wieder einen solchen Urlaub zu verleben, alles sollte beim nächsten Mal anders und besser werden. Sie würden gut miteinander umgehen. Sie gehörten doch zusammen ...

Das plötzliche Klingeln des Telefons ließ sie zusammenschrecken. Sie sah auf die Uhr. Gleich halb eins. Sicher war das ein Kollege, der mit ihr essen gehen wollte. Sollte sie zusagen? Ihr Magen knurrte laut und vernehmlich. Sie seufzte. Heute früh noch hatte sie sich vorgenommen, mal wieder ein bisschen Diät zu machen oder zumindest nach dem Motto FdH zu leben. Aber solche Vorsätze waren direkt nach einem deftigen Frühstück besonders leicht zu fassen. Sie beschloss daher, ausnahmsweise einmal standhaft zu bleiben, und meldete sich mit leicht gestresster Stimme: »Ja?«

»Frau Hausmann? Sind S' denn wirklich selber dran, oder ist das bloß Ihnen Ihre Maschine?«

»Mein Anrufbeantworter würde sich wohl kaum mit Ja melden.« »Ich weiß ned, ob S' mich noch kennen – der Schmiedinger wär dran. Adolf Schmiedinger, Polizeiobermeister daselbst in Kleinöd. Mir täten Ihre Hilfe brauchen. Dringend. Weil, da heraußen bei uns ist nämlich schon wieder was Saublödes vorg'fallen, also eigentlich sogar eher was ganz was Furchtbares.«

»Echt?« Franziska lächelte. Adolf Schmiedinger. Sie hatte ihn zuletzt vor vier Monaten gesehen. Jetzt war es März. Wie mochte er über den Winter gekommen sein? Sie dachte an sein großes Haus, das verwahrloste, seit Frau Schmiedinger verschwunden war, und fragte sich, ob es ihm inzwischen gelungen sein könnte, diesen Zustand der Einsamkeit zu verändern, oder ob seine Frau möglicherweise zurückgekehrt war. Er schien seine Erna zu vermissen, hatte aber offenbar nichts unternommen, um sie zu suchen. Adolf Schmiedinger war kein Typ fürs Alleinsein. An seine Seite gehörte eine kleine und dralle Köchin mit ansteckendem Lachen, die Wärme und gute Essensdüfte um sich verbreitete. Franziskas Magen knurrte erneut.

»Etwas Schreckliches?«, hakte sie nach und lächelte. Der gute Schmiedinger, immer neigte er zu Übertreibungen.

»Jawohl«, kam die knappe Antwort, und sie hörte, wie der Polizeiobermeister nach Luft schnappte. »Der Daxhuber Eduard ist mein Zeu... Zeuge. Direkt vor uns hat's g'legen.«

Franziska zupfte an den gelben Blattspitzen eines Papyrus und fragte mit sanfter Stimme: »Was genau hat denn da vor Ihnen gelegen?«

»Das Verbrechen«, klärte der Anrufer sie auf. »Streng g'nommen sogar das Kapitalverbrechen.«

»Und wo?«

»Im Zimmer acht vom Blauen Vogel. Da drinnen, da liegt einer, also den müssen s' regelrecht hing'richtet haben, man glaubt's gar ned. Die ham dem direkt in den Kopf geschossen. Von vorn, mitten ins Hirn. Und dann ham die dem noch seinen Schmuck abgerupft. Ehrlich! Sie sollten auf der Stelle herkommen.«

Die Kommissarin biss sich auf die Lippen. »Rühren Sie nichts an, ich bin in einer halben Stunde mit der Spurensicherung bei Ihnen – genauer gesagt im Blauen Vogel.«

Als sie etwa zehn Minuten später mit ihrer Mannschaft und dem Gerichtsmediziner über die B 20 in Richtung Kleinöd fuhr, nahm sie per Handy erneut Kontakt mit Adolf Schmiedinger auf. »Können Sie mir schon vorab ein paar Details erzählen? Wer ist der Tote?«

»Mir haben keine Ahnung ned.«

»Dann fragen Sie bitte sofort die Wirtin. Wenn es, wie Sie sagen, ein Hotelgast war, so wird sie ja seine Personalien aufgenommen haben. Die Wirtin vom Blauen Vogel, wie heißt sie noch? Ach ja, Teres, oder?«

»Herrgott, Frau Kommissarin, jetzt wo Sie's sagen ... da haben mir ja freilich noch gar ned g'sprochen drüber vor lauter Mord. Weil die Teres, die ist nämlich brutal z'sammeng'schlagen worden, einfach so! Der ihre Küchenhilfe hat s' g'funden g'habt, wie s' bewusstlos im Flur umeinandergelegen ist.«

»Und das erzählen Sie mir erst jetzt?«

»Ja mei ... so viel auf einmal, da wirst ja ganz deppert. Stellen S' Ihnen das doch bloß einmal vor, da ist ein Haufen Leut im Wirtshaus, die haben einen saubernen Hunger, die wollen was essen. Die Juniorwirtin ist aber nicht da. Die Kreszentia, die Alte, die kennen S' g'wiss auch, die Seniorwirtin, die schickt dann irgendwann das Küchenmadel los, damit die nach der Teres sucht. Und da liegt s' einfach so da. Total bewusstlos. Akkurat unser Teres, von der mir immer g'meint hätten, dass die ned einmal zum Schlafen ein Aug zumachen könnt. Allerweil wach, frisch und munter ... und nachad so was, also, ich tät sagen ... Momenterl g'schwind.« Er putzte sich lautstark die Nase.

Franziska räusperte sich.

Schmiedinger kam erneut zur Sache: »Freilich ham die

als Allerserstes den Notarzt g'rufen, weil nach dem ersten Augenschein ham die natürlich g'meint, dass es sich bloß um einen Unfall dreht hätt. Aber wie s' dann die Beule am Kopf von der Juniorwirtin g'sehn ham, ist der Kreszentia eing'fallen, dass der Gast in Nummer acht ja eigentlich irgendwas g'sehn oder g'hört haben müsst. Also haben die bei dem geklopft – und da ham s' dann die Bescherung g'habt. Bloß gut, dass Sie schon auf'm Weg zu uns sind, weil, die Sauerei da ist eindeutig ein Fall für die Kripo – für uns Schutzleut ist die ein paar Nummern zu groß.«

»Völlig richtig, Herr Kollege, dafür sind wir ja auch da. Gibt's denn Zeugen?«

»Jawohl! Den Daxhuber Eduard beispielsweis, der hat mir vorbildlich zur Seiten g'standen und die Personalien von den anderen Zeugen selbstständig mit aufg'nommen, und außerdem habe ich denen Gästen und dem Koch g'sagt, sie sollen jetzt gefälligst noch so lang warten, bis dass Sie da sind. Und dann wär da ja noch die Daniela, die Küchenhilfe, die mit dem Toten sogar als einem noch Lebenden schon ein paar Worte geredt hat.«

»Gut gemacht, Kollege«, lobte sie ihn und fügte hinzu: »Wir sind gleich da. Rühren Sie bitte nichts an.«

»Ach wo! Mir haben auch alle zwei Schutzanzüg an und die extrigen Handschuh.«

Beide? Franziska lehnte sich zurück. Hatte der etwa seinen Freund und Frührentner Eduard Daxhuber mittlerweile zu seinem persönlichen Assistenten gemacht? Sie hatte Adolf Schmiedinger bei ihrer letzten Begegnung versprochen, sich bei der Polizeidirektion dafür einzusetzen, dass ihm ein Mitarbeiter oder zumindest ein Praktikant auf die Kleinöder Dienststelle geschickt würde. Und dann hatte sie es vergessen, wie sie in letzter Zeit viel zu oft und viel zu viel vergaß.

Jetzt hatte er sich also seinen engsten Vertrauten als Hilfspolizisten geholt, jenen Eduard Daxhuber, den sie bereits bei ihren ersten Ermittlungen in der Gegend als selbst ernannten Hausmeister des Dorfes kennengelernt hatte – ein Hans Dampf in allen Gassen, der alles von allen wusste, egal, ob es sich um Tatsachen oder nur Gerüchte und Vermutungen handelte, und der die Dienstpläne der Schichtarbeiter ebenso im Kopf hatte wie den Zyklus der Müllabfuhr. Vor allem aber musste er immer und ständig alles kommentieren. Franziska konnte sich gut vorstellen, dass Adolfs Freund mit dieser inoffiziellen Ernennung zum persönlichen Assistenten des Polizeiobermeisters seine wahre Berufung gefunden hatte. Sie seufzte. Das hatte sie sich wirklich selbst eingebrockt.

Der Gerichtsmediziner Gustav Wiener seufzte ebenfalls. »Wieso passiert eigentlich immer alles in diesem Kaff Kleinöd?«

Ratlos hob Franziska die Schultern. »Ich weiß es nicht, aber manchmal stell ich mir vor, Gott hat sein Kleinöd aus den Augen verloren, und deshalb schickt er auch keine Schutzengel mehr vorbei. Und die wenigen, die da noch leben, versuchen verzweifelt, ihr bisschen Glück zu retten, und das dann oft auf Kosten anderer.«

Gustav Wiener sah sie von der Seite an. »Das kann nicht sein. Schauen Sie, es gibt einen Pfarrer und eine Kirche, und außerdem habe ich in der Schule gelernt, dass Gott nichts und niemanden vergisst, ja dass sogar jeder Regenwurm in seiner persönlichen Hand liegt.«

»Und wenn er die vergisst, die ihn vergessen? Hat Ihnen die Schule des Lebens eigentlich bestätigt, dass Sie in Gottes Hand liegen?«

Wiener wühlte in seiner großen Arzttasche und murmelte: »Darüber muss ich erst nachdenken. Aber vermutlich eher nicht.«

Kapitel 5

Schon an der Türschwelle des Zimmers sah Franziska, dass der Mund des Toten offen stand und die herausgestreckte Zunge ihm fast bis zum Kinn reichte – als habe er es ihnen allen im letzten Moment noch einmal zeigen wollen. Der Teppich war schmuddelig und glänzte an einigen Stellen feucht.

»Haben Sie den Raum betreten?«, wandte sie sich an die Herren Schmiedinger und Daxhuber, die in ihren weißen Overalls und gelben Latexhandschuhen aufgeregt schnauften und an zwei ungelenke Ganter erinnerten.

Eduard Daxhuber schüttelte den Kopf. Er war blass um die Nase, und sein Kinn zitterte.

»Ach wo, da haben mir dann lieber gleich bei Ihnen ang'rufen«, gestand Adolf Schmiedinger kleinlaut und wandte sich ab. »Für einen Mord wären mir ja auch ned zuständig.«

Es war auffällig, wie schnell er sich an das »Wir« gewöhnt hatte, und Franziska fand ihren Verdacht bestätigt, dass Eduard Daxhuber seinem Freund und Polizeiobermeister heute nicht zum ersten Mal zur Seite stand.

Gustav Wiener ging neben dem Toten in die Hocke und murmelte kopfschüttelnd: »Also, so was habe ich ja noch nie gesehen. Es gibt doch immer wieder was Neues. Wenn's um Grausamkeiten geht, ist die Phantasie der Menschen vermutlich unerschöpflich.«

Franziska horchte auf.

»Na ja, es könnte aber auch ein Zeichen sein«, fuhr der Pathologe fort. »Vielleicht haben die beim BKA schon Erfahrung damit, haken Sie mal nach, nur als Tipp, auffällig ist, dass dieser hier eine gespaltene Zunge hat und ausgefranste Ohrläppchen. Wollen Sie es sehen?«

»Ich glaub's Ihnen auch so«, erklärte die Hauptkommissarin schnell und wandte sich wieder Adolf Schmiedinger und Eduard Daxhuber zu.

»Mir auch ned«, murmelte Adolf. »Mir brauchen das auch ned zu sehn.«

»Und sonst?«, fragte Franziska.

»Also lang ist der noch nicht tot«, befand Wiener. »Höchstens zwei, drei Stunden. Dürfte zwischen dreißig und fünfunddreißig gewesen sein. Auffällig ist, dass Kopf und Oberkörper mit blutigen Wunden überzogen sind, Folteropfer sehen manchmal so aus, aber Genaueres kann ich erst sagen, wenn ich ihn richtig untersucht habe.« Er nickte einem der Polizisten aus Landau zu. »Hol schon mal die Bergungswanne.«

Franziska wandte sich an einen anderen Kollegen. »Bevor die den Leichnam einpacken, möchte ich Fotos, ist das klar?«

»Logo, Chefin«, antwortete der und betonte sein »Chefin« auf die gleiche Art und Weise, wie Bruno es auszusprechen pflegte.

Sie merkte, dass sie ärgerlich wurde. Machten die sich etwa ausgerechnet hier und jetzt über sie lustig?

Mit ungewohnter Kommandostimme erteilte sie die nächsten Befehle: »Außerdem will ich, dass ihr das ganze Zimmer auf den Kopf stellt, alle Schränke, alle Schubladen, jeden Winkel, und schaut auch hinter die Schränke und unters Bett – was ist mit dem Papierkorb?« Sie wandte sich an den Praktikanten der Spurensicherung und entriss ihm den geflochtenen Abfallkorb. »Gib den mal her.«

»Schon gut, Chefin.«

Sie schluckte. Es hörte sich tatsächlich an, als hätten die Jungs sich abgesprochen.

Der Fotograf machte sich an die Arbeit.

»So, und jetzt gehen wir an die Rezeption. Da werden

wir ja wohl Details über das Opfer im Gästebuch finden.« Die Kommissarin trug den Rattanpapierkorb unterm Arm und sprintete die zweiunddreißig Treppenstufen hinunter.

»Kaffee?«, fragte der Koch eingeschüchtert. Er stand an jener Essensausgabe, aus der sonst nur Kreszentias verwittertes Gesicht unter einem schwarzen Kopftuch hervorlugte.

»Gerne. Wer führt denn hier das Gästebuch?«

»Die Wirtin, wer sonst«, gab der Koch eilfertig zur Antwort, bevor sich die Klappe der Essensausgabe wieder schloss und er sich vermutlich seiner Kaffeemaschine widmete.

»Und wo find ich das?«, schrie Franziska in die Küche hinein.

»In der rechten Schublade vom Schreibtisch in dem Zimmer, wo ›Privat‹ an der Tür steht.«

Franziska nutzte die blank geputzte Theke, um den konfiszierten Papierkorb zwischenzulagern, und bemerkte erst jetzt Eduard Daxhuber, der ihr wie ein stummer Schatten gefolgt zu sein schien.

»Bewachen Sie das Objekt. Nicht dass mir da einer noch was reinlegt oder gar wieder rausnimmt. Ist das klar?«

Der frisch ernannte Assistent des Polizeiobermeisters nickte verzagt. Er hatte noch immer eine ungewöhnlich gelbe Nase, und vermutlich hätte ihm ein Cognac gutgetan.

»Vielleicht sollten Sie einen Schnaps trinken«, raunte sie ihm zu. »Ist gut für den Kreislauf. Fragen Sie doch mal den Koch. Der soll den Obstler rausrücken.«

Dann öffnete sie die Tür zu Teres' privatem Reich, das in seiner lieblosen und pragmatischen Ausstattung in mancher Hinsicht der Dienststelle von Adolf Schmiedinger glich. Auf dem braun gefliesten Boden stand eine mit rotem Plastik bezogene Eckbank, davor ein Resopaltisch, auf dem ein riesiger bis an den Rand mit Kippen gefüllter Aschenbecher thronte, der – so vermutete die Kommissarin – sicher nur einmal monatlich geleert wurde. Es stank nach kaltem Rauch. An den Wänden dunkelgrüne Stahlregale mit Aktenordnern, von angedübelten Winkeleisen gehalten.

Die Innenseite der Tür war mit einem Poster von Sängerinnen und Sängern des Musikantenstadels beklebt: Inmitten einer prachtvollen Berglandschaft standen Männer und Frauen in Tracht und lächelten einen Mann in ihrer Mitte an, der, wie der Schriftzug auf dem Plakat offenbarte, Hansi Hinterseer hieß. Kurz fragte Franziska Hausmann sich, ob man den kennen müsse.

Ganz rechts entdeckte sie einen hölzernen Schreibtisch mit drei Schubladen und zwei Türen. Ein wunderschönes, allerdings recht heruntergekommenes Stück, und Franziskas erster Gedanke war, dass das genau das Teil sein könnte, nach dem ihr Mann Christian schon seit Jahren suchte. Um die Schlösser der Schubladen und Türen herum befanden sich feine Intarsienarbeiten, die allerdings jetzt schon an einigen Stellen abblätterten, und auf der Tischplatte entdeckte sie Brandflecken. Sie öffnete die rechte Schublade, fand darin das Gästebuch, vergilbte Fotos, abgerissene Knöpfe, die entwertete Eintrittskarte zu einem Jubiläumskonzert mit Volksmusik sowie ein Sammelsurium an Quittungen und Belegen.

»Sieht ganz so aus, als sei Teres eine ebenso leidenschaftliche Buchhalterin wie ich«, murmelte die Kommissarin und lächelte nachsichtig. Dieses Lächeln allerdings verschwand in dem Augenblick, als sie das Journal aufschlug und feststellen musste, dass die jüngste Eintragung vom sechsundzwanzigsten Dezember war. Da hatte eine Familie Weideneder aus Hof hier übernachtet: Vater, Mutter, Sohn und Tochter. Danach niemand mehr, und jetzt war schon März! Das konnte doch nicht wahr sein! Im

Stechschritt verließ sie das Büro der Juniorwirtin und klopfte fordernd an die Tür zur Küche.

Der Koch erschien.

»Warum ist der Gast da oben nicht im Gästebuch verzeichnet?«, fragte sie streng und listete sogleich ein Angebot juristischer Maßnahmen auf. »Sie wissen schon, dass so was eine Ordnungsstrafe nach sich zieht, und das Finanzamt interessiert sich gewiss auch dafür.«

Der Koch hob die Schultern. »Ist mir doch wurscht.«

Hinter ihm tauchte ein dünnes unscheinbares Mädchen mit weißem Kittel und weißem Plastikhäubchen auf und erklärte schüchtern: »Bei uns braucht normal keiner seinen Ausweis vorzeigen. ›Ein Bargeld ist der beste Pass‹, sagt die Wirtin allerweil. Und der da oben hat ja auch gleich für eine ganze Woche im Voraus gezahlt. War ja sowieso der einzige Gast, seit Wochen schon. Derweil hat grad gestern noch wer ang'fragt – und zwar gleich alle zehn Zimmer hätt der mieten wolln, während mir ja leider bloß neune frei g'habt ham. Da wär's fast g'scheiter g'wesen, die Chefin hätt den da oben gleich woanders untergebracht. Privat oder so. Ganz ausg'bucht waren mir nämlich noch nie. Und dann scheitert das an einem Zimmer!«

Mit gerunzelter Stirn musterte die Kommissarin die Küchenhilfe und fragte dann streng: »Wann ist der da oben denn angereist?«

Die Kleine putzte sich die Nase. Ihre Augen waren rot und verquollen, und sie stotterte mit tränenerstickter Stimme: »Kommenden Donnerstag, hat s' g'sagt, tät s' ihn wieder abkassieren, falls er noch da wär, also muss der am Donnerstag letzter Woche kommen sein.«

»Interessant. Und heute ist Dienstag.« Franziska suchte den Blick der Küchenhilfe. »Wie heißen Sie eigentlich?«

»Daniela.«

»Daniela, erzählen Sie doch mal, was war das für ein Typ? Haben Sie ihn gesehen, haben Sie mit ihm gesprochen? Hat er vielleicht Besuch gekriegt? Wie war sein Tagesablauf?«

»Ich hab dem bloß sein Essen bracht. Der hat gleich g'sagt, dass er seine Ruh braucht, zum Arbeiten – naa, naa, den hat keiner b'sucht. Und ausgangen ist der auch nie. Ned einmal nunter in die Gaststuben. Wenn ich bei dem anklopft hab, war der immer allein. Entweder hat er grad was an sei'm Computer g'macht, oder er hat telefoniert, aber in einer Sprachen, die ich ned versteh. Manchmal hat er sich auch was im Fernsehen ang'schaut. Auf'm Sportkanal.«

»Und wenn Sie ihm dreimal am Tag das Essen brachten, haben Sie an seine Tür geklopft, und er hat geöffnet?«

Daniela nickte. »Genau.«

Franziska Hausmann beugte sich vor. »Wie war er denn so? Was für einen Eindruck hatten Sie von ihm? War er nett?«

Das Mädchen wand sich. Dann gestand es schüchtern: »Also, dem sein ganzes Piercing, das war fei irgendwie total geil. Überhaupt, richtig gut hat der ausg'schaut. Schon ein bisserl anders wie die Männer, die da sonst umeinandlaufen.«

»Ach was.« Franziska täuschte Interesse vor.

Daniela wurde rot. »Ja freilich, also ganz ehrlich, ich hätt den g'wiss ned von der Bettkante g'stoßen! Die Teres hat g'sagt, dass ihr vor dem grausen tät – und die Kreszenz hat's zum Glück gar ned so mitkriegt, aber ich selber find ja Piercing und Tattoos super. Ich hab natürlich ned alles g'sehn, bloß sein G'sicht und die tätowierten Arme, aber der hat ganz g'wiss auch noch ganz woanders einen echten Silberschmuck tragen …« Als habe man sie bei einer verbotenen Handlung ertappt, wurde sie plötzlich rot und wandte sich ab.

»Danke für Ihre Offenheit, Daniela. So etwas hilft uns oft am meisten weiter.«

Während Franziska zurück ins Büro der Juniorchefin ging, um ein paar Telefonate zu führen, versuchte sie, sich die unscheinbare und blasse Daniela in den Armen des untersetzten Tätowierten vorzustellen. Schon oft hatte sie sich gefragt, wie und vor allem warum manche Paare zusammenfanden, aber es gab dafür weder eine Formel noch eine Erklärung: Es war halt immer wieder ein Wunder. Außerdem war Danielas Verehrung ja unerwidert geblieben.

Als sie in die Gaststube zurückkam, standen ihre Kolleginnen und Kollegen von der Spurensicherung so am Tresen, dass Franziska sich einen Moment lang in das Arbeitsleben von Teres einfühlen konnte. So war das also, wenn ein Schwung Gäste kam und alle gleichzeitig bedient werden wollten. Ungeduldig trommelten einige von ihnen mit den Fingerkuppen auf die blank gewienerte Theke und hinterließen dort sichtbare Fingerabdrücke. Nein, Wirtin in einem ländlichen Gasthaus wäre nun wirklich nicht ihr Ding gewesen. Es gab noch schlimmere Berufe als der, den sie gewählt hatte.

»Wir sind da oben durch«, sagte der Leiter der Spurensicherung. »Aber es wäre nicht schlecht, wenn das ganze Stockwerk noch für ein paar Tage versiegelt bleiben könnte. Erstens wohnt da momentan eh keiner, und zweitens kommt's ja manchmal vor, dass man eine neue Erkenntnis hat und auf die Schnelle was nachprüfen muss.«

»Gut, dann machen wir das. Ist Zimmer acht versiegelt? Habt ihr was gefunden?«

Er nickte. »Jede Menge Fingerabdrücke, man weiß natürlich nicht, von wem, einen Koffer mit Papieren in vermutlich tschechischer Sprache und unverhältnismäßig viel schmutziger Wäsche, einen Laptop, dessen Passwort erst geknackt werden muss. Keine Wertsachen, keine Ausweispapiere, kein Geld. Wie hieß er denn nun?«

Franziska hob die Schultern. »Er ist bedauerlicherweise *aus Versehen* nicht ins Gästebuch eingetragen worden. Wir wissen nur, dass er am vergangenen Donnerstag angereist ist und für eine Woche im Voraus bezahlt hat.«

»Und woher kam er, wie ist er hierhergekommen und – was noch interessanter ist – warum ausgerechnet nach Kleinöd? Das ist ja nun nicht gerade der Münchner Hauptbahnhof.« Der Leiter der Spurensicherung schüttelte verständnislos den Kopf. »Kleinöd, das liegt für mich am Arsch der Welt.«

»Ist doch interessant, dass sich nunmehr selbst der Mittelpunkt der Welt an diesen Ort begeben muss.« Franziska grinste. Sie hatte diesen Kollegen noch nie leiden können. Dann wurde sie wieder sachlich: »Es sind halt viele Fragen offen, und die zu beantworten ist schließlich unser Job. Also, nehmen Sie bitte alles, was tragbar ist, mit ins Labor. Auch den Papierkorb hier.«

Sie seufzte und erinnerte sich daran, dass sie heute früh beim Blumengießen noch ein bisschen Langeweile verspürt und sich gefragt hatte, ob sie nicht doch mal ins Archiv gehen sollte, um sich mit alten und ungelösten Fällen auseinanderzusetzen. Na, das musste also erneut aufgeschoben werden.

In dem Moment klopfte ihr jemand auf die Schulter. Es war Eduard Daxhuber, der von hinten an sie herangetreten war. Sie zuckte zusammen.

»Der Adolf ist noch oben blieben, weil die Kreszentia grad aufg'wacht ist. Könnten ned Sie ihr das sagen?«

Franziska zog die Stirn kraus. »Was denn?«

»Dass die die Teres mitg'nommen haben und kein Mensch weiß, ob die jemals wieder lebendig aus'm Krankenhaus rauskommt.«

»Um Gottes willen, wie kommen Sie denn darauf?«

Eduard seufzte und raunte ihr vertraulich zu: »Also wenn meine Otti so ausschaun tät – echt, da tät ich mir fei schon Sorgen machen. Die Teres hat ganz g'wiss zumindest ein … Momenterl, gleich hab ich's, erst neulich war's im Fernsehen, im *Gesundheitsmagazin Praxis,* genau … so ein Schädel-Hirn-Trauma.« Er gab seine Diagnose in allerfeinstem Hochdeutsch ab.

Franziska schluckte und fragte schnell. »Hat der Notarzt Ihnen seine Karte gegeben?«

Ihr Gegenüber nickte, knöpfte sich den weißen Schutzanzug auf, und ihr strömte eine Wolke von Schweißluft entgegen. Gewissenhaft wühlte der zum Polizeiobermeisterassistenten aufgestiegene Herr Daxhuber in seiner hinteren rechten Hosentasche. Er legte ein Schlüsselbund, eine Baumarktkundenkarte, eine Packung Papiertaschentücher, ein Feuerzeug, ein Taschenmesser und sein Handy auf einen der Esstische. Endlich fand er die Karte des Arztes und schob sie der Kommissarin zu.

»Okay, ich ruf da gleich mal an. Vielleicht ist es ja gar nicht so schlimm. Hoffentlich nicht. Auf jeden Fall sollten wir wissen, woran wir sind.«

Zurück in Teres' Büro, setzte sie sich an deren wunderbaren Holzschreibtisch und malte sich aus, wie sie ihn restaurieren und was für ein Schmuckstück sie aus ihm machen würde, während sie sich mit dem diensthabenden Arzt des Krankenhauses verbinden ließ.

»Unter uns gesagt, die kann sofort wieder heim. Eine dicke Beule, sonst nichts. Aber sie will nicht nach Hause.«

»Was?«

»Na ja, sie sagt, es geht kein Bus mehr, und zu Fuß ist es ihr zu weit, und wenn der Notarzt sie ins Krankenhaus verschleppt hat, obwohl sie gar nicht krank ist, muss er auch dafür sorgen, dass sie wieder heimkommt. Sie weigert sich, ein Taxi zu nehmen.«

Franziska grinste. Das passte zu Teres. Dann fragte sie: »Und jetzt?«

Der Arzt stöhnte demonstrativ: »Wir haben eigentlich kein Bett frei. Was soll ich tun?«

»Ich kümmere mich drum«, beruhigte Franziska ihn. »In der nächsten Stunde kommt ein Kollege vorbei, der soll sie dann auf Staatskosten nach Hause fahren.«

Teres Schachner saß empört auf ihrem Bett im Flur des Landauer Krankenhauses. Sie hatte keine Ahnung, wie sie hergekommen war, und wollte es auch gar nicht so genau wissen. Auf jeden Fall trug sie nichts als ihren alten grünweißen Putzkittel und darunter Unterwäsche von zweifelhafter Qualität. Außerdem fehlte ihr der linke Schuh, und niemand hatte sie gefragt oder informiert, alles war ihr irgendwie geschehen. Nun hockte sie hier und sollte wieder weg, dabei war es gar nicht ihre Entscheidung gewesen, hierherzukommen. Und was das Schlimmste war: Sie hatte keine Zigaretten, und dieses blöde Krankenhaus war eine einzige und nicht enden wollende Nichtraucherzone.

Sobald sie sich an den Hinterkopf fasste, spürte sie, dass die Haarspange aus echtem Horn verschwunden war und sich dort ein Schmerz aufschichtete, den sie nicht gebrauchen konnte. Wie soll ich schlafen?, fragte sie sich, weil sie doch immer ordentlich auf dem Rücken lag – mit gefalteten Händen und straff heruntergezogenem Nachthemd, damit niemand Arbeit mit ihr hatte, falls sie im Schlaf entschliefe. Sie hatte früh gelernt, so zu funktionieren, dass sie niemandem Schwierigkeiten oder Ärger machte. Und nun diese Peinlichkeit! Ihr Körper war nicht in Kleinöd, wo er eigentlich hingehörte, sondern in diesem großen Haus mit den langen Fluren, den weißen Wänden und dem Rauchverbot. Sie beugte sich vor, und ihr ungebändigtes Haar fiel wie ein schlammfarbener Vorhang vor ihr Gesicht. Was sollte das alles?

Als sie den Kopf erneut hob, stand er vor ihr. Gerade, hochgewachsen und mit klarem Blick. Er lächelte. Erstaunt blickte sie sich um. Nein, da war sonst niemand. Er lächelte nur sie an.

»Sie sind Frau Schachner? Teres Schachner?«, fragte er.

In dem Moment war ihr klar, dass sie nun endgültig verrückt geworden oder im Narrenhaus gelandet sein musste, denn noch nie hatte jemand »Frau Schachner« zu ihr gesagt. Weder die Spirituosenvertreter noch die Gäste, und auch nicht die Küchenhilfen oder gar der neue Koch. Sie war immer und für alle nur »die Teres« oder »Frau Wirtin« oder »Juniorwirtin«, wobei ihr dies letztgenannte Wort, je älter sie wurde, umso lächerlicher erschien.

Noch immer war ihr sein rechter Arm entgegengestreckt. Vorsichtig ergriff sie seine Hand und drückte sie, brachte jedoch angesichts all dieser Aufregung nicht mehr als ein schlichtes »Ja« zustande.

Das schien ihm zu genügen.

»Darf ich mich vorstellen?« Er verbeugte sich so, wie sie es manchmal auf dem Wiener Opernball im Fernsehen gesehen hatte und wie sich auch die Herren des Ballettes im Musikantenstadel vor ihren Tänzerinnen verbeugten. »Mein Name ist Otmar Kandler, und ich habe den Auftrag, Sie wieder heimzufahren. Heim nach Kleinöd. Kommen Sie?« Er reichte ihr den Arm, und sie hakte sich bei ihm ein und schritt trotz des fehlenden Schuhs wie auf Wolken neben ihm her. Ein Mann! Nur für sie.

Kaum saßen sie im Wagen, fragte sie nach Zigaretten. Wenn sie jetzt eine rauchen könnte, wäre ihr Glück vollkommen, und sie wüsste, dass sich ihr Leben gelohnt hätte für nur diesen einen Moment des absoluten Wohlgefühls, für den Augenblick, an dem alles perfekt wäre. Hundertprozentig perfekt.

»Das ist ein Dienstwagen«, klärte er sie auf. »Eigentlich wird hier nicht geraucht ... aber ich gehöre auch noch zu den Süchtigen. Was halten Sie davon, wenn ich auf einen Parkplatz fahre, wir lassen beide unsere Seitenfenster herunter und qualmen ein bisschen die Gegend voll?«

Sie nickte ergriffen und betrachtete ihn verstohlen von der Seite. Er war etwa so alt wie sie, aber so ganz anders als alle Männer, die sie kannte. Sie kannte Trinker, Schwätzer, Wichtigtuer, Besserwisser, Schreihälse und Schweigsame. Sexbesessene hatte sie gekannt, die in ihrem Hinterstübchen verschwanden, um dort Dinge zu tun, von denen sie besser nichts wusste, und Spieler, die in einer Nacht Haus und Hof verzockten und beim Frühstück von Peanuts sprachen.

Aber noch nie hatte jemand Frau Schachner zu ihr gesagt, nichts von ihr gewollt, sondern sie freundlich durch den späten Nachmittag kutschiert und ihr sogar eine Zigarette geschenkt. Otmar, was für ein wunderbarer Name. Klang er nicht ein bisschen wie Osman? Und war nicht das Osmanische Reich das prachtvollste aller Herrschertümer gewesen? Sie schluckte. Dass sie so etwas Schönes noch erleben durfte. Ihr Glück war vollkommen.

Kapitel 6

Wie an jedem Mittwochvormittag war Ottilie auch heute mit ihrem Fahrrad zum Supermarkt des Neubauviertels gefahren, um ihre Speisekammer mit Grundnahrungsmitteln aufzufüllen. Seit ihr Enkel Paul nicht mehr bei ihnen wohnte, hatte sie sich die Vormittage der Woche genau eingeteilt, um ein wenig Struktur in den unförmigen Brei von Tagen zu bringen, an dessen Trägheit sie sonst zu ersticken drohte.

Montags kümmerte sie sich um die Wäsche, dienstags wurde gebügelt. Mittwochs wurde im Supermarkt eingekauft, wobei sie gleich einen groben Speiseplan für die nächsten sieben Tage festlegte. An Donnerstagen putzte sie im Untergeschoss, und freitags standen die Räume im ersten Stock auf ihrem Putzplan. Jeden Samstag um achtzehn Uhr fuhren sie und Eduard zum Globus nach Plattling und kauften Fleisch, Getränke und frisches Gemüse für die kommende Woche ein.

Die Sonntage waren schrecklich. Nach dem Kirchgang und dem Kochen gab es nichts mehr zu tun, und alle Uhren der Welt verwandelten sich in hinterhältig klebrige Scheiben, an denen die Zeiger pappten und die Zeit erstarren ließen, während Ottilie auf einem Stuhl hinter der Küchengardine saß, auf die so gut wie leere Dorfstraße blickte und Eduard im Wohnzimmer durch die Welt chattete, wie er es nannte. Abends ging es dann wieder, weil da Adolf Schmiedinger kam und sie bereits am späten Nachmittag in der Küche eine Platte mit Schnittchen herrichten konnte, damit sie keine Not litten, während sie beim Tatortgucken im Fernsehen die neuesten Ermittlungstechniken kennenlernten und sich über die Bösartigkeit der Welt aufklären ließen.

Doch heute war Mittwoch, und Ottilie fragte sich, wie die Binder es wieder einmal geschafft haben mochte, ihren Vorgarten mit rosafarbenen Hyazinthen zu bestücken, die heuer auch noch so duftintensiv waren, dass sie sich wie in einer Parfümwolke fühlte. Nur Rosa. Das konnte man den Zwiebeln doch beim Kauf nicht ansehen! Und trotzdem hatte die Binder es wieder einmal so hingekriegt, dass ihr Garten wie ein grüner Teppich mit rosafarbenen Ornamenten wirkte und die Fotoredakteure von *Mein schöner Garten* sicher schon um Termine bettelten.

»Rosa – ja geht's denn noch?«, murmelte sie. »Was für eine greisliche Farb, pfui Deifi. Bald schlimmer noch als Grün und Blau, und die Farben tragt ja bekanntlich dem Kasperl sei Frau!« Seit Oktober vergangenen Jahres hasste sie alles Rosafarbene, vor allem rosa leuchtende Kinderwagen und Kinderkleidchen.

Charlotte Rücker dagegen, ihre Nachbarin, würde die aktuelle Farbwahl der Binder garantiert als ganz persönliches Kompliment betrachten, und das alles nur, weil sie unter der Woche ein fünf Monate altes Mädchen mit dem unsäglichen Namen Eulalia-Sophie betreute. Die Tochter ihrer Lieblingsnichte.

Sobald Ottilie Charlotte mit dem Kinderwagen über die Dorfstraße kommen sah, drehte sie sich schnell zur Seite und kämpfte mit den Tränen. Auch fand sie immer einen Vorwand, um ganz schnell irgendwohin zu müssen und es wahnsinnig eilig zu haben. Sie wollte das Kind nicht sehen. Es tat noch zu weh.

Ihr Enkel Paul war auch einmal so klein gewesen und hatte in diesem Alter bei ihnen gelebt. Damals hatte sie einen Kinderwagen geschoben, und ihre Sehnsucht nach diesem Kind wuchs erneut ins Unermessliche.

Das alles fiel ihr beim Anblick der rosafarbenen Hyazinthen ein. Mit zusammengebissenen Zähnen strampelte sie eine zusätzliche Runde um den Supermarkt und schluckte die Tränen hinunter. Das half heute, wie es fast immer half. Anfangs, in den ersten Dezemberwochen des vergangenen Jahres, hatte es jedoch eine Phase gegeben, in der sie mit ihrer »Zeitlang nach dem Paul«, wie sie ihre Sehnsucht nannte, nicht umgehen konnte und zum Friedhof geradelt war, um vor dem Grab ihrer Eltern lange und bitterlich zu weinen. Das war legitim. Einmal hatte sich Hochwürden Moosthenninger zu ihr auf die Bank gesetzt und nach Worten des Trostes gesucht. Sie hatte ihn reden lassen und seine Sätze, die von Gottes segenreicher Hand handelten und mit denen er ihr versicherte, dass auch Schmerz und Trauer zum Leben gehörten und einen tiefen und bedeutsamen Sinn hätten, an sich abprallen lassen. Als ihre Tränen nicht versiegten, hatte er ihr sein Taschentuch gereicht, und sie hatte sich lange und ausführlich mit seinem frisch gestärkten und mit Bügelfalten versehenen weißen Schnupftuch die Nase geputzt.

Während sie nun einen Euro in den Einkaufswagen steckte, warf sie einen Kontrollblick auf den Parkplatz. Nein, Charlottes Auto war nicht zu sehen. Diese Begegnung blieb ihr also heute erspart, und das war auch gut so.

»Ein paar Minuten länger zum Einkaufen, so viel Zeit sollt ja wohl auch für uns Hausweiber drin sein«, sagte Johanna Langrieger eine halbe Stunde später zu Ottilie Daxhuber. Die beiden Frauen standen gemeinsam an einem Stehtisch des Supermarkt-Backshops und gönnten sich den zweiten Cappuccino zu ihrem Stückchen Eierlikörtorte. Am runden Fuß des Tisches lehnten zwei prall gefüllte Einkaufstaschen. »Seitdem dass meine Buben aus'm Haus sind, koch ich eh bloß noch am Wochenend ein richtiges Essen.«

»Mein Eduard kriegt jeden Tag allerweil um Schlag zwölfe einen Mordshunger«, gestand Ottilie. »Wie einem Maurer fallt dem da die Kelle aus der Hand. Da tätst echt die Uhr stellen können nach dem. Auch wenn er jetzt kaum noch körperlich arbeitet und bloß noch mit seinem depperten Internet umeinandertut. Ich hätt ja früher glatt g'meint g'habt, wenn ein Mann nix tut, nachad tät der auch keinen Hunger haben. Da hab ich mich aber sauber g'schnitten g'habt.«

»Sag einmal, Otti …« Johanna beugte sich vor. »Du hast doch g'wiss auch schon mitkriegt, dass unsere Nachbarin, die Binder, wieder in Kleinöd wohnt? Und das heuer auch noch viel früher als wie sonst?«

»Das hätt'n mir ja wohl kaum übersehn können. Z'erst dieses Riesentrumm von einem Lastwagen mit den fürchterlichen Skulpturen und ein paar Stunden später der Gärtner mit denen ganzen Katzen. Der hat s' gleich rauslassen aus die Käfige, und dann sind s' sofort wieder wie deppert in der ganzen Gegend umeinanderg'streunt und haben in sämtliche Vorgärten g'macht. Irgendwann werden die hoffentlich alle z'sammg'fahren. Und auf d' Nacht ist dann die Madam höchstselber kommen, in einem silberfarbenen Saab – natürlich schon wieder ein nagelneuer Karren – und hat ihren *Gärtner* grüßt, als hätt s' den jahrelang schon nimmer g'sehn g'habt. Mit Bussi hier und Bussi da.«

»Auf alle Fälle kommt die Binder mittlerweile bald schon jedes Jahr früher her«, stellte Johanna fest, schüttelte den Kopf und seufzte theatralisch. »Und nachad können mir allerweil schon die Tag abzählen, bis dass der Rummel wieder losgeht und uns die Ruh naustragt aus'm Ort.«

»Für mich hat das was damit zum tun, dass sich die Jahreszeiten so arg verschieben«, behauptete Ottilie und fragte dann mit einem lauernden Unterton: »Meinst ned auch, dass die heuer blumenmäßig verstärkt in Richtung Rosa geht?«

Johanna nickte und verdrehte die Augen: »Das ganze rosa Zeug, das hältst doch im Kopf gar ned aus. Und zwischenrein stehen überall ihre Gruselmonster umeinand. Das wird wieder ein g'fundenes Fressen werden für die ganzen Kunstzeitschriften.«

Hinter ihnen wurde es mit einem Mal laut, und jemand rief mit vor Empörung schriller Stimme: »Was tät denn das jetzt schon wieder heißen, von wegen kein echtes Geld? Ham Sie denn noch keinen Fünfhunderter g'sehn? Freilich ist das auch ein echtes Geld! Sonst tät ich ja wohl kaum zahlen wollen damit!«

»Wissen S', mein Herr, da müssen S' bitt schön schon auch ein bisserl Verständnis haben, aber bei einem so großen Schein müssen mir laut Vorschrift den Geschäftsführer holen. Reine Routine, sonst gar nix«, versuchte die Kassiererin den Kunden zu beruhigen.

»Mein Herr, mein Herr«, äffte der Entrüstete sie nach. »So hat mich ja schon ewig keiner mehr ang'redet! Wie kommt's denn bloß, hat's am End gar doch was mit meinem nagelneuen Fünfhunderter zum tun? Der Mammon ist halt euer Götze, gell, euer Goldenes Kaiberl, wo ihr alle drum rumtanzt wie die Blöden!«

»Jessas naa, der Leopold schon wieder!«, wandte sich Ottilie an ihre Nachbarin.

»Dass der sich allerweil noch bei uns rumtreiben darf«, ergänzte Johanna Langrieger. »Das liegt doch garantiert an nix anderm, als dass der mit dem Schmiedinger Adolf verwandt ist. Sonst hätt da doch schon längst einer ein Machtwort g'sprochen. Aber da sag ich jetzt nix mehr dazu, weil das ist doch garantiert wieder eine ganz eine ausg'schamte politische Strategie von unserm Bürgermeister, und von dem und seiner Politik will ich lieber gar nix wissen.« Sie machte eine kaum merkliche Kopfbewegung in Richtung Kasse. »Da, schau g'schwind hin!«

Sie sahen den Geschäftsführer des Supermarktes im Stechschritt durch die gefüllten Regalwände eilen. Es war ein junger, etwas blässlicher Mann in Jeans und Rollkragenpullover, der allmorgendlich aus Landau anreiste und nach Ladenschluss wieder dorthin verschwand. Er hatte sich lose einen weißen Kittel übergezogen, und Ottilie dachte, dass er darin aussah wie ein Arzt, sie sich aber einem Arzt mit solch einer Ausstrahlung niemals anvertrauen würde.

»Wie heißen mir denn überhaupt?«, fuhr der Filialleiter nun jenen Kunden an, der mit einem blauen Fünfhunderterschein bezahlen wollte.

Die beiden Frauen rührten in ihren Cappuccinos und beobachteten die Szene mit gespielter Gleichgültigkeit.

»Geh weiter, du kennst mich doch!«, konterte sein Kunde. »Was soll denn der Schmarrn?« Er zog seinen Einkaufswagen näher zu sich heran und nahm seine Beute ins Visier. »Und seit wann wär denn das verboten, dass man sich ein gepflegtes Flascherl Schampus kauft?«

»Verboten ist das ned. Aber Sie entschuldigen ja hoffentlich schon, dass das halt doch irgendwie auffällt, wenn akkurat jemand wie Sie plötzlich mit einer so großen Banknote zahlen will. Also, wie war gleich wieder der Name?«

»Schmiedinger.«

»Schmiedinger?« Der Filialleiter stutzte. »Und ich hätt g'meint, du wärst der Poldi?«

»Leopold ist der Vorname. Du hast ja meinen Nachnamen wissen wollen«, stellte der kleine Mann klar.

»Soso. Und wo sollt ein solcher Hungerleider wie Sie, Herr Schmiedinger, mit einem Schlag einen solchen Haufen Geld herhaben?«, fragte der Filialleiter und blieb konsequent beim »Sie«.

Selbstbewusst reckte sich der Schmiedinger Poldi und rief so laut, dass jeder es hören konnte: »Dadrüber bin ich ja wohl niemandem auch nur die geringste Rechenschaft schuldig!«

Der Filialleiter nahm ein Stück nach dem anderen aus dem Einkaufswagen und platzierte es wie zur Dekoration auf dem Laufband. »Da lassen mir's heut aber mal sauber krachen, mein lieber Schwan«, kommentierte er und stellte zu dem Champagner drei Flaschen Jägermeister, legte zwölf Semmeln im Plastikbeutel dazu, begutachtete eine Himbeersahnetorte aus der Tiefkühltruhe sowie zwei luftgetrocknete Salami und eine Packung Kartoffelchips. »Ich mein allerweil, da soll heut noch eine richtige kleine Party steigen, oder was ham S' denn da sonst so plant?«

Um die beiden herum hatte sich schon eine kleine Menschenmenge versammelt.

»Was haben S' denn bloß gegen den Herrn?«, regte sich ein älterer Mann mit kariertem Hut auf. »Mir anderen wollen auch noch irgendwann einmal drankommen an der Kasse.«

»Dieses Subjekt da, dieser Schmiedinger Leopold«, erklärte der weiß bekittelte Filialleiter, »den heißt man auf vornehm einen Bürger ohne festen Wohnsitz, was nix anders ist als ein Landstreicher, der bloß dank seinem Vetter Adolf, dem hiesigen Polizeiobermeister, in Kleinöd eine halbscharige Bleibe g'funden hat. Der haust in einem Gartenhäusl an der Vils drunten. Das Grundstück hat sich die Bildhauerin Ilse Binder letztes Jahr dazukauft, damit s' eventuell später einmal ihren Ausstellungspark erweitern kann. Und jetzt ist die halt so deppert oder naiv, dass die den feinen Herrn da duldet und umsonst wohnen lasst. So einer kann unmöglich auf legalem Weg an einen so fetten Geldschein kommen sein. Und daher müsst ich's ja wohl zuallermindest nachprüfen!«

»Allmählich pressiert's uns aber!«, stellte der Mann mit dem Hut klar und packte seine Waren auf das Band.

Der Filialleiter beachtete ihn nicht und holte zu weiteren Erklärungen aus: »Im letzten Winter, da hat sich der bald täglich im Markt rumtrieben, und alle ham sich schon bei mir beschwert, vor allem über seinen G'stank, weil scheinbar wascht sich der ja auch ned regelmäßig. Also hab ich über den Polizeiobermeister Schmiedinger Kontakt zur Binder aufg'nommen und drum gebeten, dass die doch diese Zumutung für alle im Ort unterbinden möcht. Leider ohne jeden Erfolg!« Er seufzte. »Eigentum verpflichtet, hab ich g'sagt. Das steht nämlich schon in unserem Grundgesetz so drin, und dann tät das ja wohl auch für Sie gelten!«

»Das kann ich mir fei lebhaft vorstellen, bei der g'spinnerten Urschl!«, flüsterte Ottilie Daxhuber ihrer Nachbarin Johanna zu, und beide spitzten die Ohren, während der Filialleiter weiter auf den Kunden mit dem Hut einredete.

»Diese Frau Binder hat dann doch tatsächlich g'sagt: ›Soll er ruhig da wohnen bleiben, mich stört's ned – das ist doch allemal besser, als wenn ein wertvoller Wohnraum ungenutzt leer steht! Sagen S' ihm bitt schön unbekannterweise einen schönen Gruß von mir.‹ Das ist doch ned zum fassen, oder?« Kopfschüttelnd wies er auf Leopold Schmiedinger. »Und jetzt würd ich gern wissen, wie ein solcher Strolch wie der da so mir nix, dir nix an fünfhundert Euro kommen sollte!«

»Ich hab's halt geschenkt kriegt, das Geld. Auch wenn's dich normal gar nix angehn tät!«, unterbrach Leopold ihn und stampfte mit dem Fuß auf. »Und ein richtiges Geld ist's auch, das weißt eh ganz genau. Du hast den Schein doch schon mindestens zehn Mal hing'halten an deinen Echtheitsprüfer unter der Kasse, meinst denn, ich wär blind? Und gepiepst hat da jeweils gar nix!«

»Wenn's echt ist, nachad geben S' ihm halt endlich raus, Herrgott noch mal. Mir ham schließlich ned den ganzen Tag Zeit zum Ratschen da herin!«, mischte sich eine Kundin ein. Der Herr mit Hut nickte heftig. Der Geschäftsführer seufzte vernehmlich, öffnete aber die Kasse und zählte das Wechselgeld ab.

Der Schmiedinger Leopold nickte befreit. Ottilie betrachtete ihn eingehend. Sie hatte noch nie einen Hartz-IV-Empfänger gesehen und war bisher davon überzeugt gewesen, dass solche Gestalten nur in Unterführungen von Großstädten anzutreffen seien. Er sah eigentlich ganz normal aus. Mittelgroß, ziemlich dünn und hatte sein Haar von der Mitte des Kopfes her gleichmäßig nach allen Seiten gekämmt. Doch dann entdeckte sie das Besondere an ihm: Sein Körper insgesamt, aber auch die Details seines Körpers hatten die Form von Dreiecken. Der Kopf mit breiter Stirn lief aus in einem spitzen Kinn. Die Nase war ein Dreieck, ebenso der Oberkörper, dessen spitzeste Ecke in der Taille verschwand. Sogar seine Ohren sahen aus wie verunglückte Dreiecke, und sie kniff mehrmals die Augen zusammen – die Formen blieben.

Ottilie entwickelte blitzschnell eine Theorie des Zusammenhangs von Körperform und gesellschaftlichem Stand. Runde Menschen, so wie sie und ihr Mann, aber auch Adolf Schmiedinger, gehörten – ihrer Hypothese entsprechend – zum Mittelstand, ganz dünne wie Teres und deren Mutter Kreszentia zur schwer arbeitenden Klasse, und die wirklich Reichen waren entweder so entsetzlich dick wie Ilse Binder oder so dünn wie jetzt Karl Lagerfeld, der angeblich einen eigenen Diätkoch hatte. Hartz-IV-Empfänger dagegen zeichneten sich durch vieleckige geometrische Formen aus.

Sie hätte zu gern noch einen weiteren Hartz-IV-Empfänger kennengelernt, um ihre Theorie bestätigt zu finden, und so überfiel sie ihren Mann Eduard beim Heimkommen als Erstes mit der Frage, ob es möglich sei, dass auch in Kleinöd solche Leute wohnten und ob er jemanden auf dem Amt kenne, den man deswegen fragen könne.

Eduard schüttelte genervt den Kopf und erklärte ihr, dass er für einen solchen Schmarrn momentan wirklich gar keine Zeit habe, weil er nun dringend zum Adolf müsse.

»Wegen was musst denn du schon wieder zu dem nüber?«, wollte sie wissen und packte enttäuscht Mehl- und Zuckertüten sowie eingedoste Heringsfilets in den Vorratsschrank.

»Ja mei, stell dir vor«, sagte er, »da zieh ich grad meine Arbeitshosen an und find da drin glatt den Zettel mit den Personalien von dem Spediteur Delle und dem seine Leut. Und das sind wichtige Angaben, die müssen logisch ganz dringend nach Landau zur Kommissarin. Ich Depp hab halt gestern schlicht und einfach vergessen g'habt, dass ich den Zettel an den Adolf oder die Frau Hausmann weitergeben hätt sollen. Weißt eh, ich bin doch jetzt drüben auf'm Revier voll einbunden, in die Ermittlungen da.«

»Echt wahr? Du?« Sie sah ihn mit großen Augen an. »Wie hast dann so was bloß vergessen können, gleich so was Wichtig's? Na ja, wenigstens kommst noch ein bisserl an die frische Luft.«

Er hob die Schultern. »Also ich weiß ja selber auch ned, wie mir das mit dem Zettel passiern hat können. Da war gestern mit einem Mal eine solche Aufregung da drinnen in dem Wirtshaus, da ist alles drunter und drüber und mir der Zettel irgendwie durch die Lappen gangen. Stell dir bloß vor, mir von der Polizei stehn da mit dem Personal beieinand. Die Kommissarin bringt der Kreszentia grad schonend bei, dass die Teres im Krankenhaus ist. Dann sagt die Hausmann, der Blaue Vogel müsst jetzt mindestens zwei Tage g'schlossen bleiben. Und die Kreszentia fangt zu plärren und zu toben an, von wegen, das Gasthaus wär in den vergangenen hundert Jahr ned einen einzigen Tag g'schlossen g'wesen, und so sollt das auch bleiben. Und als der Adolf probiert hat, ein Machtwort zu sprechen, da hat s' g'sagt, wenn er sich weiter so aufführen möcht, tät er nie wieder ein Bier kriegen da herin. Und dann verdonnert s' die Daniela zum Thekendienst und schickt den Koch in seine Küche. Und wie grad ein bisserl eine Ruhe g'herrscht hat, da geht die Tür auf, und die Teres rauscht eini.«

»Wie rauscht eini?« Ottilie schüttelte ungläubig den Kopf. »Ich hätt g'meint, die wär halbert hin g'wesen von dem Schlag?«

»Ich weiß grad ned, wie ich das anders ausdrücken sollte«, erklärte Eduard. »Die Teres hat einen Gesichtsausdruck g'habt, den ich noch nie an der g'sehn hab. Ich hab ja allerweil g'meint, das wär angeboren, ihre Mundwinkel, die nach unten hängen, und die Falten am Kinn. Aber du hättst die Frau gestern sehen sollen: Rauscht in die Gaststube eini in ihrem Kittelkleid und mit bloß einem Schuh und strahlt übers ganze G'sicht, und neben ihr geht ein Mann, und sie sagt: ›Das wär übrigens der Otmar.‹«

»Ein Mann? Ich glaub's ned!« Ottilie schüttelte den Kopf. »Da musst dich verschaut haben!«

»Doch, glaub mir, akkurat so war's. Und stell dir vor: Grad in dem Moment ist dann die Kreszentia in Ohnmacht g'fallen, und mir ham schon wieder den Notarzt rufen können.« Er unterbrach sich und warf einen kurzen Blick auf seine Uhr: »Ja, was ist denn das, so spät ist's schon wieder? Vor lauter Ratschen! Jetzt darf ich aber schauen, dass ich weiterkomm.«

Kapitel 7

Die Spurensicherung hatte es am Dienstagabend nicht mehr geschafft, das Passwort des Notebooks zu knacken, und Franziska rief am Mittwoch in der Früh bei Europol in Prag an, um einen tschechischen Spezialisten anzufordern.

Diese grenzübergreifende Zusammenarbeit hat schon was für sich, dachte sie und konnte sich gar nicht mehr vorstellen, wie kompliziert die Ermittlungen früher gewesen sein mussten, als für jede winzige Anfrage Unmengen von Formularen auszufüllen waren und es noch kein World Wide Web gab.

Bereits eine halbe Stunde später hatten sich die Kollegen aus Prag über das Internet ins Notebook eingeloggt. Fasziniert beobachtete Franziska, wie es auf dem Bildschirm flimmerte und der Cursor Buchstaben und Zeichen setzte. Ein Kommissar aus Prag hatte ihr mit sonorer Stimme am Telefon versprochen, spätestens morgen nach Landau zu kommen und sie bei ihrer Arbeit zu unterstützen. »Vier Augen sehen mehr als zwei. Außerdem handelt es sich bei dem Notebook um ein tschechisches Fabrikat. Der Tote ist somit mein Landsmann. Wir leiden hier momentan extrem unter Bandenkriegen im Rotlichtmilieu, zudem hat sich da so eine eigenartige Gemeinschaft gebildet – und alles, was Sie mir gesagt haben, passt in beide Schemata.«

Auf die tschechischen Kollegen war sie gekommen, als Daniela sagte, sie habe zwar kein Wort der Telefonate von Zimmer acht verstanden, aber zwischendrin habe der von da oben immer wieder »Marianske Lazne« gebrüllt. Mal mit Ausrufungszeichen, mal als Frage. »G'wiss ist das der Name von dem seiner Frau g'wesen«, schlussfolgerte sie kühn und fügte hinzu: »Und nachad heißt der vermutlich mit'm Nachnamen auch Lazne.«

»Naa, da täuschen S' Ihnen fei, ich glaub eher, dass das der böhmische Name für Marienbad wär«, hatte Polizeiobermeister Adolf Schmiedinger sie unterbrochen und mit kippender Stimme gestanden: »Da wollten mir nämlich immer mal hin, eine Kur machen, meine Erna und ich. Hat aber leider nimmer klappt.«

So unglücklich, wie er in diesem Moment schaute, war klar, dass weder seine Erna zurückgekommen war noch eine glückliche und dralle Hausfrau zu ihm gefunden hatte, um sein Leben mit Wärme und Essensduft zu füllen.

Die Hauptkommissarin hatte ihn daher besonders anerkennend angeschaut und so laut, dass alle es hören konnten, gesagt: »Das stimmt, da haben Sie recht. Vielen Dank, Herr Kollege. Marienbad! Dass wir darauf nicht selbst gekommen sind! Da haben Sie uns einen großen Schritt weitergeholfen.«

Bevor die Sache allerdings weiter vertieft werden konnte, hatte sich die Tür geöffnet und Teres ihren Auftritt hingelegt. Ungekämmt, aber königinnengleich war sie in ihren Blauen Vogel gekommen, um die Nase immer noch etwas blässlich und mit dunklen Schatten unter den Augen, dafür jedoch mit einer Ausstrahlung, die allen Anwesenden den Atem verschlug.

Lächelnd war sie zum Stammtisch geschritten und hatte sich dort gemeinsam mit diesem Otmar niedergelassen, und ganz still war es im Blauen Vogel geworden, und alle hatten Teres angestarrt.

»Was ist denn mit euch los, warum sagt ihr denn jetzt gar nix mehr?«, hatte Teres gefragt und bei Daniela für sich und ihren Begleiter zwei Apfelschorlen bestellt. »Mei, haben mir fei jetzt einen Durst!«

»Herr im Himmel, G'spenster ...«, hatte es aus der Speisenklappe getönt, und in diesem Moment war die Klappe zugefallen und dahinter etwas zu Boden gegangen.

Begleitet von leisen Flüchen hatte der Koch Kreszentia in eine stabile Seitenlage gebettet und über sein Handy den Notarzt gerufen, obwohl Otmar Kandler sich bereits um Teres' Mutter kümmerte, eine leichte Ohnmacht diagnostizierte und vermutete, sie habe zu wenig getrunken. »Alte Leute trinken immer viel zu wenig.«

Der Notarzt sollte ihm später recht geben, bestand aber trotzdem darauf, die Seniorwirtin für ein oder zwei Tage zur Beobachtung ins Krankenhaus einzuliefern.

»Kein Wunder, bei dem, was die heute schon alles erlebt hat«, kommentierte der Koch, und da erst hatte Teres erfahren, dass der Gast von Nummer acht ermordet worden war.

Franziska hatte sich zu ihr gesetzt, Block und Bleistift hervorgeholt und sanft gefragt: »Können Sie sich an seinen Namen erinnern? Wir haben das Gästebuch gefunden, aber da stand er noch nicht drin.«

»Was Sie ned sagen, echt? Nachad muss ich den wohl glatt zum eintragen vergessen haben! Weil man normal auch keine ruhige Minuten hat bei dem ewigen Zirkus da herin!«, reagierte Teres ungewöhnlich schnell auf diesen Vorwurf und wandte sich lächelnd an Otmar Kandler. »Normalerweis führ ich nämlich meine Bücher schon ausg'sprochen g'wissenhaft, aber in der letzten Zeit war wohl einfach zu viel los bei uns. Und nachad war das ja ein Ausländer.«

»Auch Ausländer sind meldepflichtig«, stellte die Kommissarin mit strenger Miene klar. »Wo kam er denn her?«

»Ich hab den ned g'fragt, aber ich tät schätzen, aus Tschechien. Unsere Männer sind ja eher ned so drauf, dass die sich überall tätowieren und mit Silberfischchen behängen lassen. Und da hätt er's natürlich auch geografisch g'sehn ned so arg weit g'habt.«

»Das waren fei ned bloß Silberfischchen, das waren schon richtig teuerige Schmuckstückerl! Ein Haufen Weißgold mit Brillanten, und alles von Hand ang'fertigt!«, widersprach die Küchenhilfe Daniela und fügte leise hinzu: »Hat ja auch super ausg'schaut an dem!«

»Über G'schmack lasst sich bekanntlich streiten«, hatte Teres geantwortet und wohlwollend in Richtung jenes Mannes gelächelt, der sie hierher gebracht hatte und den sie Otmar nannte. Der trug keinen Schmuck und war nicht tätowiert.

»Wer weiß, was die der im Krankenhaus gegeben haben«, flüsterte der Koch Daniela später zu. »Möglicherweise Drogen, so wie die drauf ist.«

Jetzt sichtete Franziska die wenigen Beweise, die die Spurensicherung im Zimmer des Toten gefunden hatte, und las den Bericht der kriminaltechnischen Untersuchung. Alles wies darauf hin, dass das Opfer seinem Mörder selbst die Tür geöffnet hatte, und da es am helllichten Tag geschehen war, konnte davon ausgegangen werden, dass die Waffe, mit der er erschossen worden war, eine CZ 75D Compact der Waffenfabrik Česká zbrojovka Uherský Brod, einen Schalldämpfer trug. Das Geschoss hatte seinen Kopf durchschlagen und sich laut Protokoll ins untere Drittel der rückwärtigen Zimmerwand gebohrt.

Im Papierkorb war eine Fahrkarte des Regionalbusses Plattling–Deggendorf gefunden worden, die am vergangenen Donnerstag um elf Uhr fünfundfünfzig aus dem Automaten am Plattlinger Bahnhofsvorplatz gezogen worden war.

Da haben wir doch schon was, dachte Franziska zuversichtlich. Vielleicht hatte ja einer von den Mitfahrern was gesehen, möglicherweise hatte sogar einer von ihnen mit ihm gesprochen. Immerhin war er mindestens fünfzig Minuten unterwegs gewesen. Sie griff zum Telefon und rief den Chefredakteur des Landauer Anzeigers an.

Hätte sie damals schon gewusst, welches Verhängnis dieser Anruf nach sich ziehen würde, so hätte sie sich die Sache sicher dreimal überlegt und sich letztendlich dagegen entschieden. Aber sie war nun mal keine Hellseherin und dachte sich nichts dabei, Georg Cannabich mit der Berichterstattung über den Mord zu ködern und ihn zu bitten, einen Zeugenaufruf zu schalten.

Denn Georg Cannabich setzte seinen engagiertesten und ehrgeizigsten Praktikanten darauf an, und Enzo Blumentritt, der ältere Bruder jener beiden Mädchen, die am vergangenen Donnerstag an der Grundschule von Pankofen in den Schulbus gestiegen waren, witterte seine Chance und erklärte diesen Fall augenblicklich zu seiner ganz persönlichen Chefsache.

Auf welche Art er sich das Foto des Toten beschafft haben mochte, konnte sich niemand erklären. Gustav Wiener schwor Stein und Bein, dass er keine Seele in die Pathologie gelassen habe und dort so allein gewesen sei, wie er es seit der Verrentung seines Kollegen immer war.

Es war ein gnädiges Foto: Enzo hatte es am Computer bearbeitet und einen Weichzeichner darübergezogen. Die

Zeitungsleser ahnten mehr, als dass sie es sahen, dass dort ein Verstorbener abgebildet war. Durch die grobe Auflösung wurde die Erkennbarkeit noch weiter heruntergeschraubt. Dafür aber schnellte die Auflage dieser Donnerstagsausgabe in die Höhe.

Der Artikel mit der reißerischen Überschrift »Unbekannte Leiche im Kleinöder Gasthaus zum Blauen Vogel entdeckt« war ein Meisterwerk der Vermutungen und Spekulationen. In ihm wurde angenommen, dass der Tote aus Tschechien komme, zwischen dreißig und fünfunddreißig Jahre zähle, möglicherweise einem gewissen Milieu entstamme und aus dubiösen Gründen nicht seinen Pass an der Rezeption vorgezeigt habe. Nach all diesen Andeutungen hieß es dann im Klartext: »Wer kennt den Ermordeten, wer hat ihn wann und wo gesehen, wie heißt er, woher kommt er, und was hatte er in Kleinöd zu tun? Sachdienliche Hinweise nimmt jede Polizeidienststelle entgegen.« Am Ende des Artikels waren drei Telefonnummern abgedruckt: die von der Landauer Zentrale, die von der Dienststelle des Polizeiobermeisters Schmiedinger sowie die Durchwahl zur Hauptkommissarin Franziska Hausmann. Damit sah die ganze Sache ungeheuer wichtig aus, auch wenn Enzo wegen Franziskas Durchwahl zunächst einmal eine heftige Rüge einstecken musste.

Der inzwischen zum Chefredakteur des Landauer Anzeigers avancierte Georg Cannabich hatte von Anfang an gewusst, dass sein diesjähriger Praktikant an der Sache dranbleiben und sicher auch ungewöhnliche Wege einschlagen würde, um den »Bildermenschen aus Kleinöd«, wie er aufgrund der vielen Tätowierungen redaktionsintern genannt wurde, weiterhin auf Seite eins zu halten. Immerhin lebte Enzo selbst in Kleinöd und war damit naturgemäß der bestinformierte Reporter vor Ort.

Enzo hatte sich beispielsweise schon von seinen Schwestern deren Begegnung mit dem Unbekannten schildern lassen und den Donnerstagsbus zur gleichen Zeit bestiegen, wie es der Unbekannte eine Woche zuvor getan hatte.

Aber seine Ermittlungen erbrachten ebenso wenig neue Erkenntnisse wie die Befragungen der Polizei. Dem Nachwuchsreporter des Landauer Anzeigers wurde bewusst, dass jedes Kind etwas anderes zu sehen gemeint hatte, und je öfter und intensiver über den Mord im Blauen Vogel gesprochen wurde, umso abenteuerlicher fielen die Erzählungen der Kinder aus.

Aber war das nicht immer so? Nehmen wir nicht immer nur das wahr, was wir erwarten? Der Schulbusfahrer hatte nicht damit gerechnet, dass ein Erwachsener zusteigen würde. Also hatte er ihn auch nicht registriert, sondern ihn einfach aus seinem Kontrollblick ausgeblendet. Als Enzo an diesem Abend mit dem letzten Regionalbus heimfuhr, notierte er sich Stichworte für einen künftigen Leitartikel zum Thema Wahrnehmung und Hinschauen. Es wurde Zeit, die grassierend um sich greifende Unfähigkeit zur Beobachtung anzuprangern: Weil wir immer nur auf den Bildschirm starren, egal ob Fernsehen, Internet oder das Display unserer digitalen Kamera, gehen wir davon aus, dass jedes Bild jederzeit abrufbar ist, und haben verlernt, so hinzuschauen, dass wir das Gesehene wirklichkeitsgetreu beschreiben können. Er war stolz auf seine Gedanken, da sie das ganze Dilemma des aktuellen Falls kurz und knapp auf den Punkt brachten, würde jedoch nie die Chance bekommen, seinen Kommentar zu publizieren.

»Da komm ich wie so ein Depp nix ahnend zum Adolf nüber und muss doch glatt von ihm erst erfahren, dass dem sein g'störter Vetter heut in der Früh im Supermarkt mit einem Fünfhunderteuroschein zahlt hat, der doch tatsächlich echt war«, schimpfte Eduard Daxhuber. »Ich versteh das ned, du warst doch heut in der Früh auch schon beim Einkaufen, hast denn du gar nix mitkriegt davon, oder warum sonst hast mir nix davon verzählt?«

»Hätt ich mit Sicherheit noch g'macht, aber du hast ja unbedingt wegmüssen«, sagte Ottilie.

»Weil du halt auch allerweil erst einen Haufen Schmarrn verzapfen musst, bevor du gnädigerweis vielleicht einmal zu den wirklich wichtigen Sachen kommst«, verteidigte er sich und berichtete aufgeregt: »Der Filialleiter hat nämlich beim Adolf ang'rufen g'habt und dem alles haargenau berichtet, und am End hat der dann wohl sogar behauptet, dass niemand anders als wie der Schmiedinger Leopold der Mörder von dem Fremden im Blauen Vogel g'wesen sein kann.«

»Ja, und?« Sie sah ihn erwartungsvoll an. »War er's denn dann oder ned?«

Eduard hob die Schultern. »Mei, woher sollt denn ich das wissen? Man steckt ja schließlich ned drin in dem seiner Haut …«

»Tätst es ihm denn theoretisch zutraun?«, fragte sie lauernd.

Er hob die Schultern und murmelte: »Also ehrlich g'sagt, eher ned. Ned wirklich. Aber auf alle Fälle schau ich heut auf d'Nacht mal auf einen Sprung in den Blauen Vogel eini. Vielleicht gibt's ja bis dahin sogar schon was Neues. Und schließlich bin ich ja jetzt dem Adolf sein Assistent, was mittlerweile sogar schon hochoffiziell ist, weil, er hat's nämlich der Kommissarin g'sagt, und als solcher muss ich mich ja fast zwangsläufig in der Dorfgemeinschaft blicken lassen. Überflüssig außerdem zum sagen, dass in einem solchen Fall freilich auch äußerste Wachsamkeit ang'sagt ist und dass zwei Paar Augen, Ohren und Nasen halt allemal mehr sehen, hören und riechen als wie je eins.«

Sie lächelte spöttisch. »Wenn's wirklich überflüssig wär, davon zu reden, warum hältst du dann ned einfach deine

Pappen? Außerdem brauchst mich ned für blöd verkaufen. Ich weiß genau, warum ihr zwei unbedingt abends im Vogel drüben recherchieren wollt. Und wichtiger wie Augen, Ohren und Nasen sind da nämlich garantiert eure Mäuler, in die ihr euch dann bei der Gelegenheit ungestört eine Halbe nach der anderen einischütten könnts. Aber wehe, wennst wieder strumpfsockert heimkommst und dann morgen früh deine Brille nimmer findest!«

Als er zehn Minuten später zwischen seinen Hühnern stand, überrollte ihn die Scham erneut mit einer Hitzewelle. Adolf war sein Freund. Adolf hatte ihn ins absolute Vertrauen gezogen, und er, Eduard, hatte ihm immer noch nichts von dem Telefongespräch erzählt. Und je mehr Zeit verging, umso schwieriger würde es werden; irgendwann wäre es vermutlich ganz unmöglich, und auch ihre Freundschaft könnte daran zerbrechen, aber wie sollte er anfangen?

Sollte er einfach sagen: »Horch mir g'schwind zu, Adolf, was ich dir schon lang einmal erzählen wollt: Ich hab nämlich letzthin doch einmal deine Privatnummer an wen weitergeben. Tut mir echt leid. Aber ich hatte mir da grad gar nix denkt und momentan auch völlig drauf vergessen, was ich dir einmal hoch und heilig hab versprechen müssen.«

Doch für ein solches Bekenntnis war es nun zu spät. Er hätte es gleich beichten müssen. Stattdessen hatte er dem zu jener Zeit atemlos vor seiner Tür stehenden Adolf ein Beruhigungsbier angeboten, ihn auf das grüne Sofa ins Wohnzimmer gesetzt und besänftigend auf ihn eingeredet. Mit großen Augen und vor Neugierde offen stehendem Mund war Ottilie aus der Küche gekommen und hatte sich die Hände an ihrer geblümten Kittelschürze abgetrocknet.

»Wenn ich den zum fassen krieg, der meine ganz private Nummer weitergeben hat, also dem verzähl ich was! Eine solche Unverschämtheit! Derweil tut die doch eh so gut wie fast keiner kennen. Nur meine allerengsten Vertrauten, meine wirklichen einzigen Freunde, nur die ganz verlässlichen Leute, grad einmal solche, die was mir ganz, ganz nahestehen! So nah wie du zum Beispiel. Viele gibt's da fei ned. Aber du tätst so was ja nie machen. Ach wo, das weiß ich doch. Aber eine solche Sauerei, wie das eine ist! Eigentlich war's ja bloß ganz logisch, dass die mich so was von eiskalt erwischt haben.«

»Kalt erwischt?«, echote Ottilie.

»Pfeilgrad.« Adolf setzte sich die Flasche an den Hals und gurgelte ausgiebig.

»Was war denn da los?«, fragte Eduard kleinlaut. Er ahnte Schlimmes und hielt sich an seinem Bier fest.

»Ja mei, da hat mich so ein Verwaltungsbeamter von der Justizvollzugsanstalt in Straubing ang'rufen und scheinheilig g'fragt, ob ich denn auch wirklich der Schmiedinger Adolf bin, und freilich hab ich da Ja g'sagt, weil ich ja gedacht hab, dass das was Dienstliches wär ...«

»Was Dienstliches wär?« Ottilie wiederholte die drei Worte wie eine Frage.

Eduard schwieg und bedachte seine Frau mit einem angewiderten Kopfschütteln.

»Ja eben, genau. Dabei hat sich's in Wahrheit um meinen Cousin dreht, den Vetter Leopold. Von einem Tag auf den andern wird der so mir nix, dir nix entlassen, mitten aus der Sicherungsverwahrung raus, ohne jede Vorwarnung und ohne alles, und dann weiß der freilich ned, wohin er soll, und was fällt dem ein? Ja richtig, da gäb's ja noch einen Vetter, und das ist ausgerechnet der Schmiedinger Adolf in Kleinöd.«

»In Kleinöd ...«, stellte Ottilie fest, und ihr Mann warf ihr erneut einen genervten Blick zu.

»Ist denn das der, mit dem deine Familie nie mehr was

zum tun haben wollt und wegen dem du dir die Geheimnummer zug'legt hast?«, wollte Eduard wissen.

»Genau der.« Adolf nickte. »Und jetzt haben s' mich kalt erwischt.«

»Kalt erwischt«, bestätigte Frau Daxhuber und wiegte nachdenklich den Kopf.

»Ja mei, und jetzt kommt der also daher, ausg'rechnet zu mir, ein solcher Scheißdreck, so ein blöder. Meinst ned, dass ich den vielleicht vorübergehend in der Arrestzellen unterbringen könnt, die wär ja sogar zu heizen jetzt im Winter. Ich tät den keinesfalls in meinem Haus haben mögen, ich kenne den ja praktisch so gut wie gar ned.«

»So gut wie gar ned«, bestätigte Ottilie und bemerkte kaum, wie ihr Mann sie an der Schulter packte und sanft, aber bestimmt in die Küche schob. »Da bleibst jetzt erst einmal drinnen und spülst ab.« Hinter ihr wurde die Tür geschlossen.

An dieser Stelle hätte Eduard Daxhuber es sagen müssen, aber er hatte geschwiegen. »Aber du tätst so was ja nie machen.« In diesen Worten von Adolf hatte so viel Vertrauen gesteckt. Adolf glaubte an ihn. Da konnte er doch nicht einfach gestehen, dass auch er zuvor total überrascht worden war von diesem Anruf aus Straubing und dass er gedacht hatte, es ginge um eine wichtige geheime Operation. Immerhin saßen ja auch Staatsverbrecher und Terroristen in dieser JVA, und wenn Eduard gewusst hätte, dass der Cousin seines einzigen und besten Freundes dort schon seit fast zwölf Jahren in Sicherungsverwahrung saß, wäre er bestimmt vorsichtiger gewesen – aber so? Er hatte ja keine Ahnung gehabt. Dieses wichtige Detail seiner Familie hatte Adolf ihm verschwiegen. War das nicht auch eine Art Vertrauensbruch?

Es war auch noch ein Doktor gewesen, der ihn angerufen hatte und sich offiziell und freundlich für die späte Störung entschuldigte. »Es ist mir so peinlich«, hatte dieser Doktor Hopfensberger das Gespräch begonnen, »aber ich rufe von der JVA in Straubing an, und wir haben eine wichtige Anfrage, die uns eigentlich nur der Dorfschutzmann Adolf Schmiedinger aus Kleinöd beantworten kann. Leider finde ich seine Telefonnummer nicht, und so rufe ich halt einfach irgendjemanden aus seiner Nachbarschaft an, denn Sie kennen sich ja sicher alle untereinander, und Sie können mir da doch bestimmt weiterhelfen?«

Klar, dass Eduard weiterhelfen konnte, erst recht, wenn ein Doktor am anderen Ende der Leitung war. Und so hatte er bereitwillig erzählt, dass die Geheimnummer seines besten Freundes total leicht zu merken sei, für ihn zudem besonders leicht, weil er nur an die Notrufnummer der Polizei denken musste und der Adolf ja nun inzwischen Polizeiobermeister war, nicht mehr ein einfacher Dorfschutzmann. Also diese Eins-eins-null hinzugezählt zur Telefonnummer der Daxhubers, die ja Zwei-sieben-drei lautete, ergab nach Adam Riese Drei-acht-drei, und genau das war dem Eduard seine Geheimnummer.

»Danke«, hatte dieser Doktor Hopfensberger gesagt, und später erfuhr Eduard, dass das der Justiziar der Justizvollzugsanstalt persönlich gewesen war, also ein besonders hohes Tier. »Danke, Herr Daxhuber, Sie haben uns sehr geholfen.« Dann hatte der Doktor aufgelegt und sofort die nun öffentlich gemachte Geheimnummer vom Adolf gewählt, und mit diesem Anruf war das Unglück ins Dorf gekommen.

Eduard wusste nicht mehr ein noch aus. Seit Wochen schon überlegte er, wie er auf Herrn Doktor Hopfensberger hätte reagieren sollen. Hätte er sagen sollen: »Nana, also alles, was recht wär, aber so geht's ja wohl wirklich ned. Nix da, die Nummer vom Adolf, die geb ich Ihnen ned weiter, weil das ist nämlich eine Geheimnummer, und das wird schon seinen guten Grund haben. Von mir kriegen S' dem seine Nummer jedenfalls ned.«

Er seufzte. Genau das hätte er sagen müssen, aber er wusste auch, dass er niemals den Mut zu einer solch radikalen Aussage gehabt hätte, und schon gar nicht, wenn ein Doktor anrief oder ein Politiker. Und der Justiziar der Justizvollzugsanstalt war ein viel zu hohes Tier, als dass Eduard Daxhuber es gewagt hätte, dessen Fragen nicht wahrheitsgetreu zu beantworten. Das eigentliche Pech war, dass die ausgerechnet bei ihm angerufen und ihn somit zum Erfüllungsgehilfen einer unheilvollen Entwicklung gemacht hatten. Und nun stand er da und musste sich ständig schämen. Adolf war doch sein bester Freund.

In genau diesem Moment rief Ottilie ihn zum Essen, und er war froh, zurück ins Haus gehen zu können, auch wenn er es seiner Frau gegenüber niemals zugeben würde. Sie ahnte nichts von seinem Konflikt, wie sie überhaupt viel zu wenig von ihm wusste.

Kapitel 8

»Enzo!«, riefen Laura und Rosa und liefen ihrem Bruder entgegen. Sie hatten im Vorgarten gespielt, den Überlandbus vorbeifahren sehen und es kaum erwarten können, ihrem großen Bruder die neuesten Nachrichten mitzuteilen. Keine aus ihren Klassen hatte einen so tollen und berühmten Bruder wie sie. Einen, dessen Namen man im Landauer Anzeiger lesen konnte und der irgendwann als Starreporter in die Geschichte eingehen würde.

»Enzo, stell dir bloß vor, die haben den schon!«

»Was? Wer sollte wen haben und warum?«, fragte er zurück.

»Den gruseligen Mörder, der im Blauen Vogel einbrochen hat.«

»So schnell?«, staunte er.

»Ja eben, und weißt, wer's war? Der nette alte Opa, der drüben im Gartenhaus von der Tante Ilse wohnt.«

»Echt? Der soll das gewesen sein? Der hat doch g'wiss ned einmal eine Knarre, woher denn auch?«

»Aber einen Fünfhunderteuroschein«, triumphierte Rosa. »Und den hat der am Tatort klaut.«

»Und mit dem protzt der jetzt überall umeinand«, vollendete Laura die Information und wollte dann vorsichtig wissen: »Du, was heißt'n das eigentlich, protzen?«

»Stimmt denn das?«, fragte Enzo, sobald er das Haus betreten hatte, und schaltete den Computer ein, um notfalls eine Eilmail nach Landau schicken zu können. Er sah sich schon die halbe Nacht im Rahmen einer Telefonkonferenz an der Titelstory von morgen basteln und hängte geistesgegenwärtig sein Handy ans Netz.

Lothar Blumentritt schüttelte den Kopf. »Lass mal, mein Junge. Nicht mal der Schmiedinger Adolf hat den Leopold festgenommen. Und du weißt ja, wie das ist, seine Verwandten nimmt man in einem solchen Fall am schnellsten fest, um ja nicht der Vetternwirtschaft bezichtigt zu werden. Und außerdem: Nichts wächst so schnell wie ein Gerücht. Nein, nein, der Leopold hat eindeutig nichts damit zu tun, auch wenn er mal in Straubing saß.«

Enzo spitzte die Ohren. »Dem Schmiedinger sein Cousin hat in Straubing g'sessen? Das hab ich ja noch gar ned g'wusst. Wieso erfahr ich das denn erst jetzt?«

Sein Vater lachte. »So was hängt man ja auch nicht unbedingt an die große Glocke, oder? Er hat seine Strafe verbüßt, und dann gab's noch zwölf Jahre nachträgliche Sicherungsverwahrung obendrauf. Ich finde, das langt. Zusammengerechnet muss der an die fünfunddreißig Jahre hinter Gittern gesessen haben.«

»Wegen was denn?«

»Frag ihn doch selbst.« Lothar Blumentritt nickte seinem Sohn aufmunternd zu. »Das könnte zum einen eine interessante Reportage werden, und zum anderen erfährst du es aus erster Hand. Nein, der ist nicht mehr kriminell. Glaub mir, das Einzige, was der einem stiehlt, ist Zeit. Aber da muss man halt selbst aufpassen.«

Enzo nickte nachdenklich. »Da hast recht. Aber trotz dem seiner Vergangenheit frag ich mich, wie die Leut denn auf so einen als einen brutalen Mörder kommen? Das tät doch wohl einen Grund haben müssen.«

Sein Vater nickte. »Vermutlich hat dieses Bürscherl von Filialleiter im Supermarkt das Gerücht in die Welt gesetzt. Aus gekränktem Stolz und verletzter Eitelkeit. Also, dem traue ich das ohne Weiteres zu. Den ganzen Winter über hält der sich den Leopold als Alleinunterhalter, schenkt ihm immer mal wieder einen Schnaps ein und schiebt ihm gönnerisch abgelaufene Lebensmittel zu, aber kaum zeigt der Leopold, dass er seine Einkäufe selbst zahlen kann und dass er nicht mehr abhängig ist, schon wird ihm das Schlimmste unterstellt.«

Enzo sah seinem Vater nach, als der in den Garten stapfte. Niemand konnte sich so wunderbar über die Dummheit der Welt aufregen wie Lothar Blumentritt.

Alle warfen sie verstohlene Blicke auf Teres' Beule, die mirabellengroß aus der rechten Seite ihres Hinterkopfes wuchs und über die sich Strähnen ihres ungekämmten Haars wie ein kleines Nest stülpten. Diese Schwellung und Kreszentias Abwesenheit waren eindeutige Beweise dafür, dass tatsächlich im Zimmer Nummer acht etwas Schreckliches passiert sein musste.

»Gott zum Gruße. Wie geht's denn nachad der Seniorwirtin?«, fragte Hochwürden Moosthenninger mit salbungsvollem Ton und ließ sich an dem runden Stammtisch nieder.

»Anscheinend bestens«, antwortete Teres. »Die plärrt

da schon rum wie daheim und hält die ganze Station auf Trab. Leider kommt s' morgen schon wieder raus. Na ja, wenigstens einen einzigen Tag lang hab ich auch einmal ein bisserl eine Ruh g'habt. Kriegen mir ein schönes frisches Helles wie immer, Herr Pfarrer?«

»Freilich, mein Kind.« Der Pfarrer nickte huldvoll.

Auf dem Weg zum Tresen sah sie, wie Adolf Schmiedinger, Eduard Daxhuber sowie der schon fast eingemeindete Schafkopfpartner Hans Maronna aus dem Neubaugebiet ihre so gut wie leeren Krüge hoben. Während sie das Bier zapfte, dachte sie, dass sie gerade gelogen hatte, und zwar gelogen in Gegenwart eines Pfarrers. Ob das eine schreckliche Sünde war? Die Behauptung, dass sie heute endlich mal Ruhe gehabt habe, hörte sich so an, als stünde Kreszentia von morgens bis abends hinter Teres und ließe sie keinen Augenblick allein.

Ganz so stimmte das nicht. Teres hatte nämlich schon mal einen Tag und vor allem einen Abend lang Ruhe gehabt. Das war noch gar nicht so lange her. Höchstens zwei Jahre. Damals hatte es einen Riesenkrach mit ihrer Mutter gegeben, die tobend und kreischend mit Enterbung und einer endgültigen Schließung des Gasthauses gedroht hatte, aber Teres war hart geblieben und hatte sich dem Kulturverein der katholischen Frauen von Aidenbach angeschlossen, um mit ihnen zu einem Highlight der Volksmusik nach Passau zu fahren: Es war ein Livekonzert des Musikantenstadels unter Leitung des göttlichen Hansi Hinterseer gewesen, und es hatte sich gelohnt.

Sie konnte sich noch an ihr Glück erinnern, das bis heute Nachmittag hatte vorhalten müssen und nun wie durch ein Wunder ersetzt worden war von einem anderen Namen, von einem Mann namens Otmar. Sie seufzte zufrieden und beschloss, diese Lüge als lässliche Sünde durchgehen zu lassen und stattdessen Hochwürden Moosthenninger eine Halbe weniger zu berechnen. Auf diese

Art hatte sie für sich schon so manche Gesetzesübertretung gebüßt und sich damit raffiniert an der Beichte vorbeigemogelt. Als sie den vier Herren das Bier auf den Tisch stellte, spürte sie einen Luftzug im Rücken.

»Ja, da schau her, der Waldmoser, unser Bürgermeister«, murmelte Eduard erstaunt, als sich die Tür öffnete. »Was mag der bloß wollen? Der kommt allerweil auch bloß dann in die Wirtschaft, wenn er uns was anschaffen will.«

Markus Waldmoser hüstelte, straffte sich, rückte seine Brille gerade und schoss dann rotgesichtig auf den Polizeiobermeister zu.

»Ja, ist das denn die Möglichkeit? Da sitzt der da brettlbreit umeinander und tut so, als wär gar nix passiert. Adolf, du musst gleich den Mörder festnehmen. Mir alle da im Dorf ham keine Ruh ned, solang der da frei rumlauft, weil wer weiß denn schon, wem von uns der als Nächstes seine Pistolen auf die Stirn druckt. Wenn die das einmal g'macht haben, nachad ist der Bann brochen, dann mach'n sie's immer wieder. Schnapp dir den elendigen Hammel, und sperr ihn in deine Haftzelle, wozu sonst hätt ich dir denn extrig eine bauen gelassen?«

»Ich hab den doch praktisch schon in Sicherungsverwahrung g'nommen g'habt. Du warst doch derjenige, der mir ang'schafft hat, ich tät den Leopold g'fälligst wieder aus der Zelle rauslassen sollen. Grad zwei Nächte hast ihn dort drinnen hocken lassen, und dann hast g'sagt, dass die Gemeinde es nimmer einsehen mag, dass sich so ein hergelaufener Strolch für sündteures Steuergeld den Hintern wärmt, ob's jetzt ein Cousin von mir wär oder ned«, polterte Adolf zurück. Nach dem zweiten Bier war er immer besonders mutig. Beim dritten wurde er dann müde. Der Bürgermeister hatte ihn eindeutig in seiner tollkühnsten Phase erwischt.

»Damals hab ich ja auch noch ned wissen können, dass

dein Vetter da, also dass das auch noch ein eiskalter Killer ist, vor dem mir unsere Gemeinschaft schützen müssen«, rechtfertigte sich Markus Waldmoser mit rotem Kopf. »Auf alle Fälle bin ich der Bürgermeister, und wenn ich will, dass du den einsperrst, dann hast du den einzusperren, und zwar zackig. Ham mir uns? Außerdem hast mir mutwillig wichtige Details über deinen sauberen Herrn Cousin verschwiegen.«

»Hab ich ned!«, widersprach Adolf. »Und ein Mörder ist der ned! Und auch nie gewesen!«

»Was weißt denn du schon? Wenn die das einmal g'macht ham, dann mach'n die das allerweil wieder! Ja schaust denn du kein Fernsehen ned, keine Nachrichten und kein *Aktenzeichen XY*?«, schrie Markus Waldmoser und baute sich breitbeinig vor dem Stammtisch auf.

»Was mach'n *die*, und wer wärn nachad *die*?«, fragte Teres. Sie war kopfschüttelnd hinter den Bürgermeister getreten und stemmte beide Hände in die Hüften.

»Die, das sind die Mörder! Wenn die einmal damit ang'fangen ham, dann morden die wie wild. Das ist dann wie eine Sucht. Die ham dann keinerlei Achtung nimmer vor dem Leben der anderen. Mir müssen uns schützen – uns und unsere Frauen und unsere Kinder sowieso.«

»Mir sind doch schon jederzeit einwandfrei geschützt durch die segensreiche Hand unseres Herrn und die Gnade der Jungfrau Maria«, fiel Moosthenninger dem Bürgermeister ins Wort. »Und der Leopold, von dem du da redst, der könnt ja wohl wahrlich keiner Fliegen was zuleide tun. Ich kenn den sogar näher. Meine Schwester, die barmherzige Seele, kocht allerweil am Sonntag für ihn mit, weil er ja ein Bedürftiger ist und mit ein paar Euro Hilfe auskommen muss. Ein ganz ein armer Teufel ist das, einer, der g'wiss schon einen sauberen Haufen Pech g'habt hat in seinem Leben.«

»Genau, und grad deshalb schlagt der jetzt z'rück«, entrüstete sich der Bürgermeister und suchte Blickkontakt mit den anderen Gästen in der Wirtschaft. »So ist das immer, so geht das Schema. Jahrelang fressen die alles in sich eini, und plötzlich geht's dann nimmer. Da braucht's dann bloß noch irgendeine Kleinigkeit, und schon zerreißt's einen solchen komplett.« Einige seiner Zuhörer nickten zustimmend, und zu denen setzte er sich an den Tisch.

Kapitel 9

Je weiter der Abend fortschritt und je mehr Bier Teres über ihren Tresen schob, umso abenteuerlicher wurden die Geschichten, die sich um Leopold Schmiedinger rankten.

Adolf Schmiedinger hatte inzwischen seine vierte Halbe getrunken und damit seinen ganz persönlichen »Gelassenheitspegel«, wie er es nannte, erreicht. Er hörte einfach nicht mehr hin. Der Leopold war zwar sein Cousin, aber der Leopold war auch ein total eigenständiger Mensch und sollte auf sich selbst aufpassen, wie ja jeder im Grunde genommen auf sich selbst achten und für sich selbst sorgen musste. Das war das Gesetz des Lebens.

Aber der Poldi, wie der Leopold als Kind genannt wurde, hatte von Anfang an nur Mist gebaut. Und deshalb konnte der Adolf ihm nun auch nicht mehr helfen.

Als der Poldi neun gewesen war, hatte die Lehrerin ihn von der Schule heimgeschickt, wegen Volltrunkenheit. Das hatte Adolfs Vater oft erzählt, und anfangs hatte die ganze Familie darüber gelacht. Ein Neunjähriger, der zu Hause brav seinen Kakao trinkt und seinen Haferbrei isst und dann in der Schule unter der Bank eine Weinflasche aus Vaters Keller versteckt, die er im Laufe der ersten zwei Stunden leert. Lallend sollte er dann der Lehrerin unterbreitet haben, dass das große Einmaleins sich aus dem kleinen Einmaleins zusammensetze und dass sich das kleine Einmaleins in dem großen Einmaleins verstecke und dass es deshalb darum gehe, das eine in dem anderen zu suchen.

»Ja und?«, hatte die Lehrerin gefragt.

Woraufhin der Leopold gerülpst haben und einfach so von seiner Bank gekippt sein soll.

»Das liegt sicher daran, dass der arme Bub so gottlos aufwachsen muss«, hatte Adolfs Mutter bei solchen Hiobsbotschaften behauptet, ein Kreuzzeichen geschlagen und schwermütig geseufzt, denn Adolfs Onkel war aus Liebe zu seiner Frau aus der katholischen Kirche ausgetreten und evangelisch geworden. »Und dann wächst das arme Kind auch noch in diesem Sündenpfuhl von Großstadt auf.«

Jeder Ort, der mehr als zweihundert Einwohner hatte, war der alten Frau Schmiedinger aufs Äußerste suspekt, und vor allem die Stadt München mied sie wie die Pest, sodass Adolf seinen jungen Vetter nie kennenlernen konnte, denn der gottlose Onkel nebst seiner frevlerischen Frau waren – wegen ihrer »Glaubenslosigkeit«, wie Adolfs Mutter es zu bezeichnen pflegte – nie nach Kleinöd eingeladen worden. Nicht einmal zu Adolfs Erstkommunion. Da saß der Leo, wie er inzwischen genannt wurde, allerdings auch schon seit einem Jahr im geschlossenen Vollzug.

Erna Schmiedinger erfuhr erst anlässlich des Leichenbegängnisses der evangelischen Mutter Adolfs von der kriminellen Verwandtschaft ihres Mannes und hatte sich damals irrsinnig aufgeführt.

Adolf sah gleichmütig zu, wie der Pfarrer die Schafkopfkarten mischte und verteilte, und dachte kopfschüttelnd an die Zeit zurück, als seine Erna in alle Türen neue Schlösser einbauen ließ und die Fensterverriegelungen von einem Sicherheitsexperten hatte überprüfen lassen.

Für die Verwandlung seines Hauses in eine uneinnehmbare Festung war fast ein Monatsgehalt draufgegangen. »Ein Einbruchdiebstahl nach dem andern, hauptsächlich Eigentumsdelikte«, plärrte die Stimme des Bürgermeisters in seine Überlegungen hinein. »Und ein solcher will praktisch ung'straft und ungeniert mitten unter uns leben.«

»Ich tät spielen. Mit der Blauen, der genauen, der mit der Mannschaftsaufstellung«, sagte Eduard Daxhuber gerade und stieß seinen Freund an. »Horch doch einfach gar ned hin, was der da wieder für ein Zeug daherschmatzt. Du kennst doch den Deppen. Halt lieber endlich einmal deine Karten g'scheit, damit dir der Pfarrer ned dauernd einischaun kann. Außerdem tätst rauskommen.«

Adolf spielte ohne Biss, bediente nach Vorschrift, war jedoch nicht wirklich bei der Sache und konnte sich auch nicht darüber freuen, dass er und sein Partner die Gegner Schneider spielten. Wie durch einen Nebel hindurch drangen Sätze von den Nachbartischen an sein Ohr. Er seufzte. Da lebte man so lange miteinander im gleichen Ort, und immer wieder erfuhr man etwas Neues. So hatte er beispielsweise bis heute nicht gewusst, dass sein Cousin sonntags beim Pfarrer mit verköstigt wurde. Typisch, aber genau das passte zum Leopold, evangelisch sein und dann am katholisch gedeckten Tisch hocken. Er, Adolf, war katholisch, aber noch nie zum Essen ins Pfarrhaus geladen worden, obwohl er fast jeden Sonntag in die Kirche ging.

Bei der Vorstellung, was der Leo an diesen Mittagstischen erzählt haben konnte, wurde ihm so mulmig, dass er schnell ein fünftes Bier bestellte. Er hatte schon vernommen, dass Martha, die Schwester des Pfarrers, darin geübt war, die Leute auszuhorchen. Sie tat schön zu allen, war vordergründig nett zu den Schäfchen ihres Bruders und bohrte dann so lange nach, bis ihre bitteren Stacheln griffen und die Leute – anders als bei Hochwürden, dem sie im Dunkel des Beichtstuhls die Wahrheit anvertrauten – aus winzigen und schon vergessenen Kränkungen Anschuldigungen in Elefantengröße schufen, um dann empört und rotgesichtig auf den Tisch zu schlagen. An diesem Punkt pflegte Martha Moosthenninger verständnisvoll zu nicken und mit scheinheiligen Worten des Trostes weiterhin das Feuer der Entrüstung zu schüren.

Da war es schon gut, dass er Ottilie Daxhuber empfohlen hatte, die mittwochnachmittags stattfindenden Kaffeekränzchen im Pfarrhaus zu meiden. »Da wird doch allerweil nur ein Haufen schmutzige Wäsch g'waschen, das tät dir nur schaden, wennst dir diesen verlogenen Schmarrn anhörst«, war seine Begründung gewesen. Und Ottilie, die seit dem letzten Winter zur Schwerhörigkeit neigte, hatte ihm prompt zugestimmt: »Jawoll, da hast recht! Weil am Mittwoch, da hab ich eh meinen Einkaufstag, und da werd bei mir grundsätzlich ned g'waschen, und schon gleich gar ned, wenn die andere da meint, dass sie mir was anschaffen könnt. Außerdem geht da die Rücker mit ihrem Schratzen auch allerweil hin zu der. Naa, naa, ach wo, das brauch ich dann g'wiss ned.«

Interessant, auch Charlotte ging also mittwochs zu diesem Klatsch- und Tratschkränzchen, dachte Adolf Schmiedinger. Sein Cousin dagegen teilte den heiligen Sonntag mit dem Pfarrer und seiner Schwester und hatte der skandalsüchtigen Moosthenningerin garantiert als Erstes untergejubelt, dass sein eigen Blut, der Schmiedinger Adolf, Polizeiobermeister von Beruf und Besitzer eines Hauses nebst supermoderner Einbauküche mit Mikrowellenherd, nicht für ihn kochte. Er meinte fast, Marthas blasses Gesicht mit dem verkniffenen Mund zu sehen und ihre betroffene Stimme zu hören, wie sie gnadenlos diagnostizierte: »Seinen eigenen Verwandten lässt der also glatt bei lebendigem Leibe verhungern!« Und garantiert hatte Leopold Schmiedinger, der unter anderem auch vier Monate wegen übler Nachrede in Haft gesessen hatte, die Sache nicht gleich klargestellt und stattdessen in beredtem Schweigen noch ein bisschen leidender geguckt, sodass weder Martha noch Wilhelm Moosthenninger je erfahren würden, dass Adolf gar nicht kochen konnte, weswegen er mehrmals pro Woche bei den Daxhubers mitessen durfte und ansonsten von Brotzeiten, hart gekochten Eiern und Gewürzgurken lebte. Denn die Mikrowelle war ihm nicht geheuer. Einmal hatte er ein rohes Ei hineingelegt, und das war prompt explodiert.

»Ich kann fei gar ned kochen«, stellte der Polizeiobermeister daher jetzt besonders laut und deutlich klar und sah seine Schafkopfbrüder streng an. Die blieben unbeeindruckt. »Du sollst jetzt auch nix kochen, du sollst abheben!«, befahl Eduard und schob ihm den Kartenstapel zu.

Nach dem Spiel trat eine kleine Pause ein, weil zwei der Stammtischbrüder aufs Häuserl mussten, und erneut hatte Adolf Schmiedinger mit anzuhören, wie und was an den Nachbartischen geredet wurde. Der Leopold war zwar ein schlimmer Bursche gewesen und hatte so einiges auf dem Kerbholz, aber das war ja noch lange kein Grund, den ehrbaren und bisher unbescholtenen Namen Schmiedinger derartig in den Dreck zu ziehen!

Unbeirrt und resolut trug der Bürgermeister weitere Beweise für Leopolds Vergehen und Gesetzesübertretungen zusammen und stürzte sich gierig auf negative Andeutungen und Vermutungen, um sie mit lauter Stimme als Gewissheit zu verkünden. Um dem Ganzen noch mehr Gewicht zu verleihen, wurde jede vermeintliche Missetat dieses Leopold Schmiedinger mit einer Runde Freibier für die Freunde des Bürgermeisters belohnt.

An dieser Stelle schüttelte selbst der sonst so schweigsame Hans Maronna verwundert den Kopf und wandte sich an den Polizeiobermeister. »Sag mal, Adolf, der Waldmoser lässt sich seine Anschuldigungen ja richtig was kosten! Was hat der denn bloß gegen deinen Vetter – oder geht das etwa auch gegen dich?«

»Gegen mich?«, fragte der Polizeiobermeister und zog die Stirn kraus.

Der jetzige Pensionär und einst leitende Angestellte in der nahe gelegenen Autofabrik nickte.

»Aber wegen was tät der denn was gegen mich haben sollen? Mir sind doch früher einmal fast richtige Freunde g'wesen, damals in der Schul, haben sogar miteinand in einer Bank g'sessen, und ich Hirsch hab den Deppen allerweil abschreiben lassen. Das war noch unter der alten Lehrerin Frau Blumentritt, Gott hab die gute Frau selig. Weißt, die Mutter war das vom Lothar und vom Enzo praktisch die Oma.«

»Oh, gerade das ist dann besonders schlimm«, diagnostizierte Maronna. »Ihr seid mal Freunde gewesen, und jetzt ist der eine Bürgermeister und selbst ernannter Chef, und du bist sein Untertan. Und das eine sage ich dir, du lernst die Leute erst richtig kennen, wenn sie Macht in die Finger kriegen, wenn sie Vorgesetzte werden, dann zeigt sich ihr wahrer Charakter. Also dem da hat das nicht gutgetan.« Er wies mit dem Zeigefinger auf Markus Waldmoser.

»Meinst schon auch, ned wahr?« Adolf Schmiedinger hoffte auf weitere kluge Worte.

Hans Maronna nickte. »Ich kenne mich da aus.« Dann griff er zu seinem Krug.

Wie durch Zufall schien jeder jemanden zu kennen, der oder die wiederum jemanden kannten, der irgendwann gesagt haben sollte, dass dieser Schmiedinger Leopold ja von Haus aus polizeilich gesucht werde und nun bei seinem sauberen Cousin Unterschlupf gefunden habe. »Ja mei, wenn's halt einmal hart auf hart kommt, ist halt Blut am End doch dicker als wie Wasser …«

Bevor Adolf die Sache richtigstellen konnte, erhob sich der Pfarrer zu seiner Rechten und verkündete mit seiner Predigerstimme: »Die Schwerter des Vorurteils sind aus nix wie aus sturer Dummheit g'schmiedet, und nix anders als wie Schurken sind jene, die damit rasseln.«

»Was tätst denn nachad damit sagen wollen?«, fragte der Polizeiobermeister und hob die Augenbrauen.

»Ned mehr und ned weniger, als was ich g'sagt hab«, murmelte der Pfarrer, ehe er die Stimme wieder erhob: »Da herinnen braut sich was ganz was Ungutes z'sammen. Braucht fei keiner meinen, dass ich das ned spannen tät!«

»Polizeilich gesucht wird der, dein Leopold, dass du's weißt«, schrie jemand Richtung Stammtisch und wies mit dem Finger auf Adolf Schmiedinger.

Dieser legte kurz sein unverlierbares Solo beiseite und schrie zurück: »Das wüsst ich aber, wenn's denn so wär, ned wahr, weil nachad hätt ich schon längst eine entsprechende Meldung auf'm Schreibtisch g'habt! Schließlich bin allerweil ich noch der Arm des G'setzes da bei uns.«

»Geh, hör mir doch auf«, fiel Markus Waldmoser ihm ins Wort. »Die Polizei erfahrt doch heutzutag immer erst zuallerletzt was, und allerweil auch erst dann, wenn der brave Bürger schon lang prellt, ausg'sackelt und aufs Gemeinste fertigg'macht worden ist! Apropos, es tät mich fei gar ned wundern, wenn dein sauberer Vetter Leopold auch noch ein Heiratsschwindler wär, bei denen Strafen, die der sonst schon so kriegt haben muss. Stellts euch doch bloß einmal vor: Unsere guten braven Weiber daheim, von einem solchen Hundsfott wie dem hinterrücks aufs Kreuz g'legt.«

»Wie tät denn das gehen sollen, erklär mir das mal«, regte Adolf sich auf und verriet in seiner Wut ein gut gehütetes Familiengeheimnis. »Der Leopold war alles in allem fast dreiundvierzig Jahre in Straubing g'hockt, davon die letzten einundzwanzig an einem Stück, wie hätt denn der dann noch Zeit haben sollen für so was?«

Im Wirtshaus zum Blauen Vogel war es mit einem Mal so still, dass man eine Stecknadel hätte fallen hören. Alle starrten in Richtung Stammtisch.

»Dreiundvierzig Jahre«, wiederholte der Bürgermeister, und seine Stimme klang fast ehrfürchtig. »Da legst dich nieder. Eine so lange Zeit! Ich sag's euch ja schon den ganzen Abend: Ein richtig g'standener Schwerverbrecher ist das.«

»Ist der eben ned«, widersprach Adolf. »Der hat bloß ned alle Saiten auf der Zither, aber sonst ist der Leopold eine Seele von Mensch und total harmlos. Sogar einen ausg'sprochnen Sinn für Humor hat der. Seinerzeit in München hat der zum Beispiel mal ein Auto klaut. Dabei hat der sich logisch prompt erwischen lassen, der depperte Depp. Dem ham gleich mehrere zug'schaut g'habt, beim Aufbrechen am helllichten Tag an einer belebten Straße, und die ham dann gleich die Schmier ang'rufen. Wie er den Karren im Moment kurzg'schlossen g'habt hat, sind schon zwei Polizisten da g'wesen, die wollten den stoppen und mit auf die Wache nehmen. Also ham die sich direkt vor den Wagen hing'stellt, direkt vor die Kühlerhauben, grad nachdem der Motor ang'sprungen war. Und wisst ihr, was der Poldi dann g'macht hat? Der hat eiskalt den Gang einig'legt und ist ganz langsam losg'fahren.« Adolf grinste, als sei er irgendwie auch stolz auf seinen Cousin.

»Ja und was dann?«, fragte jemand.

»Dann ham sich die Kollegen auf die Kühlerhauben von dem Wagen g'worfen und sich die Nasen von außen an der Windschutzscheiben platt drückt. Aber das hat den Leopold ned weiter beeindruckt. Der ist in aller Seelenruh ganz langsam und schön g'mütlich im ersten Gang mit den beiden weiter bis zum Polizeipräsidium in die Ettstraße g'fahren. Da hat der die beiden sanft und ordentlich absitzen lassen, aber die haben ihm dann trotzdem vor G'richt einen versuchten Mord vorgeworfen, und der Richter hat denen zweien Polizisten vorbehaltlos ihren Krampf abkauft und dem Poldi kein Wort geglaubt. Und das war jetzt wirklich schon das Allerschlimmste, was der g'macht hat oder theoretisch g'macht haben soll. Die ganzen andern Sachen, ja mei, Zigarettenautomaten hat der halt mehr oder weniger regelmäßig aufbrochen. Und bei Getränkemärkten, Kiosken oder Stehausschänken hat er gern einmal nachts die Scheiben einig'schmissen, wenn er einen rechten Nachdurst g'habt hat. Für ihn war das immer nur ein Mundraub, darauf hat der sich auch jedes Mal berufen vor Gericht, und davon wird den nie wer abbringen können, weil der das selber ganz fest g'laubt. Der hat ja auch jeden Pflichtanwalt aus Prinzip z'rückg'wiesen und sich grundsätzlich bloß selber verteidigt, der Depp. Und immer, wenn er grad einmal wieder höchstens für ein paar Tag heraußen war aus'm Vollzug, hat sich der wegen irgend so einem Schmarrn gleich wieder erwischen lassen, und schon war der wieder drin.« Kopfschüttelnd fügte er hinzu: »Das ist kein Schwerverbrecher ned, der ist einfach bloß blöd.«

»Geh, hör mir doch auf, wegen Blödheit allein kommst du doch da bei uns ned so lang ins Gefängnis!«, schrie Lukas Reschreiter, das allseits bekannte Sprachrohr des Bürgermeisters.

»Da hast allerdings recht, sonst tätst nämlich du jetzt ned da herin sitzen, sondern lebenslang in Straubing«, zischte Teres Schachner. »Ja, habts ihr denn jetzt alle miteinand euer letztes bisserl Verstand versoffen, oder was? Ein ganz armer Hund ist das, wennst mich fragen tätst, und sonst nix! Keiner Fliegen tät der ein Haar krümmen.«

»Ja freilich«, bellte Markus Waldmoser zurück. »Weil eine Fliegen gar keine Haar ned hat, ha ha ha.«

»Ich jedenfalls hab dem höchstselber schon zug'schaut g'habt«, mischte sich einer von Waldmosers Claqueuren ein, »wie der sich im Winter am Ufer von der Vils mitten am Vormittag in aller Seelenruhe ein Holz z'sammenklaubt hat. Ein glatter Waldfrevel ist das doch für mich, am helllichten Tag!«

»Ja mei, da wird's dem halt kalt g'wesen sein«, erklärte Teres und schüttelte den Kopf über so viel Weltfremdheit. »Den hat's g'wiss sauber g'froren, da in seiner Hütten drin, und weil ein winziger Holzofen drinnen steht, nachad hat der sich den halt ang'macht. Das tät doch ein jeder von euch genauso machen.«

»Weil mir alle fleißige Steuerzahler sind und die Vils durch unsern Gemeindegrund hindurchfließt, tät das wohl auch ein jeder von uns dürfen«, klärte der Bürgermeister sie auf. »Aber« – und hier legte er eine dramatische Kunstpause ein – »bei mir hat der saubere Herr Leopold Schmiedinger jedenfalls bisher noch keinen Cent Steuern zahlt. Das tät ich sonst wissen.«

»Wie viel san mir dir denn nachad schuldig?«, schrie Adolf, sprang auf und öffnete demonstrativ seine Geldbörse. »Einen solchen Vorwurf lassen mir Schmiedingers fei g'wiss ned auf uns sitzen!« Am liebsten hätte er den Waldmoser zum Duell gefordert.

Bevor die Sache noch weiter eskalierte, drückte Hans Maronna ihn auf seinen Platz zurück. »Lass gut sein, Mann, die spinnen doch alle. Gib lieber Karten aus.«

Kopfschüttelnd verschwand Teres in der Küche und stritt dort so lauthals mit dem Koch, wie sonst nur ihre Mutter mit dem Personal zu zanken pflegte. Nach einem langen und heftigen Wortwechsel trat plötzliche Stille ein, und es hörte sich so an, als würde jemand etwas zusammenpacken.

Eduard Daxhuber verteilte zweimal vier Karten an seine drei Mitspieler und sich selbst, während der Bürgermeister am Nachbartisch die Speisekarte umdrehte und laut die Liste jener Vergehen verkündete, deren Leopold Schmiedinger sich schuldig gemacht haben sollte und die er fein säuberlich auf die Rückseite notiert hatte: Nicht nur dass er gemeindeeigenes Holz vom gemeindeeigenen Grundstück gestohlen und damit einen Ofen beheizt hatte, der in einem vom ihm besetzten Haus stand – für das er im Übrigen auch keine Miete zahlte, was wiederum einem Hausfriedensbruch gleichzusetzen war –, nein, die Vermutung, dass er auch ein Autodieb, ein krimineller Panzerknacker, ein infamer Bigamist und hundsgemeiner Erzeuger von sieben Kindern sieben unterschiedlicher Mütter sei, die hungrig und verzweifelt mit diesem Nachwuchs in sieben winzigen Einzimmerwohnungen hockten und auf die Alimentenzahlung warteten, hatte sich im Laufe des Abends immer mehr erhärtet und war von niemandem widerlegt worden. Auch bei dem großen Gammelfleischskandal vor einigen Jahren sollte Leopold, so behauptete ein weiterer von Waldmosers Freibiertrinkern, ganz fett die Finger im Spiel gehabt haben.

»Und so einer darf bei uns frei rumlaufen, weil unser sogenannter Herr Polizeiobermeister ja doch lieber Karten spielen mag, statt dass er seiner eigentlichen Dienstpflicht nachkommen tät, für die er von uns Steuerzahlern und Gemeindemitgliedern in Lohn und Brot g'halten wird! Und zu gutgläubig ist er obendrein, der Schmiedinger Adolf, als dass er die Gemeingefährlichkeit von seinem eigenen Cousin auch bloß sehen tät. Von seinem Cousin, der im Übrigen« – jetzt nahm Waldmoser den Pfarrer ins Visier – »ned bloß kriminell, sondern auch noch nachweislich evangelisch ist und daher schon von Haus aus in unserer katholischen Gemeinden eigentlich nix zu suchen hätt. Und jetzt ham mir schon einen Mord bei uns im Dorf, ja, sogar in diesem Haus, und wer weiß, vielleicht sind mir ja alle miteinand schon mittendrin in einem

Glaubenskrieg, denn der Tote war garantiert so katholisch wie mir alle.«

»Woher weißt du denn, ob in Tschechien alle katholisch sind? Da gibt es sicher auch Protestanten«, widersprach Moosthenninger.

»Oder sogar Moslems«, fügte Schmiedinger hinzu.

»So ein Schmarrn, fast alle Menschen auf der Welt sind katholisch, so haben wir das in der Schule gelernt«, behauptete der Bürgermeister dreist und erhob erneut die Stimme: »Ich kann nur warnen: In Irland haben auch schon alle g'meint, der Bürgerkrieg wär vorbei, und dann ist doch wieder ein Haufen Blut g'flossen! «

»Soll das denn heißen, dass der uns jetzt alle nacheinand umbringen möcht, bloß weil mir katholisch sind?«, fragte Lukas Reschreiter und hielt sich Hilfe suchend am Pulloverärmel des Bürgermeisters fest.

Adolf Schmiedinger holte tief Luft, rückte seinen Stuhl nach hinten und wollte erneut aufspringen, als Hans Maronna ihm die Hand auf den Unterarm legte.

»Bleib cool, Kollege, lass dich doch von so einem nicht provozieren. Den nimmst du gar nicht ernst, verstanden, auf dieses miese Spiel lässt du dich doch nicht ein.«

Eduard Daxhuber und Wilhelm Moosthenninger starrten ihn mit offenen Mündern an. Noch nie hatten sie etwas anderes vom Maronna Hans gehört als: »Weiter, spielen, solo, mit der Schellen« oder »Einen Schweizer Wurstsalat, bitte«. Und jetzt das! Der Ingenieur und Doktor Hans Maronna redete mit dem Polizeiobermeister so, als lebten sie in einer Welt und als gäbe es mehr Schnittstellen als nur die Lust am Schafkopf und den Durst auf ein Helles. Es war ein Wunder.

»Lass dich nicht provozieren. Darauf legt der es doch nur an«, wiederholte Doktor Maronna und wandte sich nun auch an Wilhelm Moosthenninger und Eduard Daxhuber. »Wenn wir so tun, als würden wir ihn nicht ernst nehmen, wird ihm vielleicht sein blödes Gelaber bewusst, und er haut endlich ab.«

»Leicht ist's allerdings ned grad, in der Stunde des Angriffs der Barbaren derart an sich zu halten! O Herr, schenk uns deine Gnade und gib uns auch fürderhin die Kraft, unsere primitivsten körperlichen Impulse zu zügeln«, murmelte der Pfarrer und fügte hinzu: »Der Herr Doktor Ingenieur hat freilich völlig recht. Bloß kein Glaubenskrieg ned. Mir sind doch ned in Belfast oder Bagdad! Bei uns sind die G'schichten bereits anno 1555 mit dem Religionsfrieden von Augsburg halbwegs g'regelt worden.«

In diesem Moment rauschte Teres aus ihrer Küche hervor, wieder mit diesem strahlenden Lächeln, und auf einem Riesentablett trug sie etwa zwei Dutzend faustgroße Gebäckstückchen in die Wirtsstube. Die Küchlein waren mit einer grünlichen Masse gefüllt, und sie stürzte mit ihnen zum Tisch des Bürgermeisters.

»Damit ihr wisst, was ihr für welche seid, greift zu«, rief sie triumphierend und registrierte zufrieden, dass sich Waldmoser und seine Kumpanen je ein Teilchen in den Mund stopften.

»Was ist nachad das? Schmeckt super!«

»Verdient habt ihr's ned, aber es soll euch ja auch eine Lehre sein. Windbeutel sind das, akkurat solche Windbeutel, wie dass ihr welche seid, aber meine sind wenigstens mit Avocadocreme und Sauerrahm g'füllt – wohingegen die eurigen Windbeutel«, und damit schlug sie dem Bürgermeister leicht auf den Hinterkopf, »mit nix anderm ang'füllt sind als wie mit heißer Luft und saudummen Gedanken.«

Markus Waldmoser hatte leider den Mund zu voll, um widersprechen zu können.

»Für euch einfach ein G'schenk des Hauses! Ihr brauchts ja Gott sei Dank keinen Wink mit'm Zaunpfahl«, wandte sie sich dann an die Schafkopfrunde und stellte das Tablett mit dem frischen Gebäck auf jenen Kartenstapel, den Eduard Daxhuber und Wilhelm Moosthenninger gerade für sich eingestrichen hatten.

Begeistert griff der Polizeiobermeister zu. »Was gibt's denn bei dir zum feiern?«

»Mei, schon allein, dass ich das alles überlebt hab halt, und dann noch dazu, dass da jetzt plötzlich ein Otmar da ist und auf mich aufpasst. Meinst ned, dass das langen tät?« Sie winkte dem Beamten in Zivil zu, der direkt neben ihrer Bürotür mit der Aufschrift »Privat« saß, geduldig ein Kreuzworträtsel nach dem anderen aus den Zeitschriften des Lesezirkels löste und während des Abends schon des Öfteren in ihrem Zimmerchen verschwunden war, entweder zum Rauchen – aber vermutlich eher zum Telefonieren.

»Die Kommissarin hat g'sagt, er soll mir lieber einen Polizeischutz geben, weil wer weiß, ob der Mörder noch einmal zurückkommt, und der Otmar hat gesagt, das tät er doch gern. Seit seine Frau g'storben ist vor einem Jahr, fühlt sich der in seiner Pension gar nimmer wohl und ist praktisch jeden Tag aufs Präsidium gangen, um nach Arbeit zum fragen. Und jetzt ist er mein Personenschützer. Ist das ned toll? Mein ganz privater Wachmann. Bloß für mich. So hat halt alles Schlechte oft noch sein Gutes.«

»Wo wohnt denn der?«, wollte der Pfarrer wissen, der augenblicklich Unmoralisches witterte. »Dein zweiter Stock ist doch noch komplett g'sperrt!«

Sie sah ihn von oben herab an, rümpfte die Nase und antwortete in gestelztem Hochdeutsch: »Wir verfügen durchaus noch über weitere Fremdenzimmer.«

Während sie zurück zu ihrer Theke ging, spürte Teres, dass sie gerade jetzt, in diesem Moment, ziemlich zufrieden war – trotz der schmerzenden Beule an ihrem Hinterkopf. Ihr Leben war wunderschön.

Bald würde es einen Zeitungsartikel über sie geben, und das brachte garantiert neue Hotelgäste. Die Leute waren ja verrückt nach Katastrophen. Kaum passierte irgendwo ein Unglück, schon mussten sie hin. Und dieser Tote aus Zimmer acht würde den Umsatz des Blauen Vogels heben. Sie beschloss, sich wieder mit dem Koch zu vertragen. Er war zwar ein schwieriger Mensch, aber sie brauchte ihn.

Gestern Abend war Enzo Blumentritt vom Landauer Anzeiger noch bei ihr gewesen und hatte sich haarklein berichten lassen, wie der Ermordete auf sie gewirkt, was er getan, gesagt, gegessen und getrunken und vor allem, was sie von ihm gehalten hatte. Das Zimmer acht hätte er gern ausgeleuchtet und fotografiert, aber sie hatte ihn nicht hereinlassen können, da ja der Zugang zum zweiten Stock polizeilich versiegelt war.

Allerdings hatte sie ihn dann mit dem Versprechen, dass alle Zimmer gleich aussähen und gleich eingerichtet seien, geködert, und als Gegenleistung für diese »Fotosession«, wie er es nannte, hatte sie sich ein Porträtfoto von Otmar Kandler gewünscht. Enzo hatte mindestens dreißig Bilder von dem pensionierten Polizisten gemacht, wie er da saß, an dem Rosenholzschreibtisch des schachnerschen Großvaters, den Teres noch schnell mit Möbelpolitur zum Glänzen gebracht hatte: ein Herr von Welt mit Zigarette im rechten Mundwinkel und jenem verschmitzten Lächeln um die Augen, das Teres' Herz ohne Vorwarnung zum Schmelzen brachte.

Auf dem Display der Digitalkamera hatte sie sich das schönste Bild aussuchen dürfen. Enzo hatte versprochen, es ihr in der Größe eines Plakats vorbeizubringen, und das würde sie dann über das Poster des Musikantenstadels und über Hansi Hinterseer hängen. Falls jemand fragen sollte, wer das denn sei, so wusste sie jetzt schon, was sie sagen würde: »Mein eigener Personenschützer ist das! Schützt allerweil bloß mich und meine Person!«

Kapitel 10

Die Kommissarin faltete ihre Unterlagen zusammen und griff zum Telefon. »Herr Schmiedinger, Franziska Hausmann hier. Haben Sie eine Minute Zeit?«

»Klaro!«

»Ich habe mir vom Vermessungsamt eine Karte des Vilstals schicken lassen, und die studiere ich gerade. Und wissen Sie, was mir dabei aufgefallen ist?«

»Sagen Sie's mir.« Der Polizeiobermeister klang kompetent und energisch.

»Mir ist aufgefallen, dass man von dieser Stelle an der Vils, wo im vergangenen Jahr noch der alte Bauwagen stand, problemlos und vor allem so gut wie ungesehen zum Blauen Vogel kommen kann. Und natürlich auch umgekehrt.«

Ihr Gesprächspartner schwieg.

»Gibt's den Bauwagen eigentlich noch, oder hat der Bürgermeister ihn entfernen lassen, wie er es damals angekündigt hat? Und wenn ja, wo treffen sich eigentlich diese Jugendlichen jetzt?«

»Der steht da immer noch.« Adolf Schmiedingers Stimme hörte sich so schuldbewusst an, als sei es seine Aufgabe gewesen, den Bauwagen zu entsorgen. Um die Kommissarin wieder milde zu stimmen, fuhr er diensteifrig fort: »Aber wissen Sie, die Burschen sind sowieso so gut wie gar ned mehr da drinnen, der eine ist seit ein paar Wochen im Jugendstrafvollzug, der hat ja sechs Monate Arrest kriegt, und die andern sitzen allerweil mit ihren Computern um den Hotspot von der Teres rum, weil es dort den besten und schnellsten Empfang gibt. Und zwar umsonst. Hätt gern mal g'wusst, was die sich da dauernd angucken, so interessant ist die Welt ja nun auch ned. Aber bis zu ihrem Bauwagen reicht der Funk nun mal ned.«

Jetzt schluckte Franziska und schüttelte fassungslos den Kopf. »Wollen Sie damit etwa sagen, dass die ständig im Gasthaus sitzen und auch da gesessen haben könnten, als der Fremde eincheckte oder gar sein Mörder auftauchte?«

»Ja, allerweil sitzen die da bei der Teres. Doch an dem Tag, als die niedergeschlagen wurde, waren die grad nicht da. Ich hab nämlich sofort in denen ihrem Eck g'schaut. Aber selbst wenn die da g'wesen wärn: Die schaun doch nur auf ihren blöden Bildschirm. Das sollten S' mal sehen, nix andres nehmen die mehr wahr.«

Franziska biss die Zähne zusammen. Jetzt bloß ruhig bleiben. Ganz ruhig.

Beide schwiegen einen Augenblick. Dann seufzte Schmiedinger und versicherte treuherzig: »Die tun nix mehr. Glauben S' mir, die haben ihre Lektion gelernt. Niemals würden die jemanden erschießen, und wie sollen die denn auch an eine Waffe kommen? Naa, das können S' vergessen. Ehrlich.«

»Darum geht's doch gar nicht«, fuhr sie ihn an. »Ich frag mich, warum mir keiner gesagt hat, dass die sich ständig bei der Teres rumtreiben. Also, um die Sache kurz zu machen: Ich möchte, dass Sie alle befragen, was sie am vergangenen Dienstag gegen elf Uhr dreißig gemacht haben, wo sie waren und wer das bezeugen kann. Jeden Einzelnen von ihnen, alle fünf. Warten Sie, ich geb Ihnen grad mal die Namen durch.«

»Das brauchen S' nicht. Ich kenn doch diese Burschen – darf ich kurz lauter stellen, der Eduard ist grad da, und der hilft mir grad a bisserl.«

Franziska nickte, murmelte ein »Ja« und ärgerte sich, weil sie immer noch keine Verstärkung nach Kleinöd geschickt hatte. Mit einer Stimme, die strenger klang als geplant, stellte sie klar: »Sie wissen aber schon, dass der Herr Daxhuber keine Befugnis zur Zeugenvernehmung hat? Das können und dürfen nur Sie allein.«

»Ja, ja, passt scho. Wir nehmen uns dann den Blochinski, den Eder, den Hombach, den Hartl und den Zwacklhuber vor, okay?«

Sie wiederholte sein »Okay« und bemühte sich in einem Anflug von Nachsicht, den gleichen lässigen Tonfall zu treffen. Dann strich sie sich das Haar zurück. Hoffentlich hatte sie die richtige Entscheidung getroffen, hoffentlich war es kein Fehler, diesen Daxhuber immer noch mitmischen zu lassen. Aber Bruno war verreist, und es fehlte an allen Ecken und Enden an Personal. Ein Kreuz war das, ein elendes.

Sie saß mit dem Rücken zur Tür und hatte mit einem Mal ein seltsam prickelndes Gefühl im Nacken. Verwundert sah sie sich um. Im Eingang zu ihrem Büro stand ein großer und hagerer Mann mit grauem Vollbart, einer goldgeränderten Brille und grau meliertem Haar. Er trug einen braunen Cordanzug und hatte einen dunkelgrünen Trekkingrucksack geschultert. In der rechten Hand hielt er eine Plastiktasche mit seinem tragbaren Computer.

»Konrádová«, stellte er sich vor. »Alexander Konrádová. Sie sind Frau Hausmann?« Ohne ihre Antwort abzuwarten, fuhr er fort: »Wir haben heute früh miteinander telefoniert. Ich bin dann doch gleich losgefahren, es sind ja nur vier Stunden und das meiste Autobahn, denn ich habe das Gefühl, dass wir hier einer großen Sache auf der Spur sind. Darf ich?«

Wie selbstverständlich legte er seine Sachen auf Brunos Schreibtisch, setzte sich auf dessen Ledersessel und lehnte sich zufrieden zurück. Franziska sah in sein offenes und freundliches Gesicht und sagte: »Natürlich. Willkommen, Herr Konrádová.«

»Sagen Sie doch bitte Alexander zu mir«, unterbrach er

sie und reichte ihr seinen Ausweis: »Damit Sie keinem Betrüger aufsitzen.«

Sie lachte, und der Bann war gebrochen. »Dann bin ich für Sie Franziska, okay?«

Alexander Konrádová holte seinen Stick aus dem Rucksack und sagte: »Hier habe ich übrigens all meine schweren Jungs gespeichert. Nehmen Sie mich mit in die Pathologie?«

Wenig später stand er kopfschüttelnd vor der misshandelten Leiche. »Ich kenne den Mann nicht, aber es ist einer aus unserem Milieu. Schauen Sie.« Erst jetzt entdeckte Franziska an der Innenseite der Oberarme der unbekannten männlichen Leiche zwei- und dreizeilige Buchstabenreihen.

»Die habe ich schon fotografiert«, stellte Gustav Wiener klar. »Die Fotos sind Teil meines Berichts, ich wollt Ihnen den grad vorbeibringen.« Er drückte Franziska eine Mappe in die Hand und wandte sich an Konrádová: »Wissen Sie vielleicht, was das bedeutet?«

»Ja. Leider. Mit dieser Geschichte befassen wir uns schon seit einigen Wochen. Dass das jetzt schon solche Kreise zieht!« Alexander Konrádová seufzte. »Es sind Sätze aus dem Buch *Aleister Crowley. Das Tier 666* von John Symonds.«

»Können Sie uns die übersetzen?«, fragte Franziska.

Er nickte. »Das hier bedeutet: ›Bruder Perturabo vom Hermetischen Orden der Goldenen Morgenröte will, dass wir das tun, was wir wollen.‹ Und hier steht: ›Nur die Sexualität öffnet uns den Weg zur persönlichen Erfüllung.‹ Es ging das Gerücht, dass sich in den Prager Neubauvierteln eine Sekte gebildet hat, die den Sexualmystiker und schwarzen Magier Crowley im Namen trägt. CC soll sie heißen, was vermutlich für Crowley Center oder Crowley College steht. Aber jetzt, wo ich das hier sehe, weiß ich, dass es kein Gerücht ist, sondern bitterer Ernst.«

Er holte sein Handy hervor und sprach schnell und gehetzt in tschechischer Sprache auf irgendjemanden ein. Dabei fiel immer wieder der Name »Crowley«, zumindest war das das einzige Wort, das Franziska Hausmann und Gustav Wiener inmitten der vielen und schnell gesprochenen Worte identifizieren konnten.

»Okay«, meinte er dann. »So gesehen hat sich diese Reise unbedingt gelohnt, auch wenn wir noch nicht wissen, wer der Tote ist. Doch da bin ich zuversichtlich: Meine Leute werden den anhand seines Rechners identifizieren. Und zwar ziemlich schnell.« Er biss sich auf die Lippen. »Wahnsinn, ausgerechnet hier bei Ihnen auf die Sektenspur zu treffen und zu erkennen, dass das alles kein Gerücht ist. Da hat mich mein Gefühl nicht getrogen, als ich dachte: Fahr doch mal nach Landau, guck dir das Ganze in aller Ruhe an.« Er nickte Franziska zu. »Was für ein Tag.«

Sie seufzte. »Das kann man wohl sagen!«

Auf dem Weg zum Hotel fragte sie ihn, wo er so gut Deutsch gelernt habe.

»Meine Mutter kommt aus Wolfenbüttel«, antwortete er und sah sie mit seinen graugrünen Augen an. »Das ist ein kleiner Ort in der Nähe von Braunschweig.«

»Kenne ich«, murmelte Franziska und dachte an einen Horrorurlaub mit ihrem Mann zurück. Christian hatte damals unbedingt die Herzog-August-Bibliothek besuchen wollen. Vorher hatten sie einen langen Spaziergang durch die Altstadt gemacht und sich ein edles Restaurant fürs Abendessen ausgeguckt. Beim Anschauen all der Fachwerkhäuser hatte sie zu wenig auf die Straße geachtet, war in ihren Stöckelschuhen auf dem Kopfsteinpflaster umgeknickt und hatte sich den rechten Fuß verstaucht.

Christian war dann allein in der Bibliothek verschwunden, und das gleich für mehrere Tage, während sie mit Eisbeuteln und hochgelegtem Fuß auf dem Balkon ihres Hotels saß, eine Zigarette nach der anderen rauchte, immer wütender wurde und auf ihren Mann wartete. Dabei hatte sie ein paar Ameisen beobachtet und gedacht, dass die Tiere den Menschen doch um einiges überlegen waren. Sie konnten ohne Schwierigkeiten Steilwände hinauf- und hinunterklettern, fielen nicht über Tischkanten ins Leere, sondern schafften es, kopfüber an der Unterseite einer glatten Fläche eine neue Orientierung zu finden. Das sollte ihnen ein Mensch erst einmal nachmachen.

»Kenn ich, Wolfenbüttel«, wiederholte Franziska und schüttelte sich.

Alexander Konrádová lachte. »Ich bitte Sie, so schlimm ist es da nun auch wieder nicht.«

Inzwischen waren sie vor dem Sporthotel Landauer Hof angekommen. »Ich würde gern bis übermorgen bleiben«, erklärte Konrádová. »Wir wollen sichergehen, dass unsere Sekte hier in Niederbayern nicht schon Filialen eröffnet hat. Auf mit sexuellen Praktiken garnierten Satanismus sind Sie sicher nicht scharf.«

»Nein, wirklich nicht«, bestätigte Franziska und fügte hinzu: »Ich kann Ihnen den Schreibtisch meines verreisten Kollegen überlassen!«

»Gerne, sehr gerne.« Er deutete einen Handkuss an und verschwand in der Hotellobby.

Auf dem Heimweg dachte die Kommissarin, dass sie ihrem Mann zwei Fragen stellen wollte: Wie hatte er die Reise nach Wolfenbüttel in Erinnerung, und warum hatte er sich nie einen Bart wachsen lassen? Einen Vollbart, so wie Alexander Konrádová ihn trug. Und war dieser Urlaub mit Christians Bibliotheksbesuch wirklich so schlimm gewesen, wie sie ihn in Erinnerung hatte? Wenn sie an ihren letzten Ferienabend in Niedersachsen zurückdachte, hörte sie sich ungelenk und eigenartig hilflos über Ameisen dozieren, während Christian ihr einen nachdenklichen Vortrag über den Einfluss der Schrift auf die Kultur hielt und behauptete, mit der Schrift habe das eigentliche Leben begonnen. Er übersetzte damals ein Buch über die Geschichte der Typografie, die zwar bei Gutenberg begann, von der aber noch niemand wusste, wo sie enden würde. Sie hatte ihm nicht zugehört und viel zu viel Rotwein getrunken. Komisch, dass sie nicht zusammen verreisen konnten. Wirklich eigenartig. Sie seufzte und öffnete die Haustür.

In dieser Sekunde schon hörte sie ihn schreien: vorwurfsvoll, klagend, gelangweilt, genervt und wie immer kurz vorm Hungertod. Keine andere Katze in ihrem Haus – und es gab etwa drei oder vier davon – war in der Lage, ein solches Kaleidoskop gejammerter Rügen in den lang gezogenen »Miaus« unterzubringen.

Das hieß aber auch, dass Christian nicht da war.

Als sie die Wohnungstür öffnete, kam Kater Schiely ihr entgegen und marschierte schnurstracks auf seinen leeren Napf zu.

»Musst du schon wieder bei lebendigem Leibe den schrecklichsten aller Hungertode sterben?«, fragte sie ihn, und er gab ihr mit einem lang gezogenen und kläglichen Schrei recht.

Er habe plötzlich nach München gemusst, hatte Christian ihr geschrieben und den Zettel auf den Küchentisch gelegt. Als lebe er noch in den Siebzigerjahren und zu einer Zeit, in der es weder Handy noch SMS gab. Mit Bleistift war die Botschaft verfasst, und neben der Signatur stand ein »I.l.D.« – was vermutlich heißen sollte: »Ich liebe Dich.« Zum Wochenende sei er wieder da. Es gebe einige Dinge mit seiner Lektorin zu klären.

»Lektorin«, murmelte sie und öffnete den Kühlschrank. Sie hatte plötzlich Lust auf ein Bier und einen westfälischen Kartoffelsalat mit viel Mayonnaise. Dazu würde sie mindestens drei Wiener Würstchen mit viel Senf verdrücken. An diesen Gelüsten merkte sie, dass sie frustriert war.

Seit Christian, der sich inzwischen einen guten Namen als Non-Fiction-Übersetzer erarbeitet hatte, auf die Idee gekommen war, nun auch noch als literarischer Übersetzer in die Literaturgeschichte einzugehen, hing er an den Rockschößen seiner Lektorin wie ein Kind am Rockzipfel der Mutter. Er zweifelte an seinen Worten und Sätzen und warf seiner Frau vor, dass ihr Trost halbherzig und sinnlos sei, da sie gar nicht in der Lage sei, seine schwere Krise zu verstehen.

Seine Lektorin dagegen verstand ihn. Sie verfügte über die Macht, ihn immer wieder aufzubauen, und gab ihm den Glauben an sich selbst zurück. Franziska hätte diese Frau zu gerne einmal kennengelernt oder mit ihr telefoniert. Aber Christian verschwieg ihr sogar deren Namen. »Ich will nicht, dass du sie googelst.«

Wie sich das anhörte, als würde er sagen: »Ich will nicht, dass du sie in den Dreck ziehst.«

Und jetzt war er schon wieder zu ihr gefahren. Gut, dass wenigstens Bier im Kühlschrank stand.

Kapitel 11

Das Baby hatte schon um fünf Uhr dreißig in der Früh zu schreien begonnen, und so war es Charlotte Rücker, die als Erste den Artikel im Landauer Anzeiger las. Sie wiegte die kleine Eulalia-Sophie in ihrer linken Armbeuge, redete beruhigend auf sie ein und blätterte dabei die Zeitung auf. Auf Seite drei, ganz prominent, war das Gasthaus zum Blauen Vogel zu erkennen, und darunter war etwas abgebildet, von dem man sich denken konnte, dass es ein Foto der Leiche sein musste. Mit spitzem Entsetzensschrei wandte sie sich ab und hielt ihre Großnichte ans südliche Wohnzimmerfenster, vor dem sich die gelben Blüten eines Forsythienbusches entfalteten. Hoffentlich hatte Eulalia-Sophie nichts gesehen, es wäre unverzeihlich, wenn sie im zarten Alter von nur vier Monaten wegen einer Unachtsamkeit der Großtante für immer ein schweres Trauma entwickeln würde.

Seit sie für das Kind sorgte und Gertraud, Eulalias Mutter, an den Wochenenden mit Taschen voller Ratgeber für junge Eltern und jugendliche Großeltern in Kleinöd einlief, hatte Charlotte ein feines Gespür dafür entwickelt, wie kompliziert es doch war, ein so junges Menschlein normal und halbwegs glücklich aufwachsen zu lassen. Ihr ganzes Streben ging dahin, all die guten Ratschläge der Pädagogen, Soziologen, Psychologen und Kinderärzte so umzusetzen, dass aus Eulalia-Sophie ein perfekter und zufriedener Mensch werden würde.

Nun ging sie mit dem Baby in die Küche und wärmte ihm ein Fläschchen. »Ist gut, Butzerl, bis du heiratest, spannst davon nix mehr ...«, murmelte sie dabei vor sich hin, wobei nicht ganz klar war, ob nicht sie selbst es war, die beruhigt werden musste.

Denn diese Gewalttat mitten in ihrem Dorf, nur fünfhundert Meter Luftlinie von ihrem Bett entfernt und im wahrsten Sinne des Wortes im Schatten des Kirchturms, nahm sie doch mehr mit, als sie sich eingestehen wollte. Und die Vorstellung, dass der Mörder in ihrer unmittelbaren Nähe wohnen könnte, ließ sie frösteln und hatte zur Folge, dass die heile Eulalia-Welt, an der sie seit vier Monaten strickte, über Nacht zusammengebrochen war. Jetzt stand es auch noch in der Zeitung, war also nicht mehr wegzudiskutieren.

Oben im ersten Stock schnarchte ihr Mann Bernhard Döhring, erschöpft von seinen zwanzigstündigen virtuellen Aufenthalten auf den Börsenparketts der Welt. Sicher hatte er bis Mitternacht Puts und Calls und Futures an der New Yorker Börse »vertickt«, um anschließend in Singapur und Tokio Covered Warrants und andere obskure Papiere unters Volk zu bringen. Seit er im Traum immer um sich schlug und lauthals Börsenbegriffe brüllte, hatten sie getrennte Schlafzimmer. Es war Charlotte peinlich, das vor den Nachbarn zuzugeben, und am meisten fürchtete sie die Vorstellung, jemand könnte auf die Idee kommen, ihre Ehe funktioniere nicht richtig.

Dass diese Ehe ein Irrtum war und dass man mit sechzig nicht mehr heiraten sollte, weil es unmöglich war, zwei ausgereifte und in sich geschlossene Systeme mit unterschiedlichen Zugangsdaten miteinander zu verbinden, war zwar eine Wahrheit, an der sie bitter zu knapsen hatte, die aber niemanden etwas anging. Schon gar nicht die Nachbarn in Kleinöd.

Nicht einmal ihrer Großnichte klagte sie ihr Leid, seit sie gelesen hatte, dass Babys negative Stimmungen wahrnahmen und dann als Erwachsene depressiv würden. Gelegentlich aber schrieb sie in einer Art Tagebuch Briefe an Eulalia-Sophie, erbauliche Traktate von grenzenloser Einfalt, und stellte sich vor, das Mädchen würde sie in zwanzig Jahren lesen und begreifen, wie schwer und trist das Leben seiner Tante gewesen sein musste und wie viel Kraft und Mut es bedurft hatte, um aus Eulalia-Sophie, diesem Kind einer alleinerziehenden Mutter, einen perfekten und glücklichen Menschen zu machen.

Charlotte seufzte. Vor einigen Wochen hatte sie bei ihrem Zahnarzt in einer Zeitschrift gelesen, dass Seufzen gut für die Durchblutung des Herzens sei. Seitdem mündete mindestens jeder zweite ihrer Atemzüge in einem schwächelnden Stöhnen, womit sie die besorgten Blicke der Nachbarn und der Großnichtenmutter auf sich zog – nur ihr Mann schien es nicht zu bemerken, weil er nichts anderes als sein deppertes »Parkett« im Kopf hatte.

Richtige Männer interessierten sich für Sport, insbesondere für Fußball. Richtige Männer saßen abends am Stammtisch und nahmen die verlorenen Spiele bei Bier und Brez'n so lange durch, bis sie fast als Siege in die Vereinsgeschichte eingehen konnten.

Charlottes Mann dagegen dachte nur in Gewinn und Verlust und hatte sich gleich einen eigenen Fußballer als Geldanlage kaufen müssen. Erneut schüttelte sie den Kopf über so viel Dummheit und lächelte dabei das Kind in ihrem Arm besonders freundlich an. Der Spieler ihres Mannes hieß Kader Al Sheikh und wurde angeblich mit jedem Tor, das er schoss, kostbarer. Bernhard Döhring hatte seinen Kader Al Sheikh an den SC Großöd-Pfletzschendorf ausgeliehen, dessen Vizepräsident er selber und dessen Präsident wiederum Bürgermeister Waldmoser war. Charlotte konnte diesen Kader Al Sheikh nicht verstehen und hatte auch kein Interesse, auch nur ein Wort mit ihm zu wechseln. Dieses angebliche Fußballwunder sprach nur Englisch, dribbelte bei jedem Wind und Wetter auf dem Großöder Fußballplatz herum, hatte seinen eigenen Dolmetscher, der ihm erklärte, was Döhring und Waldmoser von ihm wollten, und war in Charlottes Augen alles in allem so unnütz, dass sie ihn nicht einmal als Babysitter einsetzen würde.

»Eine so eine komische Sprach, was der da spricht, nana, so was wollen mir fei gar ned erst lernen, gell, Butzerl?«, raunte sie dem Baby ins Ohr und trat mit ihm ans westliche Fenster des Wohnzimmers. Bei den Blumentritts und den Langriegers war noch Stille, alle Rollos waren runtergelassen. Die schliefen also noch. Aber drüben, am Grundstück der Binder, regte sich was. Charlotte holte sich die Brille und beugte sich vor. Das Kind in ihrer Armbeuge grunzte leicht, seufzte so, wie es ihm seine Großtante zur besseren Herzdurchblutung vorgemacht hatte, und schlief ein.

Am Dienstag war die Bildhauerin gekommen und mit ihr die übliche Unruhe. Vormittags waren ihre Skulpturen angereist und bei strahlendem Sonnenschein von den Spediteuren in Ilse Binders Vorgarten gestellt worden, einen Garten, der unmittelbar an die Hauptstraße anschloss, sodass in den nächsten sechs oder sieben Monaten jeder Durchreisende vom Anblick der Monsterwesen belästigt werden würde. Einmal hatte der Bürgermeister es gewagt, sämtliche im Freien aufgestellte Skulpturen in einer Nacht- und Nebelaktion ins Feuerwehrgerätehaus zu verbannen, weil er wollte, dass sein Dorf anlässlich eines Fußballspiels nett und gediegen aussah. Daraufhin hatte der Galerist der Binder die nationale und übernationale Presse informiert, die sich in ihrer empörten Berichterstattung gar nicht mehr einkriegen konnte. Um Kunstdiebstahl ging es und um Banausentum, weshalb Waldmosers hirnrissige Aktion letztendlich zur Folge hatte, dass Ilse Binder noch berühmter geworden und ihr eine Ehrenprofessur verliehen worden war.

Charlotte wiegte das Kind in ihrem Arm und nahm die Aktivitäten auf der anderen Straßenseite genauestens in Augenschein. »Jetzt nimmt die also ihr gutes Treibhaus dafür her, damit sie's dort sauber treiben kann, die Matz! Tschuldigung, ihr Atelier hätt ich g'meint«, flüsterte sie der Großnichte zu. »Da schau hin, Butzerl, ihre ganzen Katzen hat die mitbracht, das sind auch ned grad weniger g'worden übern Winter. Die werden dann wohl auch dort drinnen wohnen, in dem Glashaus da, und treiben werden die's da alle untereinand und g'wiss auch unsere Dorfkatzen und Kater ned in Ruh lassen. Eine Schand ist das, eine echte Rassenschand. So schöne schwarz-weiße Hauskatzen ham mir da in Kleinöd allerweil g'habt, aber die ham sich alle von der Binder ihre Perser verführen lassen! Entmannen müsst man diese Zug'reisten, die Kater z'mindest, und die Weiberl halt nachad sterilisiern.«

Es tat gut, so leise vor sich hinzuschimpfen. Schimpfen war genauso entspannend wie seufzen.

Charlotte beobachtete, wie Ilse Binder in dicken Gummistiefeln, einer hellblauen Jeans und einem braun-weiß gestreiften Pullover durch den Garten stapfte und ihren Grund vermaß.

»Au weh, mein Butzerl, hab ich fei noch gar ned g'wusst, dass es Jeans in solchen Größen überhaupts gibt«, informierte sie das schlafende Baby. »Die hat ja einen Arsch beieinand, dass ein Brauereipferd noch vor Neid erblassen könnt. Da ziehst dir normal einfach keine Hosen mehr an, da versteckst dich hinterm Vorhangstoff.«

Das Baby grunzte.

Sie, Charlotte, kleidete sich vornehmlich in halblange Dirndl und ordentlich gebügelte Rüschenblusen oder trug frei schwingende Trachtenröcke zu handgestrickten und taillenkurzen Jankern.

Am Dienstag hatte die Binder auch schon so verboten ausgesehen, kaum angekommen, hatte sie ihr elegantes graues Professorinnenkostüm, ihre Seidenstrümpfe und die dunkelroten Stöckelschuhe eingetauscht gegen eine karierte Wollhose von gewaltigem Ausmaß und einen monströsen dunkelgrauen Pullover. Mit hochgestecktem hennarotem Haar war sie über ihr Grundstück geschossen und hatte lauthals verkündet, welche Figur wo zu stehen habe.

Charlotte Rücker war mit der Kleinen im Kinderwagen vorbeispaziert und hatte freundlich und interessiert geschaut. Sie wusste immer noch nicht genau, wie sie sich der Binder gegenüber verhalten sollte. War sie zu nett, würden die anderen ihr möglicherweise Heuchelei und Anbiederei unterstellen; war sie unfreundlich, so könnte die Bildhauerin denken, sie lehne deren Skulpturen ab – dabei waren ihr die so was von egal. Es war einfach schwer, einen guten Mittelweg zu finden, zumal Charlotte im Grunde ihres Herzens davon überzeugt war, dass es nur von Vorteil sein konnte, sich mit den Reichen und Berühmten gut zu stellen. Man konnte ja nie wissen. An diesem Dienstag hatte sie beschlossen, die Binder mit Eulalia bekannt zu machen.

»Mei, schön ist das fei, dass Sie auch wieder bei uns auf'm Land sind!«, hatte sie lauthals gerufen und den Kinderwagen so gedreht, dass ein Sonnenstrahl auf das Gesicht des schlafenden Babys fiel. »Weil, wenn Sie kommen, weiß ich, dass bald Frühling ist.«

»Grüß Gott, Frau Rücker«, hatte Ilse Binder geantwortet, ohne irgendwelche Anstalten zu machen, sich das neue Kind anschauen zu wollen. Stattdessen war sie Richtung Südwesten auf ihr hinzugekauftes Grundstück spaziert und hatte sich mit diesem Penner in dem heruntergekommenen Gartenhaus bekannt gemacht. Charlotte hatte ihr leider nicht folgen können, weil der winzige Feldweg, den sie dazu hätte einschlagen müssen, zu matschig für die Räder des Kinderwagens war. Sie sah, wie Ilse Binder dem Schmiedinger Leopold die Hand reichte, ihn anlächelte und ihm einen Umschlag zusteckte. Da hatte sie schlucken müssen. Dieser aus der Haftanstalt entlassene Verbrecher war also mehr wert als sie, mehr wert als Eulalia-Sophie. Das ging zu weit.

Erneut starrte sie auf die Zeitung: »Unbekannte Leiche entdeckt ... sachdienliche Hinweise nimmt jede Polizeistation entgegen.«

Wäre es nicht wunderbar, wenn sie den Fall aufklären und den Mörder überführen könnte? Charlotte Rücker sah schon den Artikel über sich im Landauer Anzeiger und träumte davon, dank ihres Scharfsinns, ihrer Intuition und ihrer messerscharfen Kombinationsgabe ganz groß herauszukommen. Zu ihr, nur zu ihr würden dann die Journalisten, Fotografen und Fernsehfuzzis reisen – und die Binder und deren Skulpturen keines Blickes würdigen. Die Kommissarin würde ihr die Hand geben und ihr eine

Ehrenurkunde der Oberpolizeidirektion überreichen, auf der in goldenen Lettern die Verdienste von Frau Charlotte Rücker aufgelistet wären. Bei künftigen Fällen würde man sie als Expertin oder – wie hieß das neuerdings im Fernsehen? – als Profilerin hinzuziehen, aber sie würde sich an dieser Geschichte nicht bereichern, sie würde höchstens so viel Honorar dafür verlangen, wie sie bräuchte, um eine vernünftige Aussteuer für Eulalia-Sophie zu kaufen.

Aus diesem gewichtigen Traum wurde sie durch das Geknarze der Treppenstufen herausgeholt. Ihr Mann Bernhard kam im Schlafanzug und mit viel zu großen Filzpantoffeln in die Küche geschlurft. Er gähnte ausgiebig. »Hast schon Kaffee g'macht?«

Sie stellte ihm eine dampfende Tasse hin und legte ihm die Seite drei des Landauer Anzeigers vor die Nase.

Er schnaufte. »Ist denn meine *FAZ* noch ned da?«

»Aber schau doch wenigstens mal g'scheit hin, das ist bei uns da, der Blaue Vogel«, sagte Charlotte und wies mit dem Zeigefinger auf das Foto des Dorfgasthofes.

»Ja, und weiter? Den seh ich ja jeden Tag auch, wenn ich aus'm Fenster schau. Dafür brauch ich ja wohl keine Zeitung.«

Kopfschüttelnd schob er sie und das Kind beiseite und zog sich den Wirtschaftsteil der *Frankfurter Allgemeinen Zeitung* neben die Kaffeetasse. »Allerweil der gleiche Schmarrn«, schimpfte er dann und sah aus dem Fenster. »Ist denn die Post mit meinem *Effecten-Spiegel* schon da? So ein Mist, der Briefträger kommt jeden Tag später, ich sag dir eins, wenn mir deswegen ein Geld verlieren, mach ich den persönlich dafür haftbar.«

Damit war seine tägliche Kommunikation mit Charlotte beendet. Eulalia-Sophie schlief in ihrem Kinderwagen.

»Könnt ich das kleine Butzerl ganz kurz ein Momenterl bei dir lassen?«

Bernhard brummte unwillig, nickte dann aber.

Mit niemandem reden zu können und dem Kind gegenüber ständig eine positive Haltung an den Tag legen zu müssen war nicht leicht. Charlotte stand unter der Dusche und beschloss, heute einen großen Spaziergang zu machen und mit jedem zu sprechen, der ihr über den Weg lief, egal ob er ihr sympathisch war oder nicht. Sie fühlte sich so prall gefüllt mit Worten, die ins Freie drängten, dass sie befürchtete, ansonsten mit all diesen Sätzen zu platzen.

Die frische Luft würde dem Kind sicher guttun. Um die Räder des Kinderwagens zu schonen, schob Charlotte ihn über die einzige asphaltierte Straße des Ortes. Erst zur Kirche und am Pfarrhaus vorbei, dann Richtung Blauer Vogel. Wäre ihr auf dem Kirchhof Hochwürden Moosthenninger begegnet, so hätte sie ihn in ein langes und ausführliches Gespräch über Gut und Böse und die Kraft der positiven Gedanken verwickelt, aber an diesem Frühlingsvormittag ließen sich weder der Pastor noch seine Schwester sehen, und auch auf dem kleinen Friedhof kümmerte sich niemand um die Grabpflege.

Um die Nerven ihrer Großnichte zu schonen, umfuhr sie das mit dem Makel des Todes behaftete Gasthaus weitläufig und registrierte dabei verwundert, dass sich ihr Körper mit einer prickelnden Gänsehaut überzog. Sie drehte eine zweite Runde. So intensiv hatte sie sich lange nicht mehr gespürt.

Etwa zehn Minuten später kam ihr Ottilie Daxhuber in Höhe des Hauses der Blumentritts entgegen, und Charlotte seufzte verhalten. Jede andere wäre ihr lieber gewesen, andererseits war Ottilies Gegenwart in dieser Sekunde so etwas wie ein Skalpell zur Ausführung des lebensrettenden Luftröhrenschnitts, denn Charlotte stand kurz davor, an ihren eigenen Worten zu ersticken. Deshalb rief sie ein bisschen zu laut: »Ein schöner Tag heut, gell? Wie geht's denn allerweil?«

»Danke der Nachfrag, passt schon«, antwortete Ottilie kurz angebunden und sah an ihr vorbei.

»Warst einkaufen?«, bemühte sich Charlotte, das Gespräch in Gang zu halten.

»Ach wo, ich geh doch allerweil am Mittwoch«, stellte Ottilie klar und fügte ein bisschen versöhnlicher hinzu: »Ich hab dem Mann einen heißen Tee bracht, und dem Adolf auch, die zwei ermitteln ja neuerdings miteinand.«

»Was du ned sagst!« Für den Bruchteil einer Sekunde verschlug es Charlotte den Atem.

»Ja, wegen der Geschicht da, im Blauen Vogel, wegen der Leichen. Mit denen ihre eigenen Augen haben die sich das ansehen müssen.« Ottilie taute langsam auf.

Charlotte nickte wissend. »Heut steht's ja auch schon in der Zeitung drin.« Interessiert beugte sie sich vor: »Tät's denn aus erster Hand schon was Neues geben?«

»Bloß Gerüchte, die kennst ja eh ...«, antwortete ihre Nachbarin ausweichend.

»Ach woher denn – erzähl mir's nur g'schwind, damit ich wenigstens mitreden kann und ned dumm sterben muss!«

»Ja mei ...« Ottilie Daxhuber zögerte. Gerade noch hatte sie ihrem Mann und dem Schmiedinger Adolf versprechen müssen, dass sie die Verdächtigungen des Bürgermeisters für sich behielt – schnell überflog sie ihre Informationen und beschloss dann spontan, nur die Hälfte zu erzählen: »Also gut: Gestern auf d'Nacht im Blauen Vogel muss doch tatsächlich wer behauptet ham, dass der Schmiedinger Leopold ...« Sie registrierte Charlottes fragenden Blick und schob ein: »Freilich kennst den, das ist der von Straubing, dem Schmiedinger Adolf sein Vetter, der, nachdem der nimmer in der Arrestzelle vom Adolf wohnen hat dürfen, ins Gartenhaus von der Binder zogen ist. Dem ist's eh überall zu groß, hat mein Mann g'sagt, weil er viel zu lang eing'sperrt g'wesen ist, der ist ... wart g'schwind … So ein ganz ein komisches Wort gibt's da, der Eduard hat's auch bloß in den Unterlagen vom Adolf g'lesen g'habt … Ah, jetzt hab ich's wieder … also, der Mann sagt, der Leopold wär total ›hospitalisiert‹ und tät aufgrund dessen schon in ganz normal großen Räumlichkeiten allerweil so eine Art Krise kriegen. So wie's dir wahrscheinlich grad umkehrt gehen tät, wenn s' dich einsperren würden.«

»Um Gottes willen, warum sollt man mich denn einsperren?«, fragte Charlotte Rücker entsetzt und erschrak ein wenig über die vielen Gründe, die ihr spontan einfielen.

»War doch bloß als ein Beispiel g'meint«, fuhr Ottilie Daxhuber fort. »Aber was ich eigentlich hätt sagen wollen: Im Blauen Vogel muss gestern wer behauptet ham, dass der Schmiedinger Leopold den Tätowierten umbracht haben soll.«

»Jessas, Maria und Joseph! Und wozu tät denn nachad der so was machen sollen?« Charlotte starrte ihre Nachbarin an.

»Ja, jetzt horch, wegen dem Geld halt, so sagen die, weil der Leopold doch glatt gestern im Supermarkt mit einem Fünfhunderteuroschein zahlen wollte, wo der doch bloß dreihundert Euro Lebenshilfe kriegt. Und jetzt glauben natürlich die meisten da im Dorf, dass der das Geld bei dem Mord klaut hätt. Aber ich weiß ned recht, der Leopold, also wennst mich fragen tätst, für mich ist der komplett harmlos!«

»Tät denn wer einischaun können in einen anderen Menschen?«, murmelte Charlotte, seufzte getragen und lächelte Ottilie verhalten an.

»Eben, kann man ned«, gab diese ihr recht. »Und grad drum verlass ich mich dann doch lieber auf meinen eigenen g'sunden Menschenverstand. Und der sagt mir, dass der Leopold nie im Leben so was tun könnt! Der hat wegen Einbruchdiebstahl und Zigarettenautomatenknacken gesessen, und einmal müssen s' den wohl auch ohne Führerschein in einem geklauten Auto erwischt ham, aber ein Mord! Naa, naa, dazu is der ned Manns genug. Du kennst den doch auch vom Sehen. Tät deiner Ansicht nach ein Mörder so ausschaun?«

»Ja mei, aber der eine oder andere tät's ihm ohne Weiteres zutrauen, jedenfalls nach dem, was du mir grad erzählt hast«, gab Charlotte zu bedenken und schob den Kinderwagen gegen den Wind, damit die zarten Ohren des Babys nichts von diesem Gespräch mitbekamen.

»Ja, freilich«, meinte Ottilie nickend. »Und zwar akkurat genau die traurigen Figuren, die was in ihrem eigenen Leben nimmer recht weiterwissen. Sagt der Eduard. Weil die nämlich selber brettlbreit auf'm Schlauch stehen, müssen die sich halt einen noch Schwächeren aussuchen, dem s' dann alles Böse in d' Schuh neischieben können. Und wo tät'n mir denn da hinkommen, wenn das einreißt? Mein Eduard sagt, am End hätten mir dann wieder Zuständ wie damals unterm Hitler, und da war ja auch ned alles richtig. Auf jeden Fall braucht der Schmiedinger Adolf in solchen schweren Zeiten eine Unterstützung, ich mein, der ist ja auch kein junger Bursch mehr. Und deswegen springt jetzt eben Eduard ein, und die beiden klären den Mord miteinand auf ... Derf ich einmal?« Sie beugte sich vor, sah in den Kinderwagen, und ihre Gesichtszüge wurden ganz weich. »Du bist also der Gertraud ihr kleins Maderl? Herrschaftszeiten, lieb sind's fei schon, solang sie so klein sind! Eulalia heißt s', gell?«

»Jawohl, Eulalia-Sophie, und das heißt so viel wie ›die Beredte und Kluge‹«, erklärte Charlotte stolz.

Ottilie nahm die rosafarbene Hand des Babys, öffnete die winzige Faust und ließ es zu, dass sich die warmen und feuchten Finger der Kleinen um ihren Daumen schlossen. Sie schluckte und dachte an ihren Enkel. Aber es tat nicht mehr so weh. Sie konnte dieses Kind anschauen, ohne dass ihr Herz daran zerbrach. Sie würde überleben. Wie in Zeitlupe tauchte sie aus dem Verdeck des Kinderwagens auf und lächelte Charlotte versöhnlich an. »Warum kommts ihr zwei beide ned mal auf einen Kaffee vorbei bei mir? Gäb doch so viel zum ratschen.«

Charlotte nickte. »Fei gern. Sehr gern sogar.«

Beschwingt schob sie den Kinderwagen weiter Richtung Supermarkt. Am Horizont zeigte sich die Dampfwolke des Atomkraftwerks Ohu und neigte sich gen Westen, was kommende Kälte andeutete. Da würde ein heißer Nachmittagskaffee umso besser schmecken.

»Der Leopold«, murmelte sie und schüttelte den Kopf. »Mein Bernhard hat schon recht, keinem kannst ins Herz einischaun. Ned ins Herz und erst recht ned ins Portemonnaie. Ist ja vielleicht auch besser so, wer weiß schon, was für Abgründ mir da zum sehen kriegen tät'n. Und überhaupt, wer hätt sich denn das je von dem Schmiedinger Leopold denkt, dass der sich von der Binder hofieren lasst und nebenbei heimlich d'Leut umbringt, bloß weil er sich im Supermarkt was zum Essen kaufen will. Da hätte er doch z'erst einmal wen fragen können, wenn der so hungrig g'wesen wär. Ein jedes von uns hätt dem doch zumindest ein Stück trocken Brot geben. Na geh, da hätt sich g'wiss niemand g'weigert, wirklich ned.«

Die kleine Eulalia strampelte ein wenig und krähte sie fröhlich an.

Direkt vor dem Briefkasten am Supermarkt traf sie die Frau des Bürgermeisters und gab ihr frisch erworbenes Wissen brühwarm an Elise Waldmoser weiter: »Ist das ned unglaublich? Die Spatzen pfeifen's von den Dächern, dass dieser Schmiedinger da, dieser leibliche Verwandte von unserm Adolf, dieser Leopold, also dass der den Mord begangen hat. Und jetzt hupft der allerweil noch auf freiem Fuß umeinander und läuft zwischen den depperten Kunstwerken von der Binder rum, dabei sieht der selber bald schon so aus wie der ihre Skulpturen! Meiomei, mir können fei bloß noch hoffen, dass keins von uns selber dem sein nächstes Opfer wär. Ein Skandal ist das!«

Elise Waldmoser nickte verständnisvoll. »So sind s' halt, diese Knastbrüder, ein unzuverlässiges und arbeitsscheues G'sindel vorm Herrn. Einmal Verbrecher, immer Verbrecher. Mein Mann war ja gleich dagegen, dass der sich überhaupt da ansiedelt, aber der Schmiedinger Adolf hat sich für ihn verbürgt, und die Binder hat ihn in ihr Gartenhaus g'lassen und erlaubt, dass der da wohnen darf – ja mei, da kannst dann nix machen. Sogar als Bürgermeister steht mein Mann der Sache total machtlos gegenüber. Da kommt so ein Schwerverbrecher daherg'saust, macht ein halbes Jahr lang auf brutal harmlos, bis mir von dem glauben, das wär nix als wie ein armer Hund. Und urplötzlich schlagt der dann zu. Alles bloß Tarnung g'wesen.«

Charlotte nickte und murmelte bestätigend: »So ist's! Einfach unglaublich, ich mein, wenn der bloß was zum essen braucht hätt, nachad hätt der doch bei wem von uns läuten können. Keiner hätt dem ein Stück Brot und ein bisserl Wurscht verweigert! Aber nix da, lieber derschießt der einen wildfremden Menschen, bevor er sich dazu herablassen tät, eventuell auch einmal bitt schön zum sagen. Von wegen ein armer Hund! Ein ganz ein ausg'schamter und g'rissener Hundling ist das scheinbar, und g'wiss auch noch mit der Binder auf Du und Du!«

»Was du ned sagst! Unsereins schaut der mit'm Arsch ned an, aber an die berühmte Bildhauerin wanzt der sich schon an. Ob die wohl direkt mit dem unter einer Decken steckt? Der graust's doch ansonsten auch vor nix, und g'wiss auch ned vor einem Schwerverbrecher.« Elise Waldmosers Stimme kippte ins Hysterische. »Das sag ich fei sofort meinem Mann. Der soll endlich was tun, damit mir endlich wieder in Ruhe und Frieden leben können bei uns!«

Kapitel 12

Er saß auf Brunos Platz, und sie spürte seine tröstende Gegenwart nach der unruhigen vergangenen Nacht. Gut, dass Alexander da war, Alexander Konrádová aus Prag. Grauhaarig, graubärtig, grauäugig und Zuversicht ausstrahlend. Während Franziska ihn beobachtete, relativierte sich das Chaos des gestrigen Abends, und der Tag war nicht mehr ganz so düster, wie es noch am Vormittag ausgesehen hatte.

Als Christian in der vergangenen Nacht gegen dreiundzwanzig Uhr immer noch nicht angerufen hatte, hatte Franziska damit begonnen, sich in eine Sorge um ihn hineinzusteigern, von der sie wusste, dass sie absurd war. Möglicherweise hatte sie schon zu viel Bier getrunken, oder es ging ihr mit einem Mal gegen den Strich, dass er nie mit ihr über seine Lektorin sprach, ja dass er überhaupt so wenig mit ihr sprach, dafür aber dauernd mit dieser Frau telefonierte und regelmäßig nach München fuhr, um sie zu treffen. Was war denn schon das Besondere an einer literarischen Übersetzung? So etwas müsste doch wesentlich leichter zu schaffen sein als die komplizierten Sachbücher, mit denen er bisher befasst gewesen war. Da hatte es ihr auch eingeleuchtet, dass er zum Recherchieren in die Münchner Staatsbibliothek fahren musste; zu Recht misstraute er den Quellen des Internets. Aber bei einem Roman? Da war das alles doch nicht nötig.

Wie sie ihn verstanden hatte, war seine erste literarische

Übersetzung nichts anderes als eine banale Liebesgeschichte – Leute kamen zur Welt, drehten ihre Runde und starben in Würde. Nicht so, wie der noch namenlose Mann im Blauen Vogel gestorben war, sondern sie schieden schöngeistig und literarisch, mit klugen Worten auf den Lippen und noch klügeren Ratschlägen für die Hinterbliebenen, im milden Licht eines Herbstnachmittags dahin.

Franziska merkte, dass sie auf das Wort »literarisch« allergisch reagierte. Wütend hatte sie ihre Runden durch die ungewohnt leere Wohnung gedreht, wäre fast zur nahen Tankstelle aufgebrochen, um nach fast zwei Jahren Abstinenz Zigaretten zu kaufen, zappte sich stattdessen durch ein Fernsehprogramm, das sie nicht interessierte, und beobachtete Kater Schiely, der so unruhig und maunzend durch die Wohnung stolzierte, als habe er sich von ihren Gefühlen anstecken lassen.

Dann war sie zum Telefon gegangen und hatte Christians Handynummer gewählt. Und noch während sie die Nummer tippte, dachte sie: Tu's nicht. Aber da war es schon zu spät, und sie wusste auch, dass sie in diesem Zustand nicht mehr auf sich selbst hören würde. Nach dem dritten oder vierten Läuten meldete er sich.

»Ja?«

»Ich bin's nur.« Sie bemühte sich um einen souveränen Tonfall.

»Und, was ist?« Er klang gereizt.

»Nichts.« Sie biss sich auf die Lippen.

Er seufzte und fragte mit gespielter Geduld: »Also – warum rufst du dann an?«

Sie holte tief Luft und sagte dann schnell: »Ich wollte einfach nur wissen, wie es dir geht.«

»Wir arbeiten noch.«

Dieser Satz traf sie unvorbereitet. Er war wie ein Schlag in die Magengrube, und ihr blieb nichts anderes übrig, als hilflos zu murmeln: »Gut, dann will ich nicht länger stören.«

Weil kein Bier mehr im Hause war, hatte sie den sogenannten Giftschrank im Wohnzimmer geöffnet und sich ein Wasserglas mit Gin eingeschenkt. Das war zwar keine Lösung, aber es musste sein. Sie war ans nächtliche Fenster getreten, hatte von ihrem Aussichtspunkt der Landauer Oberstadt auf das Lichtermeer der Unterstadt geschaut und mehrfach wiederholt: »*Wir* arbeiten noch.« Was mochte das für eine Arbeit sein, um diese Zeit und vermutlich im Hotelzimmer?

Und keine Frage von ihm, wie es mit ihrem Fall voranging, keine Entschuldigung für seinen plötzlichen Aufbruch, kein definitiver Termin für seine Rückkehr. Sie war ihm offensichtlich völlig egal. Vermutlich sagte er gerade jetzt zu seinem Gegenüber: »Meine Frau, ach ja, stimmt, die gibt's ja auch noch …«, als würde er sich an eine flüchtige Bekannte erinnern, die er seit Jahren nicht mehr gesehen hatte. Mit Franziska konnte er das ja machen. Sie, Franziska, ließ sich alles gefallen. Keine andere Frau würde sich so etwas bieten lassen!

Mit dem Glas in der Hand betrachtete sie ihr Spiegelbild im dunklen Fenster und versuchte, sich Christians Lektorin vorzustellen. Die war sicher Ende dreißig, hochgewachsen, blond und faltenlos, stets in auffällig unauffällige Kostüme aus edlen Materialien gekleidet, und begleitete jedes seiner Worte mit zustimmendem Nicken und einem Lächeln aus ungewöhnlich strahlenden blauen Augen. Und immer, wenn der Lektorinnen-Ehemann verreist war – möglicherweise Ehemann und Verleger in Personalunion –, bestellte sie Christian Hausmann zu sich, und dann … Arbeitsessen, Arbeitstagung, Arbeitsgespräche … das übliche Programm.

Als sie sich das zweite Glas Gin einschenkte, versank sie in einer Woge von Selbstmitleid und war felsenfest davon überzeugt, dass das »literarische Werk« wie eine Katastrophe in ihrer beider Leben eingebrochen war und sie letztendlich auf getrennten Bahnen in eine doppelte Einsamkeit treiben würde: Sich selbst sah sie allein und verlassen durch Landau an der Isar schleichen, während Christian als versteckt gehaltener Liebhaber der Lektorin in einem Münchner Einzimmerapartment nichts anderes tun konnte, als darauf zu warten, dass diese Zeit für und Lust auf ihn haben möge. Dabei waren Christian und Franziska doch eigentlich ein gut funktionierendes Paar gewesen und hatten noch so viel vorgehabt, und vielleicht hätten sie es sogar irgendwann geschafft, miteinander einen problemlosen Urlaub zu verbringen.

Nachts war ihr schlecht geworden, und sie musste mehrfach aufstehen, um am offenen Fenster Luft zu schnappen. Die Sterne leuchteten kalt und unbarmherzig vom schwarzen Himmel. Als der Wecker klingelte, brauchte sie anstelle des Frühstücks eine Kopfschmerztablette.

Erneut betrachtete sie ihren tschechischen Kollegen, der blitzschnell und virtuos mit zehn Fingern die Tastatur seines Notebooks bediente. Zwischenzeitlich hatte er mehrfach zum Telefon gegriffen, und sie hatte sich von seiner dunklen und etwas rauen Stimme tragen lassen, ohne ein Wort zu verstehen. Jetzt nickte Alexander Konrádová ihr zu und klopfte mit einem Kugelschreiber auf die hölzerne Tischplatte. »Ich weiß inzwischen mehr über die Sekte. Meinen Sie, Sie könnten Ihren Pathologen noch mal bitten, dass er inmitten all dieser Tätowierungen ein doppeltes C sucht? Es könnte etwa so aussehen wie eine spiegelverkehrte Drei und ist vermutlich höchstens zwei Zentimeter groß.«

Sie seufzte. »Sie haben ja gesehen, wie flächendeckend der tätowiert ist. Wo ungefähr soll der Pathologe nachschauen, an welchen Stellen?«

»Es müssen insgesamt sechs dieser Symbole sein, und

sie werden sich vermutlich gegenüberliegen. Ich könnte mir vorstellen, dass die Tätowierungen in der Nähe von Achselhöhlen, Ellenbeugen und Leistenbeugen zu finden sind. Aber sicher bin ich mir nicht.«

»Das ist doch schon mal ein Anfang. Versuchen können wir es allemal.« Franziska griff zum Telefon.

Nachdem sie mit Gustav Wiener gesprochen hatte, wollte sie wissen, wofür denn diese zwei C stünden.

»Crowley College«, gab er ihr zur Antwort. »So zumindest geht das Gerücht. Früher hieß es einfach College, wobei es nicht englisch, sondern tschechisch ausgesprochen wurde.« Er betonte das Wort in seiner Sprache, und Franziska lachte.

»Ist es nicht eigenartig«, fuhr er dann fort, »dass die sich einerseits hinter einer Fremdsprache verstecken und sich andererseits damit aufwerten?«

»Wer sind denn *die*?«, fragte Franziska und ging zur Kaffeemaschine, um einen Espresso zu machen. »Klären Sie mich auf.«

»Wenn ich das so genau wüsste. Stellen Sie sich die Peripherie einer Großstadt vor, eine Ansammlung von Hochhäusern mit Wohnungen, die wabengleich neben- und übereinander angeordnet sind. Alle gleich geschnitten und aufgeteilt. In jeder Wohnung sind Bad und Küche an der gleichen Stelle, alle Zimmer, Flure und Eingangsbereiche sind gleich groß.« Alexander Konrádová beobachtete die Kommissarin, sog den Kaffeeduft ein und fügte nachdenklich hinzu: »Wenn es dort Espressomaschinen gäbe – was ich mir kaum vorstellen kann –, so stünden die sicher auch alle an der gleichen Stelle.«

Er lachte bitter, dann fuhr er fort: »Ich erzähle Ihnen das alles nur, damit Sie sich ein Bild machen können, damit Sie das Wunder begreifen, das dort geschah, ausgerechnet in dieser Gegend. Wer in diesen Wohncontainern aufwächst, hat so gut wie keine Chance. Da wird man weder gefördert noch gefordert, und es geht entweder ums Überleben oder um eine Art Lebenszeitvernichtung mit Computerspielen oder vor dem Fernseher. Träume hat da keiner mehr.«

Franziska stellte zwei gefüllte Espressotassen auf seinen Schreibtisch und setzte sich zu ihm. »Und was passierte dann?«

»Einige taten sich zusammen und beschlossen, dass das nicht alles sein durfte. Sie nannten sich ›das College‹, wobei das Wort irgendwie an Schule und Studium denken lässt, finden Sie nicht auch?«

Sie nickte und fragte sich, was diese Geschichte mit ihrem Toten zu tun haben könnte. Irgendwann würde er ja sicher zur Sache kommen. Während sie in ihrem Espresso rührte, erzählte er weiter: »Fast zwei Jahre lang ging das gut. Aus dem Nichts entstand ein vorbildhaftes Projekt, das sich selbst finanzierte und von der Presse hofiert und hochgejubelt wurde. Die Stadt stellte der Gruppe ein leer stehendes Lagerhaus zur Verfügung, später flossen sogar Fördergelder. Es wurden Ateliers eingerichtet, ein kleines Café, ein selbst organisierter Kindergarten und Studios für Nachhilfeunterricht. Verstehen Sie? Das war das Wunder. Jede und jeder hatte die Möglichkeit, einen Traum zu leben. Wer sich der Gruppe anschloss, wurde gefragt: ›Was würdest du gern werden, was sind deine Fähigkeiten, und was traust du dir zu?‹ Und jeder konnte sich ausprobieren. Das war wirklich eine tolle Truppe, ich habe sie oft besucht. Anfangs wurde vor allem handwerklich gearbeitet, es wurde geschreinert, gebaut, genäht, geschustert, und es wurden sogar Hüte gemacht. Da saß tatsächlich eine Frau inmitten dieser Armut und Abgestumpftheit und kreierte abenteuerliche Hüte.« Alexander Konrádovás Augen leuchteten. »Junge Menschen kamen zusammen und trauten sich, ihren Traum zu leben. Haben wir uns das nicht auch gewünscht, als wir noch jung waren? Es muss nicht immer was Großes und Weltbewegendes sein. Es muss nur für das einzelne Individuum stimmen. Einer war da, der hatte aus Büchern die Fußreflexzonenmassage gelernt und bot seine Dienste an. Ich habe sie ein paarmal in Anspruch genommen. Er war gut. Ein anderer erfand neue Schriften. Jeder Buchstabe ein Kunstwerk für sich – und trotz allem klar und lesbar.«

Franziska setzte an, um nachzuhaken, schluckte aber dann ihre Frage hinunter. Sie wollte jetzt nicht an Christian denken und schon gar nicht daran, wie sehr er oder möglicherweise seine zielstrebige Lektorin an einem derartigen Alphabet interessiert sein könnten. Nein, schöner war es da, diesem Prager Kommissar zuzuhören und den Blick seiner graugrünen Augen zu suchen.

»Einer hat Brot gebacken«, berichtete Alexander weiter. »Dabei hat er neue Getreidesorten und Gewürze ausprobiert. Okay, nicht alles hat super geschmeckt, aber dafür roch die Straße nach Hefe und Backstube und Feiertag. Ein Geschwisterpaar hatte sich aufs Märchenerzählen verlegt, da ihnen daheim niemand zuhörte. Wer zu ihnen ging, konnte Geschichten nach eigenem Gusto bestellen. Fünfzig Cent das Stück. Die Luft war geschwängert mit Kreativität.«

»Das hört sich super an«, murmelte Franziska. »So etwas sollten wir hier auch einführen.«

»Es war super, aber es ging nicht gut«, murmelte er resigniert.

»Was ist passiert?«, fragte sie.

»Es kamen Pädagogen, Soziologen und Sozialarbeiter und wussten alles besser. Sie bemängelten die Struktur, jammerten über falsch gewählte Ansätze, sahen nicht das, was ohne sie geschaffen worden war, sondern wollten alles in ihrem Sinne umbauen. Experten schrieben Expertisen, um nachzuweisen, dass das, was bisher gut gelaufen war, eigentlich schlecht gelaufen und der Erfolg eigentlich ein

Misserfolg war. Die Truppe der Kreativen löste sich auf, und die Pädagogen besetzten die leer stehenden Räume mit förderungsimmunen übergewichtigen und mittelmäßigen Kindern, die nur widerwillig ihren heimischen Computer verließen, um im sogenannten College unter Aufsicht ihre Zeit abzusitzen.«

»Und dann?«

»Dann …« Er lachte bitter. »… dann fielen die Kreativen einem Mann in die Hände, der Unmögliches versprach. Dieser Guru redete von Erleuchtung und dass es möglich sei, die Welt zu verändern, er behauptete, man könne alle Naturgesetze auf den Kopf stellen, und gründete einen Geheimbund, den er Crowley College nannte. Wenn die Gerüchte stimmen, und an Gerüchten ist ja immer was Wahres, so sind die Kreativen zu ihm übergelaufen. Sie waren von ihrer Realität enttäuscht und somit reif für den Verführer.«

»Meine Güte, das wird ja immer spannender«, unterbrach Franziska ihn. »Und wer ist dieser Verführer?«

»Niemand kennt ihn, keiner hat ihn je gesehen, nicht einer der Außenstehenden kennt seinen Namen. Er ist nur den Eingeweihten vertraut. Und je länger ich darüber nachdenke, um so eher komme ich zu der Überzeugung, dass Ihr oder unser Toter zu diesem Crowley College gehört. Meinen Sie, Ihr Pathologe meldet sich heute noch?«

Sie blickte auf die Uhr. »Es ist erst vier. Ich kenne meinen Herrn Wiener, wenn wir den einmal auf eine Spur gesetzt haben, dann sucht er so lange, bis er fündig wird. Aber warum ist unser Opfer so tätowiert? Was meinen Sie?«

»Vielleicht, um die sechs Doppel-C zu verstecken.«

»Sie sagten ›Verführer‹. Was will er?«

Der graubärtige Kommissar an ihrer Seite schüttelte den Kopf. »Die rücken ja nichts raus. Die haben garantiert ein Schweigegelübde ablegen müssen. Ich bin sicher, dass dieser Guru von außen kommt. Es muss jemand mit einem besonderen Charisma sein, der über die einzigartige Fähigkeit verfügt, Menschen in seinen Bann zu ziehen. Denn es sind nicht nur Jugendliche bei ihm gelandet, sondern auch jener, der gerade von Ihrem Pathologen abgesucht wird.«

Als habe es nur auf ein Stichwort gewartet, klingelte in diesem Augenblick das Telefon. Gustav Wiener verkündete mit einem Hauch von Stolz in der Stimme, dass er die Zeichen gefunden habe. Zwei unterhalb des Schlüsselbeins, zwei in den Armbeugen und zwei weitere an den Innenseiten der Oberschenkel. »Sie sehen genauso aus, wie Ihr Kollege sie beschrieben hat. Ich wüsste ja zu gern, was sie bedeuten und warum es ausgerechnet sechs sind.«

»Ja, warum gerade sechs?«, wiederholte Franziska, nachdem sie aufgelegt hatte. »Und was machen wir nun mit dieser Information?«

»Wir reden darüber«, antwortete Alexander Konrádová. »Und für mich bedeutet es, dass wir schon einen Schritt weiter sind. Wir wissen nun definitiv, dass er dazugehörte. Ich könnte mir vorstellen, dass er die Regeln gebrochen hat und dafür bestraft wurde.« Nachdenklich hielt er inne und meinte dann: »An dieser Stelle wäre eine erneute Besichtigung des Tatorts interessant. Vermutlich gab es dort eine Art Altar.«

Franziska schüttelte den Kopf. »Das war ein Hotelzimmer. Eine Vertreterunterkunft in jenem winzigen Nest, wo wir schon so oft zu tun hatten und aus dem offensichtlich alle Schutzengel ausgewandert sind. Nein, der einzige Altar, den es dort gibt, steht in der Kirche.«

»Sie haben ihn deshalb nicht gesehen, weil Sie nicht danach gesucht haben.« Alexander Konrádová blieb hartnäckig. »Jetzt, wo ich schon mal hier bin, sollte ich nicht nur am Schreibtisch sitzen. Beschreiben Sie mir den Weg. Ich nehme dann einen Wagen von der Fahrbereitschaft – oder kommen Sie mit?«

Sie dachte an ihre leere Wohnung und an den gestrigen Abend und auch daran, dass Christian garantiert nicht anrufen würde. »Okay«, sagte sie. »Ich fahre mit und führe Sie. Aber vorher muss ich meinen Kater füttern, sonst schreit der mir das ganze Haus zusammen.«

Er lachte. »Kein Problem.«

Als sie in Ecklöd abbogen, um über Schäffleröd eine Abkürzung nach Kleinöd zu nehmen, hätten sie die Frau am Straßenrand fast überfahren. Franziska bemerkte sie im letzten Moment und schrie so erschrocken auf, dass Alexander Konrádová, der es offensichtlich genoss, einen BMW der Premiumklasse zu lenken, reflexartig in die Bremsen stieg. Mit quietschenden Reifen blieben sie etwa vier Zentimeter vor der auf dem Asphalt Sitzenden stehen.

»Ja da schau her, grüß Ihnen Gott, Frau Kommissarin, jetzt hätten S' mich aber beinah z'sammeng'rennt«, begrüßte Martha Moosthenninger sie gelassen und verstaute in aller Ruhe ein lilafarbenes Notizbüchlein in ihrer Handtasche. Sie hielt ihr Gesicht in die Frühlingssonne und machte weder Anstalten aufzustehen, noch schien sie wirklich erschrocken zu sein.

»Sie wissen aber schon, dass das lebensgefährlich ist, was Sie hier machen?« Franziska schüttelte verständnislos den Kopf. »Da setzen Sie sich einfach auf die Straße, als hätten Sie vor, Ihrem Leben ein Ende zu bereiten, und das Ganze auch noch direkt hinter einer unübersichtlichen Kurve. Gut, dass mein Kollege so schnell reagiert hat. Ich mag mir gar nicht vorstellen, was da alles hätte passieren können.«

»Ja mei, ich war halt ein bisserl müd und fertig vom Laufen«, erklärte Frau Moosthenninger und machte halbherzige Anstalten, sich zu erheben. »Außerdem kann mit mir ja eh nur das g'schehn, was Gott unser Herr auch will. Und solang der mich ned zu sich rufen möcht, fehlt sich auch nix.« Sie hielt kurz inne. »Ich tät einmal schätzen, dass Sie wegen dem Toten da nausfahren zu uns? Mein Bruder betet schon fleißig um dem seine Seele. Sie, was ganz was anders, eine Frage bloß: Könnten S' mich vielleicht unter Umständ mitnehmen bis nach Kleinöd? Von hier aus wärn's ja schätzungsweis noch vier oder fünf Kilometer, und ich bin doch heut schon so viel g'laufen.«

»Ja sicher, steigen Sie nur ein, bevor Sie noch ein anderer überfährt.« Alexander Konrádová verbeugte sich leicht, reichte ihr die Hand und half ihr beim Aufstehen.

»Jessas naa, ein so ein höfliches Mannsbild«, stellte sie überrascht fest und stieg in den Fond des Wagens. »Dank Ihnen recht schön.«

Während Konrádová losfuhr, wandte sich die Kommissarin erneut an Martha Moosthenninger und beschwor sie eindringlich, sich nie wieder derart gefährlichen Situationen auszusetzen, doch diese winkte gelassen ab.

»Keine Angst. Ich hab noch eine Mission. Und die muss ich erst erfüllen, bevor dass ich endgültig heimgehn dürft. Bis dahin bin ich ganz sicher in Gottes schützender Hand.«

Franziska stellte sich eine durch Wolken gleitende Hand mit dazugehörigem Arm vor sowie eine selig lächelnde Martha Moosthenninger, die im Schneidersitz auf dem Handteller dieser göttlichen Hand ruhte. Dieses Bild war so eigenartig, dass sie den Kopf schüttelte.

»Super.« Alexander Konrádová grinste. »Da sind wir ja eindeutig auf dem richtigen Weg.«

»Was ham S' g'sagt?« Martha Moosthenninger beugte sich interessiert vor.

»Mein Kollege ist sich ganz sicher, dass wir uns auf der

richtigen Straße nach Kleinöd befinden«, antwortete Franziska schnell und warf ihm einen strengen Blick zu.

»Ja freilich. Immer der Straßen nach, und schon sind mir pfeilgrad auf'm rechten Weg! Und wenn man den rechten Weg geht, ist das Leben allerweil gut für eine Überraschung. Ich selber zum Beispiel hätt mir g'wiss nimmer denkt, dass aus mir auf meine alten Tag noch einmal eine Dokumentarin werden könnt.«

Alexander Konrádová reagierte wunschgemäß, indem er einen bewundernden Blick in den Rückspiegel warf und so anerkennend nickte, als wisse er um die Verantwortung eines solchen Jobs: »Aha, und was dokumentieren Sie?«

»Ned das, was Sie meinen«, belehrte sie ihn triumphierend, obwohl er keinerlei Verdacht geäußert hatte. »Weder die Zerstörung der Natur noch das Aussterben vom Noah seine Schützlinge – da kümmern sich ja schon grad g'nug Doktoren und Zoologen und sonstige G'scheitmeier drum. Naa, da hab ich vergleichsweise schon eine ganz andere, eine spezielle Mission.« Sie schwieg abwartend und blickte angestrengt und mit vorgestrecktem Kinn aus dem Fenster.

»Eine spezielle Mission?«

»Ganz genau. Ich tu nämlich höchstselbst die Wunder und die Heilungen der Harbinger Agnes dokumentieren.« Als müsse sie diese Aussage untermauern, zog sie ihr lilafarbenes Notizbuch aus der Handtasche und wedelte damit zwischen den zwei vorderen Kopfstützen hindurch. »Da! Da steht alles drinnen! Dass Agnes nämlich in Wahrheit eine Heilige ist und ich später dafür sorg, dass die dereinst in das Martyrologium aufg'nommen wird.«

»Dieses Wort ist mir fremd«, gestand Alexander Konrádová und sah mit hochgezogenen Augenbrauen seine Beifahrerin an.

»Ich vermute, dass es sich dabei um das Verzeichnis

aller Heiligen handelt«, meinte Franziska, »so hört es sich doch irgendwie an, oder?«

Martha Moosthenninger nickte im Hintergrund. »Pfeilgrad. Genauso ist das, und da kommt die dann eini.«

»Was ja wohl bedeutet, dass Ihre Agnes Harbinger noch lebt.« Die Kommissarin erinnerte sich an eine dünne und leicht hinkende ältere Frau ohne besondere Ausstrahlung.

»Ja freilich«, bestätigte Martha Moosthenninger und fügte erklärend hinzu: »Heilig wird die ned eher, bevor ned der Herr die zu sich g'holt hat. Aber dann sollt eben die entsprechende Wiesen schon g'maht sein …«

In diesem Augenblick passierten sie das grüne Ortshinweisschild mit dem gelben Rand. »Kleinöd«, las Alexander Konrádová vor.

»Genau. Merken Sie sich den Ort nur gut. Denn genau von da aus werden der Agnes ihre Wunder bis ans Ende der Welt weiterwirken, und kein künftiger Papst wird es je versäumen wollen, hierher zu reisen und aus ihrer Quelle der Kraft zu schöpfen«, verkündigte Martha Moosthenninger und dirigierte den Fahrer mit knappen Befehlen zum Pfarrhaus, das in der Nähe des Hotels zum Blauen Vogel lag. »Da wärn mir dann auch schon. Ein herzliches Vergelt's Gott.«

Sie stieg aus. Eine resolute und kompakte Sechzigjährige mit kurz geschnittenem grauen Haar und dem Bewusstsein einer Mission, die die Welt verändern würde – oder auch nicht.

»Mich würd ja interessieren, wie ihr Bruder die Sache sieht«, meinte Franziska und sah ihr kopfschüttelnd nach.

»Okay, Sie fragen den Pfarrer in der Kirche, und ich suche den Altar im Gästezimmer«, schlug Konrádová vor und stellte den Wagen ab.

Franziska stieg aus, sah ihn über das Limousinendach hinweg an und gestand: »Lieber nicht. Mir ist grad nicht nach Predigten. Ehrlich gesagt, wär mir da eher nach einem Bier. Fahren Sie dann auch zurück?«

»Gerne.«

Sie betraten das Gasthaus. Es war siebzehn Uhr zwanzig, und Teres wienerte die Edelstahltheke, als sei nichts geschehen, und doch war alles anders. Franziska stutzte. Es schien, als sei der Raum gestrichen worden – aber das konnte eigentlich nicht sein. Noch vor zwei Tagen hatte alles viel düsterer gewirkt. Und dann entdeckte sie den Grund: Alle Fenster standen offen, Teres' Mundwinkel wiesen nicht – wie sonst – nach unten, und im rückwärtigen Gastraum, direkt neben der Tür zum Räucherstüberl, saß im dunkelblauen Pullover und mit weißem Oberhemdkragen der frisch pensionierte Otmar Kandler und löste konzentriert das Kreuzworträtsel des Landauer Anzeigers.

Sonst war niemand da. Auch keine über ihre Laptops gebeugten Jugendlichen.

Franziska wandte sich an die Wirtin. »Mein Kollege aus Prag ist gekommen. Er will sich den Tatort anschauen. Geben Sie mir bitte den Zimmerschlüssel?«

Der ehemalige Polizeivollzugsbeamte trennte sich von seinem Rätsel und stand auf. »Aber was ist mit der Versiegelung?«

»Die machen wir auf, Herr Kandler, ganz einfach«, sagte Franziska und gab ihm die Hand. »Schön, dass Sie noch Wache halten.«

»Ist doch wohl klar.« Er nickte beflissen. »Soll ich mitkommen?«

»Warum nicht? Sechs Augen sehen mehr als vier.« Alexander Konrádová nahm den Schlüssel entgegen.

In dem versiegelten Zimmer roch es so intensiv nach kaltem Rauch, Schweiß und abgestandener Luft, dass Otmar Kandler wie ferngesteuert auf die zwei großen Nordfenster zusteuerte und diese aufriss.

Bevor Franziska protestieren konnte, erklärte er mit der Selbstverständlichkeit eines Spezialisten: »Die Spurensicherung hat das Zimmer gründlich gecheckt, und ein bisschen frische Luft hat noch niemandem geschadet. Wonach suchen wir denn?«

»Ich will mir zuerst ein Bild machen«, sagte der Kommissar aus Prag und blieb mitten im Raum stehen. Sein grauer Bart zitterte leicht, als er den Kopf in den Nacken legte und mit gerunzelter Stirn zur Decke blickte. Auch Franziska stand stumm im Raum und betrachtete wiederum ihren Kollegen, während Otmar Kandler leise zur Tür schlich, diese von innen verschloss und murmelte: »Durchzug muss ja nicht gerade sein.« Dann stellte auch er sich auf die hölzernen Dielen und starrte nach oben.

»Wir suchen nach einem Zeichen«, erklärte Alexander Konrádová. »Es ähnelt in etwa einer spiegelverkehrten Drei. Angeblich soll es irgendwie flüchtig sein, sagten mir meine Kollegen, und dann soll es auch noch von so viel Normalität umgeben sein, dass es nur von den Wissenden wahrgenommen wird. Leicht wird das nicht.«

»Ein Bilderrätsel also«, kommentierte Otmar Kandler. Er legte sich auf den Boden, verschränkte beide Hände hinter dem Kopf und sah sich um. Den ganzen Tag schon hatte er ein so wunderliches Gefühl im Bauch, und als er Franziska Hausmann in den Blauen Vogel kommen sah, hätte er der Kommissarin am liebsten lauthals dafür gedankt, dass sein Leben innerhalb von wenigen Tagen so aufregend geworden war, aber er wusste nicht, wie so etwas zu formulieren war, ohne peinlich zu wirken. Jetzt beschloss er, ihr zu danken, indem er ganz genau hinguckte. Er zählte die Schatten in den Zimmerecken und fuhr mit den Augen die Risse in den Raufasertapeten nach. Die hölzernen Fensterstöcke müssten gestrichen werden, die Fußbodendielen abgeschliffen, die schmale Badezimmertür hing schief in den Angeln und hätte mitsamt dem

Türstock dringend gestrichen werden müssen. An der Zimmerdecke harrten Spinnen am Rand ihrer Netze auf fette Beute. Pingelige Gäste könnten so etwas durchaus zur Mietminderung nutzen. Teres musste gewarnt werden.

Er seufzte. So viel Arbeit. Und dann entdeckte er sie: Zwei versetzte ziegelrote Halbkreise auf dem Gewebe eines Spinnennetzes. Mit bloßem Auge kaum zu erkennen und nur deshalb in seine Aufmerksamkeit gerückt, weil das Ding da viel zu unordentlich aussah für das Werk einer ordentlichen Radnetzspinne.

»Oder es ist ein Spinnenwunder«, staunte er laut. Franziska und Alexander blickten auf ihn hinab.

»Ein was?«, fragte die Kommissarin.

Otmar Kandler wies mit dem Zeigefinger zur Decke. »Gucken Sie mal, haben Sie schon mal einen blutenden Spinnwebfaden gesehen, der auch noch halbrund ist?«

Der bärtige Kommissar wäre in seiner Begeisterung über diesen Fund fast auf den immer noch am Boden liegenden Exkollegen gesprungen. »Tatsächlich«, sagte er. »Ja, das ist unser Zeichen. Und genau so, wie es sein muss. Versteckt in etwas Alltäglichem und flüchtig. Eigentlich genial, oder?« Er griff nach seiner Kamera und fotografierte die versetzten roten Nähseidefäden von allen Seiten.

»Das möchte ich aber nicht, dass Sie Spinnweben im Blauen Vogel für etwas Alltägliches halten«, verteidigte Otmar die Wirtin des Hotels. »Frau Schachner war im Krankenhaus, und Sie waren es, die das Zimmer versperrt haben, Ihretwegen konnte jetzt vierundzwanzig Stunden lang niemand sauber machen. Warten Sie, ich ruf gleich nach Daniela.«

»Das lassen Sie aber, bitte schön, bleiben. Und noch eins: Sie vergessen sofort, was Sie hier gesehen haben!« Franziska hatte ihn am Arm gepackt. »Wenn jemand fragt, was hier oben war, sind wir drei uns einig: Wir haben nichts gefunden.«

»Verstehe, verstehe.« Kandler nickte. »Dann scheint das hier ja eine besonders heiße Spur zu sein. Und ich hätte schwören können, dass die Spurensicherung alles gefunden hat. Aber wer achtet schon auf so ein blödes Spinnennetz.«

»Das kann man wohl sagen«, murmelte Alexander Konrádová.

»Und, ham mir noch was g'funden?«, fragte Teres, als die drei die Treppe herunterkamen.

Franziska schüttelte gleichmütig den Kopf und log: »Das wäre ja auch zu schön gewesen. Machen Sie mir ein Bier? Und bringen dem Kollegen eine Apfelschorle?«

Nach kurzem Umschauen entschied sie sich für einen Platz in der Nähe der Toiletten, nicht gerade ein Logenplatz, dafür aber sicher vor möglichen Lauschangriffen. Keine Jugendlichen in Sicht. Wo steckten die bloß? Sie würde den Schmiedinger doch noch einmal fragen müssen, was genau er mit seiner Bemerkung »Allerweil sitzen die da bei der Teres« gemeint hatte und wie das Wort allerweil grundsätzlich zu interpretieren sei.

»Auf den Altar«, sagte sie dann und prostete Alexander Konrádová zu.

Der hob sein Glas mit Apfelschorle. »Wenn wir schon einen derartigen Ermittlungserfolg zu verbuchen haben, könnten wir uns doch eigentlich duzen. Ich heiße Alexander.«

»Ich weiß«, antwortete Franziska und hob ihr Bier in Augenhöhe. »Und ich bin die Franziska. Weißt du, was ich gerade gedacht habe? Ich habe mich gefragt, ob das möglicherweise auch schon ein Wunder der Agnes sein könnte.«

Teres, die gerade an ihrem Tisch vorbeiging, mischte

sich ein. »Habts ihr am End die g'spinnerte Moosthenninger Martha troffen? Das ist mir vielleicht eine.« Vertraulich beugte sie sich vor. »Wissen S', früher hat die sich doch tatsächlich was auf ihre Namensabkürzung eingebildet, wie eine kleine Marilyn Monroe hat die sich g'fühlt, bloß wegen ihrem Monogramm! Das hat s' dann auch glatt auf ihre sämtliche Aussteuer g'stickt g'habt, in so einem ganz winzigen Kreuzstich, wo alle anderen mit'm Plattstich schon Arbeit g'nug g'habt ham. Aber g'nutzt hat's ihr dann auch nix. Weil so schön wie die Monroe ist die ja bei Weitem ned g'wesen. Außerdem hat die schon immer g'meint, alle und jeden rumkommandieren zu müssen. Mittlerweile hat sie's aufgeben, macht halt ihrem Bruder die Haushälterin und hofft streng auf einen Ehrenplatz im Himmel. Deswegen schreibt s' vermutlich auch über die Wohltaten von der Agnes – und weil s' ja wohl sonst ned allzu viel zum tun hat.«

»Ist denn da was dran, an der wundertätigen Agnes?«, fragte Franziska interessiert.

Teres ging ein paar Schritte zurück, warf aus dem etwas uneinsichtigen Winkel heraus einen prüfenden Blick in die Wirtsstube und stellte fest: »Bis jetzt ist's noch recht ruhig, wie meistens um die Zeit.«

Otmar Kandler löste weiter sein Rätsel, und Kreszentia wehklagte wie immer lauthals aus der Küche. Mit einem fast schüchternen »Ich tät doch dürfen?«, setzte sich die Wirtin des Blauen Vogels zu den Kommissaren an den Tisch und begann zu plaudern: »Na ja, schon wie die Agnes noch ein Kind war, soll s' – so sag'n die Leut – an einem Weißen Sonntag bei der heiligen Kommunion die Hostien vom damaligen Pfarrer, Hochwürden Krafthueber, in schneeweiße Schmetterling verwandelt haben. Die san dann einmal schön im Kreis durch die ganze Kirchen g'flogen, ham sich danach friedlich auf's Messg'wand vom Herrn Pfarrer g'setzt und ham zum Flattern aufg'hört.

Und am End san s' alle wieder in den Kelch einig'fallen und wieder Oblaten g'wesen grad wie davor. Den Pfarrer muss das total beeindruckt ham. Ganz still ist der erst mal g'worden, und am nächsten Sonntag hat der in seiner Predigt feierlich verkündet, dass da ein ganz ein b'sonderer Mensch unter uns leben tät, einer mit der Gabe der Wundertätigkeit.« Teres schnaubte. »Akkurat die Agnes die und wundertätig. Nix wie ein ganz ein hinterfotziges Weibsbild ist das für mich.«

»Ein was?« Alexander Konrádová zog die Stirn in Falten.

Franziska lächelte ihn an. »Das erkläre ich dir später.« Dann wandte sie sich wieder an Teres: »Sie glauben also nicht an die Wundertätigkeit der Harbinger Agnes?«

Teres wurde rot. »Oh mei, schaun S', Frau Hausmann, bis vor einer Wochen hätt ich grundsätzlich überhaupt ned an Wunder g'glaubt – aber seitdem ... Es hat sich fei auf den Schlag so viel g'ändert ...« Vertraulich flüsternd fügte sie hinzu: »Die Agnes hat sich allerweil für was Besseres g'halten und sich auch dementsprechend aufg'führt. Dabei soll der Pfarrer damals in seiner Predigt durchaus auch g'sagt ham, dass echte Wundertätige sich schon auch auszeichnen müssten durch ihre Bescheidenheit und dass die gern ihren Mitmenschen dienen tät'n. Die Agnes war aber wohl ganz und gar ned bescheiden und hilfsbereit, eher im Gegenteil. Wenn von der in der Schul mal wer was wollen oder braucht hätt, dann hat die durchaus ned demütig die Schwachen und Unwissenden g'stützt. Keinem Einzigen hat die da g'holfen, niemand hat s' abschreiben lassen und erst recht nix vorg'sagt, die ned ...« Empört schüttelte Teres den Kopf. »So hat meine Mutter mir das erzählt. Und nach der Schul hat sich die Harbinger Agnes dann wohl denkt, wenn sie schon heilen können tät, nachad sollt sie auch einen solchenen Beruf ergreifen und am End vielleicht sogar einen Professor heiraten. Also ist s' in die Stadt zogen und Krankenschwester g'worden. Wenn s' Urlaub g'habt hat, nachad ist die regelmäßig ins Dorf zurückkommen, hat ihr Nasen so hoch tragen, als wär s' als eine Städterin was Bessers, und ist samt ihrer Schwester, der Malwine, durch Kleinöd g'humpelt. Da im Blauen Vogel hat s' der Malwine dann allerweil großspurig eine Halbe ausgeben – und da herin hat die Malwine bei einer solchenen Gelegenheit auch ihren Mann kennen-g'lernt, den Brunner Hannes. Die Agnes ist derweil bloß kerzengrad am Tisch g'sessen und hat huldvoll auf die anderen nunterg'schaut. Ihren Krug hat s' allerweil mit'm ausgestreckten kleinen Finger leer trunken. Weil s' das für vornehm g'halten hat und weil s' halt g'meint hat, dass sie so eines Tages doch noch ihren Professor auf sich aufmerksam machen könnt. Da ist aber nie einer kommen. Meine Mutter hat die Agnes auch ned leiden können. Wenn die da war, ist die Kreszenz gar ned erst rausgangen aus ihrer Küchen und hat drinnen nix als zetermordio g'schrien.«

Wie immer, dachte Franziska und fragte sich, ob das Kind Teres seine Mutter jemals anders erlebt haben mochte als zeternd und klagend. Sie konnte es sich kaum vorstellen.

»Dass ich ned lach!«, verkündete Teres dann mit unverhohlener Schadenfreude und vergewisserte sich vorsorglich, dass Otmar sie auch garantiert nicht hören konnte: »Eine Krankenschwester hat das Weib unbedingt werden müssen, weil s' scheinbar g'meint hat, wenn sie denen Kranken bloß eine Hand auflegen tät, nachad wärn die ruckizucki wieder g'sund. Aber so einfach war's dann wohl doch ned, keiner von denen war auf einen Schlag wieder pumperlg'sund, und denen ihre brochenen Knochen sind auch ned wegen der Agnes ihrer Handauflegerei über Nacht wieder z'sammeng'wachsen. Sie hat dann wie jede andere auch erst einmal wieder in die Schul gehn und alles g'scheid lernen müssen.«

»Warum humpelt sie eigentlich?«, fragte Franziska. »War das ein Unfall?«

Teres schüttelte den Kopf. »Das war bei der von Haus aus so. Ein kleines bisserl eine Kinderlähmung halt. Meine Mama hat g'sagt, dass die allerweil schon viel mehr g'humpelt ist, als wie's das eigentlich braucht hätt. Wie's eben so wär bei denen selbst ernannten Heiligen.«

Teres wandte sich ab, um Richtung Gastraum zu verschwinden, kam aber noch einmal an den Tisch der Kommissare zurück und raunte: »Also eins sollten S' aber schon wissen: Ich hab jetzt viel von der ihre Jugendjahre g'sprochen, aber seitdem die Rentnerin worden ist und den Wechsel hinter sich hat, heißt's immer öfter, dass die tatsächlich irgendwie heilig worden wär. Ich kann aber auch bloß das erzählen, was die Leute bei mir herin so schmatzen. Angeblich wirkt die seitdem da oben, bei ihrer verwitweten Schwester auf'm Hof, also bei der Brunner Malwine, ein Wunder nach'm anderen. Ich will ja auch ned schlecht drüber reden, weil's ja auch mein Geschäft wär, wenn die Kranken von überall weit herkommen und bei mir übernachten tät'n. Aber jetzt sind Gäste kommen, jetzt muss ich wirklich wieder nach vorn.«

Franziska blickte ihr nachdenklich hinterher und leerte ihr Glas. »Wir sollten gehen. Sonst erfahren wir noch mehr Dinge, die uns eigentlich nichts angehen.«

»Da magst du recht haben.« Er holte den Autoschlüssel aus seiner Jacketttasche und spielte damit. »Darf ich ihn noch mal fahren?«

»Ich bitte darum.«

Er fuhr konzentriert und sicher. Franziska lehnte sich zurück und betrachtete Alexander Konrádová von der Seite. »Wie geht es nun weiter?«

»Ich informiere meine Leute über den sogenannten

Altar«, murmelte er und blickte weiterhin aufmerksam auf die Straße. »Wahnsinn, was hat der hier nur zu suchen gehabt? In diesem Niemandsland? Vielleicht ist es aber auch ein Land, in dem niemand gefunden werden kann. Er hat sich hier versteckt.«

»So weit waren wir schon«, bestätigte Franziska. »Warum sonst hätte der sich in seinem Zimmer im Blauen Vogel einschließen sollen? Der hatte Angst.«

Um sieben passierten sie bereits das Ortsschild von Landau an der Isar und brachten den Wagen in den Fuhrpark zurück. Mit einer fast feierlichen Geste händigte Alexander Franziska den Autoschlüssel aus. »Und nun?« Er sah sie fragend an.

»Jetzt kommt die Stunde der Wahrheit«, antwortete sie und suchte seinen Blick. »Jetzt möchte ich aufgeklärt werden: über den Altar, über die Bedeutung der Doppel-C und ...« Am liebsten hätte sie hinzugefügt: »und über dich«, verschluckte aber das Ende ihres Satzes.

»Und was?«, fragte er nach.

»Und ich habe Hunger«, sagte sie stattdessen.

»Die Küche im Sporthotel ist nicht schlecht. Darf ich dich einladen?«

Das Restaurant war nur spärlich besetzt. Sie fanden einen Platz am Panoramafenster mit Blick auf die untere Stadt und die Isarauen.

Er saß ihr gegenüber mit seinen graugrünen Augen und dem silbern glänzenden Haar, und Franziska fragte sich, ob er früher blond oder dunkelhaarig gewesen sein mochte und warum sie ihn ständig ansehen wollte. Es war wie eine Sucht. Wenn sie ihn ansah, dachte sie weder an ihren Mann noch an dessen literarische Übersetzung oder gar an die Lektorin, sondern war ganz im Hier und Jetzt. An diesem Tisch, mit diesem Mann und mit genau diesem Glas Rotwein in der Hand. Alexander tat ihr gut.

»Das mit dem Altar scheint folgendermaßen zu funktionieren«, flüsterte er, während ein übereifriger Kellner um sie herumwuselte und ständig Wasser und Wein nachschenkte. »Also, diese CCs – wollen wir sie für uns erst einmal so nennen?«

Die Kommissarin nickte. »Meinetwegen, auch wenn ich da als Erstes an Tsetsefliegen denken muss und an die Schlafkrankheit, die sie übertragen. Na ja, und das passt dann ja auch wieder irgendwie. So, wie das Objekt im Blauen Vogel angeordnet war, musste unser Unbekannter sich ja schließlich aufs Bett legen, um es ins Visier zu nehmen – und nach vollbrachter Andacht ist er dann guten Gewissens eingeschlafen.«

»Es wäre so schön, wenn wir darüber lachen könnten«, stimmte er zu. »Aber diesen selbst ernannten Crowley-Jüngern geht es leider nicht nur um ein bisschen Hokuspokus.«

»Erzähl erst einmal.« Sie stützte die Ellenbogen auf den Tisch und legte ihr Kinn so auf ihre gefalteten Hände, dass der Ehering verdeckt blieb.

»Soweit ich es verstanden habe, ist der sogenannte Altar eine Art Meditationspunkt. Wer den CCs beitritt, muss – oder besser darf – als Erstes einen Wunsch formulieren und schreibt das, was ihm sehr wichtig ist, anonym auf ein Blatt Papier. Das wird gefaltet und mit Siegellack verschlossen. Der Meister kommt dann mit seinem Petschaft, das ist der Siegelstempel, und drückt die magische Prägung in den noch weichen Lack.«

»Wobei der Stempel mutmaßlich die zwei besagten Buchstaben trägt«, unterbrach sie ihn.

»Exakt.« Jetzt legte auch er sein Kinn auf die Hände und blickte ihr in die Augen.

»Dieses fest verschlossene Briefchen landet dann in einem heiligen Schrein – vermutlich ist das nichts anderes als eine Blechdose, aber die brauchen halt ihre Magie.

Alle CCs wissen, dass ihr Meister zweimal täglich, und zwar zu ganz bestimmten Zeiten, in dieses Sammelsurium von Wünschen hineingreift, eines der Briefchen öffnet und die Energie aller meditierenden CCs auf die Erfüllung genau dieses Begehrens lenkt. Da jeder insgeheim hofft, ausgerechnet sein Wunsch sei heute Tagesordnungspunkt Nummer eins, sind die energetischen Kräfte in diesen zehn oder zwölf Minuten ungewöhnlich intensiv gebündelt.«

»Das könnte sogar funktionieren«, stimmte Franziska ihm zu. »Und zwar im Sinne einer sich selbst erfüllenden Prophezeiung – schließlich heißt es ja schon in der Bibel, dass der Glaube Berge versetzen kann.« Sie betrachtete Alexanders Hände und sein Kinn, das auf diesen Händen ruhte, und ihr fiel ein, dass sie noch nie in ihrem Leben einen Männerbart berührt hatte. Wenn sie ein CC-Zettelchen schreiben dürfte, so enthielte es den Wunsch: Alexanders Bart berühren.

»Ja, auch Gedanken sind Energie und können gebündelt werden, um etwas zu bewegen. Wenn der Meister sich ausschließlich auf die kleinen Bedürfnisse seiner Anhänger konzentrieren würde, so wäre auch alles in Ordnung.«

»Aber?« Franziska sah ihr Gegenüber fragend an.

»Meine Leute sind dran, ich kann noch nicht so viel dazu sagen, wir vermuten jedoch, dass die Mitglieder der Sekte sich für Auserwählte halten, denen das Wissen um eine neue Weltordnung beizeiten von wo auch immer zufließen wird. Die Auserwählten überleben – die anderen nicht.«

»Muss ich jetzt in jedem Menschen einen Auserwählten sehen?«

»Wenn er sich ein CC aufgemalt oder hat eintätowieren lassen ...« Er lächelte. Sie ertappte sich dabei, dass sie zu gern seine Lippen gespürt hätte. Auf ihrem Hals, auf ihrem Mund. Was war nur los mit ihr?

Schweigend sahen sie auf den dunkler werdenden Himmel und auf die Lichter der Unterstadt.

Dann seufzte Alexander und murmelte: »Was mir Angst macht, ist die Ausschließlichkeit, mit der die ihr Ziel verfolgen. Erst kommt die Arroganz und dann die Diktatur. Sie reden von schwarzer Magie, aber was sie im Hinterkopf haben, ist Tyrannei. Alle sollen gleich sein und gleich denken. Ich bin für Vielfalt – aber was die CCs der Menschheit überstülpen wollen, ist Einfalt.«

»Wie groß ist die Sekte?«, fragte Franziska.

»Noch nicht sehr groß, sie scheint jedoch ungewöhnlich schnell zu wachsen. Meine Leute gehen momentan von etwa zweitausend Mitgliedern aus.«

Sie zog die Augenbrauen hoch. »Diese CCs auf der Haut. Ist das eigentlich eine Vorschrift?«

Er nickte. »Entweder ist es eintätowiert, oder es muss jeden Morgen aufs Neue mit dem Kugelschreiber aufgemalt werden. Wir sind gerade dabei, einen Undercoveragenten in die Sekte einzuschleusen.«

»Sind dort nur Männer?«, wollte sie wissen.

»Nein, auch Frauen«, antwortete er und schlug dann vor, an der Bar noch einen Drink oder einen Kaffee zu nehmen.

Aus den Lautsprechern der Bar plätscherte gepflegter Jazz. Sie waren fast die einzigen Gäste, saßen nebeneinander in dunkelroten Plüschsesseln und nippten an einem abenteuerlichen Cocktail, der sich »Power of Landau« nannte und offensichtlich nur aus frischen Obstsäften bestand.

Franziska rutschte ein wenig vor, lehnte den Kopf an die obere Sesselkante und starrte zur Decke. Auch hier machten sich Spinnennetze breit. Aber in keinem befand sich ein Doppel-C.

»Wir wissen noch sehr wenig über die CCs«, spann Alexander Konrádová seinen Faden fort. »Da ist bisher noch keiner ausgestiegen und hat aus der Schule geplaudert – und von meinen Leuten hab ich noch niemanden einschleusen können. Aber wir bleiben am Ball.«

»Was genau bedeutet eigentlich Crowley College?«

»Es hat was mit dem Mystiker Aleister Crowley zu tun, der, wenn mich nicht alles täuscht, von 1875 bis 1947 lebte. Seine Lehre bestand aus dem Satz: Tu, was du willst. Der Guru der CCs hat diese Aussage abgewandelt in: Sei, wer du bist.«

»Sei, wer du bist!« Franziska schüttelte den Kopf. »Absurd. Seit Sigmund Freud ist doch klar, dass es weder einen freien Willen gibt noch so etwas wie Klarheit über das eigene Selbst.«

Er sah sie von der Seite an und lächelte. »Die Jungs und Mädels des CC haben angeblich einen Weg gefunden, um beides herauszufinden. Was sie wollen und wer sie sind.«

»Da bin ich aber mal gespannt.«

»Sie entdecken sich und ihren Willen, indem sie Hemmungen und Verklemmtheiten überwinden«, sagte er.

Sie sah ihn erwartungsvoll an und schwieg. Er leerte seinen Drink und bestellte sich einen Wodka Lemon.

»Für mich auch«, fügte Franziska schnell hinzu.

Heute früh noch hatte sie sich geschworen, künftig jede Form von Alkohol zu meiden, aber die Zukunft würde erst morgen beginnen. Jetzt und in diesem Augenblick war wundervolle Gegenwart.

»Kern- und Angelpunkte des Ordens sind seine sexualmagischen Komponenten«, dozierte Alexander.

»Echt?« Franziska sah ihn ungläubig an. »Damit kann man heutzutage noch Leute ködern?«

»Ja, vor allem wenn es als Zugabe noch was von Geheimwissenschaft und Geheimbund hat. Ich denke, es geht um den Kick und um die Gewissheit, einer Gruppe von Auserwählten anzugehören.«

»Und wie genau funktioniert diese Sexualmagie?« Sie beugte sich vor.

Er lehnte sich zurück. »Darüber können wir nur Vermutungen anstellen, aber da es in dieser Sekte um Macht und Unterwerfung geht, gehen wir davon aus, dass die Sexualpraktiken der CCs durchaus sadomasochistische Züge tragen. Die haben sich halt eine thelemitische Philosophie zu eigen gemacht.«

»Thelemitisch – was ist denn das bitte schön?«, unterbrach Franziska ihn.

Er lachte. »Ja, das musste ich auch erst lernen. Aber es gibt ja für alles Experten, und meine Experten haben mich darüber aufgeklärt, dass das griechische Wort Thelema, von dem thelemitisch abgeleitet wird, Wollen, Willen, Gebot, aber auch Verlangen und Lust bedeutet.«

»Wobei wir wieder bei Aleister Crowley wären. Tu, was du willst.«

Er lächelte sie an. »Du hast es schneller begriffen als ich damals. Ja, die denken tatsächlich, dass sie über ihre Lust erfahren, wer sie sind und was sie wollen.«

»Findest du nicht, dass das irgendwie altmodisch klingt?«, gab Franziska zu bedenken. »Tabus überwinden, wo es doch so gut wie keine mehr gibt.«

Er sah sie nachdenklich an und widersprach: »Ich denke, dass wir schon Tabus brauchen. Oder nenn es Gebote. Gebote geben uns Halt und vermitteln was Verlässliches. Die CCs haben um ihr geheimnisvolles Tabubrechen herum ein absolut enges Korsett an Geboten und Verboten installiert, dagegen sind unsere Strafgesetze geradezu ein Hort an Freiheit. Und je strenger es bei ihnen zugeht und je mehr Rituale einzuhalten sind, umso bedeutsamer fühlen sie sich.«

»Könntest du dir vorstellen, dass das Korsett an Vorschriften dem Toten auf Zimmer acht im Blauen Vogel zu eng geworden ist?«

Alexander nickte. »Durchaus. Meine Kollegen in Prag vermuten, dass nur der Tod als Grund akzeptiert wird, um sich von der Gemeinschaft zu trennen.«

»Bis dass der Tod euch scheidet ...«, murmelte Franziska. »Ehen werden auch so geschlossen.«

»Und manchmal mit dem Tod beendet. Wir wissen, wovon wir sprechen, oder?« Um seine Augen herum vibrierten Hunderte von Lachfältchen. Franziska hätte gern jedes einzelne davon gezählt.

Schweigend lauschten sie der Musik. Franziska hatte das Gefühl, dass sie im gleichen Rhythmus atmeten. Ein Kellner brachte Erdnüsse und Chips, Alexander gab erneut zwei Wodka Lemon in Auftrag. Sie sahen dem Ober nach, wie er in seiner langen schwarzen Schürze und mit einem eleganten Hüftschwung hinter der Theke verschwand.

»Da war doch so ein komisches Wort heute«, erinnerte sich der Kommissar. »Du weißt schon, die Wirtin hat es gesagt. Du wolltest es mir übersetzen. Später. Jetzt ist später.«

»Hinterfotzig?«

»Genau, was heißt das?«

»Es hört sich zwar so an, aber es ist kein sexistisches Schimpfwort. Wörtlich bedeutet es: hinter dem Mund. Wer hinterfotzig ist, hat sozusagen zwei Gesichter. Ein freundliches nach außen, und kaum dreht man sich um, beginnt der Hinterfotzige schlecht über einen zu reden, zu lästern und zu intrigieren. Eine solche Person verhält sich also durch und durch hinterhältig und verschlagen.«

Er sah sie lange an. »Was wirst du über mich reden, wenn ich morgen wieder abreise?«, fragte er dann.

Sie erschrak und schluckte. »Nur das Beste.«

Kapitel 13

Franziska saß in ihrer Küche, beobachtete die Blätter des Feuerdorns vor ihrem Fenster und den Regen, der von den Blättern tropfte. Erneut überfiel sie die Erinnerung an die Nacht mit Alexander, und sie hatte das Gefühl, als würden ihre Knie zittern und ihr Herz Luftsprünge machen. Unglaublich! Sie war eine gestandene Frau von Mitte fünfzig, und er stand kurz vor der Pensionierung, wie er sagte, doch sie hatten sich benommen wie verliebte Teenager.

Vermutlich wusste schon ganz Landau Bescheid, irgendjemand hatte sicher gesehen, wie sie sich morgens um fünf aus seinem Hotel geschlichen hatte und durch die schmalen Gassen der Oberstadt in ihre Wohnung spaziert war. Auf mindestens siebenundzwanzig rosaroten Wolken, kurz bevor es zu regnen begonnen hatte. Ihr Gesicht im Badezimmerspiegel hatte müde ausgesehen, zugleich aber war ein Strahlen davon ausgegangen, das sie schon lange nicht mehr an sich wahrgenommen hatte und von dem sie wusste, dass es eigentlich ihrem Mann gehörte. Aber der war gestern nicht da gewesen und hatte möglicherweise auf die gleiche Art seine Lektorin angestrahlt, was unter den gegebenen Umständen und so, wie die Dinge nun standen, verzeihlich war.

Franziska wusste genau, dass sie dieses ganze Gedankenmodell nur deshalb vor sich aufbaute, um weiterhin in der Erinnerung daran zu schwelgen, wie sie mit Alexander Konrádová in der sogenannten Lounge des Sporthotels gesessen hatte und wie »es« geschehen war. Ganz plötzlich waren ihre beiden Hände über der Schale mit Chips und Erdnüssen miteinander in Kontakt gekommen, und es war wie ein Stromschlag gewesen. Sie hatten sich angeschaut und dann schnell wieder weggesehen, verwundert über das Leuchten in den Augen ihres Gegenübers. Erneut hatten sie einen Blick gewagt, und ihre Stimmen waren rau und wie aus weiter Ferne gekommen.

Dann hatte er ihre Hand genommen, und schweigend waren sie aufgestanden. Sie war ihm gefolgt, über den plüschigen Teppichboden der Bar und durch die langen, dezent beleuchteten Flure. Sorgsam drapierte Antiquitäten standen rechts und links des Ganges, und über Sideboards, Vitrinen und Apothekerschränkchen aus dem achtzehnten Jahrhundert hingen dekorative Drucke von Paul Klee und Lyonel Feininger. An jede Einzelheit konnte sie sich noch erinnern, an das verschwörerische Öffnen seiner Zimmertür ebenso wie an das strahlend weiß gekachelte Bad, die nach Lavendel duftenden Handtücher und die Kühle des Lakens, auf dem sie nebeneinander lagen, erstaunt und verwirrt über das Wunder dieser plötzlichen Nähe.

Zunächst hatte sie nichts anderes gewollt, als seinen Bart zu berühren, seine Haut zu spüren, sich selbst unter seinen Händen neu zu erfahren, sich entdecken zu lassen. Und er hatte eine Frau entdeckt, die begehrenswert war. Und das war gut. Später sollte sie sich eingestehen, dass sie in dieser Nacht über ihre Lust und seine Lust erfahren hatte, wer sie war und was sie wollte, und auf diese Weise den CCs etwas näher gekommen war.

Franziska nippte an ihrem Kaffee und sah den Regentropfen zu, wie sie sich auf den Blättern des Feuerdorns vereinten, wie die Blätter nachgaben und die Tropfen zu Boden fielen. Das Laub blieb, wie es war, und auch die Regentropfen behielten ihr Eigentliches. Alles war ein sanftes Nachgeben, ohne sich aufzugeben. So würde sie Alexander in ihrer Erinnerung behalten: Sie waren sich begegnet, und sie hatten sich gutgetan, und keiner von beiden hatte dabei an das Wort »immer« gedacht. Sie waren wie Blatt und Regentropfen für einen wunderbaren

Moment im Leben vereint gewesen, und sie sollten dankbar sein. Ja, sie war dankbar.

Schmatzend beschäftigte sich ihr Kater Schiely mit dem Inhalt seines Fressnapfes. Er liebte es, wenn sie frühmorgens in der Küche saß – nicht weil er ihrer Gesellschaft bedurfte, sondern weil ihm sein Frühstück dann früher serviert wurde. Und wie wichtig ihm das war, verdeutlichte sein forderndes Miauen. Wenigstens verstellte er sich nicht.

Franziska sah auf die riesige runde Küchenuhr an der Stirnseite des Esstischs, die sie sich vor einigen Wochen angeschafft hatte, um morgens auch ohne Brille zu wissen, wie spät es schon war, aber eigentlich war es immer zu spät. In einer guten halben Stunde würde Otmar Kandler kommen und mit ihr nach Kleinöd fahren. Sie hatten das gestern Mittag so ausgemacht, und sicher war es klug, wenn es auch dabei bliebe. Alexander würde in ihrem Büro auf sie warten und sich erneut mit dem Notebook des Toten befassen. Er würde mit seinen Kollegen in Tschechien telefonieren und mit seiner wunderbaren Stimme tschechische Sätze ins Telefon sprechen, die sie sowieso nicht verstand. Vermutlich brachte er auch weitere Details über die CCs ans Licht, und heute Abend würde er wieder abreisen. Nach Prag.

Sie seufzte und stellte sich vor, mit Alexander zu verreisen. Nach Prag oder wohin auch immer. Einen Mann mit kitzligem Stoppelbart für den Urlaub und einen mit glattem Kinn für den Alltag. Als sie den Kater in diese Überlegungen einweihte, gähnte der gelangweilt und trabte von dannen, vermutlich um in Christians leerem Bett einen ersten Vormittagsschlaf zu halten. Franziska sah ihm nach. »Du hast überhaupt keine Ahnung«, murmelte sie. »Ich fürchte, du wagst nicht mal, zu träumen. Und wenn, dann nur von gefüllten Näpfen. Aber du hast recht, Träume bringen nur Verwirrung.«

Als Otmar Kandler um sieben Uhr dreißig endlich klingelte, seufzte sie erleichtert auf. Sie wusste, dass sie auf der Kippe stand. Hätte sie noch eine Minute länger auf den Feuerdorn und auf die Regentropfen gestarrt, so wäre die Sehnsucht zurückgekommen und hätte ihr allerhand Verlockungen und unerfüllbare Erwartungen eingeflüstert, die sich um den Namen jenes Mannes rankten, der vermutlich noch immer zwischen den kühlen Laken des Sporthotels schlief. Aber mit Otmar Kandler läuteten der Alltag und die Normalität an ihrer Tür, und schließlich gab es da noch den ungelösten Fall des tätowierten Toten, und sie war eine erwachsene Frau und sollte sich auch so benehmen.

»Bis dann, Schiely«, rief sie, aber der Kater hatte sich versteckt, und Franziska ließ die Tür hinter sich ins Schloss fallen. Jetzt war sie wieder die Kommissarin, und das war gut so.

»Alles klar, Chefin?« Der Polizeibeamte im Ruhestand lupfte eine Mütze, die er gestern noch nicht getragen hatte. Am Revers seiner blauen Strickjacke prangte die blau-gelbe Ehrennadel seines Schützenvereins. Mit seinem weißen Hemd und der silbergrauen Krawatte sah er aus wie ein bestellter Chauffeur, und er verbeugte sich sogar leicht, als er ihr die Tür öffnete.

»Nicht so förmlich, Otmar, das muss doch nicht sein«, wehrte sie ab, stieg dann aber doch mit einer hoheitsvollen Geste in den Wagen. Schade, dass Alexander das nicht sah. Otmar fuhr so sanft und vorsichtig durch die engen Gassen der Oberstadt, dass Franziska sich fest vornahm, dies dem Kollegen Bruno Kleinschmidt als vorbildhaftes Verhalten zu schildern. Der nämlich neigte vor allem in Landau dazu, als Erstes das Blaulicht einzuschalten und rennfahrergleich durch die Straße zu donnern in der aberwitzigen Vorstellung, die vor ihm flüchtenden Passanten würden nicht schimpfen, sondern seinen gewagten Fahrstil bewundern. An Otmars Seite erreichte Franziska an diesem Morgen die B 20, ohne vor Angst und Schrecken nass geschwitzt zu sein. Na bitte, es ging doch.

»Warum so elegant?«, fragte sie, während sie durch Pilsting und an der Hans-Carossa-Volksschule vorbeifuhren, vor der gerade ein Traktor hielt und zwei Kinder mit Schulranzen in die Ganztagsbetreuung entließ, die, wie es Plakate allerorts verkündeten, hier großspurig Bildungslandschaft genannt wurde.

Otmars leicht abstehende Ohren unter der blauen Kappe wurden dunkelrot. »Wir waren gestern einkaufen«, murmelte er fast entschuldigend und fügte erklärend hinzu: »Die Teres und ich. Eine Hotelbesitzerin darf nicht immer nur in Arbeitskitteln herumlaufen, habe ich zu ihr gesagt. Das macht keinen guten Eindruck.«

»Da haben Sie recht«, meinte Franziska und hakte nach: »Und sie hat sich tatsächlich für das Einkaufen Zeit genommen?«

Otmar lächelte, als er an den gestrigen Nachmittag zurückdachte. »Schön war's.«

Franziska hatte ihn noch nie so entspannt gesehen. Das Wort Frühlingsgefühle schoss ihr durch den Kopf, und da sie sich selbst auch damit angesprochen fühlte, war nun sie es, die rot wurde.

Wenn es tatsächlich zwischen Otmar und Teres gefunkt haben sollte, so hätte diese Liebe eine Zukunft, dachte sie bei sich und verbot sich jeglichen Gedanken an Alexander Konrádová. Sie war heute ein wenig zu sentimental und dünnhäutig und wie immer an derartigen Tagen davon überzeugt, dass das Leben schon eine eigenartige Veranstaltung war, deren Sinn sich kaum jemandem erschloss.

Die Kommissarin konnte sich noch genau daran erinnern, wie sie und ihre Kolleginnen und Kollegen den Kandler vor etwas mehr als einem Jahr mit großem Trara in den wohlverdienten Ruhestand verabschiedet und ihm zu diesem Anlass ein Multifunktionsküchengerät sowie zwei Kochbücher geschenkt hatten. Schließlich hatte er monatelang lauthals verkündet, sich als Rentner auf seine eigentliche Leidenschaft konzentrieren und der begnadetste Koch Niederbayerns werden zu wollen. Sobald er dieses Ziel erreicht hätte, würde er nicht nur seine Frau, sondern auch alle Exkolleginnen und -kollegen mit lukullischen Raffinessen aus eigener Küche verwöhnen. Er hatte sich unglaublich auf seine Pensionierung gefreut, mit leuchtenden Augen von jungem Gemüse und frischen Kräutern aus eigenem Garten geschwärmt und war oft zur Mittagszeit am besten Restaurant der Stadt vorbeispaziert, um die dort aushängende Speisenkarte zu studieren und zu kommentieren.

Sie hatten ihm für seinen Ruhestand nur das Beste gewünscht, denn Otmar Kandler war ein zuverlässiger und loyaler Kollege gewesen, auf den sich jeder verlassen konnte und der mit den Dingen, die ihm privat anvertraut worden waren, sehr diskret umzugehen pflegte. Vor etwa einem halben Jahr dann war der frischgebackene Rentner wieder vorstellig geworden und hatte grau und hilflos auf dem Besucherstuhl an Franziskas Schreibtisch gesessen. Wie ein schüchterner Bittsteller war er ihr erschienen, als er mit leiser Stimme darum bat, wieder dabei sein zu dürfen, aushilfsweise erst einmal, vor allem dann, wenn Not am Mann sei oder jemand Urlaub mache. Ihm falle zu Hause die Decke auf den Kopf.

Das Unglück hatte ihn aus heiterem Himmel getroffen, und er hatte wochenlang nicht gewusst, wohin mit sich und seiner Not. Almuth Kandler war mit einer Freundin in die Türkei aufgebrochen; das Flugzeug war in ein heftiges Gewitter geraten und abgestürzt. Niemand hatte überlebt. »Dabei denkt man doch immer, dass so was nur die anderen trifft, nie einen selbst oder jemanden aus dem Bekanntenkreis«, hatte er leise gesagt.

Franziska hatte Almuth Kandler als eine Frau kennengelernt, die nicht erwachsen werden wollte, die mit Kleinmädchenstimme Kleinmädchensätze sagte, bewundernd zu ihrem Mann aufblickte, an seinen Lippen hing und jedes seiner Worte nachbetete. Das Haus der beiden war von ihr puppenstubenhaft dekoriert worden, und Almuth selbst pflegte sich bevorzugt in rosafarbene Rüschchen zu kleiden. Otmar Kandler hatte seine Frau, sein kleines Mädchen, wie er sie nannte, über alles geliebt. Er war der Regisseur ihres Puppenstubenlebens gewesen und hatte für sie Abenteuer, Ausflüge und knisternde Überraschungen inszeniert. Er war ihr Zauberer, und sie hatte sich voller Begeisterung von seiner Magie verblüffen und verführen lassen.

Während seiner endlosen und einsamen Tage war ihm nun bewusst geworden, wie sehr er das Leben vor der Pensionierung und seine Kollegen vermisste. Jeden Einzelnen von ihnen, selbst den linkischen Praktikanten Kevin Schlappinger, über den sich alle immer nur aufgeregt hatten, weil er nichts auf die Reihe gebracht und es wie kein anderer verstanden hatte, jeglicher Arbeit aus dem Weg zu gehen. Kevin war inzwischen zum Journalismus übergewechselt. Zumindest verkündete er das, wenn man ihn mal auf der Straße traf. Zwar betreute er für den Landauer Anzeiger nur die Rätselseite, doch er hatte seinen Platz gefunden.

Auch Otmar Kandler brauchte wieder einen Platz, und Franziska hatte dafür gesorgt, dass er als Chauffeur und Kurier in ihrer aller Tagesplan eingebunden war. Sie war froh darüber, dass er sie heute nach Kleinöd fuhr, jetzt nach dieser doch etwas verwirrenden Nacht. So konnte sie ihren eigenen Gedanken nachhängen.

Warum, so fragte sie sich, warum installiert sich einer, der die Sekte verlassen hat und nichts mehr mit ihr zu tun haben will, dennoch das heilige Symbol dieser Gemeinschaft in seinem Zimmer? Irgendetwas stimmte da nicht. Vielleicht war der Unbekannte ja gar nicht freiwillig aus der Verbindung ausgetreten, sondern von den Sektenmitgliedern verstoßen worden, weil er ihre Gesetze verletzt hatte? Sein Ausscheiden aus der Sekte hatte in jedem Fall dazu geführt, dass er von einem anderen Mitglied der Gruppe getötet worden war.

»Was für ein Programm«, stöhnte sie und schüttelte den Kopf. »Bis dass der Tod euch scheidet!«

Otmar Kandler, der diesen letzten Satz gehört hatte, nickte versonnen. »Genauso war es bei der Almuth und mir. Der Tod hat die Scheidung gemacht. Aber irgendwie geht das Leben ja auch weiter, oder?«

In der Tasche seines Jacketts fischte er nach einer Schachtel Zigaretten, legte sie auf das Armaturenbrett und gestand voller Vorfreude: »Gleich rauch ich eine mit der Teres – und dazu gibt's einen guten Kaffee. Mei, die Teres ist ganz anders als meine Almuth. Eigentlich genau das Gegenteil.«

Franziska lächelte. Sie verstand ihn so gut.

Ihr Handy klingelte, und bei der Vorstellung, es könne Alexander sein, klopfte ihr Herz. Doch es war Adolf Schmiedinger, und es war noch nicht einmal acht Uhr morgens.

»O Gott, hoffentlich ist nicht noch etwas passiert«, entfuhr es ihr.

Otmar sah sie fragend an.

»Unser Polizeiobermeister«, klärte sie ihn auf und meldete sich mit einem sachlichen »Ja?«.

»Frau Kommissarin? Hoffentlich hab ich Sie nicht geweckt.«

»Nein, nein, passt schon. Ich bin bereits auf dem Weg zu Ihnen. Ist was passiert?«

»Naa.«

»Und warum rufen Sie dann an?«

»Weil ich's sonst wieder vergess. Zwei von den Burschen hab ich mittlerweile zur Sache verhört.«

»Sehr gut, und?«

»Ja nix, das ist ja das Gute. Also die haben nix damit zum tun. Wie ich Ihnen schon g'sagt hab. Der Hartl Xaver hat die ganze Woch Frühschicht g'habt und ist von sechs Uhr morgens bis zwei Uhr nachmittags in Dingolfing in der Autofabrik g'wesen, und der andere, Sie wissen schon, dieser Kleine, der sich Eder Kurti nennt, also der macht nun seine zweite Lehre und arbeitet beim Huber in der Kiesgrub'n. Und da ist der morgens um acht angetreten und hat bis siebzehn Uhr auf dem Bagger gesessen und Kies sortiert. Das hat mir sein Lehrherr bestätigt. Der ist übrigens sehr zufrieden mit dem.«

»Gut, dann sind's ja nur noch drei«, stellte Franziska lakonisch fest. »Hombach, Blochinski und Zwacklhuber. Bleiben Sie dran. Wir sehen uns gleich.«

»Alles klar, Chefin.«

Kopfschüttelnd klappte Adolf Schmiedinger sein Handy zusammen. So schlecht gelaunt hatte er die Kommissarin aus Landau noch nicht oft erlebt. »Der kann man ja gar nix recht machen«, seufzte er. Dabei hatte er eigentlich ein dickes Lob erwartet.

Kapitel 14

»Jetzt hast deine Kaffeetassen umg'schmissen«, fauchte Ottilie Daxhuber ihren Mann an. »Z'wegen was müssen mir eigentlich heut schon in aller Herrgottsfrüh aufstehn? Wo ich doch gestern noch die halbe Nacht putzt hab – also ehrlich, ich glaub wirklich bald, ich kann nimmer! Ham mir ned auch einmal ein bisserl eine Erholung verdient?

Du vergisst allerweil, dass mir zwei schon lang in Rente sind. Und verrentet wirst, wenn man sich ein wenig ausruhen soll! Ach Eduard, sieh's halt endlich ein, mir sind keine jungen Hupfer mehr!«

»Ja, hätt ich mir denn mein Frühstück selber machen sollen, wenn's nach dir gangen wär? Gleich sind Zeugenvernehmungen«, gab er schroff zur Antwort und wippte weiter auf seinem Stuhl. Statt wie sonst im Bademantel am Frühstückstisch herumzulungern, trug er heute frisch gewaschene Jeans und ein dottergelbes T-Shirt. Das dazugehörige Hemd hing in stiller Erwartung auf einem Bügel an der Garderobe. Noch in der Nacht hatte er geduscht und sich das Haar gewaschen und darauf bestanden, dass Ottilie ihr Friseurbesteck hervorholte und ihm den Nacken ausrasierte. »Wenn ich schon offiziell bei den Zeugenvernehmungen dabei sein soll, muss ich ja wohl auch ordentlich ausschaun. A bisserl aufg'regt bin ich schon, muss ich gestehn.«

»Geh weiter, da musst du doch von selber gar nix machen. Wenn, dann sagen s' dir schon, was du tun sollst«, beruhigte sie ihn. »Schließlich kommt doch sogar die Kommissarin höchstpersönlich. Sonst hätt ich doch dem Adolf sein Revier ned so sauber putzen brauchen gestern! Meiomei, ich mag gar nimmer dran denken an den Saustall! Ausg'schaut hat's da! Eine solchene grausliche Mannsbilderwirtschaft, wie der da beieinand hat … «

»Und wenn ich das Protokoll schreiben muss?«, unterbrach er sie. »Wissen kannst das ned. Nachher hat die ein Tonband dabei, was ned funktioniert, und schon ham s' mich beim Krawattl. Himmelherrschaftszeiten, bin ich vielleicht nervös.«

»Wohl wahr!« Kopfschüttelnd griff sie nach seinem Teller und bestrich die beiden Brotscheiben dick mit Butter. »So wie deine Händ zittern, das kannst ja bald nimmer mit anschaun. Jetzt iss halt wenigstens ein bisserl was.«

»Wie geht's denn der Teres?«, fragte Franziska ihren Fahrer und zog die Windjacke enger um sich. Dabei knisterte es in der Brusttasche ihres Anoraks, und sie entdeckte einen Briefumschlag des Sporthotels Landauer Hof. Darauf war in großen und ausladenden Buchstaben der Satz: »já tě miluju« geschrieben. Sie seufzte und steckte ihn in die Tasche zurück. Vermutlich handelte es sich um eine wichtige Notiz, die Alexander schnell in ihre Tasche geschoben hatte, damit er es nicht vergaß, mit ihr darüber zu sprechen. Wie rücksichtsvoll von ihm. Zu dem Zeitpunkt, als er die Stichworte notierte, hatten sie sicher ganz andere Dinge im Kopf als den aktuellen Fall. Franziska schluckte. Wenn sie rechtzeitig in ihr Büro zurückkehrte, würde sie Alexander noch sehen und ihm seine Aufzeichnungen auf den Schreibtisch legen können.

»Mei, die Teres, das ist ein Wirbelwind«, legte Otmar Kandler los. »So eine Frau hab ich echt noch nie getroffen. Unglaublich! Und wie die den Laden schmeißt!«

»Raucht sie noch immer so viel?«

Er drehte kurz den Kopf zur Seite. »Wissen Sie, wir gehen jetzt höchstens einmal pro Stunde in ihr privates Stüberl. So haben wir uns das vorgenommen. Wir wollen beide reduzieren.«

Die Kommissarin betrachtete Otmar Kandler von der Seite. »Gefällt sie Ihnen?«

Er lächelte verhalten und hob die Schultern. »Almuth kam mir immer wie eine Elfe vor. Teres dagegen ist irgendwie erdverbundener, kräftiger, zupackender und lustiger.«

»Lustiger?« Franziska sah ihn fassungslos an. Lustig war ein Wort, das sie niemals mit Teres Schachner in Verbindung gebracht hätte. Eine lustige Teres! Das war eigentlich ein Widerspruch in sich. »Na ja«, murmelte sie dann. »Falls wir bei unseren Befragungen Zeit für eine Mittagspause haben, komme ich bei euch vorbei. Angeblich sollen die Bratkartoffeln im Blauen Vogel ja ein Gedicht sein.«

»Nicht nur die Bratkartoffeln«, antwortete er. »Ja. Ich werde es ihr sagen.«

Allein aus ihrer Erinnerung heraus hätte Franziska Schmiedingers Amtsstube aufs Genaueste beschreiben können: Das vergitterte Fenster zur Straße, auf dessen Fensterbank ein Goethebäumchen vermutlich auch deshalb mickerte, weil die Besucher des Polizeiobermeisters trotz Rauchverbots dazu neigten, den Blumentopf als Aschenbecher zu nutzen. Auf dem mit klebrigen Flecken übersäten Tresen, der barrieregleich zwischen dem Polizeiobermeister und seinen Besuchern errichtet worden war, stand ein asthmatisch röhrender Computer mit schmutzverkrusteter Tastatur.

Als sie das letzte Mal hier zu tun hatte, hatte sie sich reflexartig Latexhandschuhe übergezogen, weil es sie ekelte, auch nur irgendetwas anzufassen. Den Chef und einzigen Angestellten der Polizeistation in Personalunion hatte das jedoch keineswegs irritiert, und auf Franziskas Vorschlag, eine Putzfrau einzustellen, hatte Adolf Schmiedinger beleidigt reagiert und betont, dass er seine kleine Amtsstube durchaus selbst sauber und ordentlich halten könne.

Bei der Erinnerung daran schüttelte es sie. Ob er sie hinter seinen Tresen lassen würde oder vielleicht sogar sein Besprechungszimmer für sie reserviert hatte? Das Besprechungszimmer war eine noch größere Katastrophe als der Vorraum der Polizeidienststelle. Franziska erinnerte sich an ein Gespräch im Herbst, als er ihr etwas Gutes tun wollte und extra für sie einen Teppich ausrollte, den er im Sommer unter seiner Theke zwischenlagerte: »Damit Sie mir keine kalten Füß ned kriegen!« Und als er dem Teppich schnaufend einen Schubs gegeben und dieser sich entrollt hatte, gab er zwei mumifizierte Mäuse preis. »Deswegen hat's den ganzen Sommer so g'stunken da herin«, war Schmiedingers einziger Kommentar gewesen.

Je weiter sie sich der Kleinöder Polizeistation näherten, umso sinnloser kam ihr der Plan vor. Was sollte sie die Leute schon fragen? Die Kleinöder waren nicht wie die Menschen in der Stadt. Sie beobachteten ihr Dorf genau und registrierten selbst die kleinsten Veränderungen. Wenn ihnen etwas aufgefallen wäre, so hätten sie es dem Schmiedinger längst erzählt. Diese ganze Aktion war absolut überflüssig. Sie hätte bei ihrem Liebhaber im Hotel bleiben, neben ihm aufwachen und mit ihm frühstücken sollen. Allerdings hätte kurze Zeit später ganz Landau gewusst, dass sie ihren Mann betrog. Man wäre ihr in Zukunft mit einer Mischung aus Verachtung und Bewunderung begegnet, und es hätte mitleidige Blicke und Geraune hinter Christians Rücken gegeben: »Der arme Kerl weiß von nichts. Ja, so ist es, wenn man Hausmann heißt und dann auch noch zu Hause arbeitet. Das kann ja nicht gut gehen. Wenn die Frauen daheim die Hosen anhaben, ist es ein Kreuz für den Mann. Das ist gegen die Natur! Nein, das hat dieser herzensgute Mann wirklich nicht verdient.« Und in den Geschäften und auf dem Markt und in allen Restaurants hätten die Damen Christian bevorzugt behandelt und Franziska mit Verachtung gestraft.

Nein, da war es schon besser, dass niemand gesehen hatte, wie sie im Morgengrauen auf die Straße getreten war. Hoffentlich. Statt mit Alexander zu frühstücken, hätte sie natürlich auch in aller Ruhe ins Büro und zur Blumenpflege an Brunos Fenster spazieren können. Den Papyrus wässern und den Ficus beschneiden. Das wäre kreativ gewesen, dabei wären ihr Ideen kommen – sie hätte nicht über Hauptkommissar Konrádová aus Prag, sondern über den Sinn des CC-Symbols im Blauen Vogel nachgedacht und geniale Deutungen gefunden.

Stattdessen würde sie nun beim Schmiedinger sitzen,

nichts anfassen wollen und Fragen stellen, auf die es vermutlich sowieso nur belanglose Antworten gab. Die Kommissarin seufzte aus tiefster Seele, und Otmar Kandler warf ihr einen besorgten Blick zu.

»Wird Ihnen alles ein bisschen viel, oder? Na ja, wir sind halt auch nicht mehr die Jüngsten.«

Genau, auf diesen Satz hatte sie gerade noch gewartet. Der baute einen doch so richtig auf.

»Passt schon«, antwortete sie und versuchte ein Lächeln. »Ich wäre halt froh, wenn wir den Fall bald geklärt hätten, nicht dass da noch ein zweiter Mord passiert. Und ich würde auch gern wissen, wer oder was hinter der ganzen Geschichte steckt. Bisher kann ich mir noch gar keinen Reim darauf machen.«

»Der Teres geht's genauso«, erklärte er und fügte mit besorgter Miene hinzu: »Sie sagt, dass sie immer noch Angst hat, allein irgendwo hinzugehen, weil sie ja nicht weiß, ob sie dann noch mal einen Schlag kriegt oder gar was Schlimmeres. Deswegen begleite ich sie überallhin. Ich bin ja schließlich ihr Personenschutz. Wir gehen zusammen in den Keller, auf den Dachboden, ins Lager, wohin immer sie will. Sie lässt übrigens fragen, wann der zweite Stock wieder freigegeben wird, weil, jetzt wollen da ganz viele Leute übernachten.«

»Wieso, steht was Besonderes an? Fußball, Fahnenweihe, Eisstockschießen, Frühlingsfest?«

Immer wenn Franziska den *Vilstalboten* aus ihrem Briefkasten holte, staunte sie, zu welchen Anlässen in niederbayerischen Dörfern gefeiert wurde. Auf Seite eins des wöchentlich erscheinenden Anzeigenblattes war dann beispielsweise zu lesen, dass in Künzing ein Frühlingsblumenfest, in Asbach ein Wettbewerb der Kettensägenskulpturenschnitzer, in Pörndorf eine Katzenausstellung und in Mamming ein Flohmarkt mit Oldtimerrennen stattfand, während in Hirschbach die Miss Vilstal gekürt und in Gergweis der Tag des Offenen Heimatmuseums begangen wurde. Es gab immer einen Grund zu feiern, und all diese Feste waren verbunden mit einem verkaufsoffenen Sonntag sowie der unausgesprochenen Erlaubnis, bereits am Vormittag mit dem Trinken zu beginnen: So lernte man sich kennen, so fanden Paare zueinander, so blieb die Kirche im Dorf, und niemand kam auf die Idee, im Landauer Sporthotel abzusteigen. Das war nur was für Zugereiste.

»Nein, kein Fest«, unterbrach Otmar Kandler ihre Gedanken und fuhr voller Schwung auf den Parkplatz der Kleinöder Polizeistation. »Nur ein bisschen Grusel. So sind sie halt, die Menschen – eine Übernachtung in dem Mörderhaus, im Stockwerk des Kapitalverbrechens. Teres meint, dass man sich ein solches Geschäft nicht entgehen lassen sollte. So, da sind wir schon. Wenn Sie mich brauchen, Sie haben ja meine Handynummer!«

Franziska nickte und murmelte zynisch: »Dann handelt es sich also um eine stinknormale Horrorparty ohne verkaufsoffenen Sonntag?«

Er zog die Stirn kraus und betrachtete sie leicht verwirrt. »Wie Sie meinen.«

Die Kirchturmuhr schlug gerade acht Uhr fünfzehn, als sie die mit dem Polizeistern gekennzeichnete Tür öffnete. Im Innern des kleinen Häuschens herrschte Festbeleuchtung. Gemütlich warm war es dort, und statt des röchelnden Computers stand auf der Theke der kleinen Station eine blank geputzte Kaffeemaschine, die offensichtlich erst vor wenigen Minuten eingeschaltet worden war.

Eduard Daxhuber begrüßte sie mit einem strahlenden Lächeln und einem fröhlichen »Guad'n Morg'n«. Franziska sah sich erstaunt um und stellte zu ihrer Überraschung fest, dass sich keine ihrer finstersten Erwartungen bewahrheitete und sie heute ihre Latexhandschuhe beruhigt in der Tasche lassen konnte. Die kleine Polizeistation strahlte in frischem Glanz. Vom Fußboden hätte man essen können, die Fenster blitzten wie Diamanten; selbst der Computer auf dem Tresen war geputzt worden, und es sah ganz so aus, als habe sich der Polizeiobermeister eine neue Tastatur geleistet, da es ganz leicht nach frisch ausgepacktem Plastik roch. Gewichtig tippte er nun auf den Tasten.

»Kaffee?«, fragte Eduard Daxhuber zuvorkommend, und Franziska nickte dankbar. Die vergangene Nacht war so kurz gewesen, dass sie vermutlich stündlich einen Kaffee brauchen würde, um sich konzentrieren zu können. Auf dem runden Vernehmungstisch im Nebenzimmer lagen gestärkte und gebügelte Tischsets aus weißem Leinen. Der selbst ernannte Assistent des Polizeiobermeisters straffte sich ein wenig und zog dabei sichtlich den Bauch ein. Die Kommissarin nahm wahr, dass er eine Jeans mit Bügelfalten trug und über einem gelben T-Shirt ein dunkelbraunes Hemd, in dessen Brusttasche mehrere Kugelschreiber steckten. Er musste beim Friseur gewesen sein, der Nacken rosig ausrasiert und noch leicht wund und sein Scheitel so gerade, als sei er mit dem Lineal gezogen. Auf einem Tablett brachte er drei Kaffeetassen, Milch, Zucker und eine Schale mit Plätzchen in den Besprechungsraum. »Adi, kommst du?«

Franziska setzte sich und nickte anerkennend. »Hier hat sich ja einiges getan.«

»Grüß Gott, Frau Kommissarin.« Adolf Schmiedinger kam auf sie zu, gab ihr formvollendet die Hand, spielte den aufmerksamen Gastgeber und bat sie an den Kaffeetisch. Das Telefonat vor einer halben Stunde erwähnte er mit keiner Silbe. Franziska überlegte kurz, ob sie ihm sagen solle, dass sie eigentlich zum Arbeiten gekommen war, ließ es dann aber.

Warum sollte der Polizeiobermeister nicht auch mal seinen kleinen Auftritt haben? Seit seine Frau ihn verlassen hatte, was nun auch schon ein paar Jahre her sein durfte, hatte er nur noch die Arbeit und als Ausweichquartier den Blauen Vogel, daheim fiel ihm vermutlich genauso die Decke auf den Kopf, wie es Otmar Kandler widerfahren war. In einer kleinen Gemeinschaft von gerade mal vierzehn Häusern – die Neubausiedlung ausgenommen – war es nicht einfach, allein zu sein. Um ihn herum lebten Paare mit Kindern, Enkelkindern oder Großnichten. Die einzige verfügbare Solistin wäre Teres gewesen – aber die hatte ihre Mutter und wurde von Adolf sicher nur als Wirtin und nicht als Frau wahrgenommen.

In dieser Dorfgemeinschaft war Adolf Schmiedinger somit eine Art Exot, vielleicht ging ihm sogar der Ruf eines Ehebrechers voraus, so wie sie, wenn sie Pech hatte, als ehebrecherische Kommissarin zum Stadtgespräch in Landau werden würde. Sie war froh, nicht alle Gerüchte zu kennen, die sich um das Verschwinden von Frau Schmiedinger rankten, und dankbar, dass sie nicht genug Phantasie besaß, um sich mögliche Gerüchte über ihre eigene Person vorzustellen. Stattdessen dachte sie sich in die Wochenenden des Polizeiobermeisters hinein. Vermutlich hockte er mehr oder weniger in seiner Station hinter dem Tresen und wartete wie eine Spinne im Netz darauf, dass das Telefon ging oder jemand anklopfte und eine Unregelmäßigkeit meldete, die er erst in ein Formular und dann in seinen Computer übertrug.

Sie reichte ihm die Hand, lächelte höflich zurück und stellte anerkennend fest: »Herr Kollege, richtig gemütlich ist es ja nun bei Ihnen.«

»Die Otti hat sich gestern ein bisserl drum kümmert«, gestand er und fügte hinzu: »Sie wissen schon, dem Ede seine Frau.«

»Die Plätzchen hat s' auch selber backen, und zwar frisch, das sind nimmer die alten von Weihnachten«, erklärte Eduard stolz und ließ eine weiße Porzellanschale mit Goldrand herumgehen. Kaum hatte Franziska von den Keksen probiert, da wusste sie auch schon, dass aus ihren Diätvorsätzen an diesem Tag wieder mal nichts werden würde und dass sie um die Mittagszeit keine Bratkartoffeln im Blauen Vogel würde essen können, und seien sie auch noch so gut.

»Wie ist der Plan?«, wollte sie dann wissen. Adolf Schmiedinger betätigte ein paar Tasten und druckte eine Liste aus. Sogar das Papier schien um einiges sauberer zu sein als beim letzten Mal.

Sie arbeiteten den ganzen Vormittag konzentriert, und Eduard saß mit gefalteten Händen neben Franziska, die Augen fest auf die grüne Kontrollleuchte des von Landau mitgebrachten Diktiergeräts gerichtet. Solange die nicht flackerte, musste er auch kein Protokoll führen. Auf eine Kopfbewegung der Kommissarin hin drückte er die Aufnahme- beziehungsweise die Stopptaste. Er hatte alles im Griff.

Später dachte Franziska, dass es in jedem Fall klug gewesen war, mit all jenen, die rund um den Blauen Vogel wohnten, zu reden, auch wenn niemand wirklich etwas gesehen hatte, dafür aber allesamt mit den wildesten Spekulationen aufwarteten. Ein Mikrokosmos unheilvoller Vorahnungen und Befürchtungen tat sich an diesem Vormittag vor ihr auf.

So hatte Sepp Langrieger beispielsweise behauptet, der Ermordete sei zweifellos die Vorhut einer Einbrecherbande gewesen, die ganz Kleinöd ausrauben wolle, und wer könne schon wissen, welche Informationen dieser »Sauhund« vor seinem Ableben bereits weitergegeben habe. Garantiert sei er im Schlepptau all der depperten Heilsuchenden, die seit einiger Zeit zur Harbinger Agnes pilgerten, nach Kleinöd gereist, um hier zu spionieren. Er,

Sepp, habe deshalb vorsichtshalber bereits an all seinen Haus- und Stalltüren Sicherheitsschlösser anbringen lassen, und zwar an jeder ein anderes, und als er davon berichtete, zog er einen Schlüsselring von mindestens acht Zentimeter Durchmesser hervor, an dem ein Dutzend Sicherheitsschüssel mit Karabinerhaken hingen. »Hart vernickelt«, präzisierte er mit Besitzerstolz, und Franziska sah, wie Luise Langrieger genervt die Augen verdrehte und sich respektlos an die Stirn tippte.

»Also wenn S' mich fragen tät'n«, meldete sich Sepps Frau mit ungewohntem Selbstbewusstsein zu Wort. »Für mich war das g'wiss nix anders als ein stinknormales Eifersuchtsdrama, na ja, so ganz normal dann natürlich auch wieder ned, eher mehr eins aus der ...« An dieser Stelle hatte sie sich zu Franziska gebeugt und leise geraunt: »... aus der Abteilung Arabisch-Hintenrum! Die sind doch alle miteinand so pervers, diese Hundertfünfundsiebziger. Verbieten sollt man die. Es hat fei schon einmal eine Zeit geben, wo so was streng verboten g'wesen ist, und ich sag's Ihnen ehrlich, so ganz schlecht war damals g'wiss auch ned alles. Naa, naa, diese schwulen Sauhammeln, die hängen sich doch von oben bis unten Schmuck hin und tätowieren sich, bis dass kein Fetzen Haut mehr zum sehen ist, ned einmal mehr an Stellen, die wo sich ein normaler Mensch sowieso sein Lebtag lang ned genauer anschaun tät. Also, ich kenn das natürlich auch bloß aus'm Fernsehen nach dem Mittagessen, aber wenn dann solchene Saubären in denen Talkshows am helllichten Nachmittag auftreten, nachad weiß ich freilich gleich Bescheid! Mir sind ja schließlich auch ned auf der Brennsupp'n daherg'schwommen kommen, ned wahr?« Beifall heischend hatte sie den Blick ihres Mannes gesucht, der aber nur gleichgültig die Schultern gehoben und mit gesenktem Haupt über seine Schlüssel gewacht hatte.

Im anschließenden Gespräch mit Beppo Langrieger

und seiner Frau Johanna hatte sich herausgestellt, dass ihre Eltern beziehungsweise Schwiegereltern den ganzen Winter mehr oder weniger auf ihrer dunkelgrünen Wohnlandschaft vor einem neuen und riesigen Fernsehapparat verbracht hatten. Seitdem konnten sie anscheinend nicht mehr zwischen Traum und Wirklichkeit, zwischen Lüge und Wahrheit, zwischen echt und unecht unterscheiden und hatten sich zudem so viel Unsinnsinformationen reingezogen, dass sie kaum noch lebensfähig waren.

»Meine Schwiegerleut dürfen S' fei nimmer so ganz ernst nehmen«, erklärte Johanna. »Sie sehen ja selber, wie die beieinand sind.« Sie warf einen genervten Blick in den Vorraum, wo sich die alten Langriegers radebrechend mit dem polnischen Gärtner der Bildhauerin unterhielten, obwohl der perfekt Deutsch sprach. »Sogar einen Rückspiegel hat der Sepp seiner Luise hinterm Küchenherd anmontiert und noch einen zweiten übers Abwaschbecken, damit s' auch unterm Kochen und Spülen ihre Sendungen anschaun kann und ja ned das Geringste verpassen tät. Es ist ein saubernes Kreuz mit denen zwei. Wirklich wahr. Von in der Früh bis auf d'Nacht geht's im Austragshäuserl zu, als wär's in Wahrheit ein Kino für Schwerhörige.« Sie seufzte, schnappte nach Luft und klagte weiter: »Sogar unser Frank, der ja früher die meiste Zeit bei seiner Oma und beim Opa drüben war, hat zuletzt nimmer rübergehen mögen. Ach ja, apropos meine zwei Buben«, fügte sie dann entschuldigend hinzu, »die können auch nix g'sehn ham. Weil die machen doch jetzt in Passau ihre Ausbildung, und seitdem tauchen die grad noch alle zwei Wochen mit Berge von dreckiger Wäsch bei der Mama auf. Heut auf d'Nacht müssten s' theoretisch wieder mal kommen. Wenn S' wollen, schick ich sie Ihnen vorbei. Aber nachdem die ja die letzten vierzehn Tag gar ned da waren, werden die Ihnen wohl eher ned weiterhelfen können.«

»Danke, sehr nett, das dürfte unter diesen Umständen dann nicht notwendig sein. Ich streiche die fürs Erste von meiner Liste«, beruhigte Franziska die jungen Langriegers und sah zu, wie sie die Polizeistation verließen und draußen auf dem Parkplatz gemeinsam mit den beiden alten Langriegers in einen riesigen silbergrauen Mercedes stiegen. Die Herren vorn und die Damen hinten. Genau so, wie es sich gehörte. Das Auto als Statussymbol. Dabei lagen zwischen dem Haus der Langriegers und der Polizeidienststelle höchstens achthundert Meter.

Karl, der polnische Gärtner und mutmaßliche Liebhaber der Professorin und Bildhauerin Ilse Binder, hatte sich an den Vernehmungstisch gesetzt, den angebotenen Kaffee getrunken, dazu einen der köstlichen Daxhuber-Kekse nach dem anderen weggeknabbert und schweigend seine schönen Hände betrachtet.

Franziska wiederum hatte ihn gemustert und begonnen, nach Parallelen zwischen ihm und Alexander Konrádová zu suchen. Es gab keine. Beide Männer waren einmalig. Sie dachte an die vergangene Nacht und verspürte eine Gänsehaut. Ein Blick auf die Uhr machte ihr klar, dass Alexander inzwischen aufgestanden sein müsste und nun vermutlich allein am Frühstückstisch saß. Ob er an sie dachte?

Was war nur los mit ihr? Sie sollte ihren Job machen und sich nicht aufführen wie ein verliebtes Schulmädchen. Sie sollte vernünftig sein. Sie sollte kurze und kluge Fragen stellen, um bald wieder zurückfahren zu können. Zurück nach Landau und zurück zu ihm. Zu Alexander.

Das Schweigen zwischen Karl und Franziska währte mindestens zwei Minuten. Für Eduard Daxhuber an ihrer Seite war diese Stille die Hölle. Nervös rutschte er auf seinem Stuhl hin und her und atmete sichtlich auf, als die

Kommissarin endlich fragte: »Wann genau sind Sie am vergangenen Dienstag angereist?«

»Mit dem Lieferwagen und den Katzen etwa gegen elf Uhr dreißig«, antwortete er in perfektem Deutsch und fügte hinzu: »Ilse mag es nicht, wenn die Katzen in ihren Reisekäfigen unruhig werden, maunzen und jammern. So bin ich mit ihnen im Kombi vorgefahren, und sie ist dann später mit dem Saab nachgekommen.«

Er hatte einen Umweg über Vilshofen gemacht, um dort mit einem Reeder über kostengünstige Schiffstransporte der binderschen Figuren auf der Donau zu verhandeln, war also von Osten her in den Ort gefahren.

»Das bedeutet, dass Sie direkt am Blauen Vogel vorbeigekommen sind. Und zwar etwa zu der Zeit, als der Mörder das Haus verlassen haben könnte«, stellte Franziska klar. »Ist Ihnen vielleicht doch irgendetwas Ungewöhnliches aufgefallen? Haben Sie was gesehen? Überlegen Sie doch noch mal. Bitte.« Sie suchte seinen Blick.

Er schüttelte nachdenklich den Kopf und gestand: »Wissen Sie, ich war genervt, weil die Katzen genervt waren und wie Teufel in ihren Reisekäfigen rumtobten. Eine hat gekotzt, eine andere hat eine Art Asthmaanfall bekommen vor lauter Angst. Das war vielleicht ein Lärm in meinem Wagen, und gestunken hat es auch. Ich wollte nur noch ankommen, verstehen Sie? Ankommen, die Tiere freilassen und dann lange und ausgiebig duschen.«

Die Kommissarin nickte. »Ja, das verstehe ich. Andererseits denke ich mir, dass Sie inzwischen bestimmt auch über die ganze Geschichte nachgedacht haben, und deshalb frage ich jetzt auch Sie: Haben Sie eine Idee, wer der Tote sein könnte und warum er umgebracht wurde?«

Karl zögerte. »Man macht sich halt so seine Gedanken.«

»Und welche?«

»Na ja«, rückte er dann raus. »Also die Ilse meint, dass

möglicherweise Umweltgangster ihre Finger im Spiel haben könnten. Das wird ja immer schlimmer.«

Franziska beugte sich vor. »Okay, das meint Frau Binder. Und was meinen Sie?«

»Das Gleiche.«

Eduard Daxhuber, Protokollant und einziger Zeuge dieser Befragung, hatte an dieser Stelle zu gern seine Meinung geäußert, musste sie aber aus verhörtechnischen Gründen hinunterschlucken. So blieb ihm nur die Möglichkeit, nachdrücklich zu nicken, als Karl berichtete, dass man sich in diesem Landkreis nach langem Hin und Her endlich darauf geeinigt hatte, keine genmanipulierten Pflanzen, vor allem keinen Genmais, anzubauen. Er und auch Ilse Binder vermuteten daher, dass der Tote einer von denen gewesen sein musste, der nachts die sauberen Maispflanzen mit genverseuchten Setzlingen vermischt hatte, um den Landkreis und die Biobauern zu schädigen. Das passte doch irgendwie zusammen: Tagsüber hockte er wie lichtscheues Gesindel in seiner Kammer im Blauen Vogel, und nachts, wenn alle schliefen, setzte er seine verbotenen Pflanzen aufs Feld. Logisch, dass ihn dabei einer aus dem Dorf erwischt haben musste, der dann mit einem Schlag dafür sorgte, dass diese Schweinerei ein Ende hatte. Und das war auch gut so.

»Aber wer?«, fragte Franziska. Auch Adolf Schmiedinger hinter seiner thekenartigen Barriere sowie Eduard Daxhuber warteten gespannt auf eine Antwort.

Daraufhin hatte Karl ziemlich lange Franziska, und zwar nur Franziska, mit seinen strahlend blauen Augen angesehen und dramatisch geseufzt. »Wir haben keine Ahnung. Tut mir leid. Übrigens gibt's wieder viele Katzenbabys. Kommen Sie doch mal vorbei. Ilse wird sich freuen.«

Als sei das ein Stichwort gewesen, war in genau diesem Augenblick Ilse Binder mit quietschenden Reifen vorgefahren, hatte die Polizeidienststelle gestürmt und die auf ihre Zeugenvernehmung wartende Charlotte Rücker unerbittlich zur Seite gedrängt. »Bei mir geht's ganz schnell. Außerdem brauche ich meinen Karl zurück.«

Selbstbewusst hatte sie Franziska und Eduard Daxhuber gegenüber klargestellt: »Also, wir haben nichts gesehen, und unseren Hauptverdacht hat Ihnen ja schon mein Karl mitgeteilt.«

Sie sagte wirklich »mein Karl« – allerdings wurde das nicht protokolliert, weil Eduard gerade mit dem Wechseln der Datenträger beschäftigt war.

»Halt, so schnell geht es nun auch wieder nicht«, fuhr Franziska dazwischen. »Jetzt sind Sie schon mal hier, und auf eine Tasse Kaffee werden Sie wohl Zeit haben?«

»Erstens bin ich total im Stress wegen meiner diesjährigen Frühjahrsausstellung, und zweitens bringt mich, seit ich in der Menopause bin, schon ein kleines Tässchen Kaffee in Wallung. Irgendwie pervers, oder? Früher haben mich ganz andere Sachen in diesen Zustand versetzt. Sie wissen schon, was ich meine, oder?«

Eduard und Adolf blickten peinlich berührt zur Seite. Menopause und Wechseljahre. Das waren Frauensachen, über die Männer nicht einmal nachdenken durften. Darüber sprach man nicht in der Öffentlichkeit. Gut, dass das von Daxhubers zitternden Händen bediente Aufnahmegerät immer noch nicht lief und somit auch nicht dokumentiert wurde, wie die Kommissarin zustimmend murmelte: »Ich verstehe Sie so gut.«

»Ist es nicht absurd«, fuhr Ilse Binder mit empörtem Unterton fort, »dass da von Menopause geredet wird? Was für ein unverschämtes Wort. Wenn ich es mir recht überlege, so kann es eigentlich nur von Männern erfunden worden sein. Denn Pause hört sich ja so an, als ginge es danach weiter wie gehabt, als würden wir Frauen fröhlich immer weiter Kinder in die Welt setzen – ausgeruhtere

Kinder vermutlich auch noch, nachdem wir uns ja eine Menopause gegönnt haben und nun erholt sind. Kurz und gut: Ich möchte lieber keinen Kaffee. Okay?«

Erst dann ließ sie sich auf einen Stuhl fallen und genoss das Schweigen der anderen.

Eduard Daxhuber räusperte sich nach etwa einer Minute der Stille, blickte verschämt zu Boden und murmelte: »Das Band tät wieder laufen. Wenn S' wollen, könnten mir weitermachen.«

Fast alle zwei Stunden war Ottilie in ihrem schilfgrünen Opel Astra vorgefahren und hatte einen kleinen Imbiss vorbeigebracht, »damits ihr mir ned vom Fleisch fallts«, aber es war klar, dass sie eigentlich nur nach Neuigkeiten lechzte. Als sie gegen halb zwei eine Biskuitrolle ankarrte, teilte sie der Kommissarin und den beiden Herren hinter vorgehaltener Hand mit, dass nun Martha Moosthenninger im Anmarsch sei, worauf sich der Polizeiobermeister erst einmal bekreuzigte.

»Du hast die doch selber eing'laden«, kommentierte Eduard ungerührt. »Brauchst jetzt auch kein Kreuz schlagen. Da müssen mir alle miteinand durch!«

Kompakt und kampfbereit hatte die Schwester des Pfarrers eine halbe Stunde später mitten im Raum gestanden und verkündet, dass die Harbinger Agnes, über deren Wundertaten sie ja persönlich ein Journal anlege und gewissenhaft alle Vorkommnisse festhalte, bei Bedarf gewiss mal schnell da oben nachfragen könne, wer der Tote sei, und natürlich auch, warum er von wem umgebracht worden wäre.

Franziska hatte nur den Kopf geschüttelt. »Nichts da. Der Fall ist auf Erden passiert und wird auch mit irdischen Mitteln gelöst.«

Daraufhin war Martha Moosthenninger in sich gegangen, hatte demonstrativ ihre Stirn in Falten gelegt und alsbald behauptet, wenn man sie frage, so habe der Satan persönlich Kleinöd heimgesucht und sich in diesen Sündenpfuhl des Blauen Vogels eingeschlichen. Schließlich würde dort während der Fastenzeit Fleisch gegessen, das ganze Jahr über gewettet und an den Wochenenden um Geld Karten gespielt. So habe man es ihr jedenfalls erzählt. Und diese Teres drücke zusätzlich ständig beide Augen zu und flöße ihren Gästen Getränke ein, die deren Sinne vernebelten. Hoffentlich würde sie nicht irgendwann deswegen aus göttlicher Gerechtigkeit heraus mit Blindheit bestraft. Und wer wisse schon genau, welche ungeheuerlichen Sünden sonst noch an diesem finsteren Ort stattfanden.

»Mein Bruder glaubt mir ja allerweil nix, aber ich sag's euch, wahrlich, die Zeit ist nun kommen, wo der Teufel selber uns heimsuchen wird! Der Mord an dem armen jungen Burschen sollt uns ganz g'wiss ein Zeichen der Warnung sein und Gottes allerletzter Wink zur Umkehr auf den rechten Weg. Die Harbinger Agnes wär da übrigens auch ganz meiner Meinung.«

Franziska ließ sie reden und betrachtete sie nachdenklich. Martha Moosthenninger fürchtete sich also vor dem Teufel, vor dem Alkohol und vor Sünden jeglicher Couleur. Interessant. Fürchten wir nicht immer genau das, dem wir Macht über uns eingeräumt haben? Nachdem ihr dieser Gedanke durch den Kopf geschossen war, musterte die Kommissarin ihr Gegenüber mit kühlem Interesse, während die Schwester des Pfarrers immer weiter redete.

Vermutlich war auch Martha Moosthenninger eine heftige und konsequente Sünderin, wenn auch nicht in den Bereichen des Glücksspiels, des Alkohols und der fleischlichen Begierden, sondern eher in den finsteren Gefilden der üblen Nachrede, der fein gesponnenen Intrige sowie der niederträchtigen Unterstellung von Bösartigkeiten, und das alles aus der selbstgerechten Haltung heraus, allein zu wissen und entscheiden zu können, was für jeden das Beste sei.

Am liebsten hätte sie diese Buchhalterin von Wundern und Verfehlungen mit dem Satz: »So eine wie Sie hat mir gerade noch gefehlt« zum Schweigen gebracht, aber dann fiel ihr ein, dass ja auch sie eine Sünderin war. Sie hatte Ehebruch begangen, und sie bereute nichts. Es war nicht an ihr, den ersten Stein zu werfen.

»Ich hab Sie fei was g'fragt«, sagte Martha Moosthenninger nun bestimmt zum dritten Mal, und Eduard Daxhuber legte seine Hand auf die der Kommissarin und fragte besorgt: »Frau Hausmann, was ham S' denn? Ist Ihnen ned gut?«

Franziska zuckte zusammen.

»Wo ist denn Ihr netter Kollege? Der, der was mich gestern heimg'fahren hat?«, wollte Martha Moosthenninger wissen.

»Der hat Schreibtischdienst«, sagte Franziska und tat den beiden Herren kund, dass sie für heute keine weiteren Vernehmungen mehr vorzunehmen gedachte.

Kapitel 15

»Was für ein Tag!« Franziska ließ sich von Eduard Daxhuber und Adolf Schmiedinger zum Blauen Vogel begleiten. Zu allem Überfluss hatte es nun auch noch zu nieseln begonnen. Sie zog ihren Schal enger um sich. »Haben wir jetzt eigentlich die Wichtigsten schon befragt?«, wollte sie wissen und sah nachdenklich die Dorfstraße hinunter. Eine Taube hüpfte auf dem Gehweg entlang. Sonst war alles leer.

»Na ja, beispielsweis den Pfarrer noch ned und auch ned den Döhring«, zählte Adolf Schmiedinger auf. Er zögerte. »Aber der Döhring verlässt ja sowieso kaum noch das Haus, und wenn doch, nachad sieht der auch ned recht viel. Der Bürgermeister hat angeblich keine Zeit für so einen Schmarrn, wie er g'sagt hat, und von den Blumentritts war am letzten Dienstag bloß die Rossana daheim, und die steht um die Mittagszeit allerweil in der Küche und kocht für ihre Töchter und den Mann, weil der ist doch ein Lehrer, in der Schule in Simbach. Von ihrer Küchen aus kann sie nix g'sehn haben. Ich hab sie aber sicherheitshalber g'fragt, und sie hat tatsächlich nix g'sehn. Aber wissen S' eigentlich schon, dass der Enzo jetzt fest beim Landauer Anzeiger arbeitet? Das hat s' mir bei der Gelegenheit schnell noch verzählt. Aus dem werd g'wiss noch einmal ein richtiger Reporter. Und seine Freundin, die Walburga, die will in die Politik gehen. Zu den Grünen – na ja, besser als wie zu den Roten.«

Franziska sah den Polizeiobermeister kurz von der Seite an. So viel und fast ohne Punkt und Komma sprach er normalerweise nicht. Er war aufgekratzt und überdreht, wie jemand, der eine schwierige Aufgabe bewältigt und insgeheim nicht damit gerechnet hatte, diese Prüfung jemals zu bestehen.

»Ja mei, sonst wär da noch die Waldmoserin, die Frau vom Bürgermeister, aber die hat uns ebenfalls bloß wissen lassen, was ihr Mann von der ganzen Sache hält und dass mir unbedingt innerhalb der Dorfbevölkerung nach einem ganz bestimmten Täter suchen sollen – aber wie die Rücker Charlotte hat s' auf keinen Fall offiziell einen Namen zu Protokoll geben wollen.«

Franziska schüttelte den Kopf. »Wenn ich eines hasse, dann sind es diese kryptischen Andeutungen. Das schafft nur böses Blut und mehr Verwirrung als Klärung, und dabei geraten viel zu oft die Falschen in Verdacht. Also, ehrlich gesagt, ich versteh das alles nicht. Aber Sie, Sie müssten doch Ihre Pappenheimer kennen?«

»Ins Herz einischaun kann trotzdem keiner wem«, murmelte Adolf Schmiedinger, und sein Freund Eduard pflichtete ihm nickend bei: »Und wenn doch, nachad tät's da bei uns sicher auch Herzen geben, wo's innen eher nach einer Mördergruben ausschaut.«

Die Kommissarin zog die Augenbrauen hoch. »Meine Herren, wie soll ich das denn jetzt verstehen?«

»Ich will grad gar nix g'sagt ham«, antworteten beide wie aus einem Munde.

In der großen Gaststube herrschte noch Ruhe. Abgesehen von einem jungen Mann, der unter dem ehemaligen Herrgottswinkel an seinem Handy herumfummelte, saß einzig Otmar Kandler an einem Tisch, vor sich die Rätselseite des Landauer Anzeigers sowie ein Kännchen Kaffee.

»Wollen Sie jetzt schon heim?«, fragte er und blickte auf seine Uhr. Es war noch nicht einmal vier.

»Schön wär's.« Sie lächelte ihn an. »Nein, ich muss zurück ins Büro. Fahren Sie mich?«

»Klar doch, stets zu Diensten.«

Die Kommissarin hielt nach der Juniorwirtin Ausschau, nach der vertrauten dürren und abgehärmten Gestalt in ihrem abenteuerlich bunten Kittel. Stattdessen kam eine schmale Frau in einem dunkelblauen, eng anliegenden Wollkleid auf sie zu. Diese Dame trug ihr dünnes rötliches Haar mit einer silbernen Spange hochgesteckt und lächelte zuvorkommend. Es dauerte einen Augenblick, bevor Franziska in dieser aparten Erscheinung Teres Schachner wahrnahm. Als habe der Schlag auf den Kopf sie verwandelt. Staunend registrierte sie, dass Teres' Brille nicht mehr unter einer unwillig gefurchten Stirn auf der Nasenspitze kauerte, sondern an einem silbernen Kettchen vor ihrer Brust baumelte. Statt der vertrauten Birkenstockschuhe trug die Chefin des Blauen Vogels blaue

Lederslipper und teuer glänzende Seidenstrümpfe. Und vor allem: Sie strahlte, hatte Lidschatten, Kajal und Rouge aufgetragen, und ihre Mundwinkel zeigten nach oben.

Innerhalb weniger Tage hatte sich Teres in eine zufrieden lächelnde Frau von Welt verwandelt. Dieses Wunder konnte eigentlich nur Otmar bewirkt haben. Die Macht der Liebe, dachte die Kommissarin und wünschte sich insgeheim, auch sie hätte sich nach der Begegnung mit Alexander so verwandelt. Vom Aschenputtel zur Prinzessin. Aber ihr Spiegel hatte ihr heute Morgen keine so gravierende Verwandlung gezeigt.

»Was haben Sie nur mit der Frau Schachner gemacht?«, fragte Franziska, als sie wenig später neben ihrem Exkollegen im Wagen saß.

Otmar Kandler hob die Schultern. »Eigentlich nichts. Ich hab ihr nur gesagt, dass ich sie auch mal zum Einkaufen begleiten könne, ein Leibwächter muss halt immer und überall dabei sein. Na ja, und weil ich dann schon dabei war, habe ich sie auch ein bisschen beraten.«

»Also wenn ich mir das so anschaue, haben Sie eindeutig Ihren Beruf verfehlt«, murmelte Franziska anerkennend. »Sie hätten Stilberater werden sollen – möglicherweise sind Sie sogar eines jener seltenen männlichen Exemplare, die gerne mit Frauen zum Shoppen gehen.«

»Ja, das stimmt. Wissen Sie, solange ich mich nicht selbst umziehen muss, finde ich es einfach klasse. Und außerdem: Teres hat wirklich eine gute Figur und sollte sich nicht unter unförmigen Kitteln verstecken. Wer so gebaut ist wie die, der kann alles tragen.«

»Da haben Sie recht.«

Dann schwiegen beide.

Er sah zuerst ihr Haar. Es war mittelblond, reichte ihr bis zur Hüfte und umgab sie wie ein seidiger Vorhang. Sie schien es gerade gewaschen zu haben, denn sie strich sich immer wieder mit den Händen durch und lockerte die noch feuchten Strähnen. Dabei schüttelte sie den Kopf. Er stand an der Gartentür und räusperte sich.

Frieda Zwacklhuber zuckte zusammen und drehte sich erschrocken um. Sie saß vor einer offenen Umzugskiste mit der Aufschrift »Nah und fern, wir reisen gern«.

»I will auch gar ned lang storn«, sagte Adolf Schmiedinger. »I müsst halt nur wissen, wo Ihr Sohn steckt, der Pirmin.«

»Ned da«, sagte sie, stand auf und gab ihm die Hand.

»Wann kommt er heim?«

»Sechs Wochen, ham die g'meint. Sechs Wochen dauert's bestimmt. Also jetzt noch vier.« Sie lächelte, als müsse sie sich entschuldigen. »Er ist in der Klinik.«

»Schlimm?« Schmiedinger schaute besorgt.

»Wie man's nimmt.« Sie seufzte und wies auf die Umzugskiste. »Schaun S' sich das mal an. Stand heut früh anonym vor meiner Tür. Da hat wohl jemand g'meint, solche wie wir, die essen alles.«

Ihre braunen Augen blitzten.

»Was meinen Sie jetzt mit solche wie wir?«, fragte er.

»Hartz vier«, zischte sie verächtlich und gab eine Reihe perfekter Zähne preis.

»Und der Pirmin ist krank? Mei o mei! Hab ich ja gar ned gewusst.«

»So was muss man ja auch ned an die große Glocke hängen.« Sie versuchte ein Lächeln, nahm ihr Haar zusammen, drehte es zu einem Pferdeschwanz und legte es sich wie einen Schal um den Hals.

»Da, schaun S' mal.« Sie griff in die Umzugskiste und nahm Lebensmittelpackungen heraus. »Best before …«, murmelte sie. »Das ist alles schon vor sechs bis zehn Jahren abg'laufen, und ich krieg das nun als Spende und soll auch noch dankbar sein. Aber vielleicht wolln die mich ja auch vergiften, die feinen Leut aus dem Neubauviertel.

Solche wie wir passen ja wohl ned in diesen Ort, zu all den Künstlern, Fußballern und Baulöwen.«

Nachdenklich hielt sie inne. »Oder einer von denen hat nach zehn Jahren mal wieder seine Küchenschränke geputzt und mir sein altes G'lump vor die Tür gestellt. Sie glauben doch wohl nicht, dass ich das ess? Wo ich immer so drauf acht, dass alles frisch und naturbelassen ist. Sind S' mit dem Wagen da? Dann können S' es gleich mitnehmen zum Sondermüll!«

Schmiedinger warf einen Blick auf seinen Polizeiwagen und dachte, dass der ja eigentlich nicht für private Zwecke eingesetzt werden durfte – andererseits, gelegentlich fuhr er selbst und sogar während der Dienstzeit zum Getränkemarkt und füllte seine Vorräte auf.

»Wenn's sein muss. Von wem haben S' denn den Karton?«

»Anonym. Wie so vieles hier.«

»Soll ich mich drum kümmern und in der Sache ermitteln? Also in meinen Augen könnt das eine versuchte Körperverletzung sein. Wenn Sie was davon gegessen hätten und Ihnen wär's hundselend und Sie müssten ins Krankenhaus …«, sinnierte er.

Sie lächelte bitter. »Nein, passt scho. Sie ham ja zurzeit wirklich g'nug andres zu tun, oder?«

»Augenblicklich ja.« Er seufzte tragisch. Was für eine wunderbare Frau. Sie konnte sich in seine Situation einfühlen. Das gelang nur den wenigsten. Nicht einmal Adolfs bestem Freund Eduard.

»Wollen S' einen Tee? Pfefferminz aus eigenem Anbau?« Sie öffnete die Eingangstür.

Er nickte, folgte ihr in das winzige Häuschen und staunte über das plötzliche Gefühl des Heimkommens. Alles so sauber und reinlich, wie damals zu Hause, als Erna noch bei ihm lebte. Es roch nach Lavendel und Kernseife. Unter dem kleinen Ostfenster standen eine mit Fußpedal zu bedienende Nähmaschine und ein riesiger Korb mit Kleidungsstücken.

Sie bemerkte seinen Blick. »Ich schau mir die Sachen von den Altkleidersammlungen durch. Da ist vieles viel zu schad zum Wegwerfen oder zur Weiterverarbeitung als Putzlappen. Wenn ich's ein wenig aufpeppe und wieder richte, geht's an die Kleiderkammer der Landauer Tafel, und da sind immer welche, die sich freun. Ehrenamtlich mach ich das.«

»Ach so.« Er schwieg verlegen.

»Glauben S' mir, ich würd arbeiten, wenn es hier Arbeit für mich gäb«, sagte sie dann. »Aber ned amal als Putzfrau hab ich eine Chance – das ist den Leuten dann auch wieder peinlich, dass so eine wie ich ihre schönen Wohnungen sieht. Da nehmen s' lieber die Rumäninnen von den Erntearbeitern. Na ja, ist auch egal. Jetzt bin ich erst mal froh, dass mein Pirmin vernünftig g'worden ist.«

»Jetzt versteh ich grad gar nichts mehr«, unterbrach er sie. »Ich dachte, der ist krank.«

Sie ging nicht auf ihn ein und blickte auf ihre Hände. »Vielleicht hat es doch sein Gutes gehabt, damals. Vielleicht musste all das Schreckliche geschehen, damit der Bub aufwacht. Sonst hätte er doch niemals gemerkt, dass ihm sein Leben aus dem Ruder läuft, dass der Schnaps ihn voll im Griff hat und mit ihm machen kann, was er will. Wenigstens so viel Verstand hat er noch g'habt, dass ihm das klar geworden ist.«

»Aha, verstehe. Und dann?«

Erstaunt suchte sie seinen Blick. »Interessiert es Sie wirklich?«

»Ja, schon.« Er wusste auch nicht, was mit ihm los war. Sein Herz war mit einem Mal so weich und durchlässig. Ob das an dem Tee lag?

»Dann hat er sich zu einem Entzug entschlossen«, erzählte Frau Zwacklhuber stolz. »Aus eigenem Antrieb.

Gott sei Dank. Anders bringt das ja auch nix. Wer aber sich wirklich für ihn eing'setzt hat, war sein Lehrer, der Lothar Blumentritt. Wenn wir den ned hätten.« Sie hielt kurz inne. »Er hat sich um einen Platz im Bezirksklinikum Mainkofen gekümmert und für meinen Pirmin die schulinterne Stipendienkasse für Hochbegabte geleert. Wenn der Bub wieder nüchtern ist, für immer nüchtern, wird er Physik studieren.«

»Donnerwetter.« Der Polizeiobermeister betrachtete die Frau vor sich mit ehrfurchtsvollem Interesse.

»Das ist das eigentliche Drama, sagt der Lehrer. Dass die Hochbegabten sich so schnell langweilen und dann vom Weg abkommen. Die brauchen echte Herausforderungen, und die gibt's ja nicht so hier auf dem Land.«

Adolf Schmiedinger nickte beeindruckt. »Hochbegabt. Da können S' aber stolz sein auf Ihren Buam.«

»Ja, aber nix als Sorgen hat er mir g'macht. Sein Leben lang. Vielleicht wird's jetzt endlich besser. Was wollen S' eigentlich von ihm?«

»Ich wollt wissen, wo er am vergangenen Dienstag war. Aber da war er ja schon in Mainkofen.«

»Zwei Wochen ist er nun schon da.« Sie nickte.

Er hatte das absurde Bedürfnis, ihr die Hand zu küssen, nur um ihr nahe zu sein und ihre Haut zu riechen, hielt sich aber zurück. Alles an ihr ist lang, schoss es ihm durch den Kopf. Hatte Ottilie nicht erst kürzlich darüber lamentiert, dass sich Hartz-IV-Empfänger durch geometrische Formen auszeichneten? *Frieda* – sogar der Name ließ sich in die Länge ziehen und verhieß lange Stunden voller Ruhe und Geborgenheit. Ihr Haar war lang, ihre Hände lang und schmal, die Nase lang und auch die Wimpern – ungewöhnlich lang.

»Wissen S', ich komm morgen und hol den Karton ab. Aber essen S' bloß nix davon, versprochen?« Er hielt inne. »Naa, Kruzifix, morgen geht's ja gar ned. Da müssen mir für die Binderin die Straße sperren. Ja mei, dann kann ich erst am Sonntag vorbeikommen, aber dann außerhalb der Dienstzeit.«

Sie lächelte und nickte. »Wenn das so ist, kommen Sie doch gegen zwölf. Dann koch ich uns eine Kleinigkeit. Natürlich nix aus der Kiste.«

Er ging durch ihren winzigen Garten und hatte das Gefühl, als gäbe die Erde unter ihm nach, als müsse er besonders schwungvoll auftreten, wie bei einem Trampolin, um dann zu fliegen oder mit Siebenmeilenschritten die Welt zu umrunden. Sein Herz hüpfte. Er fragte sich nicht, warum, sondern murmelte vor sich hin: »Jetzt san's bloß noch zwoa, die was g'sehn ham könnten, der Hombach Hermann und der Blochinski Wladimir. Und die Burschen knöpf ich mir jetzt auch noch vor, und dann kriegt die Kommissarin ihren Bericht.«

Eine eigenartige Unruhe bemächtigte sich ihrer, als sie die zweite Isarbrücke hinter sich gelassen hatten. Nur noch zehn Minuten, und sie stünde Alexander gegenüber. Sollte sie so tun, als sei nichts geschehen, oder sollte sie ihm ihre Verwirrung zeigen? War sie überhaupt verwirrt, oder war es das schlechte Gewissen, das sie so durcheinanderbrachte? Auf jeden Fall war sie irgendwie durch den Wind und freute sich zugleich in fast unanständiger Weise auf ihn. Franziska lehnte sich zurück und beschloss, einfach nur abzuwarten. Aber dann schoss ihr ein Gedanke durch den Kopf, der fast ihr Herz stocken ließ. Was, wenn er schon abgereist war?

Sie klappte die Sonnenblende an ihrem Beifahrersitz hinunter und betrachtete sich in dem kleinen Spiegel. Schweiß stand auf ihrer Stirn, und unter ihren Augen lagen tiefe Schatten.

»Sie sehen erschöpft aus«, stellte Otmar Kandler mit einem Seitenblick fest. Sie fühlte sich von ihm mit Teres

Schachner verglichen und hatte das ungute Gefühl, dass dieser Vergleich ab heute und bis zum Ende aller Zeiten zu ihren Ungunsten ausfallen würde.

»Es waren trotz allem anstrengende Gespräche«, versuchte sie sich zu rechtfertigen und hätte sich ohrfeigen können. War sie ihm etwa eine Erklärung schuldig?

Otmar Kandler schwieg und kurvte souverän durch die engen Gassen der Landauer Oberstadt.

Mit betont gemessenen Schritten ging sie über den linoleumbelegten Flur der Dienststelle und achtete konzentriert darauf, weder zu schnell noch zu langsam zu laufen. Ihr wurde bewusst, dass es im Gebäude nach abgestandener Luft und Schweiß roch. Am liebsten hätte sie die Fenster aufgerissen und wäre so schnell wie möglich in ihr Büro gerannt, aber alles sollte so normal wie möglich aussehen, und so öffnete sie auch die Tür zu ihrem Zimmer in der gleichen lässigen Weise, wie sie es schon tausendmal getan hatte. Und doch war alles anders, denn die rechte Hand, mit der sie die Klinke berührte, war feucht und eiskalt. Schnell wischte sie sie an ihrer Windjacke ab, schluckte und schritt demonstrativ forsch auf ihren Arbeitsplatz zu.

»Hey, du bist ja noch da«, stellte sie fest und lächelte ihn so freudig überrascht an, als habe sie ihn gerade erst entdeckt und zwischenzeitlich ganz vergessen, dass es ihn gab.

»Ja.« Er klappte seinen Rechner zu und räusperte sich. »Aber nicht mehr lange. Wie war's bei dir? Irgendwelche erhellenden Erkenntnisse?«

»Nicht wirklich.« Steif und ungelenk stand sie vor ihm und wusste nicht, wohin mit ihren kalten Händen. »Und bei dir?«

»Auch nichts. Ich habe viel herumtelefoniert und in allen möglichen Datenbanken recherchiert. Der Tote ist ein unbeschriebenes Blatt, und das, obwohl seine Haut von oben bis unten mit Zeichen übersät ist.« Er grinste. »Kein besonders guter Witz, oder? Na ja, wir werden wohl nur über seinen Laptop weiterkommen. Wenn wir überhaupt weiterkommen. Hoffentlich.« Alexander seufzte. »Deine Leute haben eine Kopie der Festplatte gezogen, und ich nehme das Teil jetzt mal mit nach Prag. Wir haben da unsere Spezialisten, du weißt schon, Vorstadtjugendliche, die kaum lesen und schreiben können, aber sobald sie einen Computer in der Hand haben, erweisen sie sich als begnadete Tüftler. Ist das okay für euch?«

Sie nickte und sah angestrengt an ihm vorbei. »Klar doch.«

Er fixierte sie lange mit seinen graugrünen Augen und nestelte unschlüssig an seinem Jackett herum. »Ja, das war's dann wohl fürs Erste.«

Sie biss sich auf die Lippen und wartete auf einen weiteren Satz von ihm. Er schwieg. Tausend Worte lagen ihr auf der Zunge, aber die waren alle noch unsortiert, und mit welchem hätte sie beginnen können?

»Ich melde mich bei dir«, sagte er nach einer Ewigkeit und schien weiterhin auf einen Satz von ihr zu warten.

Stumm öffnete sie ihre Schreibtischschublade und reichte ihm ihr Kärtchen. Und dann schoss ein Satz aus ihr heraus, der sich so banal anhörte, dass sie vor Scham rot anlief. »Ich koch dir einen Kaffee.«

»Das ist eine gute Idee.« Fast erleichtert legte er seinen Laptop zur Seite und setzte sich auf Brunos Stuhl.

Während sie ihm den Rücken zuwandte und sich mit der Espressomaschine beschäftigte, kämpfte etwas in ihr gegen den fast unwiderstehlichen Impuls, sich umzudrehen und ihm in die Arme zu fallen. Aber sie sagte sich gleichzeitig, dass das mit ihm keinen Sinn hatte und vor allem keine Zukunft. Sie sagte es sich immer wieder – und sie wünschte sich die letzte Nacht zurück.

Mit zitternden Händen reichte sie ihm eine Tasse. Während er sie in Empfang nahm, berührte er leicht ihre Finger. Franziskas Knie wurden weich. Sie zwang sich zur Ordnung, wie sie es gelernt hatte. Disziplin in allen Lebenslagen: angesichts alltäglicher Schrecknisse und außerordentlicher Katastrophen, in Anwesenheit von Ermordeten ebenso wie in Gegenwart von Mördern. Immer war es ihr gelungen, die Contenance zu wahren. Da würde sie doch diese unermessliche Sehnsucht, von der sie wusste, dass sie sowieso nicht gestillt werden konnte, auch in den Griff bekommen. Und zwar mit links. Sie war über fünfzig, und sie war einmal schwach geworden, und das war eigentlich verwerflich und schlimm. Andererseits hatte es so gutgetan, sich einfach mal fallen zu lassen, ganz im Hier und Jetzt zu sein. Dennoch: Erneut schwach zu werden war verboten und vor allem ihrem Mann gegenüber unfair. Franziska trat einen Schritt zurück.

»Hey, was ist denn? Du bist ja ganz blass.« Er ging besorgt auf sie zu.

»Nichts.« Sie schüttelte den Kopf und wandte sich ab. Vermutlich hat er zu Hause Frau und Kind, sagte eine Stimme in ihr und ließ Unmengen von Alarmglocken schrillen. Du willst weder seine Beziehung zerstören noch deine eigene zerstören lassen, mahnte die gnadenlose Stimme weiter. Doch es tat trotz allem weh.

»Danke, ich fahr dann jetzt.« Ohne Vorwarnung küsste er sie auf die Wange. »Du hast meine Handynummer und meine Mailadresse, wenn was ist.«

»Ja, aber was soll schon sein?«

Die Tür fiel hinter ihm zu. Sie spürte noch seine warme Wange, das leichte Kitzeln seiner Barthaare auf ihrer Haut, seinen Wimpernschlag. Roch seinen Geruch. Ihr Herz klopfte bis zum Hals. »Ich sollte weniger Kaffee trinken«, ermahnte sie sich, wusste aber genau, dass dieses Herzklopfen nichts mit dem Espresso zu tun hatte.

Kapitel 16

Otmar Kandler hatte auf dem Parkplatz vor der Polizeiinspektion gewendet und war gleich wieder nach Kleinöd zurückgefahren. Er nahm seinen Job als Leibwächter einer gefährdeten Person und möglichen Zeugin sehr ernst. Dass ihn das auch davon entband, allein in seine kalte und leere Wohnung heimzukehren, war ein zweiter und durchaus nicht zu verachtender Pluspunkt.

Zudem war er im Blauen Vogel ein angesehener Mann, wurde als Vertrauter der Kommissarin gehandelt, und irgendjemand hatte gestern sogar behauptet, er, Otmar Kandler, sei mit dem Staatsanwalt auf Du und Du. Das stimmte zwar nicht, aber der Expolizeivollzugsbeamte hatte leider gerade keine Zeit gehabt, diese Fehlinformation richtigzustellen.

Teres strahlte ihn an. Hinter der Küchenklappe schimpfte eine aufgewühlte Kreszentia vor sich hin.

»Was hast denn schon wieder?«, wollte Teres von ihrer Mutter wissen.

»Meine Brillen hab ich verloren.«

Teres sah ihre Mutter an und nahm liebevoll die Brille von deren zerfurchter Stirn, um sie ihr auf die Nase zu setzen. »Da schau her, ein Griff, und schon hast wieder einen Durchblick.«

Die Alte starrte sie durch dicke Brillengläser an.

»Ja sag einmal, wie schaust du denn aus? Hast denn du etwa schon wieder ein neues G'wand an?«

»Stell dir vor«, sagte die Wirtin des Blauen Vogels. »Nach vierzehn Jahr war ich doch tatsächlich wieder mal beim Einkaufen.«

»Das hältst du doch im Kopf ned aus, wie bedenkenlos dass du unser schwer verdientes Geld raushaust. Und von was meinst, dass mir zwei dann einmal später im Alter leben solln? Von der Hand in Mund vielleicht?«

Dann fiel die Küchenklappe zu.

Langsam füllte sich das Lokal. Hochwürden Moosthenninger rauschte herein, begrüßte Kandler und seine zwei Schafkopfbrüder und stellte Teres' ganz persönlichem Leibwächter seinen etwa siebzigjährigen Begleiter vor: »Das ist unser vierter Mann, der Doktor Hans Maronna. Wissen S', der Hans spielt jetzt neuerdings allerweil mit, weil ja der Sepp praktisch gar nimmer kommen mag oder darf und scheinbar lieber daheim vorm Fernseher umeinanderhockt.« Es schien den Pfarrer in seinem Mitteilungsdrang nicht weiter zu stören, dass der Kandler Otmar den Langrieger Sepp ja gar nicht kennen konnte.

Otmar dachte an die Schwester des Pfarrers, die laut Teres bei allem, was die Fehler ihres Bruders betraf, mit absoluter Blindheit geschlagen war. »Die meint doch glatt, dass der Moosthenninger bloß deswegen fast jeden Abend zu mir kommen tät, weil er die gefährdeten Seelen seiner Schäfchen retten will«, hatte die Wirtin des Blauen Vogels ihrem Beschützer zugeraunt. »Dabei ist der Moosthenninger einer von den schlimmsten Spielern, der kann seine Finger schon gleich gar ned stillhalten, allerweil muss der die Karten mischen, und wenn einer von den anderen bloß einmal schnell aufs Häuserl muss, wird der furchtbar nervös. Ich könnt bald schon glauben, dass der selber spielsüchtig wär – aber tät denn der Herrgott so was überhaupt zulassen, wenn seine wichtigsten Ang'stellten dem Laster verfallen?«

»Wer weiß, was Gott alles so im Sinn hat und plant«, sagte Otmar, der mit dem, was Gott ihm in den vergangenen Tagen beschert hatte, ganz zufrieden war.

»Ja mei, da hast auch wieder recht.« Teres seufzte und lächelte ihn schüchtern von der Seite an. Dann wies sie erneut mit dem Zeigefinger auf Hochwürden Moosthenninger und schimpfte leise: »Aber wenn dem seine Schwester dann ausnahmsweise doch mal mit dabei ist zum Essen, zeigt er mit spitzige Finger auf die Schafkopfkarten und verzählt ihr was vom Teufel seim Gebetbuch.«

»Und die glaubt das?«

»Ja freilich, für die ist der doch hoch und heilig. Die will den doch gar ned anders sehen.«

Vor etwa zwei Stunden, als er die Kommissarin nach Landau gefahren hatte, war ihnen die Moosthenninger Martha über den Weg gelaufen, und Franziska hatte mit scharfem Unterton etwas von einer Buchhalterin von Gottes Gnaden gemurmelt und ihn gebeten, kurz anzuhalten. Aus dem Autofenster heraus hatte sie der Schwester des Pfarrers zugerufen: »Gehen Sie wieder zur wundertätigen Agnes?«

»Ich geh ned einfach von selber, der Herr tät mich schicken«, hatte Martha Moosthenninger sie korrigiert. »Eine tät ja wohl ein Zeugnis ablegen müssen – und ausg'wählt dafür bin nun mal ich.«

Und dann war sie mit durchgedrücktem Kreuz und hoch erhobenem Haupt weitergestapft.

»Ach, ich bräuchte auch mal ein Wunder«, hatte Franziska geseufzt und den Kopf in den Pelzkragen ihrer Windjacke getaucht. Er, Otmar Kandler, hatte nichts dazu gesagt. Er war ja nur der Chauffeur.

»Auf geht's, Leut, mir sollten langsam anfangen mit'm Spielen, damit da auch was weitergeht! Ich misch derweil schon mal profilaktisch …«, rief Moosthenninger durch die Gaststube. Eher nebenbei blieb sein Blick an Kandler hängen, und er fragte mit gespieltem Interesse: »Wie schaut's denn bei euch überhaupt so aus, was wär denn der aktuelle Stand der Dinge? Also ich für meinen Teil hab die Bitte um schnelle Aufklärung von der schrecklichen G'schicht heut in der Früh sicherheitshalber in meine Fürbitten einbaut g'habt.« Seine Stimme bekam einen vorwurfsvollen Unterton, als er erläuternd hinzufügte: »Leider kommen ja heutzutag immer weniger Leut in die Frühmette. Derweil wär's doch grad in denen gottlosen Zeiten so was von wichtig, einen neuen Tag mit einem rechten Stoßgebet anzufangen. Weil bloß dann liegt sein Verlauf wirklich und wahrhaftig in Gottes Hand.«

»Beten könnt ich ja wohl grad noch für mich allein, wenn ich überhaupt mögen tät ... Da muss ich doch wohl kaum mitten bei der Nacht in die Kirch einirennen«, konterte der junge Mann mit dem Handy und verdrehte die Augen in Richtung des ehemaligen Herrgottswinkels.

»Das kannst aber doch so ohne Weiteres gar ned vergleichen, mein Sohn«, belehrte Moosthenninger ihn mit salbungsvoller Stimme, während er die Karten verteilte. »Solchene gebündelten Fürbitten ham bekanntlich eine ganz eine andere Kraft und wesentlich mehr Einfluss bei Ihm ganz oben.« Er hob den Blick zur Decke und wollte gerade zu einer seiner berühmt-berüchtigten Kompaktpredigten ansetzen, als sich die Tür öffnete und Markus Waldmoser in die Gaststube stürzte.

Ohne nach rechts oder links zu blicken, raste er auf Otmar Kandler zu und fragte so laut, dass das ganze Dorf es hätte hören können: »Warum habts ihr denn den Hammel da allerweil noch ned festg'nommen?«

»Wen?« Der Polizeibeamte im Ruhestand blieb gelassen. Er wusste, dass Franziska den Kleinöder Bürgermeister nicht mochte, und freute sich insgeheim darauf, diesen Waldmoser mal so richtig vorzuführen. Sollte er sich doch aufplustern, um dann in Lächerlichkeit zusammenzufallen.

»Ja, den eiskalten Mörder da, der ja wohl nebenbei auch noch ein notorischer Landstreicher, ein skrupelloser Bigamist und ein windiger Erbschleicher ist!«, donnerte Markus Waldmoser mit kippender Stimme.

»Wen meint der denn damit?« Otmar wandte sich an Teres.

»Wen ich mein?« Markus Waldmosers ohnehin schon rotes Gesicht lief noch röter an. »Ja, da traut sich der auch noch zum fragen! Sie wollen mir doch wohl ned am End verzählen, dass Sie mit dem noch ned einmal g'sprochen hätten?«

»Ich habe sowieso mit niemandem gesprochen«, erwiderte Otmar Kandler in vorbildlichstem Hochdeutsch. Um seine Lippen spielte ein schadenfrohes Lächeln, als er sich eine Zigarette griff und freundlich nickend hinter der Tür mit der Aufschrift »Privat« verschwand.

Adolf Schmiedinger sah von seinen Karten auf und suchte den Blick des Bürgermeisters. »Deine Anschuldigungen gegen meinen Vetter sind völlig aus der Luft griffen. Und das weißt auch. Dafür gibt's normal keinen einzigen Grund ned und erst recht keinen Beweis.«

»Du redst dich leicht«, konterte der Bürgermeister. »Blut ist halt allemal dicker als wie Wasser, gell? Da ham mir's ja mal wieder! Deswegen nämlich tätst du auf deinen sauberen Herrn Vetter schon von Haus aus nix kommen lassen. Und weil du mit dem Angeklagten verwandt bist, hast ab jetzt in diesem Fall überhaupt gleich gar nix mehr zu melden. Das entscheid jetzt original ich als g'wählter oberster Vertreter von der Gemeinde. Das lege ich hiermit einfach fest.«

»So ein Schmarrn aber auch«, widersprach Eduard Daxhuber. »Du weißt doch ganz genau, dass die Kommissarin, der Adi und ich den Fall zu lösen haben. Und da kannst doch du aus unserm eing'spielten Team ned einfach eine wesentliche Schlüsselfigur außiziehen. Ja wie hätt'n mir's denn da sonst!«

Erstaunt über das Wort Schlüsselfigur, das da so mit

einem Mal aus seinem Munde gekommen war, hielt er kurz inne.

»Da hat er recht«, kommentierte Hans Maronna, »in schwebende Verfahren soll man nicht eingreifen. Ich kenn mich da aus. Das sind oft äußerst diffizile Prozeduren.« Er stutzte einen Moment, sah in seine Karten und stöhnte, um dann seinen Mitspielern zu verkünden: »Also ich hab ein Weiter.«

»Ich tät spielen«, meldete sich daraufhin Moosthenninger zu Wort und leckte sich die Lippen.

»Ich auch«, nickte Adolf Schmiedinger. »Und zwar einen Wenz.«

»Respekt.« Auch Eduard Daxhuber sah in seine Karten und steckte das Blatt um.

Mit hängenden Armen und vor Empörung nach Luft schnappend stand der Bürgermeister neben den vier Stammtischbrüdern, die sich auf ihr Schafkopfspiel konzentrierten und sich demonstrativ so verhielten, als sähen sie ihn nicht.

»Ich kann fei auch noch ganz anders!«, schrie Markus Waldmoser und pumpte sich zusehends auf. »Nachad weiß ich jetzt wenigstens, dass ich die Sachen ab sofort ganz allein in die Hand nehmen muss! Und das mach ich auch! Verlassts euch drauf! Der Starke ist allerweil noch am mächtigsten allein …« Drohend hob er die rechte Hand und verließ die Gaststube des Blauen Vogels mit dem gleichen Schwung, mit dem er sie betreten hatte.

Gelassen kam Otmar Kandler aus dem Büro der Hotelbesitzerin und bestellte bei der Bedienung per Handzeichen vier Bier für die Männer am Stammtisch. Er selbst trank während des Dienstes nur Kaffee, und derzeit hatte er einen Vierundzwanzig-Stunden-Job.

Als die blasse Daniela die schaumgekrönten Krüge am Tisch absetzte, zog Otmar einen Stuhl heran, räusperte sich und fragte mit verhaltener Neugierde: »Wer ist denn eigentlich dieser Leopold, von dem euer Bürgermeister da gerade so rumbrüllte? Kenn ich den? Muss ich den kennen? War der vielleicht schon mal hier?«

»Der Leopold? Naa, naa, ach wo, der kommt normal ned da her. Dem wär das viel zu laut und zu voll und zu groß«, murmelte Adolf Schmiedinger und nahm einen großen Schluck. Er schämte sich seines Verwandten, aber das ging diesen fremden Kollegen nun wirklich gar nichts an. Dass er immer noch nach Leopolds guten Seiten suchte, gestand er dem diensthabenden Beamten an seiner Seite lieber nicht. Stattdessen warb er um so was wie Verständnis.

»Mei, wissen S', der Leopold ist der Bub von mei'm Vater sei'm Bruder. Der muss sich halt erst einmal wieder an ein ganz ein normales Leben g'wöhnen. Also ich stell mir das ganz furchtbar vor.«

»Jawohl, und noch furchtbarer ist, dass du nicht endlich deine Karten aufnimmst«, unterbrach Moosthenninger streng und wollte ungeduldig wissen: »Wie schaut's denn da so aus bei dir? Alle ham mir ein Weiter. Willst spielen, oder schmeiß'n mir z'sammen?«

»Magst mich jetzt auch noch hetzen? Und dann am Sonntag wieder von Ruhe und Gelassenheit predigen, oder? Meiomei.« Adolf ordnete in aller Seelenruhe die Karten in seiner Hand.

Kapitel 17

Enzo Blumentritt hatte sich den Nachmittag lang über Straftatbestände der Verleumdung, der Beleidigung, der Ehrverletzung und der üblen Nachrede informiert. Wie immer rief um kurz nach vier seine Freundin Walburga Donaubauer an und wollte nach einem Kurzbericht über ihren eigenen Tag, der naturgemäß aufregend gewesen war, von ihm wissen: »Und, wie schaut's bei dir so aus? Was geht?«

Nie wieder würde er auf diese Frage mit einem lapidaren »nix« antworten. Ein einziges Mal hatte er es gewagt, als Antwort auf ihre Frage dieses einsilbige Wort auszuspucken. Nach einer Schrecksekunde des Schweigens war Walburga von ihrer Studenten-WG in Deggendorf aus per Telefon wie eine Furie über ihn hergefallen.

»Ja weißt denn du ned, dass das Reden eine Freundschaft wirklich z'sammenhält, dass das Miteinandersprechen die Menschen aneinander bindet? Okei, wennst unsere Beziehung eh bald wieder beenden magst, dann bleib ruhig bei deinem blöden Nix! Aber mir ist das z'wenig. Eindeutig viel z'wenig. Sorry, aber das war's dann wohl. Ciao. Mir zwei ham viel miteinand erlebt und einiges übereinand gelernt. Mir ham gute Zeiten g'habt, und ich hab dir allerweil vertraut, aber nix, naa, nix langt beim besten Willen ned.«

Sie hatte aufgelegt, und er hatte fassungslos sein Handy angestarrt, als sei das schuld an der plötzlichen Katastrophe. So schnell also konnte es gehen! Kaum war er eine Sekunde lang mal nicht wachsam, schon verlor er seine Freundin. »Merda!«, fluchte Enzo, der in Stresssituationen in das Italienisch seiner Kindheit zurückfiel.

Das an jenem Abend geführte Entschuldigungstelefonat hatte etwas mehr als zwei Stunden gedauert, und danach hatte Enzo sich ungefähr drei Wochenenden lang nicht getraut, Walburga in Deggendorf zu besuchen, weil er sich vor den drei Mädels und den vier Katzen ihrer Wohngemeinschaft schämte.

Das war schon eine, seine Walburga. Er liebte sie und würde es nicht zulassen, dass sie ihn jemals verließ. Eine Powerfrau, wie sie im Buche stand, auch wenn er das Wort Powerfrau doof fand. Vielleicht hatte sie so viel Energie, weil sie zwischen lauter Brüdern aufgewachsen war. Enzo hingegen hatte nur seine beiden jüngeren Schwestern Laura und Rosa, zwei kleine Mädchen, die noch an Märchen glaubten. Er seufzte.

Heute konterte er auf Walburgas Frage, was er denn gerade so mache, mit einer Gegenfrage: »Ich überleg mir grad, warum du ned Jura studierst. Du solltest eigentlich Anwältin werden. Das wär doch ein viel vernünftigeres Fach für dich als Medientechnik. Wenn du dich mit unserer komplizierten Rechtsprechung auskennen und dann in die Politik gehen tätst, könntst du g'wiss sogar eines Tages Justizministerin werden und endlich mal ein paar von die gröbsten Missständ bei uns beseitigen. Ich würd logisch auch immer bloß das Beste über dich schreiben. Lauter so tolle Artikel, dass alle Leut nix lieber als wie dich und deine Partei wählen.«

»Das tät ich mir so schon auch erhoffen von dir«, meinte sie selbstbewusst und klärte ihn zum ungefähr siebenhundertsten Mal auf: »Du weißt doch, warum dass ich Medientechnik studier, erstens weil's mir Spaß macht und zweitens weil ich auch oder grad als Politikerin wissen muss, wie man mit der Informationstechnologie umgeht und die richtig einsetzt. Lass mich einfach machen. Ich studier, und du schreibst. Jeder macht einfach das, was er mag und kann.« Dann zögerte sie. »Was ist denn eigentlich los? Hast am End ein juristisches Problem?«

»Es geht um Kleinöd«, sagte Enzo.

»Um was auch sonst.« Walburga seufzte und hakte nach: »Bist also allerweil noch an dem Mord im Blauen Vogel dran?«

»Kannst dir doch vorstellen.«

»Und deswegen hast am Wochenende Dienst, und mir können uns schon wieder ned sehn«, stellte Walburga fest.

»Genau.«

Sie seufzte. »Macht auch nix. Dann gehe ich halt am

Samstag in unsere Klausursitzung zur Vorbereitung des nächsten Landesparteitags und schau mir dann am Sonntag bei Schweinsbraten und zwei, drei frischen Halben den Auswärtssieg von unsere Löwen im Wirtshaus an. Und dann schnapp ich mir da drin den nächstbesten Typen und geh mit dem ins Bett! Naa, naa, war nur Schmarrn, keine Angst, ich wollt dich bloß grad ein bisserl aufschrecken. Aber im Ernst: Wenn mir zwei uns das nächste Mal sehn, dann sollten mir am g'scheitesten gleich unseren Sommerurlaub planen, denn wer weiß, wann mir sonst wieder dazu kommen.«

Sie war eingeschnappt. Er hörte es an ihrem Tonfall. Jetzt bloß das Richtige sagen. Er schluckte und murmelte dann: »Ti amo – ich liebe dich.«

»Ja, ich dich auch! Entschuldigung. Freilich hab ich dich auch lieb. Deswegen fehlst mir ja auch so arg, wenn mir uns länger ned sehen können. Erzähl mir noch ein bisserl was. Gibt's denn schon was Neues von deinem Mord?«

»Noch nix Konkretes. Aber da im Dorf tun s' jetzt fast alle so, als wär der Leopold Schmiedinger mindestens der Hauptverdächtige, wenn ned schon der überführte Mörder. Angeblich hat der im Supermarkt mit einem ziemlich großen Geldschein bezahlt. Mehr Beweise braucht offensichtlich kaum wer. Ich für mein Teil wär mir dagegen g'fühlsmäßig fast sicher, dass der in seinem Leben noch keine Knarre in der Hand g'habt hat.«

»Klassischer Fall von Rufmord«, kommentierte Walburga.

»Pfeilgrad. Und akkurat in die Richtung mag ich auch schreiben. Aber ich weiß noch ned so recht, wie ich am besten anfang.«

»Hast ihn denn schon interviewt?«

»Gestern Nachmittag war ich dort bei ihm. Fotos hab ich auch g'macht. Die mail ich dir mal, okei?«

»Okei. Nächstes Wochenende sehn mir uns aber dann ganz bestimmt, egal, was dann wär! Versprichst mir das? Zefix, du fehlst mir fei narrisch.«

»Ganz großes Löwenehrenwort!«

»Und schick mir unbedingt zwischenrein deinen Artikel. Wenn ich dich schon ned leibhaftig haben kann, mag ich deine Ergüsse wenigstens lesen.«

»Mach ich. Bussi!«

Enzo klappte sein Handy zu und starrte erneut auf den leeren Bildschirm. Schreiben, das war wirklich Knochenarbeit, ein hartes Geschäft, das umso schwerer wurde, je leichter sich ein Artikel anschließend lesen sollte. Er hatte es sich von Anfang an zur Aufgabe gemacht, nur leicht zu lesende Artikel zu schreiben, und träumte von Texten, die einen Sog entfalteten, dem sich die Leser nicht mehr entziehen konnten.

Draußen auf dem Flur flanierte Beate Ahnert vorbei, die Klatschreporterin des Landauer Anzeigers, die es zur eigenen Kolumne mit Foto gebracht hatte und ihre Texte mit ausladender Signatur unterschrieb. Immer auf der Seite fünf, außen rechts, wusste sie von den Reichen und den Schönen zu erzählen, und wenn es nichts zu berichten gab, so dachte sie sich eben das eine oder andere Geschichtchen aus. Enzo mochte sie. Ihren bitteren Humor, der an Zynismus grenzte, und ihre Ehrlichkeit. »Mir genügt es«, hatte sie einmal zu ihm gesagt. »Mir genügt es, diese Kolumne zu haben und damit ein gutes Taschengeld zu verdienen. Außerdem habe ich einen wohlhabenden Mann. Ich habe weder den Anspruch, so etwas wie Literatur zu produzieren, noch neige ich zum investigativen Journalismus. Ich will nur meine Storys erzählen und anschließend zum Shoppen gehen. Das ist nämlich meine wahre Leidenschaft.«

Jetzt kam sie in den Redaktionsraum, warf die Espressomaschine an und schob sich eine Zigarette in ihre silberne

Spitze. Sie war wie immer perfekt gekleidet, trug ein platingraues Kostüm mit schwarz-weißem Top und schwarzweiß gemusterte Stöckelschuhe. Enzo war einige Male mit Walburga auf Shoppingtour gewesen und hatte mittlerweile einen Blick für das, was Walburga »hochpreisig« nannte. Das, was Beate Ahnert trug, gehörte eindeutig in eine Kategorie, die Walburgas Vorstellung von hochpreisig bei Weitem überstieg.

»Und, kommst du gut voran?«

Enzo schüttelte den Kopf. »Heut läuft's mal wieder überhaupt ned.«

»Dann wird es ein guter Artikel«, tröstete sie ihn.

»Sag einmal«, fragte er nach einer Weile, »wenn du da so über deine Promis schreibst, da tätst du doch gelegentlich auch ein bisserl übertreiben oder mal ein paar Sachen behaupten, die ned unbedingt ganz genau stimmen müssen, oder?«

Sie nickte. »Klar, anders geht's ja gar nicht. Warum sollte das Leben der Promis aufregender sein als das von uns? Die sind auch nur Dutzendware der Natur. Wirkliche Genies gibt es ja so gut wie keine mehr.«

»Und? Hast deswegen noch nie einen Stress g'habt, ich mein, dass dich wer verklagt hätt wegen übler Nachrede oder so was?«

»Doch, sicher«, gestand sie. »Das eine oder andere Mal musste ich sogar Gegendarstellungen schreiben. Wusstest du, dass man wegen übler Nachrede bis zu zwei Jahre ins Gefängnis kommen kann? Wahnsinn, oder? Irgend so eine Adelstusse hat sich tierisch aufgeregt, weil ich ihr einen falschen Liebhaber angedichtet hatte. Wir mussten dann blechen, und der Zeitungsverleger ist souverän für meine Geldstrafe aufgekommen. Das war wirklich großzügig. Andernfalls hätte ich nämlich ein paar Monate aufs Shoppen verzichten müssen. Und das hätte mich schon sehr getroffen. Aber daraus habe ich gelernt und meine ganz persönliche Strategie entwickelt. Seitdem ist nichts mehr passiert.«

»Und was wär das dann für eine Strategie? Worauf tät die denn nauslaufen?« Enzo horchte auf.

»Ich verrate sie dir. Also: Wenn man schon übertreiben muss, dann ins Positive. Immer alles besser und schöner machen. So schreiben wir uns die Dummen klug, die Reichen schön, die Schönen reich. Über die nicht so Schönen setzen wir das Gerücht in die Welt, dass ihnen demnächst eine große Ehrung widerfährt – und niemand widerspricht. Du darfst niemals schreiben, dass eine Frau beim Schönheitschirurgen oder auf einer Schönheitsfarm war – schon allein das Wort Farm lässt an dumme Kühe denken –, und überhaupt hast du mit solchen Behauptungen schneller, als du denken kannst, eine Verfügung am Hals. Wenn du aber schreibst: Prinzessin im Glück – so strahlend hat man Frau Soundso lange nicht mehr gesehen. Was sichtbar beweist: Glück braucht keine Diät und keinen Schönheitschirurgen, denn Glück kommt von innen ... Wenn du so was schreibst, bist du auf der sicheren Seite.« Sie füllte zwei Tassen mit dem frisch gebrühten Espresso, stellte eine vor ihren jungen Kollegen und fragte dann: »Warum willst du das wissen?«

»Die ham doch in meinem Dorf so ein armes Schwein auf'm Kieker und behaupten, der wär der Mörder aus'm Blauen Vogel.«

»Ach ja, du kommst ja aus Kleinöd.« Sie verdrehte theatralisch die Augen. »Das vergesse ich immer wieder, vielleicht weil du so normal bist. Kleinöd, das ist in der Tat ein bitteres Schicksal. Soweit ich weiß, gibt's dort keine einzige Boutique.«

»Stimmt.« Er lachte.

Fürsorglich sah sie ihn an und meinte: »Pass bloß auf, dass es bei euch nicht so ausgeht wie im Film *M – Eine Stadt sucht einen Mörder* – denn wenn ich ganz ehrlich bin, deinen Leuten trau ich mittlerweile alles zu. Man hört ja so einiges aus der Provinz.«

Und dann erzählte sie ihm von dem Kindermörder, der in diesem Filmklassiker von Fritz Lang nicht nur von der Polizei, sondern auch von der Unterwelt gejagt wird und dem ein blinder Bettler, als er dessen Stimme zu erkennen meint, mit Kreide ein »M« auf den Mantel malt. Die Unterwelt findet ihn und verurteilt ihn in einem makabren Tribunal zum Tode.

»So was sollte in Kleinöd nicht passieren«, warnte sie ihn. »Bedenke das, wenn du deinen Artikel schreibst!«

Was für ein Ratschlag! Lieber wäre es ihm gewesen, sie hätte ihm den ersten Satz gesagt. Aber beim ersten Satz ließen sie ihn naturgemäß allein und auch beim zweiten. Beate Ahnert ebenso wie Georg Cannabich, der Chefredakteur.

»K – Ein Dorf hetzt einen Unschuldigen zu Tode«, schrieb er, löschte den Satz und starrte erneut auf die weiße Fläche seines Computerbildschirms. Er rieb sich die Augen. Es war so verdammt schwer, einen aufklärerischen Artikel zu verfassen, der ohne Pathos und erhobenen Zeigefinger daherkam. Und noch schwerer war es, das Ganze in zweitausend Zeichen zu packen.

Er lud sich Leopold Schmiedingers Foto auf den Bildschirm und betrachtete dessen kantiges Gesicht mit den erschrockenen Augen und der rötlich leuchtenden Knollennase, von der er seit gestern wusste, dass es keine Säufernase war, wie einige im Dorf behaupteten, sondern eine krankhafte Talgdrüsenwucherung, die fast nur Männer ereilte.

Gestern nach Redaktionsschluss hatte er spontan beschlossen, den Cousin des Polizeiobermeisters Schmiedinger zu besuchen. Das war vielleicht nicht gerade der beste Zeitpunkt gewesen, denn die Bildhauerin Ilse Binder stand mitten im Hof und kommandierte zwei Gabelstaplerfahrer, die ihre Figuren aus dem gläsernen Treibhaus herausschafften und auf Zuruf der Künstlerin mitten auf der Wiese, neben Sträuchern und unter Bäumen, absetzten. Kaum standen die Figuren, schon fachsimpelte sie darüber mit ihren Meisterschülerinnen und Meisterschülern. War der Standpunkt gut? Wie stand es um den Lichteinfall? Hatte die Schattenbildung das erhoffte dramatische Ausmaß?

»Ich geb keine Interviews, jetzt noch nicht!«, rief Ilse Binder an Enzo gewandt. »Morgen ist Ausstellungseröffnung, aber nur für ausgewählte Journalisten, das hat mein Galerist so vereinbart. Erst kommen die Gentlemen und dann die Bauern, wie im wirklichen Leben!«

Enzo grinste hilflos, hob die Schultern und erkundigte sich: »Wär denn der Schmiedinger Leopold eventuell daheim?«

»Ja klar, wo sollte er sonst sein, der alte Knastbruder?«, dröhnte Ilse Binder ihm entgegen. »Der fühlt sich doch in seiner Zelle immer noch am wohlsten. Und jetzt muss er auch noch seine Kanarienvögel vor meinen Katzen beschützen. Die sind nämlich ganz scharf auf Brandy und Ouzo. Schau mal.« Sie wies mit einer Kopfbewegung zum Gründstücksrand. Dort saßen mindestens sechs Katzen und starrten wie gebannt auf ein Fenster des kleinen Holzhäuschens. Hinter dem offenen und mit einem Drahtgitter gesicherten Fenster wiederum saß Leopold Schmiedinger und starrte nach draußen. Auf seinen Schultern hockte jeweils ein gelber Vogel. »Nicht nur, dass meine Süßen nun endlich wieder in Freiheit sind, vermutlich denken sie, dass ich extra für sie diesen Abenteuerspielplatz mit den zwei Kanarienvögeln inszeniert habe. Sollen sie. Ist doch schön, wenn man für irgendjemanden allmächtig ist.« Die Bildhauerin sah zur Seite und schrie auf: »Stopp! Wo wollen Sie denn mit meiner Wanda hin?«

Der Gabelstaplerfahrer, der ein walrossähnliches Etwas

mit zwei riesigen Flügelansätzen auf seinem Gefährt balancierte, verdrehte genervt die Augen.

»Komm doch morgen mal vorbei – die Ausstellung wird um vier Uhr nachmittags eröffnet, dann ist bekanntermaßen das beste Fotografierlicht«, rief Ilse Binder. »Jetzt habe ich leider keine Zeit für dich. O Gott, hoffentlich ist morgen gutes Wetter. Wenn es regnen sollte – nicht auszudenken!«

Enzo stapfte über die fußballfeldgroße Wiese, in die Ilse Binders Faktotum mit dem Aufsitzrasenmäher verworrene Wegkreuzungen hineingemäht hatte, die aus der Vogelperspektive vermutlich als Schnittmuster von Hexenkleidern gedeutet werden sollten. Garantiert war auch das ein Bestandteil der sogenannten künstlerischen Installation. An den Schnittpunkten dieser Kreuzungen wurden gerade die immer bizarrer anmutenden binderschen Figuren aufgestellt. Enzo war froh, dass er weder Kunsthistoriker war noch Artikel über solche Events schreiben musste – ihm wäre da bestimmt nichts Intelligentes eingefallen. Und als Kunstkritiker konnte man ja nicht einfach schreiben: »Wenn ich ganz ehrlich bin, sagt mir das alles leider gar nichts.« Auch wenn man möglicherweise so empfand.

Leopold Schmiedinger hatte ihm sofort geöffnet. Die beiden Kanarienvögel flatterten davon und ließen sich auf den Ausläufern eines Hirschgeweihs nieder, das an der Stirnseite der Hütte hing und als eine Art Garderobe diente. Enzo, der den Cousin des Polizeiobermeisters nur vom Sehen kannte, war verwirrt darüber, wie klein und schmächtig dieser angeblich gefährlichste und mörderischste aller Kleinöder Männer war.

»Ja?« Der Schmiedinger Leopold fuhr sich mit fünf Fingern durchs Haar und sah ihn fragend an.

»Ich wär's bloß, der Enzo. Enzo Blumentritt, quasi sind

mir Nachbarn. Unser Haus steht da drüben.« Er wies Richtung Nordosten und fügte hinzu: »Das, was als Einziges noch keine Solaranlagen hat.«

»Die Kirch hat auch noch keine solchen Zellen auf'm Dach«, beruhigte Leopold den jungen Mann und gab gleich sein Insiderwissen weiter: »Weil es ist nämlich so, dass der Hochwürden Moosthenninger das auch gar ned wollen tät. Hat er mir auf alle Fälle erst am letzten Sonntag beim Mittagessen erzählt.«

»Echt? Warum das denn?« Enzo witterte, wie so oft, eine neue Reportage.

»Ja, wart einmal g'schwind, was hat der noch mal dazu g'sagt g'habt?« Der Bewohner des kleinen Häuschens dachte eine Weile nach. Dann unterbrach er sich plötzlich in seinen Gedanken und meinte: »Jetzt komm erst mal eini, Enzo!«

In dem kleinen Häuschen war es gemütlich und warm. Auf der Abdeckplatte des Holzofens simmerte ein Wasserkessel. Enzo zog seinen Anorak aus und hängte ihn über eine Stuhllehne. Auf dem kleinen Sofa lagen dicke handgestrickte dunkelgrüne Pullover mit ausufernden Noppen-, Rauten-, Zopf und Perlmustern. Jetzt wusste Enzo auch, warum er vorhin so über die Schmächtigkeit des kleinen Mannes gestaunt hatte. Er kannte Leopold nur in diesen dicken Pullovern und jenen ausufernden grünen Jacken, die ihm, darauf deutete das Einheitsgrün hin, anscheinend der Schmiedinger Adolf abgetreten hatte. Aber wenn der Leopold so wie jetzt nur ein T-Shirt trug, war klar zu erkennen, dass er – im Vergleich zu seinem Polizeiobermeistervetter – eine sprichwörtliche halbe Portion war.

»Also nachad«, setzte Schmiedinger erneut zur Erklärung an. »Am Sonntagmittag ist doch Armenspeisung beim Hochwürden – weil dem seine Schwester nämlich ned bloß ganz hervorragend kocht, sondern sich auch nix lieber wünschen tät, als dass unser Herrgott aufgrund ihrer Herzensgüte sein wohlgefälliges Auge auf sie wirft. Glücklicherweis zähl ich ja zu den Armen und bin aufgrund dessen regelmäßig eing'laden. Der Adolf hingegen – aber das muss fei unter uns bleiben – der kann gar ned kochen. Auf alle Fälle ham mir uns dorten beim Pfarrer am letzten Sonntag über Politik und die Energiewirtschaft und den ganzen Schmarrn unterhalten. Und da hat die Moosthenninger Martha g'meint, ihr Bruder sollt doch auch unbedingt eine Solaranlag auf sein Kirchendach setzen.«

»Und?« Enzo horchte auf.

»Der mag partout ned. Der Pfarrer sagt, dass eine solche Anlag die Leut bloß am ordnungsgemäßen Büßen hindern tät.«

»Was?« Enzo schüttelte den Kopf. »Das eine hat doch wohl mit dem andern absolut gar nix zum tun.«

»Ich kenn mich da ned so aus«, gestand Leopold Schmiedinger. »Weißt, ich bin nämlich von Haus aus evangelisch und auch noch in der Großstadt aufg'wachsen, für euch da heraußen also quasi gottlos. Aber der Pfarrer sagt jedenfalls: ›Wenn d'Leut sehn, dass Geld fließt, sobald einfach bloß die Sonne scheint, dann wollen s' g'wiss nix mehr spenden und sich auch von ihre Sünden nimmer freikaufen, obwohl bei Sonnenschein erfahrungsgemäß wesentlich mehr g'sündigt wird, als wenn's regnet. Weil der Mensch als solcher ist geizig.‹ Sagt der Hochwürden.« Leopold Schmiedinger nickte nachdenklich. »Und deshalb mag er kein Solardach ham auf seiner Kirchen.« Er zögerte kurz und wollte dann wissen: »Und du, verzähl, warum habts ihr denn keine Zellen auf euerm Dach?«

»Ach mei, das ist eine lange G'schicht«, wiegelte Enzo ab. »Kurz g'sagt, ich glaub, dass mir ned so viel Geld übrig ham und mein Vater auch ned ohne Not einen Kredit aufnehmen möcht. Der sagt, man sollt sich nie freiwillig in die Hände von denen Bankleuten begeben, das wären nämlich die allergrößten Gangster. Die wären weit schlimmer als alles, was in Straubing einsitzt.«

Während er sich so reden hörte, erschrak er plötzlich über das, was er so gedankenlos vor sich hinsagte. Schließlich zerriss sich ganz Kleinöd schon seit Monaten das Maul darüber, dass der Schmiedinger Leopold mehr als sein halbes Leben in der Straubinger Justizvollzugsanstalt eingesessen hatte. Wie peinlich. Da war er ja voll ins Fettnäpfchen getreten. Doch sein Gegenüber lächelte zufrieden und pflichtete ihm bei. »Das könnt fei schon sein. Wie ich in Straubing war, und ich war lang da, da hab ich auf alle Fälle keinen einzigen Banker ned troffen. Ob's für die wohl extra G'fängnisse gibt wie für die Terroristen?«

»Glaub ich eher ned«, murmelte Enzo und beschloss, sich unter anderem auch mit dieser Frage zu befassen, sobald er mal wieder Zeit hatte.

Leopold Schmiedinger schob nun die grünen Pullover auf dem Sofa beiseite, setzte sich zu seinem Besucher an den Tisch, holte eine Zigarettenpackung aus dem winzigen Schränkchen über dem Herd und bot Enzo die Schachtel an.

Der schüttelte den Kopf. »Dank schön, aber das will ich mir lieber gar ned erst ang'wöhnen.«

»In Straubing hab ich meine Zeit damit g'messen«, beichtete der Cousin des Polizeiobermeisters und sah nachdenklich den Rauchkringeln nach. »Eine Zigaretten dauert, wenn man sich's einteilt und langsam raucht, knapp zehn Minuten. Mit kleinen Pausen dazwischen war nach fünf Zigaretten eine Stunde rum. Es gibt nichts Schlimmers als wie eine Zeit, die stillsteht. Seit ich draußen bin, rast sie übrigens nur so dahin, die Zeit, und gesund ist das sicher auch ned. Und womöglich auch ned normal. Aber was ist schließlich schon normal ...«

Er sah mit einem Mal so hilflos und verletzlich aus, dass

Enzo sich auf das besann, weswegen er eigentlich gekommen war. Er war nämlich gekommen, um den Schlächter von Kleinöd, wie der Bürgermeister den Schmiedinger Leopold inzwischen nannte, zu warnen.

»Sie sollten lieber daheim bleiben, zumindest innerhalb von dem Grundstück, aber besser noch da in der Hütt'n«, sagte Enzo deshalb und suchte Leopold Schmiedingers Blick. »Ich weiß leider grad ned, wie ich Ihnen das anders sagen könnt, aber die brauchen da bei uns im Ort scheinbar einen Sündenbock und ham sich nun akkurat auf Ihnen eing'schossen. Wiss'n S', ich arbeit für den Landauer Anzeiger und schreib über den Mordfall im Blauen Vogel, ich hab da überall ein bisserl recherchiert, und die Lage ist wirklich ernst. Mir selber ist diese Hetze im Ort zwar zuwider, aber ich kann im Moment auch nix anders machen, als Sie zu warnen. Die meisten Leut da im Ort spinnen einfach und wollen Blut sehen, und ich weiß noch ned so genau, was ich dagegen tun kann.«

»Lass das ruhig mit dem Sie. Ich bin einfach bloß der Leopold«, sagte das kleine Männlein mit dem schütteren Haar und der roten Nase, öffnete ein Fenster seiner kleinen Hütte und machte sich an einer nassen und im Wind baumelnden Wolltasche zu schaffen. Ein paar Augenblicke später stellte er eine von der Luft gekühlte Champagnerflasche auf den Tisch. »Und mach dir ned allzu viel Gedanken oder gar Sorgen wegen mir und den Pharisäern da im Dorf. Lass die einfach schimpfen, die beruhigen sich schon wieder. Hunde, die bellen, beißen ned. Und ein Unkraut vergeht ned. Mir zwei trinken jetzt erst einmal in aller Ruhe einen guten Tropfen und feiern deinen B'such bei mir. Vorgestern war die dicke Chefin da« – er wies mit dem Kopf auf Ilse Binder, die kommandierend und geschäftig über ihre Wiese lief – »und heut du. Sonst sind mir ja allerweil bloß zu dritt – der Ouzo, die Brandy und ich.«

Als hätten sie es gelernt, auf ihren Namen zu reagieren,

flatterten die zwei Kanarienvögel auf, drehten in dem winzigen Raum eine Ehrenrunde und nahmen erneut auf den Ausläufern des Geweihs Platz.

»Ah ... ist das ned was Herrliches«, murmelte Leopold Schmiedinger andächtig und verdrehte die Augen, während der Champagner durch seine Kehle perlte. »Als tät einem ein Engerl auf die Zunge bieseln ... «

»Lassen S' das lieber ned den Pfarrer hören. Und schon gleich zweimal ned seine Schwester.« Enzo lachte und griff zu seinem Wasserglas.

»Mir waren doch beim Du.«

Leopold Schmiedinger beugte sich ächzend unter das Sofa, holte eine Plastiktüte hervor und drapierte, wie zur Illustration aller vorhandenen Schätze, seine Einkäufe des gestrigen Vormittags auf den Tisch. Als Erstes öffnete er eine Tüte Kartoffelchips.

Draußen begann es zu dämmern. Enzo lehnte sich zurück und schüttelte erstaunt den Kopf. Da ging man nur einmal durch sein Dorf, und schon begegneten einem die wahnsinnigsten Geschichten. Sein zukünftiges Starreporterherz machte einen kleinen Luftsprung, während seine ganze Aufmerksamkeit im Hier und Jetzt dem Schmiedinger Leopold galt, der ihm aus seinem, wie er selbst es nannte, verkorksten Leben erzählte. Dessen Existenz entpuppte sich in der Tat als eine nicht enden wollende Aneinanderreihung von Niederlagen, Enttäuschungen und Katastrophen. Erstaunlich war vor allem, mit welcher Gelassenheit Leopold Schmiedinger darüber berichtete: als ginge ihn das alles nichts an, als handele es sich um eine aberwitzige und absurde Geschichte, die jemand anderen betraf. Diese Chronik der Niederlagen beschloss er mit der bitteren Feststellung, dass er, der Schmiedinger Leopold, dieses leibhaftige Opfer permanenter Misserfolge und schmerzlicher Prüfungen, nun nichts anderes mehr wollte, als zum einen seine Ruhe und zum anderen seine abendlichen Räusche. Und die waren zumindest für die nächste Zeit gesichert. Zuversichtlich wies er dabei auf seinen Vorrat von drei Flaschen Korn: »Die helfen fürs Erste beim Einschlafen.«

»Aber was genau ist denn eigentlich alles schiefgangen?«, fragte Enzo einmal dazwischen, und beflügelt vom Champagner, antwortete Leopold Schmiedinger ebenso dramatisch wie poetisch: »Nix Besonderes eigentlich ned, dafür aber halt alles.«

Und dann erzählte er, dass er nun einmal leidenschaftlich gerne Auto fuhr. Das gehörte zu seinem Leben. Leider besaß er keinen Führerschein, und, was noch schlimmer war, er war so mittellos, dass er sich niemals einen solchen würde leisten können. Das war bitter. Es klang so, als habe man ihm, weil ihm das Autofahren verweigert wurde, die Luft zum Atmen genommen und ihn in eine lebensbedrohliche Gefahr gebracht. Einer derart existenziellen Notlage konnte er logischerweise nur entrinnen, indem er sich beispielsweise Wagen, in denen »zufällig« ein Schlüssel steckte, kurzerhand »auslieh«.

Und immer, wenn er diesen lebensrettenden Weg ging, wurde er erwischt. Immer er, als habe die Polizei nichts anderes zu tun, als ihn zu beobachten, und dann war es auch noch so, dass sich keiner der geschädigten Autobesitzer auch nur darum bemüht hätte, ihn, den Leopold zu verstehen. Nein, da gab es kein Einsehen. Alle wollten, dass der Dieb so hart wie möglich bestraft wurde. Er hatte einfach kein Glück. Nur um zu überleben, musste er dann leider auch in Gaststätten einbrechen, Automaten knacken und Zigaretten in Supermärkten stehlen.

»Was hätt ich denn sonst machen sollen? Aber weißt: Die, die ich angeblich mordsmäßig g'schädigt hätt, die ham doch alle eine Versicherung im Rücken g'habt. Und eins kannst mir glauben, Bub, dass nämlich die denen Versicherungsvertretern ganz andere Zahlen vorg'jammert ham. Weil so viel, wie ich da dann angeblich immer g'stohlen ham soll, so viel hätt ich ja niemals ned mitgehen lassen können. Und ich wollt ja bloß immer das bisserl, was ich grad braucht hab. Naa, naa, glaub mir's, für die war mein Einbruch denen ihr bestes Geschäft.«

Enzo hörte staunend zu. Und je länger Leopold redete und erzählte, umso mehr wurde klar, dass dieser Mann namens Schmiedinger, dessen Eltern rechtschaffene Bürger waren und dessen leiblicher Vetter als Polizeiobermeister in Kleinöd für Recht und Ordnung sorgte, noch nie in seinem Leben auf die Idee gekommen war, sich sein Geld allein mit Arbeit zu verdienen.

Befremdet und gleichermaßen fasziniert ließ sich der Nachwuchsreporter des Landauer Anzeigers auf Leopolds Weltsicht ein und wollte zwischendurch wissen: »Hast denn eigentlich jemals auch einen normalen Beruf g'habt?«

»Ja doch, freilich.«

Enzo beugte sich vor: »Und welchen?«

»Maler hab ich g'lernt. Tapeten kleben, Wände streichen und so weiter. Ausbildung in der JVA. Aber weil ich vorbestraft war ...« Er seufzte. »Ja mei, da bin ich heraußen trotzdem auf keinen grünen Zweig kommen damit. Oder glaubst du etwa, dass wer so einen wie mich als Geselle anstellen tät? Ein jeder hat doch da Angst g'habt, dass ich ihm am End doch was stehlen könnt ...« Er schenkte Champagner nach. »So hab ich halt schaun müssen, wie ich zurechtkomm. Hätt ja wohl kaum was anderes machen können, als wieder wo zum Stehlen zu gehen. Und mit jedem Einbruch ist die Serie von Diebstählen, die s' mir ang'hängt ham, lang und länger worden und meine Chance auf mal was anderes immer kleiner. Irgendwann hab ich dann ned einmal mehr einen Namen g'habt, da ham s' mich bloß noch ›den Delinquenten‹ g'heißen, grad so, als wär ich ein Tisch oder ein Stuhl g'wesen. Da kommt er ja, unser Delinquent. X-fach vorbestraft ist der fei! Was mach'n mir denn jetzt mit dem? Und bevor ich mich dreimal hätt umdrehn können, hat dann das Gericht auch schon eine Sicherungsverwahrung über mich verhängt g'habt.«

»Sicherungsverwahrung, was hat das denn dann genau g'heißen für dich?«

Enzo hatte plötzlich das Gefühl, einer heißen Geschichte auf der Spur zu sein, möglicherweise einem Justizskandal gigantischen Ausmaßes. Sicherungsverwahrung für einen kleinen Einbrecher. Da stimmte doch was nicht. Kurz überlegte er, ob vielleicht er selber Jura studieren sollte, anstatt diesen Wunsch stellvertretend an Walburga heranzutragen, doch bevor er diesen Gedankenblitz verfolgen konnte, berichtete der Schmiedinger Leopold schon weiter und schlug dabei erneut diesen eigenartig gelassenen und abgeklärten Tonfall an.

»Mei, weißt, das ist halt noch ärger als wie lebenslang. Wennst heut normal einen umbringst, kriegst auch bloß ein normales Lebenslang und bist nach spätestens fünfzehn Jahr wieder draußen. Aber wenn einmal gegen dich eine Sicherungsverwahrung angeordnet worden ist, damit die Menschheit endlich vor dir g'schützt wär, nachad bleibst auch dann noch in staatlicher Verwahrung, wennst deine eigentliche Strafe längst verbüßt hast. Und so einer war ich. Da siehst es selber, ein ganz ein G'fährlicher.« Sein Lachen klang bitter.

»Und dann?«

Leopold Schmiedinger hob die Schultern. »Dann kam erst mal nix weiter. Mit der Sicherungsverwahrung ham die mir ja meine G'fährlichkeit schwarz auf weiß geben g'habt. Derweil hab ich nie im Leben mit G'walt g'arbeitet, weder gegen Mensch noch Tier. Das tät ich nämlich ned nur ned wollen, sondern auch gar ned können.« Er schüttelte den Kopf und seufzte.

Wie zur Bestätigung seiner Unschuld ließen sich nun die beiden Kanarienvögel tröstend auf seinen Schultern nieder. Er nahm einen weiteren Schluck Champagner, starrte sein Spiegelbild in der dunklen Fensterscheibe an und diskutierte dann plötzlich hektisch mit sich selbst:

- »Zefixluja! Wegen was tät eigentlich ich allerweil die Arschkarte ziehen müssen? Warum ned wer anders?
- Was hast g'sagt? Weil das halt ein Reporter wär?
- Ach was, ein Journalist ist der doch bloß, das stimmt aber.
- Geh weiter, muss das denn sein? Also gut, wennst meinst.
- Jawohl mein Lieber, da frag ich den fei schon.
- Wen denn sonst? Soll der doch ruhig mal den ganzen Saustall da aufdecken.«

Enzo lauschte den hin und her schwirrenden Sätzen und dachte, dass das hier viel spannender und lebensnäher war als sein Ethikunterricht in der Schule. Da hatte er zwar was über Sigmund Freud gehört und auch über die Strukturen von Es, Ich und Über-Ich. Aber dass das jemals so deutlich zutage treten könnte, hatte ihm keiner gesagt.

Leopolds Selbstgespräch war beendet, und er wandte sich wieder seinem Gast zu. »Hast du ned g'sagt g'habt, du wärst Journalist?«

Enzo nickte.

»Gut, nachad schreib über mich. Schreib was über den ganzen Mist, der da bei uns ablauft, und auch dadrüber, dass dann, wie's so weit war und das Oberlandesgericht ein Einsehen g'habt und meine Sicherungsverwahrung mit einem Federstrich aufg'hoben hat, dass da auf einmal alles ganz furchtbar schnell gehen hat müssen und ich grad noch eine Viertelstund kriegt hab, um nach einundzwanzig Jahr, in denen ich kein einzigs Mal ned auch bloß für fünf Minuten draußen g'wesen wär, meine Zelle zu räumen. Weißt, was das war? Ein hochkantiger Rausschmiss. Ehrlich! So geht der Staat mit seine Leut um, für die der doch normal auch eine Fürsorgepflicht hätt.« Noch immer empört, schnappte er nach Luft. »Ohne jede Vorwarnung ham die mich einfach auf die Straßen g'setzt, genauer g'sagt, auf die Äußere Passauer Straße in Straubing. Also weißt, direkt fair war das ned. Ich hab davor ned einmal einen winzigen kleinen Ausgang oder gar Hafturlaub g'habt. Allerweil, wenn mein Anwalt so was g'fordert hat, ham die abg'lehnt. Aber Freiheit, weißt, Freiheit muss man schon auch ein bisserl üben können dürfen. Erst immer nur g'siebte Luft, und dann pressiert's derartig. ›Sie müssen da raus, wenn mir Sie ned sofort entlassen, nachad sind mir selber dran wegen Freiheitsberaubung‹ – da war denen natürlich ihr Hemd näher als wie mein Leben. Das musst dir mal vorstellen. Ein Albtraum. Nachmittags um viere. Da liegst ahnungslos auf deinem Bett und rauchst dir wie allerweil die Zeit bis zum Abend weg – und dann steht auf einmal einer da und sagt: ›Hey, in zwanzig Minuten spätestens müssen S' fei die Anstalt verlassen ham!‹ Das war ein Schock. Ich hab ja gar ned g'wusst, wohin. Da ist mir bloß der Adolf eing'fallen. Mein Doktor von der JVA war dann so nett und hat g'sagt, dass er den telefonisch ausfindig macht. Ich bin in eine Wirtschaft gangen und hab mich alkoholmäßig total anzunden, und dann hab ich mit meinem Gepäck unter einer Brücken g'schlafen. Am nächsten Tag hab ich privat zu dem Doktor heim dürfen, und dann ham mir den Adolf erreicht, und die brave Seele hat glatt ja g'sagt. Mein Zellennachbar hat mir glücklicherweise die Adressen von seiner Frau in Straubing geben g'habt, und die hat mich dann mit'm Auto abgeholt und zum Adolf bracht. Aber da stehst fei erst einmal saublöd rum, eine Plastiktüten voller Akten unterm Arm und vierhundert Euro Entlassungsgeld. Das war eine völlig fremde Welt, in die die mich da einig'schmissen ham, und ich hab mich da logisch hint wie vorn ned auskennt. Und der Adolf, ja mei, wenn er ehrlich g'wesen wär, eigentlich hat der mich ja auch ned brauchen können, aber er konnte halt mich auch ned wegschicken, weil er doch so ein guter Mensch ist. Und ich, wohin hätt ich gehen sollen? Ich hab mich doch gar nimmer auskennt, sonst wär ich dem Adolf g'wiss ned zur Last g'fallen. ›Mei, Blut ist halt doch allerweil noch dicker als wie Wasser‹, hat der Adolf g'stöhnt und mich bei sich in dem unheimlichen Haus da aufg'nommen, wo ich dann schnell eine Art negative Platzangst kriegt hab. Der Ade hat mir auch g'sagt, wo und wie ich Arbeitslosengeld kriegen und wie man überhaupt in der Welt irgendwie z'rechtkommen könnt. Alles ist heut anders. Sogar die Automaten. Heutzutag könnte ich ned einmal mehr Automaten knacken. Keinen einzigen ned. Ich hab's ja ned mal g'schafft, mir im Supermarkt einen Einkaufswagen zu organisieren. Verstehst, weil die sind ja so saublöd aneinanderkettet. Nachad hab ich die Verkäuferin g'fragt, wie das gehen soll mit dem Wagen, und die ist blass g'worden, hat mir einen Korb in die Hand drückt und ist dann wegg'laufen. Die hat sich echt vor mir g'fürchtet. Alle haben sich vor mir g'fürchtet.« Er klang fast ein wenig stolz.

Enzo nickte nachdenklich, holte sein Handy hervor und checkte die Uhrzeit.

»Genau, und so was dann!« Der Schmiedinger Leopold wies mit ausgestreckter Hand auf das Mobiltelefon. Brandy und Ouzo piepsten empört und flatterten davon. »Alle ham s' plötzlich so ein Ding am Ohr g'habt, so eins wie das da. Und da ham die einig'sprochen. Überall. Bis ich endlich kapiert g'habt hab, dass so was ein Telefon ist! Ehrlich, ich hätt eben noch g'meint, ein Telefon tät eine Schnur brauchen und normal eine Wählscheibe, und höchstens die ganz modernen hätten sogar Knöpfe oder Tasten – aber auf einmal ham alle dieses Ding am Ohr, und mit dem können s' zwischendrin auch noch fotografieren. Das packst doch ned. Und der Adolf hält mich für blöd, weil ich das alles ned kenn. Mein Vetter, der Herr Polizeiobermeister. Unter uns g'sagt: für mich auch irgendwie eine tragische Gestalt. Sitzt da allein in dem Riesenhaus – also naa, zum Fürchten ist das! Alles so groß und leer und so staubig. Wer weiß, vielleicht tät auf uns Schmiedingers ja ein Fluch liegen?«

Er zündete sich erneut eine Zigarette an und nickte seinen Vögelchen zu. Dann wandte er sich wieder an Enzo.

»Die Kanarienvögel hab ich mir aus'm Tierheim g'holt, wie ich zwischendrin in eure Arrestzellen da ziehen hab dürfen. Sind die ned lieb?«

Enzo nickte.

»Weißt, da drin hat's mich irgendwie an Straubing erinnert. Ich hab's da fast so g'mütlich g'habt wie in der JVA. Und von dort aus hab ich dann auch ein bisserl Freiheit geübt. Jeden Tag ein kleiner Spaziergang und allerweil ein bisserl weiter. Aber da hat mich der Bürgermeister dann wieder rausgeschmissen. Grad, wie's so richtig schön war. Zum Glück hab ich mit meinen Akten, mit der Brandy und mit'm Ouzo ja wenigstens hierher ziehen dürfen. Und da hock ich halt jetzt.«

Er zog konzentriert an seiner Zigarette und suchte Enzos Blick: »Und, wie schaut's nachad aus, magst denn das alles schreiben über mich?«

»Ich werd schaun, was ich machen kann. Aber du, Leopold, bitt schön, pass auf dich auf! Bleib einfach die nächsten Tage möglichst da in der Hütt'n oder zumindest auf'm Grundstück. Da passiert dir am ehesten nix.«

Enzo starrte auf den Bildschirm seines Redaktionscomputers. Keine einzige Zeile hatte er bisher geschrieben. Zweitausend Zeichen! Und er wusste noch nicht einmal das erste Wort, geschweige denn den ersten Satz. Draußen flanierte die Ahnert vorbei und nickte zuversichtlich, und der neben ihr gehende Chefredakteur Georg Cannabich tippte vielsagend auf das Zifferblatt seiner Armbanduhr.

Enzo seufzte. Vielleicht sollte er seinen Traum vom Starreporter vergessen und was Vernünftiges lernen, Realschullehrer wie sein Vater oder Schuhfabrikant wie der Mailänder Opa. Ihm wurde heiß und kalt. Sein Kreuz schmerzte. Und dann wusste er plötzlich den ersten Satz und hieb wie wild auf seine Tastatur ein.

Gegen Mitternacht verließen Adolf Schmiedinger und Eduard Daxhuber den Blauen Vogel. Sie hatten beide beim Schafkopfen gewonnen, zwar nur zwei Euro achtzig pro Nase, aber immerhin. Alles in allem war es ein erfolgreicher Tag gewesen, auch wenn Adolf gegen Abend selbstständig unterwegs gewesen war und mit eigenartiger Hartnäckigkeit über diese Ermittlungsmission geschwiegen hatte.

»Kannst mich ruhig überallhin mitnehmen«, hatte Eduard den Polizeiobermeister beleidigt empfangen, als dieser gegen achtzehn Uhr vor der kleinen Station vorfuhr und aus dem Bus stieg.

»Naa«, hatte Adolf sich geziert. »Ist doch a Schmarrn, wenn mir überall zu zweit auftauchen, was meinst, was des dann wieder für ein Gerede geben tät.«

»Okay, aber wo bist denn jetzt g'wesen?«

»Verzähl ich dir später.«

Und dann hatte er eigenartig gelächelt, vor sich hingeschwiegen und ohne ein Wort die Tür zu seinem Büro geöffnet. Immer noch schweigend war er hinter seinen Tresen gegangen, hatte dort in den Unterlagen geblättert, etwas in seinen Computer eingetippt und den auf ihn wartenden Freund keines Blickes gewürdigt.

»Ja, wo san mir denn?«, hatte Eduard nach einer gefühlten Stunde eingeschnappt losgepoltert. »Ich denk, mir san a Team.«

»Exakt, des san mir auch. Du und ich. Weißt, und grad deshalb mach ich nun eine Aufgabenteilung, wegen der Effizienz, verstehst. Also, wir müssen noch zwei von den Burschen aus dem Bauwagen vernehmen. Und da geht's um folgende Fragen: Wo waren die, als der Fremde anreiste, und haben die möglicherweise am letzten Dienstag bei der Teres ihrem Hotspot g'hockt und vielleicht sogar was g'sehn?«

»Und welche zwei sind das?« Eduard hob die Augenbrauen.

»Das sind der Blochinski Wladimir und der Hombach Hermann«, hatte Adolf Schmiedinger geantwortet und offensichtlich gleichgültig wissen wollen: »Wen von denen zweien tätst du denn gern übernehmen? Ich hab der Kommissarin zwar versprechen müssen, dass du keinen Alleingang machst, aber sie braucht ja ned alles zu wissen. Das bleibt unter uns, diese Spezialvernehmung. Jeder nimmt sich einen vor, so sparen wir Zeit. Also, du den Hombach und ich den Blochinski. Okay?«

Eduard traute dem Frieden nicht. Seiner Meinung nach führte der Adolf etwas im Schilde und wollte ihn aus dem Weg haben. Sicher hatte er sich auch schon genau ausgedacht, warum ausgerechnet er den Blochinski verhören wollte. Um seinen Freund zu testen, legte er die Stirn in Falten und fragte kühn: »Können mir würfeln?«

»Mei, Ede, des is a Mordermittlung und koa Spui ned. Aber wenn's sei muss.«

Jetzt standen sie auf der Straße vor dem Gasthaus und besprachen vertraulich ihr Vorgehen. Adolf fasste zusammen: »Du wirst dann morgen gleich nach unserem Einsatz mit der Kommissarin bei den Blochinskis vorstellig, und ich geh zu den Hombachs, okay? Und danach kümmern wir uns um die depperte Straßensperrung. Echt, Arbeit ham mir hier für zehn.«

Eduard nickte.

Und dann sahen sie sie.

Es war ein Trupp von fünf mit Sicheln, Sensen und Jagdgewehren bewaffneten Männern, die finsteren Blickes auf sie zumarschierten.

»Ja sauber, was is denn da schon wieder los?«, fragte Eduard und zuckte leicht zusammen, als ihm die drohenden Worte des Bürgermeisters wieder einfielen.

Adolf Schmiedinger unterdrückte ein Rülpsen. »Keine Ahnung.«

Der Daxhuber Eduard blieb kurz stehen und fragte seinen Freund: »Kennst du da wen?«

»Ohne Brillen seh ich ned g'scheid. Du vielleicht?«

Eduard durchstöberte schimpfend seine Jacke nach dem Brillenetui. »Naa, auch ned. Ja Kruzinesen, wo hab ich die denn bloß wieder hing'steckt?«

Die Gruppe näherte sich ihnen, und die zwei nicht mehr ganz nüchternen Schafkopfspieler sahen, dass der Trupp von Lukas Reschreiter und dessen Dackel Lumpi angeführt wurde.

»Halt, wer da? Hier spricht die Polizei! Wo soll's denn hingehen?«, fragte der Polizeiobermeister. Er bemühte sich um eine gerade Haltung und eine besonders deutliche Aussprache.

»Mir gehen da bloß eine nächtliche Streife. Weil mir nämlich im Auftrag des Bürgermeisters selbstlos unser Dorf und alle seine Bewohner schützen wollen, derweil ...«, und hier spuckte Lukas Reschreiter, Waldmosers Wildhüter, mitten vor Schmiedinger und Daxhuber auf die Straße, »derweil der Arm des Gesetzes lieber in der Wirtschaft drinnen ein volles Bierglasl und dem Teufel sein Gebetbuch in der Hand hält.«

Eduard schnappte nach Luft und holte aus. Adolf

Schmiedinger gelang es gerade noch, seinen Freund zurückzuhalten und vor einer unüberlegten Handlung zu bewahren.

»Ja Bluatsakra, mit denen legen mir uns heut fei nimmer an. Das verzählen mir lieber gleich morgen in der Früh der Kommissarin, die ist die Einsatzleiterin, und die wird dem Waldmoser sei'm Deppenhaufen dann schon zeigen, wo der Bartel den Most holt!« Schmiedinger zog seinen Freund mit sich, ohne die selbst ernannten Dorfschützer noch eines Blickes zu würdigen. Reschreiter und seine Mannen sahen ihnen verblüfft nach.

Kapitel 18

Hauptkommissarin Franziska Hausmann hätte gerne zu jenen Menschen gehört, die immer genau wissen, was zu tun ist. Sie selbst stand an diesem Freitagabend mit hängenden Armen in ihrer Wohnung und starrte den Anrufbeantworter an, auf dem niemand eine Nachricht hinterlassen hatte. Und auch ihr Handy verzeichnete keine Mitteilung, keine SMS.

Der Kater strich um ihre Beine, fraß selbstvergessen seinen Napf leer und verzog sich dann an einen seiner Lieblingsplätze auf dem Schlafzimmerschrank. Schmusen war nicht angesagt. Sie fühlte sich allein.

Dass Christian, ihr Mann, sich überhaupt nicht meldete, war eine Kränkung, von der sie sich mattgesetzt fühlte und die ihr den Boden unter den Füßen wegzog. Mit dem aktuellen Fall ging es auch nicht voran, sie erhielt Informationen, die sie keinen Schritt weiterbrachten, und dann noch die Geschichte mit Alexander … Nein, sie verbot sich, an ihn zu denken.

Im Kühlschrank war noch Bier, und in der Kühltruhe fand sie ein Fertigmenü für die Mikrowelle. Im Fernseher gestanden sich Leute immerwährende Liebe und schwebten auf rosafarbenen Wolken ins Glück.

Das schwarze Ledersofa der Hausmanns erwies sich als kalt, sobald Franziska auch nur einen Zentimeter zur Seite rückte. Sie zappte sich an den Liebespaaren vorbei und blieb bei einer Talkshow hängen. Aalglatte Typen gaben aalglatte Sätze von sich. Im Hintergrund applaudierte ein Publikum.

Das Telefon blieb stumm.

Franziska holte sich ein weiteres Bier aus dem Kühlschrank, sprach dann so lange auf Schiely ein, bis dieser seinen Hochsitz verließ und zu ihr aufs Sofa sprang. Als er sich an sie kuschelte und seine Pfote auf ihre Hand legte, konnte sie endlich weinen. Um sich, um Alexander und um ihre Ehe. Was hatte sie nur getan? Was hatte sie sich dabei gedacht? Eine Frau über fünfzig benahm sich nicht so. Sie hatte sich lächerlich gemacht. Das alles hatte nur geschehen können, weil Christian nie da war. Immer wenn sie ihn brauchte, schrieb er entweder gerade einen Artikel, übersetzte ein Buch oder war in Sachen Recherche unterwegs. Vermutlich erkundete er gerade jetzt mit seiner jungen und knackigen Lektorin die literarische Form der Liebe.

Franziska hingegen hatte sich auf die sinnliche Ebene des Begehrens begeben, und wie immer nach solchen Eskapaden blieben ein fader Geschmack und die Einsamkeit. Das hatte sie oft genug in Romanen gelesen und in Filmen gesehen, aber es am eigenen Leib zu spüren tat weh. Mit einem Mal merkte sie, dass sie Alexander vermisste. Er hätte nicht wegfahren dürfen. Kein Zeichen von ihm, dass er lieber geblieben wäre. Kein Bedauern über seine Abreise. Packte seine Sachen, griff nach ihrer Visitenkarte und verschwand! Auch das war ein Verrat. Männer waren Verräter. Sollte sie ihn auf seinem Handy anrufen, sollte sie jammern und ihn bitten, umzukehren? Vielleicht war er ja noch unterwegs, noch gar nicht angekommen in Prag. Nein, sie würde sich nicht lächerlich machen! Die gestrige Nacht war ein Wunder gewesen. Wunder waren einmalig und ließen sich nicht wiederholen.

Als Franziskas Wecker ein paar Stunden später besonders niederträchtige und gemeine Geräusche von sich gab, hätte sie ihn am liebsten an die Wand geschmissen. Und sich mit dazu.

Heute war Wochenende! Und sie musste sich diesen Samstag mit Terminen vollpacken, dabei hatte sie ausgerechnet jetzt zum ersten Mal seit Ewigkeiten das Gefühl, noch mindestens zwanzig Stunden lang weiterschlafen zu können. Sie schüttelte über sich selbst den Kopf. Ihr Zustand war wirklich besorgniserregend.

In plötzlicher Panik hatte sie am Vortag Otmar Kandler gebeten, sie heute erneut nach Kleinöd zu fahren. Dabei hätte ihr gestern schon klar sein müssen, dass die Lösung dieses Falls weder im Vilstal noch in Kleinöd zu suchen war. Hier ging es um eine Geschichte, die in Prag begonnen hatte und in Niederbayern endete. Und die Protagonisten dieses Endes würden ihr bestimmt nicht in der Amtsstube von Adolf Schmiedinger über den Weg laufen. Aber sie, Franziska, lief vor sich selber weg. Das war die Krux.

Gähnend stand sie in der Küche und bediente die Kaffeemaschine. Nie zuvor hatte sie so intensiv das Empfinden gehabt, dass ihr Leben gerade vollends aus dem Ruder lief. Das machte ihr Angst. Sie musste auf sich selbst aufpassen. Der Kater, der um ihre Füße herumschlich, würde diesen Job nicht übernehmen. Trotzdem erhielt er eine Extraportion, schließlich war er der Einzige, der es noch mit ihr aushielt. »Ich komm bald heim«, versprach sie ihm. »Und dann wird alles gut.«

Um Punkt acht läutete es an ihrer Tür. Auf Otmar Kandler war Verlass. Müde nickte sie ihm zu und stieg zu ihm ins Auto.

Sie schwieg, und auch ihr Fahrer schwieg, und schweigend fuhren sie unterhalb der barocken Stadtpfarrkirche St. Mariä Himmelfahrt über den Marktplatz von Landau an der Isar. Zu dieser Zeit joggten bereits gut gelaunte Familienväter Richtung Bäckerei, um Wochenendsemmeln für üppig beladene Frühstückstische zu besorgen. Franziska fragte sich, wo ihr Mann stecken mochte.

»Haben Sie eigentlich den Artikel gelesen?«, wollte ihr Chauffeur nach einer Weile wissen.

Franziska nickte und sah weiter aus dem Fenster.

Otmar fuhr fort: »Interessant, wie der Junge die Sache angegangen ist, durchaus raffiniert, oder? Kommt der nicht auch aus Kleinöd, dieser Enzo Blumentritt?«

Ihr »Ja« war so knapp, dass er es kaum registrierte.

»Also auf die Idee muss einer erst einmal kommen: Darüber zu schreiben, wie schwierig es ist, über etwas zu schreiben, und beim Beschreiben dieser Schwierigkeiten das Problem so ganz nebenbei anzugehen und zu lösen. Denn die Informationen, auf die es ihm wirklich ankommt, hat er in seinem Artikel untergebracht. Finde ich zumindest. Ein wirklich kluges Bürschchen.«

»Hmhm.« Die Kommissarin nickte. »Gleich treffe ich mich übrigens mit dem Helden dieses Berichts, mit jenem Leopold Schmiedinger, den wir laut Landauer Anzeiger nicht vorverurteilen dürfen.«

»Allein?«, fragte Otmar Kandler besorgt, und sie sah ihm an, dass er in einen Gewissenskonflikt geriet. Vermutlich befürchtete er, er müsse nun bei ihr als Leibwächter auftreten und seine Teres versetzen.

Franziska schüttelte den Kopf. »Nein, nein, Adolf Schmiedinger begleitet mich, und vermutlich wird auch Herr Daxhuber dabei sein.«

»Das kann ich mir vorstellen«, fiel Otmar dazwischen. »Also der lässt ja nix aus. Für den ist dieser schreckliche Mordfall wie ein Lottogewinn. Ich hab ihn gestern bei der Teres beobachtet, und unter uns: Man könnt fast meinen, dass der da der Wichtigste von allen ist. Bedeutsamer noch als der Bürgermeister.«

»Dazu fehlt aber auch nicht viel«, murmelte Franziska und sah auf ihre Uhr. »Ich hab mich für halb neun mit denen auf der Polizeistation verabredet. Schaffen wir das?«

»Logisch.«

In den Vorgärten entlang der Dorfstraßen blühten Krokusse, Hyazinthen, Tulpen, Anemonen und Forsythien. Vereinzelte Osterhasen aus braunem Plastik hockten vor grünen Kunstfasernestern in den Rabatten und warteten auf ihren Einsatz, der in frühestens drei Wochen stattfinden würde – möglicherweise aber waren sie auch einfach seit dem vergangenen Frühjahr vergessen worden.

Wenn man Enzos Artikel Glauben schenken durfte, so war auch Leopold Schmiedinger zunächst für Jahrzehnte in der JVA »vergessen« worden, um dann innerhalb von dreißig Minuten auf die Straße gesetzt, also im weitesten Sinne »entsorgt« zu werden.

Franziska seufzte.

Otmar Kandler sah besorgt zur Seite. »Sie kriegen die schon in den Griff, den Schmiedinger Adolf und den Daxhuber Eduard. Die Teres hat nämlich gesagt, dass das eigentlich ganz rechtschaffene Leute sind. Sie kann's heut noch nicht fassen, dass der Daxhuber, der Schmiedinger, der Pfarrer und ein Mann namens Sepp Langrieger, den man aber nie sieht, weil er allerweil vor dem Fernseher hockt, sagt die Teres, also dass diese vier alten Männer vor noch nicht einmal einem halben Jahr für eine Jugendbegegnungsstätte gespendet haben, damit das Rumgesaufe in dem Bauwagen aufhört und die wieder wissen, wo sie hingehören. Alte spenden für Junge! Dabei gibt's hier doch kaum noch Jugendliche, sagt die Teres.«

»Ja, ja, die Teres muss es ja wissen«, murmelte Franziska und fragte sich, wie weit die Befragungen der Bauwagenburschen wohl schon vorangekommen sein mochten. Schmiedinger hatte noch kein Wort darüber verloren.

Otmar pflichtete ihr augenblicklich bei. »Genau, Frau Kommissarin, das ist unglaublich, die weiß wirklich alles, die Teres. Und sie sagt eben auch, dass der Daxhuber Ede sich zurzeit halt ein bisschen arg wichtig nimmt, ein richtiges G'scheithaferl ist der, sagt die Teres.«

Franziska, die bisher nicht wusste, dass Teres Schachner ein solcher Ausbund an Wissen und Weltklugheit war, verdrehte die Augen. »Ja, ja, zum Glück weiß ich, wie ich mit den beiden umzugehen habe.«

Aber dann staunte sie doch über die Dynamik, mit der der Polizeiobermeister und sein Assistent sie empfingen. Denn noch bevor sie richtig in die kleine und gemütlich warme Dienststelle eingetreten war, wurde sie auch schon wieder hinausgedrängt.

»Wir sollten gleich hingehn zu ihm«, schnaufte der Polizeiobermeister und bot der Kommissarin nicht einmal einen Kaffee an, obwohl die Kanne in der Maschine noch halb gefüllt war und es aus den zwei Räumen so köstlich wie aus einem Frühstückscafé duftete. Hektisch griff Adolf Schmiedinger nach seinem Schlüsselbund und fuhr mit nervösen Bewegungen seinen Computer herunter. »Je schneller mir anfangen, desto eher sind mir auch wieder fertig.«

»Ganz genau«, bestätigte Eduard Daxhuber eilfertig und rückte so nah an Franziska heran, dass die sich mehr oder weniger aus der kleinen Polizeistation hinausgedrängt fühlte.

»Meine Herren, was ist denn los? Haben Sie etwa heute noch etwas Wichtiges vor?« Sie war verärgert.

»Mir müssen ja für Sie noch zwei Befragungen durchführen«, erklärte Schmiedinger immer noch schnaufend. »Und grad heut passt's beispielsweis der Frau Professor Binder, wie sie sich nun nennt, überhaupt ned, dass wir in ihren Garten kommen und ihren Untermieter besuchen, weil die da eine Installation macht und sich total drauf konzentrieren können muss.« Er schüttelte genervt den Kopf. »Wenn bei mir daheim eine Installation ansteht, kommt ja normalerweis ein Klempner, und ich brauch mich da gar ned weiter kümmern. Aber mei, wie auch immer, bei der ist scheinbar immer alles ganz anders wie bei normale Leut. Jedenfalls hat sie mich erst heut früh informiert. Am späten Nachmittag kommen wohl die ersten Fotografen und vorher ein paar Mitarbeiter vom Döhring, die bis Sonntagabend eine mobile Beleuchtungsanlage von dem seiner Baufirma bei der Binder aufstellen. Damit will sie ihre komischen Figuren richtig sauber ausleuchten, weil die ganze Freiluftausstellung heißt nämlich ›Licht und Schatten‹, als hätten mir davon nicht schon genug in unserem Dorf hier, zurzeit mal wieder mehr von den Schatten.«

In seiner Eigenschaft als Assistent des Polizeiobermeisters sah Eduard Daxhuber geschäftig um sich und putzte sich ausgiebig die Brille. Die Kommissarin sollte ruhig wissen, dass es auf dem Lande immer was zu tun gab. Mit gewichtiger Stimme ergänzte er: »So, wie's ausschaut, müssen mir zwei dann am Nachmittag auch noch die Hauptstraße sperr'n und die Autos umleiten, weil nämlich direkt an der Hauptstraße das Fernsehen parkt. Und die vom Fernsehen wollen ned, dass bei den Außenaufnahmen im Binder-Garten die Motorengeräusche von die

Autos, die normalerweis vorbeifahren täten, mit aufs Band kommen, oder gar laute Musik. Weil, die paar Jugendlichen, die an so einem Frühlingstag über unsere Straße brausen, die gehn ja bloß wegen einem Ortsschildl weder vom Gas runter, noch dass die auf die Idee kämen, ihre grausliche Musik leise zu drehn.«

»Das kenn ich.« Franziska erinnerte sich an ihre früheren Aufenthalte in Kleinöd und auch daran, wie viele tote Katzen sie in den letzten Jahren an niederbayerischen Straßenrändern gesehen hatte. Es hatte ihr jedes Mal einen Stich gegeben.

»Es muss doch möglich sein, hinter jedem Ortshinweisschild eine verkehrsberuhigte Dreißigerzone beginnen zu lassen. Durchgängig. Damit auch diese niederbayerischen Straßendörfer vor Rasern geschützt sind. Die brettern nämlich über die Dörfer, überfahren Katzen, Hunde, Igel und Hasen und begehen Fahrerflucht, und Fahrerflucht ist eine Straftat«, hatte sie einmal auf ihrer Dienststelle getobt, aber nur ein müdes Lächeln und verständnisloses Kopfschütteln geerntet.

»Tiere sind Sachen, und deshalb kannst kaum von Fahrerflucht reden, allenfalls von Sachbeschädigung, also reg dich ab.«

Dass einem Menschen das Herz brechen konnte, weil ihm diese Sache, das Tier, an dem er hing, entrissen wurde, das zählte wieder einmal nicht.

Eilig stapften die beiden Herren vor ihr über die asphaltierte Straße Richtung Osten. Franziska holte sie ein, schob sich in ihre Mitte und wandte sich empört an den Polizeiobermeister: »So war das überhaupt nicht geplant. Es war ausgemacht, dass Sie Leopold Schmiedinger vorladen. Wozu hat Kleinöd schließlich eine eigene Polizeistation? Wären Sie meinen Anweisungen gefolgt, so müssten wir nun weder Frau Binder belästigen, noch bekäme dieser Besuch bei Ihrem Cousin den Charakter einer Festnahme.

Was haben Sie sich nur dabei gedacht? Jetzt schlagen wir da auch noch zu dritt auf. Absolut unprofessionell ist das.«

Es tat gut, sich einmal die ganze Wut, den ganzen Ärger von der Seele zu reden. Beide Männer zogen den Kopf ein.

»Wissen S'.« Adolf Schmiedinger druckste herum und sah beklommen zu Boden. »Also, gradraus g'sagt, verhält sich das nämlich so: Die haben den Leo mehr oder weniger zum Abschuss freigeben. Solang der aber ned rausgeht aus seiner Hütten, so lang ist der noch halbwegs sicher. Das ist Privatgebiet, und da darf keiner von denen einfach so hin. Vor einem privaten Eigentum ham die halt doch noch einen Respekt.«

»Wer sind denn *die*? Von wem reden Sie denn überhaupt?« Sie sah ihn fragend an.

»Vom Waldmoser seiner Bürgerwehr.«

»Was? Nein! Das ist doch nicht wahr, oder?« Sie blieb stehen und schüttelte den Kopf.

»Doch, leider.« Eduard Daxhuber schluckte und sah Hilfe suchend zu ihr hin. »Mir ham uns ja selber sauber erschrocken gestern auf d'Nacht, wie uns auf einmal der Reschreiter mit seine Leut mitten auf der Straßen entgegenkommen ist, alle mit Knüppel und Jagdgewehr bewaffnet.«

»Aber das geht doch gar nicht! Selbstjustiz bricht das Gewaltmonopol des Staates und ist strafbar. Sie müssen das ohne Wenn und Aber unterbinden! Und zwar sofort!«

»Ja, wie denn bloß?«, fragten beide wie im Duett. »Wenn man sich denen ihre Bürgerwehr offiziell als Staatsmacht verbitten tät, würden die sofort zum Lügen anfangen und Stein und Bein schwören, dass sie bloß eine Jagdgesellschaft sind und im Auftrag vom Waldmoser in dem sein Forst nüberwollten. Und der Waldmoser tät das denen jederzeit bestätigen. Und mir stehen dann da ohne jeden Beweis. Dann haben mir nämlich wieder mal die Arschkarte.«

»Wir reden später noch mal drüber. So geht das nicht. Wir werden eine Lösung finden.« Aber Franziska klang nicht wirklich überzeugt.

»Mei, Frau Kommissarin, wissen S' was? Könnten S' denn meinen Vetter ned einfach mitnehmen derweil, quasi in Schutzhaft? Das macht dem nix aus. Der sitzt gern in der Zelle.« Adolf Schmiedinger grinste. »Oder mir finden ganz schnell den richtigen Mörder – das wär natürlich das Allerbeste für einen jeden von uns.«

Franziska blieb abrupt stehen. »Klar will ich den Mörder finden. Aber so einfach ist das nicht. Wir haben viel zu wenig Indizien, und die Kollegen von Europol konnten immer noch nicht das Notebook des Toten öffnen. Jetzt wollen sie sich mit einem Hacker zusammentun.« Sie schluckte und behauptete: »Der Kollege aus Prag ist extra deswegen zurückgereist. Aber unabhängig davon, mit Ihrem Bürgermeister muss ich nun doch einmal ein ernstes Wort reden. Der führt sich ja auf, als könne er hier in Kleinöd seine eigenen Gesetze durchdrücken!«

Die Vorstellung, dass Alexander Konrádová sich im fernen Prag mit dem Notebook des Toten beschäftigen würde, machte ihr Mut und verlieh ihr Kraft. Es tat gut, an ihn zu denken. Sie spürte, dass sie in diesen Morgenstunden an Zuversicht gewann und sich allmählich aus der Rolle des Opfers herausschälte, in die sie unversehens hineingerutscht war und die ihr die Luft zum Atmen nahm.

Entschlossen blieb sie mitten auf der Straße stehen. Genau, es war ihr Leben, und sie hatte es in der Hand, ob es positiv oder negativ verlaufen würde. Und jetzt hatte erst einmal dieser verzwickte Fall den Vorrang.

Sie folgte den Herren, die in die Einfahrt zum binderschen Anwesen abbogen, und beobachtete, wie Karl gerade zwischen Haupthaus und gläsernem Atelier mit riesigen weißen Figuren herumbalancierte. Die Skulpturen standen oder lagen auf hölzernen Paletten, die wiederum von Karls Gabelstapler hochgehievt wurden. Per Handy gab die Bildhauerin ihm ihre Anweisungen, woraufhin er die Plastiken nach einigen waghalsigen Manövern zu den von Ilse Binder bestimmten Plätzen verfrachtete. Zeitlupenartig fuhr er über flach gemähte und labyrinthisch verwinkelte Wege und setzte seine schwankende Last auf winzigen Grasinseln zwischen rosafarbenen Blumen und kreisförmigen Blechschildern ab.

Am südöstlichen Ende des Grundstücks stand das Gartenhäuschen, in dem Leopold Schmiedinger seit Winterbeginn wohnte. Bodennebel lag noch auf der Wiese, und zwischen den riesigen binderschen Monstern wirkte die kleine Hütte unglaublich winzig und zerbrechlich, aber auf eine seltsame Art auch tröstlich. Als böte sie Rettung an für jene, die sich vor den Skulpturen fürchteten.

»Dass es die ned selber gruselt«, murmelte Eduard Daxhuber und schüttelte sich. Sein Freund Adolf pflichtete ihm bei und lamentierte darüber, dass die sogenannten Kunstexperten und Kulturamseln vermutlich alle nicht mehr bei Trost oder blind wären.

Franziska ließ sie reden und genoss den kleinen Spaziergang zu Leopolds Hütte, der an den binderschen Figuren vorbeiführte. Sie sah Elfchen mit entstellten Gesichtern, dürren Hängebrüsten und wirrem Haar, kolossale Monster, die unbeweglich und mit gesenkten Köpfen ihr eigenes Elend begutachteten, traf zierliche Zwitterwesen, angesiedelt zwischen Eule, Mensch und Insekt, sowie gewaltige Weiber mit trägen und traurigen Gesichtszügen, deren Brüste bis zum Bauchnabel reichten. Zwerginnen, Riesen, doppelköpfige siamesische Zwillinge, und zwischen all diesen Skulpturen hockten rundgesichtige Trolle mit Ohren, die an Satellitenschüsseln denken ließen, und starrten entrückt und mit übereinandergeschlagenen Beinen gen Himmel.

Ilse Binder lief auf Franziska zu. »Tut mir leid, aber ich bin total im Stress. Wir haben gedacht, dass es schneller geht, aber die Jungs sind gestern natürlich nicht fertig geworden, und heute Nachmittag ist schon die Pressekonferenz. Mein Galerist hat einen Wurm in die Terminplanung gebracht, und ich habe es leider zu spät gemerkt. Der Leopold wohnt da drüben.« Und sie zeigte mit dem Finger auf die kleine Hütte, bevor sie sich wieder ihrer Arbeit widmete.

In der Nähe des Gartenhauses trieben sich etwa sieben Katzen von verwegenem Aussehen herum. Früher einmal hatte die Künstlerin Perserkatzen besessen, diese aber schienen sich mit sämtlichen Dorfkatern eingelassen zu haben, was Nachkommen mit ungewöhnlichen Farben, Formen und Fellbeschaffenheiten zur Folge hatte. Auf eine faszinierende Weise passten die schrägen Katzendamen und -herren zu den schaurigen Figuren der Bildhauerin.

Einst hatte Franziska eines dieser Babys, es war grauweiß gepunktet gewesen, mit heimgenommen, um ihren Schiely mit einem Gefährten zu erfreuen. Eine Woche lang hatten sie und Christian versucht, die zwei miteinander vertraut zu machen. Es hatte keinen Sinn gehabt. Der Kleine wollte mit dem großen Kater spielen, aber Schiely starrte ihn nur voller Abscheu an und versank in eine Depression, die ihn bewegungslos und mit gesenktem Haupt ans Fenster fesselte. Er fraß nichts mehr, schlief kaum, sein Fell wurde schuppig, stumpf und glanzlos. Pünktchen, wie sie das junge Kätzchen genannt hatten, ließ sich von dieser Traurigkeit anstecken und tigerte so lange mit hängenden Ohren durch die hausmannsche Wohnung, bis sich eine Bekannte seiner erbarmte und ihn zu sich nahm.

Im Inneren des Häuschens roch es nach kaltem Rauch und verdunstetem Fusel, und Eduard Daxhuber riss sogleich die Fenster auf und verkündete: »Lassen mir doch z'allererst einmal ein bisserl ein Frühjahr rein.« Leopold Schmiedinger duckte sich in eine dunkle Ecke. Er schien Angst zu haben.

Franziska ging auf ihn zu, gab ihm die Hand und stellte sich vor: »Franziska Hausmann. Ich bin Hauptkommissarin der Kripo Landau. Keine Angst, wir werden Ihnen nur ein paar Fragen stellen. Reine Routine.« Sie wies auf ihre Begleiter und meinte: »Diese beiden Herren kennen Sie ja schon.«

Leopold Schmiedinger hob hilflos die Schultern, wedelte mit einem Exemplar des Landauer Anzeigers vor sich hin und murmelte verstört: »Da, schaun S' her. Die hat mir vorhin der Karl rüberbracht. Ich hätt mir zwar schon g'wünscht g'habt, dass der nette junge Mann da einen Artikel über mich schreiben tät, aber irgendwie ...«

»Da müssen Sie keine Panik haben«, beruhigte Franziska ihn. »Ich habe den Artikel auch gelesen. Er ist gut, er ist fair, und außerdem könnte da so manch einem ein Licht aufgehen.«

»Ich weiß ned recht ...« Der über Nacht so prominent gewordene Leopold Schmiedinger schnaufte und ließ sich auf sein Sofa nieder. Augenblicklich griffen auch Adolf Schmiedinger und Eduard Daxhuber nach einem Stuhl und setzten sich umständlich. Einzig Franziska Hausmann stand und beobachtete die drei so unterschiedlichen Herren.

»Jetzt reiß dich z'sammen«, fuhr Adolf seinen Cousin an. »Es ist noch gar nix passiert, und es werd auch nix passieren. Allerdings tät ich mich ehrlich g'sagt schon fragen, über was alles du mit dem jungen Blumentritt ausführlichst hast schmatzen müssen. Dem hast ja praktisch mehr von dir verzählt, als wie ich selber weiß!«

Franziska sah ihm an, wie empört er war.

»Du hast mich halt auch nie g'fragt danach«, konterte

Leopold und vergewisserte sich mit einem kurzen Blick, ob die Kommissarin noch zuhörte.

»Aber das meiste geht den doch wirklich absolut gar nix an, und noch dazu, wo du weißt, dass der alles in seine Zeitung schreiben wird. Hat er dich wenigstens g'fragt, ob dir das auch recht wär, wenn er dein Privatleben in aller Öffentlichkeit ausbreiten tät? Wenn ned, nachad kaufen mir uns den fei, dieses vorlaute Bürscherl.« Mit einem Mal war er wieder der engste Verwandte des Leopold und raunte ihm vertraulich zu: »Weißt, so was brauchen mir Schmiedingers nämlich wirklich ned auf uns sitzen lassen. Eine Strafe könnten mir dem dann schon aufbrummen, dem Nachwuchs-Wallraff für Arme da.«

»Ach wo, der hat doch nix Böses gemacht«, stellte Leopold klar. »Im Gegenteil. Supernett war das mit dem. Und eigentlich war's sogar meine Idee g'wesen, mit dem Artikel. Ich hab mir da weiter nix dabei denkt. Wie wir da so beieinandg'sessen sind und ich ihm alles haarklein verzählt hab, da hab ich mir vorg'stellt, wie's denn wär, wenn alle im Ort die Wahrheit erfahren täten, einschließlich dem Typen vom Supermarkt, und dass ruhig ganz Kleinöd schwarz auf weiß nachlesen soll, dass ich kein Mörder bin, sondern selber ein Opfer der Justiz, und dass ich jetzt zusätzlich auch noch durch üble Nachrede fertigg'macht werd. Genau so war's.«

»Ja, und so und ned anders steht's ja jetzt auch in der Zeitung drin«, kommentierte Eduard kopfschüttelnd. »Also bräuchten mir uns ja eigentlich gar nimmer aufregen.«

Fassungslos starrte Leopold Schmiedinger den frisch gekürten und übereifrigen Assistenten seines Vetters an. »Nimmer aufregen? Ja, ganz so einfach ist das aber auch wieder ned.« Leopold Schmiedinger griff zu einer Zigarette, rauchte hektisch und wies mit ausgestrecktem Zeigefinger auf den Zeitungsartikel: »Das Problem wär für mich eher, wenn wer den Artikel ned g'scheit liest, sondern bloß flüchtig auf die Titelseiten schaut. Da wär mein Name und mein Foto, und da steht was von Mord. Und wer bloß auf die drei Sachen schaut, der könnte doch glatt meinen, dass ich eben doch der Mörder wär oder dass ich zumindest irgendwas mit der Sach zum tun hätt.«

»Das wissen wir doch«, beruhigte Franziska ihn. »Wir sind auch nicht wegen des Landauer Anzeigers hier. Wir wollen von Ihnen nur hören, ob Sie am vergangenen Dienstag etwas gesehen haben, ob Ihnen etwas Besonderes aufgefallen ist.«

»Ich? Naa wo, nix, gar nix«, wehrte er ab und fuchtelte mit den Händen.

Franziska beobachtete die drei so unterschiedlichen Herren am Tisch und hatte fast Mitleid mit diesem Häufchen Elend. Neben seinem uniformierten Cousin und dem von oben bis unten frisch gebügelten Daxhuber mit dem nass gekämmten Scheitel wirkte Leopold auf eine eigenartige Weise abgerissen und ausgefranst.

»Pass auf«, begann Adolf Schmiedinger nun die Befragung, die ja der eigentliche Grund ihres Kommens war. »Am letzten Dienstag, das war der Tag, bevor du mit dem Fünfhunderteuroschein im Supermarkt g'wesen bist – da warst nachweislich mittags im Dorf unterwegs. Könnt's denn ned sein, dass dir da was Ung'wöhnliches aufg'fallen wär?«

»War ich da unterwegs? Wirklich?«, fragte Leopold zurück.

Eduard Daxhuber nickte.

»Ich glaub eher ned, dass ich da was g'sehen haben könnt.« Leopold Schmiedinger kratzte sich an der Stirn und sah zu Boden. »Eigentlich ist bei mir jetzt seit ein paar Monaten schon sowieso wieder ein Tag wie der andere – bloß halt, dass die Chefin jetzt selber da ist.«

»Die Chefin?«, hakte Franziska nach.

»Damit meint er die Binder«, übersetzte Eduard und grinste verschmitzt. »Hat's halt gleich g'schnallt, wer da im Dorf das Sagen hat. Nämlich allerweil die, die auch ein Pulver haben.«

Franziska beachtete ihn nicht und fragte: »Wann und wo haben Sie Frau Binder eigentlich kennengelernt?«

»Ich glaub, dass das letzten Dienstag g'wesen wär. Sie ist durch ihren Garten gangen, und nachad hat s' dann bei mir klopft und sich persönlich vorg'stellt.«

Eduard Daxhuber sah Franziska entschuldigend an und hob die Schultern. »So ist die halt. Man möcht's gar ned glauben, dass es so was in echt gibt. Eine Chefin und Professorin, die ganz normal mit alle und jedem schmatzt.«

»Und dann?«, fragte Franziska.

»Ganz genau weiß ich's auch nimmer«, sagte Leopold Schmiedinger. »Plötzlich hat s' mir das Geld in die Hand drückt g'habt. Einen Schein. Fünfhundert Euro. Ich hab's momentan gar ned fassen können. Tät ich das denn jetzt z'rückgeben müssen – weil, ich hab nämlich gar nimmer alles?« Er stotterte.

»Also, das glaubst doch wohl selber ned!«, fuhr Adolf dazwischen. »Bei aller Liebe! Aber nachdem die dich schon unbekannterweise so mir nix, dir nix bei sich wohnen lasst, sollte die Binder ausgerechnet dir bei eurer allerersten Begegnung auch noch fünfhundert Euro geben haben? Warum sollt die das denn g'macht haben?«

»Fragts die gute Frau halt selber. Sie hat zu mir g'sagt, dass sie einen Preis kriegt hätt, den sie gar ned hätt haben wollen, und dass sie den Leuten ankündigt hat, dass sie einen Teil von dem Preisgeld an den Erstbesten weitergeben tät, der's wirklich braucht. Und das war in dem Fall scheinbar ich.«

»Rufen Sie sie an«, befahl Franziska Adolf Schmiedinger noch im Beisein seines Cousins. »Wie ich Sie kenne, haben Sie garantiert die Handynummer der Frau Binder gespeichert, ist ja immerhin eine wichtige Persönlichkeit hier im Ort.«

Er sah sie fassungslos an. »Mir könnten doch auch alle zu ihr hingehen, die paar Meter.«

Franziska schüttelte den Kopf. »Damit sie uns wieder was von ihrem Stress erzählt und wegrennt – nein, lieber nicht. Aber wenn ihr Handy klingelt, wird sie sich melden, und Sie stellen ihr nur eine einzige Frage: Haben Sie dem Schmiedinger Leopold Geld geschenkt?«

»Mehr ned?«

»Wir brauchen ein Ja oder ein Nein. Und das kriegen wir mit dieser Frage.«

Eduard suchte umständlich in dem Namensverzeichnis seines Handys nach B wie Binder, fand nichts und schimpfte dann mit sich selbst. »Mei, richtig, die hab ich ja unter P abg'speichert g'habt, wegen Frau Professor Binder.«

Eine Minute später sah der Polizeiobermeister fassungslos auf sein kleines Telefon. »Die hat doch tatsächlich g'sagt, dass das mit denen fünfhundert Euro stimmen tät, die Urschel, die g'spinnerte!«

Kapitel 19

Ganz plötzlich merkte sie, dass ihr alles zu viel wurde und dass ihre Nerven blank lagen. Sie war seit Tagen nicht mehr richtig zur Ruhe gekommen und erst recht nicht zum Nachdenken. Sie hatte Termine hinter sich, die nichts gebracht hatten, und sich mit Zeugen auseinandergesetzt, von denen sie wusste, dass die erstens nichts gesehen hatten und ihr zweitens keinen einzigen Schritt weiterhelfen würden. Warum tat sie sich das an? Wovor lief sie weg, was machte ihr Angst? Was war los mit ihr?

Sie hatte sich von Leopold Schmiedinger verabschiedet, sich von ihren beiden Begleitern getrennt, war noch einmal durch den Ausstellungspark der Bildhauerin geschritten und stand nun auf der Kleinöder Dorfstraße. Ausgebrannt, erschöpft.

Übers Handy rief sie Otmar Kandler an und bat ihn, sie in ihr Büro zurückzubringen. Dort war es im Moment am stillsten. Sie würde ihre Bürotür hinter sich schließen, sich in ihrem Schreibtischsessel zurücklehnen und tief durchatmen.

Otmar Kandlers Autoradio dudelte, irgendjemand pries das frühlingshafte Wochenende und gab gut gelaunt die Termine der niederbayerischen Wochenenddulten, Bauernmärkte und Frühlingsfeste bekannt. Franziska beugte sich vor und drehte den Ton ab. Otmar Kandler merkte ihre Anspannung. Er blieb gelassen.

Heute war Samstag. Hatte Christian nicht auf seinen Zettel geschrieben, er käme am Wochenende zurück? Das hatte ihr gerade noch gefehlt. Bevor sie nicht mit sich selbst ins Reine gekommen war, würde es auch keinen Sinn haben, die Dinge mit ihm zu klären.

Nach einer Weile sagte Otmar Kandler vorsichtig: »Sie sollten besser auf sich achtgeben. Man kann eine Kerze nicht an beiden Enden anzünden – und wenn, dann nur für sehr kurze Zeit.«

»Ist das eine von Teres' Lebensweisheiten?«

»Ja.« Er lächelte beglückt, und sie wusste, dass er postwendend zum Blauen Vogel zurückkehren würde, entweder, um Teres zu bewachen, oder um sich an ihrer Seite wohlzufühlen – vermutlich beides.

Im Büro goss sie Brunos Blumen auf der Fensterbank, drehte sie ins rechte Licht, befreite sie von welken Blättern und versuchte dabei, an nichts zu denken. Wenn sie an nichts dachte, flatterten ihre Gedanken schmetterlingsgleich durch den Raum und ließen sich irgendwo nieder.

Als Erstes drängte sich ihr Ilse Binder auf. Sie hätte die Bildhauerin für klüger gehalten, für weniger naiv. Wenn sie schon fünfhundert Euro an den ersten Bedürftigen, der ihr über den Weg lief, weitergeben musste, so hätte sie diese vorher wechseln sollen. Es war doch klar, dass der Schmiedinger Leopold mit einem derart großen Schein überall auffallen würde.

Natürlich hätte Leopold auch zu seinem Vetter gehen und sich das Geld von ihm wechseln lassen können, doch bei der Vorstellung, welchem misstrauischen Verhör der Polizeiobermeister seinen Cousin unterzogen hätte, stahl sich ein nachsichtiges Lächeln auf Franziskas Lippen.

Das wirkliche Pech an der ganzen Geschichte war, dass ausgerechnet einen Tag, bevor Leopold Schmiedinger seinen »Reichtum« auszugeben begann, der Mord im Blauen Vogel geschehen war. Ein Zufall, der bösen Gerüchten und finsteren Anspielungen Tür und Tor öffnete. Und warum hatte die Bildhauerin das nicht gleich klargestellt und damit ihre gute Tat öffentlich gemacht? Zum ersten Mal, seit sie sie kannte, zweifelte Franziska an Ilse Binder, zumindest an deren gesundem Menschenverstand.

Auf dem Weg zu ihrem Schreibtisch streifte sie Brunos edle Espressomaschine mit Mahlwerk, Vorbrühmechanik und Milchaufschäumer. Ein Meisterwerk der Technik und des Aromas. Das letzte Mal hatte sie sie benutzt, um für ihren so perfekt Deutsch sprechenden Kollegen aus Tschechien einen Espresso zu brühen. Und wieder streifte sie ein umherschwirrender Gedankenschmetterling, schneeweiß, so weiß, wie einige der Augenbrauenhaare des Kriminalkommissars Alexander Konrádová, der vermutlich jetzt in Prag mit seiner Familie zu Mittag aß und sie schon längst vergessen hatte. Sie sollte ihn auch vergessen. Aber das war nicht so leicht.

Franziska schloss die Augen und erinnerte sich an den Duft seiner Haut, an das weiche Kratzen seines Bartes, an seinen Blick, der sie begehrt hatte, und an seine weiche und samtene Stimme. Er war jemand, an dessen Seite sie sich fallen lassen konnte, und vielleicht wäre er sogar jemand, mit dem Urlaube gelingen könnten. Ganz kurz stellte sie sich vor, morgens in einem Hotelbett an seiner Seite aufzuwachen, eine Flügeltür zu öffnen, vor sich das Meer zu sehen und sich einfach nur wohlzufühlen.

Seufzend scheuchte sie diese Gedanken fort. Vorbei, vergessen. Sie hatte sich schon vor langer Zeit für ein anderes Leben entschieden und würde bei dieser Entscheidung bleiben. Sie gehörte zu Christian, und Christian gehörte zu ihr. Und sie beide wiederum gehörten in ihre schöne große Landauer Wohnung mit Blick auf die Isarauen und waren verantwortlich für einen ständig hungrigen Kater, der maunzend um ihre Beine strich.

Sie würde nicht mehr davon träumen, mit Alexander Konrádová zu verreisen. Dafür sollte ihr Mann auf diese literarische Liebesgeschichte mit seiner Lektorin verzichten. Das wäre doch ein Deal mit dem Schicksal, darauf könnte man sich einigen – und sie würde nach fünf Tagen Aufruhr endlich wieder zur Ruhe zu kommen.

Aus Gewohnheit fuhr Franziska ihren Rechner hoch und checkte ihre E-Mails. Nichts von Christian, keine Nachricht, dass er schon daheim war, sie vermisste oder gar auf sie wartete. Erst an ihrer Enttäuschung wurde ihr bewusst, wie sehr er ihr fehlte. Werbemails liefen ein, Spendenaufrufe und Einladungen zu Fortbildungen. Sie klickte alles, was sie nicht interessierte, weg. Und dann kam plötzlich eine rot blinkende E-Mail mit einer fremdsprachigen Betreffzeile. Nachrichten aus Prag? Sie dachte an Alexander, und ihre Hände zitterten. Der Espresso, den sie sich gebrüht hatte, bereitete ihr zusätzliches Herzklopfen.

In einem langen und in holprigem Deutsch geschriebenen Bericht erfuhr sie, dass es einem jugendlichen Hacker, den die Prager Kollegen bei ganz schwierigen Fällen hinzuzogen, innerhalb von zwei Stunden geglückt war, das Passwort auf dem Notebook des Toten zu umgehen und alle Dateien zu öffnen. Ihr war klar: Diese umständliche Einleitung hatte nur den Zweck, sie über die Großartigkeit der Dienststelle im Nachbarland aufzuklären und ihr ein anerkennendes Wort zu entlocken. Okay, sollten sie haben. Bevor sie die Anhänge öffnete, mailte sie zurück: »Super, das ging ja wirklich schnell, herzlichen Dank.«

Ein paar Augenblicke später sollte sie froh darüber sein, diese Botschaft so spontan geschrieben zu haben, denn das erste Attachment, das sie öffnete und das den unverfänglichen Titel »Zusatzinformationen« trug, war ein Brief von Alexander.

Sie überflog ihn hastig und atemlos, schluckte und las ihn erneut:

Meine liebe Franziska,
es ist mir schwergefallen heimzufahren, und es ist gut, dass Du um einiges vernünftiger bist, als ich es bin. Wenn es der Tod ist, der zwei Menschen zusammenbringt, so kann die Geschichte nicht mit Leben gefüllt werden. Das sage ich mir immer wieder, und dennoch fehlst Du mir. Um Dir gedanklich nah zu sein oder um mich mit Arbeit abzulenken, bin ich als Erstes in mein Büro gefahren (ja, ich habe eine Familie, aber Du hast nicht danach gefragt, und ich habe auch Deinen Ehering gesehen – schweigen wir weiterhin darüber) und habe mich hier mit einem jugendlichen Hacker, dem Computer des Toten und unserem Fall befasst. Mein halbwüchsiger Hacker ist vermutlich so ähnlich gestrickt wie Euer Enzo, dessen engagierten Rufmord-Artikel

ich heute früh in der Online-Ausgabe des Landauer Anzeigers las.

Es gelang meinem jungen Genie ziemlich schnell, das Passwort zu umgehen und die Dateien zu öffnen. Was wir inzwischen wissen und was auch Dich interessieren sollte: Der Tote heißt Mirek Jaroslav, ist zweiundvierzig Jahre alt und hatte bis zu seiner crowleyschen Offenbarung vor etwa elf Monaten ein kleines und schmutziges Etablissement im Rotlichtbezirk am östlichen Ufer der Moldau. In der entsprechenden Szene nannte man ihn Liška. Liška ist das tschechische Wort für Fuchs – Ihr würdet es vermutlich als Schlitzohr übersetzen.

Da er mehrfach auffällig wurde – das Übliche, Schlägereien, Schmuggel und Hehlerei –, haben wir seine Bilder in unserer Kartei. Ich hänge Dir die Fotos an. Wie Du siehst, war er auch schon vor seinem Sektenbeitritt tätowiert.

Über den Grund, warum dieser Mirek, der doch mit allen Wassern gewaschen ist, den CCs beigetreten ist, haben meine Kollegen und ich lange gerätselt. Mir persönlich fallen nur zwei Motive ein. Erstens Macht und zweitens Liebe, oder sollte ich die Reihenfolge umkehren? Das zweitgenannte Motiv ist für mich um so vieles einleuchtender. Ich denke viel an Dich, Franziska. Eindeutig zu viel.

Nun denn, lassen wir das, und möglicherweise ist es ja auch eine Mischung aus beiden Motiven.

Noch immer werte ich die Dateien aus und kann Dir daher nur einen ersten Eindruck schildern. Es ist unglaublich, wie viel unnützes Zeug sich so auf einem kleinen Notebook ansammelt und dort gespeichert bleibt bis in alle Ewigkeit. Sich in einen fremden Computer hineinzudenken ist fast so, als ginge man in einem fremden Kopf spazieren. Aber ich will Dich nicht langweilen.

Zunächst fand ich unendlich viele Zahlen, die weder etwas mit Buchhaltung noch mit Statistik zu tun haben können, deshalb vermuten wir, dass sich hinter diesen Zahlen ein Code verbirgt. Außerdem Fotos und zum Schluss – sehr clever gesichert übrigens – einen Ordner, in dem die Korrespondenz mit dem spirituellen Lehrer der CCs abgelegt war. Unser Mirek Jaroslav war demnach beim Crowley College schon fast an der Spitze der Macht und hatte Zugang zu vertraulichen Informationen.

Ich will ja nicht despektierlich sein, aber man könnte nahezu meinen, dass die Gesetze der Unterwelt und die Gesetze von religiösen Gemeinschaften sich nur unwesentlich voneinander unterscheiden. Das würde auch erklären, warum der Fuchs so weit gekommen ist.

Aber dann muss irgendwas passiert sein. Denn die E-Mails, die Mirek dann aus Kleinöd an seine Genossen schrieb, deuten einen Aufstand an, eine Art Revolution: Der Meister sollte von seinem Podest gestoßen werden. Und warum das alles? Ich stelle mir vor, dass Mirek einen Wunsch gehabt und darauf bestanden hat, dass der Meister dieses Anliegen vorrangig erfüllte. Aber der Lehrer weigerte sich. Und daraufhin griff Mirek zu den Waffen, die ihm vertraut waren: Spionage, Erpressung, Rufmord, üble Nachrede.

Und der Meister wiederum berief sich auf seine Statuten und gab ihn zum Abschuss frei. Immerhin heißt es in den Regeln der CCs »bis dass der Tod euch scheidet« – und jetzt war Scheidung angesagt.

Der Fuchs rannte fort und versteckte sich – aber die Jäger hatten seine Fährte bereits aufgenommen … und vollstreckten das Urteil in Kleinöd.

Du fehlst mir. Wenn ich einen Wunsch frei hätte, so wünschte ich mir, Du wärest bei mir oder ich bei Dir. Doch es ist zu spät zum Wünschen.

Dein Alexander

Kapitel 20

In einem weiteren Anhang befanden sich Polizeifotos des Mirek Jaroslav, genannt Liška. Franziska betrachtete das Profilfoto. So also hatte er ausgesehen, als er noch lebendig war. Von der beginnenden Glatze lenkten die im äußeren Rand der Ohrmuschel steckenden und hängenden Silberringe und -knöpfchen in unterschiedlichen Größen ab. Auch die höckrige Nase war am sichtbaren Nasenflügel mit einem silbernen Karabinerhaken versehen und die Nasenscheidewand von einem Silberpfeil durchbohrt. Über Nacken und Hals ringelten sich tätowierte Ornamente, die sich auf dem Rücken fortzusetzen schienen. Das zweite Bild zeigte ihn von vorn: Unter von Ringen durchknüpften Augenbrauen offenbarte sich ein stechender Blick, die Nase war breit und schien an ihren äußeren Flächen von dem Gewicht des Schmucks nach unten gezogen zu werden, die Mundwinkel zeigten nach unten, auch die Lippen waren gepierct – ebenso die Zunge.

Warum hatte er sich das alles nur angetan? Glaubte er wirklich, dass ihn dieser Schmuck attraktiver machte?

Sie starrte auf die Polizeifotos und hatte doch die ganze Zeit Alexanders Brief im Kopf. Vermeinte seine Stimme zu hören, die ihn Wort für Wort vorlas, vor allem jene Sätze, die seine Sehnsucht formulierten.

Wäre es möglich? Bräuchte sie nur Ja zu sagen und dieses eine Leben verlassen, um in ein anderes einzutauchen und weiße Flügeltüren zu öffnen?

Sie wusste, dass es nicht ging.

Er hatte Familie, sie war verheiratet, ihrer beider Leben waren nicht miteinander in Einklang zu bringen. Es war zu spät. Sie würde vernünftig sein. Vernünftig und stark und klug. Aber genau das tat weh.

Während die Schwarz-Weiß-Fotos des Toten eines nach dem anderen durch die Walzen des Laserdruckers liefen und beklemmend warm und lebendig in ihre Hände glitten, piepste ihr Rechner und meldete einen weiteren Maileingang. Vielleicht von Christian? Sie hoffte es. Ihre Entscheidung gegen Alexander war noch so wacklig und zerbrechlich. Ein Satz ihres Mannes, und alles wäre gut, und sie wüsste, wo sie hingehörte.

Doch die Anfrage war von Georg Cannabich, dem Chefredakteur des Landauer Anzeigers.

Sachlich und distanziert, wie er sich ihr gegenüber immer verhielt, bat er darum, exklusiv mit den neuesten Nachrichten zum Fall des Bildermenschen versorgt zu werden. Vermutlich hatte er mit dieser Story des getöteten Tätowierten schon einige Boulevardblätter aus München geködert und gute Honorare ausgehandelt. Franziska schüttelte den Kopf. Nein, so ging es wirklich nicht.

Ihr Kollege Bruno hatte diesen Redakteur viel zu sehr verwöhnt. Dass die beiden befreundet waren, war eine Sache, aber das hieß noch lange nicht, dass Cannabich alle Informationen exklusiv bekommen und im Namen seines Blattes verhökern konnte. Spontan beschloss sie, Montag früh eine Pressekonferenz abzuhalten, das gab ihr etwa zweiundvierzig Stunden Luft, zweiundvierzig Stunden, in denen sie mit ihren aktuellen Informationen arbeiten konnte. Und die Zeit brauchte sie auch dringend.

»Pressekonferenz vermutlich Montag gegen zehn Uhr«, mailte sie zurück und sah in dem Augenblick, als sie die Info abschickte, dass unter Cannabichs Namen die Homepageadresse seiner Zeitung eingeblendet war. Genau, Alexander hatte ja auch schon per World Wide Web in den neuesten Seiten des Landauer Anzeigers geblättert und Enzos Artikel gelesen.

Sie klickte den Link an, woraufhin sich eine Seite öffnete, die im rechten oberen Feld ein Foto des Blauen

Vogels zeigte. Darunter war Leopolds Gartenhaus zu sehen, mit der reißerischen Überschrift: »Wohnt hier der Mörder des Bildermenschen?« Ein zusätzlicher Klick öffnete Enzos Artikel, versehen mit einem Bild des binderschen Gartenhäuschens und sogar einem Foto von Leopold Schmiedinger, allerdings von hinten. Seine Tonsur war zu sehen und seine schmächtigen, irgendwie ängstlich wirkenden Schultern. Wer nur auf die Überschriften achtete, musste zwangsläufig davon ausgehen, dass Leopold Schmiedinger ein Mörder war und der Bürgermeister von Kleinöd recht hatte, wenn er derart verkommene Subjekte nicht in seiner Gemeinde duldete.

Spontan griff Franziska zum Telefon und ließ sich mit Georg Cannabich verbinden.

Er war wie immer in der Redaktion. »Auch so einer, der kein Zuhause hat«, hatte Bruno einmal über ihn gesagt. Damals hatte Franziska sich gefragt, auf wen er wohl dieses »auch« bezog: auf sie, die Hauptkommissarin, oder auf Gustav Wiener, den Pathologen. Den hatte sie nämlich so gut wie nie woanders als im Sezierraum des Krankenhauskellers oder auf Beerdigungen getroffen. Dabei hieß es doch immer, auf dem Land sei niemand allein. Alles Märchen.

»Ja, Frau Hausmann?« Franziska hörte dem erst vor Kurzem zum Chefredakteur beförderten Cannabich an, dass er ein schlechtes Gewissen hatte. Recht so! Das gab ihr Auftrieb.

Sie kam gleich zur Sache: »Ich war grad auf Ihrer Homepage. Respekt. Was haben Sie sich denn eigentlich dabei gedacht?«

Er ging sofort in die Defensive. »Also, ich habe damit nichts zu tun. Das können Sie mir glauben, und es ist mir auch unfassbar peinlich. Sie kennen mich, und Sie wissen, dass so etwas nicht mein Stil ist. Wenn ich davon gewusst hätte, so hätte ich diesen Auftritt niemals zugelassen. Als ich das heute Morgen sah, ist mir echt die Kinnlade runtergefallen. Das können Sie mir glauben.«

»Okay.« Franziska stöhnte. »Aber wie konnte es dann passieren? Sie sind doch der Chef, oder habe ich da etwas übersehen?«

Georg Cannabich zögerte kurz und gestand: »Das da war ein Alleingang des Verlegers. Und Sie wissen ja, wer zahlt, schafft an.«

»Der Verleger? Erzählen Sie mir doch nichts. Nein ehrlich, ich kann mir nicht vorstellen, dass Doktor Maller überhaupt weiß, wie man eine Website aufbaut.«

Ihr Gesprächspartner schien zu lächeln. »Da mögen Sie recht haben. Aber er hat sich aus einer Laune heraus oder weil er sein Geld unter die Leute bringen will, ein paar IT-Meister eingekauft, die seit zehn Tagen durch die Redaktion rennen und alles ändern wollen. Angeblich müssen wir mit der Zeit gehen. Zusätzlich zu diesen Experten hat er dann auch noch zwei Profis vom *Daily Mirror* eingeflogen, die die ganze Zeit englisch reden. Es ist die Hölle. Sie können gerne mal vorbeikommen und sich das anschauen.«

»Danke, die Hölle habe ich schon hier. Und zwar mit meinem Fall, wenn Sie verstehen, was ich meine. Außerdem muss ich Ihnen sagen, dass ich nicht damit einverstanden bin, wenn Sie sich auf diese Art und Weise in meine Arbeit einmischen und der Öffentlichkeit ein Bild von dem Mord im Blauen Vogel vermitteln, das so nicht stimmt.«

»Da gebe ich Ihnen recht. Völlig.« Georg Cannabich hörte sich wirklich kleinlaut an, und Franziska neigte dazu, ihm zu glauben. »Verstehen Sie, wir sind auch schon dabei, das alles rückgängig zu machen, denn wir wollen unserer Hauptseite im World Wide Web genau jene Seriosität verpassen, die dem Landauer Anzeiger entspricht.« Als wolle er sich erneut entschuldigen, fügte er hinzu:

»Wissen Sie, ich war gestern nur kurz zum Mittagessen außer Haus, und in genau der Zeit haben diese smarten Londoner Experten unseren Technikern gezeigt, wie Nachrichten reißerisch aufgemacht und geschickt platziert werden. Um das Ganze anhand eines Fallbeispiels zu demonstrieren, haben die dann ausgerechnet Enzos Artikel über Leopold Schmiedinger mit Fotos und knalligen Überschriften unterfüttert und – anstatt ins hauseigene Intranet – gleich ins Internet gestellt. So etwas darf natürlich nicht passieren. Hier rollen jetzt die Köpfe«, murmelte Cannabich betreten. »Wir haben schon eine Anzeige vom Journalistenverband, und auch das Innenministerium hat sich gemeldet sowie Unmengen von Ethikkommissionen. Da soll mal einer sagen, ins WWW könne man hineinstellen, was man wolle.«

Franziska hakte argwöhnisch nach: »Das heißt also, seit heute Nacht hat die ganze Welt Zugriff auf diesen Artikel?«

Ein eigentümliches Klicken in der Leitung ließ darauf schließen, dass Georg Cannabich nickte. Gedämpft murmelte er dann: »Ich fürchte ja.«

»Wenn was schiefgeht, geht auch gleich alles schief«, stellte die Kommissarin fest. »Wir sehen uns spätestens Montag. Den Termin der Pressekonferenz habe ich Ihnen ja bereits gemailt.«

Dann erst nahm sie die restlichen Bilder aus dem Drucker und verabredete sich mit Gustav Wiener in der Pathologie.

Kapitel 21

»Die Umleitung fangt da beim Blauen Vogel an, geht bis übern Feldweg an der Vils naus und hört dann an der Stichstraßen auf, dahinten, wo der Waldmoser wohnt«, erläuterte Adolf Schmiedinger das Vorhaben und blickte auf seinen handgezeichneten Plan. »Ungefähr vom Supermarkt ab ist dann eh schon wieder alles wie immer. Wie g'sagt, grad einmal tausendfünfhundert Meter. Am besten setzen mir unsere mobilen Ampeln ein, und zwar mit einer Taktung von vier Minuten. Müsst dann ungefähr hinhaun, hab ich mir schon alles auf'm Revier ausg'rechnet.«

Daxhuber nickte beflissen und griff nach dem rot-weißen Plastikband mit der Aufschrift »Polizeiabsperrung«.

»Hast du das Umleitungsschildl mit einpackt?«, fragte der Polizeiobermeister.

»Liegt schon im Bus«, stellte Eduard klar.

»Mei, wenn ich dich ned hätt!«

»So, und jetzt baun mir das Ding g'schwind auf, und wenn s' dann nachad alle da sind, ham mir zwischen zwei und sechse eh schon wieder unsere Ruh. Wirst schon sehen.«

»Ha!«, schallte es ihnen in Höhe des Hauses mit der Nummer sieben entgegen. »Jetzt baut der Staat also schon extrig Straßensperren auf, um einen gemeingefährlichen Mörder zum schützen! Bald werden g'wiss noch Panzer rollen! Und bloß damit der grausliche Verbrecher einem rechtschaffenen Menschen, wie mir welche sind, ned offen in die Augen schaun bräucht!«

Lukas Reschreiter als Anführer der Bürgerwehr hatte den Schaft seiner Schrotflinte auf den Boden gestellt, der Lauf zielte gen Himmel. Es sah irgendwie albern aus, schoss es Eduard durch den Kopf, so als plane Reschreiter, auf Wolken zu schießen. Neben der Flinte hechelte der übergewichtige Dackel Lumpi.

Hinter Reschreiter drängten sich neun Männer unterschiedlichen Alters zusammen, alle bewaffnet mit Messern, Knüppeln und Sicheln, zwei fuchtelten mit einer dreizackigen Mistgabel herum. Sie kamen aus dem Neubaugebiet, aus den Nachbarorten Großöd-Pfletzschendorf, Ecklöd und sogar aus Schäffleröd und hatten sich vom Bürgermeister dazu anstacheln lassen, ihre vermeintlich bedrohten Frauen und Kinder zu behüten.

»Wenn die Polizei uns nicht schützt, müssen wir die Sache halt selbst in die Hand nehmen«, stellte einer von ihnen klar, worauf Adolf Schmiedinger rot anlief, nach Luft schnappte und zu einem erzürnten Poltern ansetzte.

Geistesgegenwärtig schob Eduard seinen Freund zur Seite und bedachte die zusammengewürfelte Truppe mit einem verächtlichen Blick: »Ihr seids doch nix anders ned als wie ein Kasperltheater von euerm Vortänzer seine Gnaden da, vom Waldmoser! Dass der sauberne Herr Bürgermeister aber auch jedes Mal wieder neue Volldeppen finden tät, die was seine windigen G'schäfterl für den erledigen – das ist für mich das Einzige, was ich allerweil ned kapier. Und jetzt schleichts euch g'fälligst heim, wo dass ihr hing'hörts, alle miteinand!«

Eduard bemühte sich, seiner Stimme einen glasklaren und beinharten Unterton zu geben. Respekt sollten die vor ihm haben. Er war immerhin die rechte Hand des Polizeiobermeisters. Seine Rede schien zu wirken, denn Reschreiter spuckte verächtlich auf den Boden, sein Dackel zog den Schwanz ein. Dann nahm der Luck sein Gewehr und machte mitsamt seinen Leuten kehrt.

Adolf Schmiedinger schnaufte schwer.

»Sobald die Ampeln stehn, trinken mir einen Obstler für die Nerven«, versprach Eduard und legte seinem

Freund beruhigend die Hand auf die Schulter. Gut, dass wenigstens er noch die Sache im Griff hatte. Ihm war allerdings klar, dass Ottilie, sobald er ihr von der spannungsgeladenen Begegnung berichten und sich zudem rühmen würde, dank seines beherzten Eingreifens einer umfassenderen Eskalation vorgebeugt zu haben, sofort wieder ihr lakonisches »Ach geh weiter, so wild wird's schon auch wieder ned g'wesen sein« ins Gespräch bringen würde. Seine Frau würde nie begreifen, dass sie mit einem wirklichen Helden zusammenlebte.

»Perlen vor die Säu«, murmelte Eduard, und Adolf Schmiedinger schüttelte den Kopf. »Was meinst denn nachad damit?«

»Ach nix.«

Teres Schachner stellte kleine Schalen mit roten und gelben Primelchen auf die hölzernen Tische ihrer Gaststube und rückte die Stühle in Reih und Glied. Mit einer Mischung aus Staunen und Entzücken warf sie freundliche Blicke in jenes Eck, in dem Otmar Kandler saß und den Landauer Anzeiger studierte. Irgendwann würde sie vor ihre Gäste treten und verkünden: »Mein Lebensgefährte und ich ham b'schlossen ...« Ja, aber was könnten sie beschließen? Ein bisschen glücklich zu sein? Das würde niemanden aus Kleinöd interessieren. Und überhaupt: Glücklich sein ging auch ohne Vorankündigung.

In der Küche rumorte Kreszentia und stritt wie immer mit dem Koch. Sollte sie doch. Wenn es sie glücklich machte. Alle sollten glücklich sein.

Teres ging auf Otmar Kandler zu und fragte: »Steht da außer von dem Mord noch was anderes drin über uns, also über Kleinöd, tät ich meinen?«

»Mehr, als ihr braucht«, antwortete er. »Aber was meinst du denn genau?«

»Z'wegen der Freiluftausstellung von der Binderin. Ich

kenn's ja schon. Da ist allerweil was geboten. Zweimal im Jahr. Anschließend kommen s' nachad alle zu uns in die Wirtschaft rein und wollen bloß biologisch und kalorienarm essen und fragen dann beispielsweis nach Kuchen, die nur aus Ballaststoffe und so Zeug bestehn. Ein Kreuz ist das allerweil – allerdings auch kein schlechtes G'schäft.« Sie öffnete die Klappe zur Küche und rief hinein: »Dass ihr mir ja die Vollwerttorten ned vergessts!«

»Den Tortenrest?«, schrie die schwerhörige Kreszentia zurück und fügte vorwurfsvoll hinzu: »Hat die Angst, dass ich ihr was wegesse? So ein Schmarrn. Mir kommen daherin doch gar ned zum Essen, weil mir die ganze Zeit bloß noch am kochen und am backen sind.«

»Alles im grünen Bereich, Chefin«, übertönte die Stimme des Kochs das Lamentieren der Seniorwirtin.

Teres strich sich das Haar zurück und ging auf ihren Leibwächter zu. Leibwächter – was für ein schönes Wort. Dieser Mann bewachte ihren Leib, was auch bitter nötig war, denn seit Dienstag schwebte der auf Wolken. Und ihre Seele und ihr Kopf und alles, was dazugehörte, schwebten mit. Wenn sie Otmar ansah, hüpfte ihr Herz, und zwar noch intensiver, als früher beim Betrachten des Hansi-Hinterseer-Posters.

»Was sind das denn für Leute?«, fragte Otmar. »Hat die Künstlerin hier bei dir eine geschlossene Gesellschaft?«

»Das ist die ganz feine G'sellschaft«, klärte sie ihn auf. »Auch wenn die sich ned allerweil so benehmen tät'n. Leut vom Fernsehen sind da und vom Radio und von die Zeitungen natürlich auch – aber nur die Allervornehmsten. Von denen kommt längst ned jeder eini. Der Enzo zum Beispiel, der darf da ned mit, obwohl der doch im Ort wohnt. Bloß vom Feinsten. Der Vater vom Enzo, der sich ja als Lehrer auskennen sollen tät, sagt allerwei: ›Die Binder spielt eben in der ersten Liga.‹«

»Und was bedeutet das?«

»Mei, ich weiß es auch ned genauer. Die ist halt richtig berühmt.« Sie setzte sich zu ihm an den Tisch und griff nach seiner rechten Hand, an der er zwei goldene Ringe trug.

»War ja im Nachhinein für mich persönlich eher ein Glück, dass mir den Mörder dag'habt ham …«, gestand sie. »Sonst hätt'n mir uns vielleicht ja gar nie troffen.«

Er lachte, zog die Nase kraus und berührte mit seinem Zeigefinger ihre Lippen. »Teres, Teres, die redet nix wie Käs.«

»Mein lieber Schwan, du kannst ja bald schon so gut dichten wie meine Mama.« Sie sah ihn lange an, schluckte, wandte den Kopf zur Seite und murmelte: »Wennst magst, kannst fei gern heut über die Nacht dableiben. Z'wegen mir tätst ned immer extrig hin und her fahrn müssen.«

Bevor er antworten konnte, wurde die Tür zum Gastraum aufgerissen, und Polizeiobermeister Schmiedinger und Eduard Daxhuber betraten den Blauen Vogel.

»Teres, mir kriegen zwei Klare, aber zackzack, weil, mir müssen gleich unsern Ärger über den Reschreiter Luck nunterschwemmen, den blöden Hund den! Ein solchener g'schreimaulerter Depp, wie das einer wär!«

»Was hat er denn ang'stellt?« Sie lächelte, und Adolf Schmiedinger staunte erneut über die Verwandlung dieser Frau. Solange er sich erinnern konnte, und er hatte ein gutes Gedächtnis, hatte sie finster vor sich hingeschaut und nie gelächelt. Seine Erna hatte damals, als Schmiedingers Welt noch in Ordnung war, felsenfest behauptet, die Schachner Teres schaue nur deshalb so fürchterlich drein, damit alle Besucherinnen des Blauen Vogels sich schön fühlten, und an dem Punkt hatte er ihr vehement widersprochen: »Ach woher denn. Die kann's ned. Die hat's nie g'lernt, und die wird's auch nimmer lernen. So wie ich kein Englisch kann, kann die halt ums Verrecken ned lächeln.« Jetzt tat es ihm ein wenig leid. Seine Erna hatte wohl recht gehabt. Er fragte sich, ob die Teres in jenen zwei bis vier Muskeln, die sie augenscheinlich zum ersten Mal in ihrem Leben benutzte, Muskelkater haben mochte.

»Mögts ein Stückerl Kuchen?«, fragte Teres und bot an, etwas Superballastkuchen aufzuschneiden. Der Koch hatte dieses Meisterstück aus Vollkorn, Leinsamen und Haferflocken gerade auf die Anrichte gestellt. Es sah nicht unbedingt einladend aus.

Adolf Schmiedinger erinnerte sich an eine ähnliche Situation aus dem vergangenen Jahr und schüttelte sich. »Naa, dank schön. Ned dass der Kuchen wieder grad so schmeckt, wie die Figuren von der Binder ausschaun. Außerdem müssen mir gleich wieder den Verkehr regeln – ned dass die Übertragungswagen am End mit der ganzen Technik noch z'sammenstoßen tät'n ...« Er seufzte. »Eine wirkliche Ruh hast halt da bei uns eigentlich nie.«

»Braucht ihr Hilfe?«, bot Otmar Kandler sich an.

»Kriegen mir schon hin! Dank schön.«

Kapitel 22

Umständlich hantierten sie mit dem etwa zehn Zentimeter breiten rot-weißen Plastikband, auf dem sich das Wort »Polizeiabsperrung« in regelmäßigen Abständen wiederholte. Der Polizeiobermeister hatte es an einen Laternenpfahl geknotet und suchte nun nach einem geeigneten Pfosten auf der gegenüberliegenden Straßenseite. Er und sein Mitarbeiter hatten je zwei Obstler auf relativ nüchternen Magen getrunken, und nun war ihnen etwas schwummrig zumute. »Das wird der Frühling sein. Der hat schon auch eine G'walt über die Natur und den Menschen«, versuchte Eduard Daxhuber eine Erklärung des eigenartigen Zustandes zu liefern und ergänzte wie zum Beweis: »Hast ja g'sehn, was er bei der guten alten Teres ang'richtet hat.«

»Ja Bluatsakra«, stimmte ihm Adolf Schmiedinger zu. »Das stimmt fei wirklich! Hoffentlich erwischt der mich auch mal so arg.«

»Wer?«

Er dachte an Frieda Zwacklhuber und brummelte in sich hinein: »Passt scho!«

Es war dreizehn Uhr vierzehn. Vermutlich würden die ersten TV-Übertragungsbusse und Journalisten in den nächsten zwanzig Minuten eintreffen.

Adolf Schmiedinger instruierte seinen Freund: »Weißt eh, bloß die, die was eine Einladung von der Binder ihrem Galeristen ham, die lassen mir durch. Deswegen können mir das Band auch ned einfach um einen Baum rumwickeln. Es muss zur Ankunft und zur Abfahrt von denen Wichtigtuern für jeden Einzelnen aufg'macht und wieder g'schlossen werden. Wie eine Tür halt, verstehst?«

»Logisch«, antwortete Eduard Daxhuber.

Während Adolf eine Schneestange aus seinem VW-Bus wuchtete und in die Blumenrabatte des Kirchhofs rammte, besah Eduard sich die Eintrittskarte zum binderschen Freiluftgarten. Es war ein rosafarbenes Kärtchen mit einem fetten schwarzen B, in dessen unterer Leibung ein schwarzer Kater hockte und das heutige Datum hinausmiaute. Es wirkte wie eine Einladung zum Kindergeburtstag.

»Verstehst?« Der Polizeiobermeister war hinter seinen Freund getreten und stellte die Sache erneut klar. »Bloß die, die so ein Teil in der Hand haben, die tätst du durchlassen dürfen. Alle andern müssen g'fälligst die Umleitung nehmen, damit s' die Ausstellungseröffnung nicht stören«, betonte Adolf mit Nachdruck und überprüfte, ob die Hinweisschilder auch gut platziert waren. »Einer von uns bewacht die östliche Zufahrt, und ich nehm nachad dann die westliche.«

Eduard war beeindruckt von der Weitsicht seines Freundes. Dann hielt er kurz inne: »Ham mir denn eigentlich da beim Waldmoser schon abg'sperrt, weißt schon, hinten an der Bürgermeistervilla?«

Adolf schüttelte den Kopf. »Verdammt und zug'näht, das ham mir doch glatt vergessen, jetzt werd's am End doch wieder ganz schön eng zeitlich.«

Während sie auf der asphaltierten Straße am Haus von Charlotte Rücker und Bernhard Döhring sowie an Eduards Haus vorbeifuhren, schlich, vom Supermarkt kommend, ein roter Opel Kadett den holprigen Feldweg zwischen dem langriegerschen Anwesen und dem Atelier der Binder hoch und parkte hinter der Ligusterhecke, die das Grundstück umgab. Auf dem Beifahrersitz des Wagens lag ein schlechter Computerausdruck jener Seite des Landauer Anzeigers, auf der Leopold Schmiedinger von hinten sowie seine winzige Behausung von vorn abgebildet waren.

»Sie sehen immer so dünn aus, wie eine Hülle, als sei das Eigentliche verschwunden«, murmelte Franziska und verglich die Fotos der tschechischen Polizei mit dem Gesicht des Toten, der da auf dem Edelstahltisch vor ihr lag.

»Das stimmt, so sind sie ja auch: leb-los – ohne Leben.«

»Ist er das?«, fragte sie und zeigte ihm die Ausdrucke.

Gustav Wiener ging zum Waschbecken, seifte sich die Hände ein, putzte umständlich seine Brille und kam langsam wieder zurück. Aufmerksam betrachtete er die Bilder und nickte dann. »Ja, ich bin mir sicher, dass es der von den Fotos ist. Hier liegt er allerdings ohne all das Silberzeug. Wenn man sich überlegt, wo der überall gepierct war, nein, wirklich, da hat der sicher zwei Kilo mehr gewogen.«

Franziska suchte den Blick des Mediziners. »Darf ich Sie mal was fragen?«

Gustav Wiener nickte.

»Also diese Dinger, Sie wissen schon, was ich meine, also hat er noch gelebt, als man ihm die alle rausriss?«

Der Pathologe schüttelte den Kopf. »Definitiv nicht.«

»Aber warum wurden die ihm dann so ... rausgerupft? Verzeihen Sie das Wort, aber für mich sah es auf den ersten Blick aus wie eine grausame Folter.«

»Frau Hausmann, diese Teile sind kostbar, das ist nicht nur reines Silber, sondern auch Platin und Gold. Und schauen Sie mal, hier in der Augenbraue.« Er hielt ihr ein Porträtfoto hin. »In diesem winzigen stilisierten Anker steckt sogar ein kleiner Brilli.«

»Das heißt, der Täter hat den Schmuck an sich genommen, weil er wertvoll ist?«

»Genau.« Gustav Wiener nickte. »So wird es gewesen sein. Er hat ihn regelrecht von der Leiche weggepflückt. Und zwar mit solchen Einweghandschuhen, wie auch ich sie trage. Fingerabdrücke haben wir nämlich keine gefunden, dafür aber Unmengen an Latexrückständen.«

Franziska seufzte. »Ja, dann werd ich mal den Kollegen in Prag mitteilen, dass der Tote definitiv Mirek Jaroslav ist, genannt Liška, der Fuchs. Kann die Leiche dann abgeholt werden?«

Der Pathologe hob die Schultern. »Ich weiß nicht. Weil, ich hab da was Eigenartiges entdeckt. Schauen Sie mal. Ich meine, vielleicht hat es ja nichts zu bedeuten, aber Sie sollten es sehen.« Er hob den rechten Arm des Toten und drehte ihn so, dass die Handfläche nach oben wies.

»Sehen Sie was?«

»Nur Tätowierungen«, murmelte Franziska und wandte ihren Blick schnell wieder ab. Sie würde sich nie daran gewöhnen.

»Ja, das hab ich auch gedacht, anfangs.« Gustav Wiener

räusperte sich. »Aber dann fiel mir plötzlich eine Unregelmäßigkeit auf. Ich kann Ihnen nicht einmal sagen, was genau es war. Ich hatte nur mit einem Mal das Gefühl, dass da was nicht stimmt. Und so war es dann ja auch.«

Franziska wusste, dass sie jetzt geduldig sein musste und dass er auf ihre interessierten Nachfragen wartete. Gespräche mit Gustav Wiener brauchten Zeit. Dieser Mann war einfach zu oft mit seinen Toten allein.

Vom Verwaltungsdirektor des Krankenhauses wusste sie, dass Gustav Wiener als Junggeselle in einer Zweizimmerwohnung lebte. Vermutlich betrat er sein Zuhause nur, um zu schlafen, zu duschen und sich umzuziehen. Eigentlich wohnte er hier, bei den Gewebeproben, die den Lebenden abgenommen wurden und die er untersuchte – und bei seinen Toten. Sie traf ihn fast immer an seinem Arbeitsplatz. Tag und Nacht.

Bis auf jene zwei Wochen im April und im Oktober, in denen er verreist war und die Tage mit seinem Vater verbrachte, der ihn schon lange nicht mehr erkannte und dem er ebenso fremd war wie die Toten ihm.

Während dieser Ferien wusch und fütterte er den dementen Greis und schob ihn in einem Rollstuhl durch frühlingshafte oder herbstliche Parks. Vielleicht erzählte er ihm dabei von seinem Leben. So stellte Franziska es sich vor, und sie wusste nicht, ob dieses Bild sie eher tröstete oder erschreckte. »Früher«, hatte Gustav Wiener ihr einmal erzählt, »früher wollte ich Kinderarzt werden oder Hals-Nasen-Ohren-Arzt. Aber dann wurde meine Mutter krank und war ihr restliches Leben lang nur noch mit dem Sterben beschäftigt. Mehr als drei lange Jahre, jeden Tag ein bisschen, und ich habe beschlossen, nie wieder Abschied nehmen zu müssen. Die, die hier und jetzt bei mir ankommen, die haben schon ihren Abschied genommen.«

All das ging der Hauptkommissarin jetzt durch den

Kopf, und sie wappnete sich mit Geduld und Empathie. Gut, sollte er erzählen. Sie würde zuhören. Vorsorglich zog sie ihre Windjacke enger um sich, wandte dem Seziertisch den Rücken zu und setzte sich auf den einzigen Besucherstuhl des Raumes.

»Erzählen Sie mal. Was haben Sie noch Zusätzliches entdeckt?«

»Sie werden es nicht glauben.« Gustav Wiener trat an seinen Schreibtisch, nahm ein Blatt Papier und sagte: »Da sind Zahlen, Zahlen und Buchstaben. Eigenartig, oder? Die passen doch gar nicht zu den tätowierten Bildern. Und als ich mir das Ganze genauer ansah, musste ich feststellen, dass diese Zeichen später mit einem Kugelschreiber auf die Haut geschrieben worden waren. Auf den rechten und auf den linken Arm sowie auf die Innenseiten der Oberschenkel. Das hat sicher was zu bedeuten.«

Er fuchtelte mit dem gerollten Blatt Papier wie mit einem Zepter oder Zeigestock vor Franziska hin und her. Die blieb gelassen, sah ihn aufmerksam an und wollte wissen: »Was meinen Sie, diese Zahlen und Buchstaben – stehen die in irgendeiner Beziehung zueinander?«

»Davon bin ich überzeugt. Aber in welcher? Das müssten Sie herausfinden. Hier habe ich mal alles aufgeschrieben, was ich gefunden habe. Sehen Sie, fast alle Buchstaben von A bis Z, zwei oder drei fehlen, aber die werde ich auch noch finden.«

Mit verhaltenem Pathos entrollte er den Papierbogen und erklärte: »Es sind übrigens alles zweistellige gerade Zahlen. Ich hab mir einfach gedacht, dass Sie das wissen müssten.«

»Wenn wir Sie nicht hätten!« Franziska strahlte ihn an, und er wurde rot.

»Frau Hausmann, darf ich Sie noch etwas fragen?«

»Ja klar, was wollen Sie wissen?«

Er druckste herum. »Ich frag mich halt, was das für ein

Typ war, wissen Sie, wenn ich zu wenig von meinen ›Kunden‹ weiß, erscheinen sie mir im Traum.«

»Ja, das verstehe ich gut. Mir geht es ähnlich. Aber ich kann Ihnen nur das sagen, was in der Mail von den Kollegen aus Prag stand. Also unser Toter ist zweiundvierzig Jahre alt, war auffällig geworden als Drogendealer, Hehler und Schläger und hatte eine Zeit lang ein Bordell besessen, das unter dem aufschlussreichen Namen EUROS firmierte, was eine interessante Verbindung zwischen Eros und Euros aufzeigt.«

Der Pathologe nickte, wurde schon wieder rot, und sie sah ihm an, dass er das Thema Eros automatisch mit Pornografie und somit mit Sünde gleichsetzte.

»Und dann muss irgendetwas passiert sein«, fuhr Franziska fort und tat so, als bemerke sie seine Verwirrung nicht. »Er hat das alles verkauft und ein neues Leben angefangen, ist einem Geheimbund beigetreten, der sich übrigens Crowley College nennt, hat sich innerhalb weniger Monate in dieser Organisation sehr weit hochgearbeitet – und letztendlich vermutlich jenen Fehler gemacht, der ihm das Leben kostete.«

»Donnerwetter!« Gustav Wiener nickte fast anerkennend. »Nach so einer großen Nummer sieht der mir gar nicht aus.«

»So kann man sich täuschen.« Sie schüttelte den Kopf und gestand: »Wenn ich mir selbst so zuhöre, klingt das alles doch wie eine Räuberpistole. Ersparen Sie sich also Albträume von Liška, dem Fuchs, und schieben Sie ihn so lange in den Kühlschrank, bis die Kollegen aus Tschechien ihn abholen.«

»Apropos Kollegen. Was machen Sie jetzt mit meiner Liste?«

»Ich werde sie einscannen und nach Prag schicken. Dort ist der Computer des Toten, und der ist angeblich voller Dateien mit wirren Zahlenkolonnen. Wenn ich mir das hier so anschaue, könnte ich mir gut vorstellen, dass genau diese Zahlen Licht in das Dunkel bringen.«

»Halten Sie mich auf dem Laufenden?«

»Natürlich, Herr Wiener, wie immer.«

Kurz vor sechzehn Uhr verließ sie das Krankenhaus und trat in die späte Frühlingssonne. Das war der Vorteil einer Kleinstadt: Es gab keine wirklichen Entfernungen. Sie atmete tief durch, spazierte langsam durch die Straßen und erfreute sich an vereinzelten Schneeglöckchen, Perlhyazinthen, Osterglocken und Märzenbechern in den Vorgärten. Im Gegensatz zu Ilse Binders Garten, in dem immer nur ein Farbton die Blütenpracht bestimmte, herrschte hier ein kunterbuntes Durcheinander von Weiß, Rosa, Gelb und Blau.

Alexander – sein Name tauchte wie ein Stolperstein vor ihr auf und hätte sie fast zu Fall gebracht. Abrupt blieb sie stehen.

Er war bestimmt gar nicht in sie verliebt, sondern in die Liebe als solche, es ging ihm nicht um sie, sondern einzig um sein Gefühl. Und als sie das dachte, fragte sie sich, warum sie das so ärgerlich machte. War es bei ihr denn nicht ähnlich, ging es ihr nicht auch vorrangig um ihr Herzklopfen, um ihre Schmetterlinge im Bauch anstatt um Entscheidungen?

Sie hatte sich schon längst entschieden, sie würde Christian nicht verlassen, ebenso wenig, wie Alexander seine Familie verlassen würde. Es war alles nur ein Spiel gewesen, und sie hätte sich fast darauf eingelassen und verloren.

Ausgerechnet jetzt fiel ihr erster Freund ihr ein. Er war ebenso romantisch gewesen, wie sie es Alexander unterstellte, und auch er hatte es verstanden, sie mit Worten zu umgarnen. Doch an dem Tag, als sie sich wirklich auf ihn einlassen wollte und ihn fragte, ob er denn nun »mit ihr gehe«, damit sie das ihren Freundinnen erzählen könne, machte er einen Rückzieher und hinterließ ihr ein Gedicht, dessen letzte Strophe sie noch heute schmerzte.

Es ist nur diese Sehnsucht nach der Liebe
und nicht die Liebe selbst, die mich so treibt.
Wie andere mit Schachfiguren spielen,
spiel ich mit Nähe – und der Angst, dass sie mir bleibt.

Sie war damals vierzehn gewesen. Er hieß Gerhard und bestand darauf, dass sein Name französisch ausgesprochen wurde: *Scherah*. Viele Jahre später waren sie sich zufällig begegnet. Da hatte er eine gefunden, deren Nähe er aushielt und mit der er nun lebte.

Franziska schüttelte über sich selbst den Kopf. Was war nur mit ihr los? Warum kränkte es sie so, dass sie auf sich selbst hereingefallen war, als sie glaubte, begehrenswert zu sein, und von einem neuen Leben träumte, zu dem ihr letztendlich dann ja doch nichts anderes einfiel als eine weiße Flügeltür?

Wieder zurück an ihrem Schreibtisch drehte sie lange Alexanders Karte hin und her. Nein, sie würde ihn nicht anrufen. Sie wollte seine Stimme nicht hören. Seine Stimme wäre wie eine Droge, und es bestünde die Gefahr, dass sie süchtig würde, sich lächerlich machte und sich preisgab. Wie ein Junkie würde sie am Telefon sitzen und nur noch darauf warten, dass er anriefe. Nein. Dieses Spiel kannte sie schon zur Genüge, und zwar von Christian. Da brauchte sie nicht noch einen zweiten Mitspieler für ein derart quälendes Theater.

Viel zu viel Espresso in letzter Zeit. Auch das musste aufhören. Aber diesen einen brühte sie sich noch und scannte das von Gustav Wiener so sorgfältig und liebevoll beschriftete Blatt Papier ein, um es postwendend nach Prag zu mailen.

Sie antwortete dem, der die Mail geschrieben hatte und von dem sie wusste, dass es nicht Alexander war, und bemühte sich um Förmlichkeit.

> Werter Kollege,
> Ihre Mail mit den Fotos habe ich erhalten, besten Dank. Der Tote ist definitiv Mirek Jaroslav und kann nun in sein Heimatland überführt werden. Die Liste im Attachment hat unser Pathologe zusammengestellt. Er hat auf dem Körper des Ermordeten zwischen den tätowierten Ornamenten mit Kugelschreiber geschriebene Buchstaben und Zahlen entdeckt. Diese Tabelle könnte interessant sein, vor allem dann, wenn die Zahlenkolonnen, von denen Herr Konrádová mir schrieb, auch ausschließlich aus geraden Zahlen bestehen. Bitte halten Sie mich auf dem Laufenden.
> Mit freundlichen Grüßen
> Hauptkommissarin Franziska Hausmann

Bevor ihr noch irgendein Satz zu Alexander herausrutschte oder ihre Finger sich womöglich selbstständig machten und Sehnsuchtsworte tippten, klickte sie den »Senden«-Button des Computers an und befahl ihm anschließend, sich herunterzufahren und auszuschalten. Er gehorchte. Dann atmete sie tief durch. Geschafft.

In genau dieser Sekunde klingelte ihr Handy. Auf dem Display sah sie, dass der Anruf weder aus Prag noch von Christian kam. Sie hätte nicht sagen können, ob sie das erleichterte oder verstörte. Als sie ihren Namen nannte, meldete sich eine schwache und dünne Stimme. »Hier wär der Leopold, der Leopold Schmiedinger.«

Sie ahnte Schreckliches. »Was ist passiert?«

»Ich weiß nimmer genau, aber da war einer, und der hat mich sauber herg'schlagen, ich muss eine Zeit lang ganz weg g'wesen sein. G'sehn hab ich nix, und der Kopf blutet jetzt allerweil noch«, sagte er und fügte fast entschuldigend hinzu: »Sie ham mir ja Ihnen Ihre Karte selber geben g'habt und g'sagt, dass ich mich melden sollt, wenn was passieren tät. Und jetzt ist tatsächlich was passiert. Als wenn Sie's g'ahnt hätten.«

»Herr Schmiedinger, wo sind Sie denn jetzt?«

»Direkt vorm Blauen Vogel in der Telefonzelle für die Erntearbeiter, ich hab ja in meiner Hütten kein Telefon.«

Franziska schluckte. Sollte Waldmosers Bürgerwehr tatsächlich über Leopold hergefallen sein, so würde das ein Nachspiel haben, und zwar ein gewaltiges. Wütend malte sie sich aus, wie sie den Bürgermeister wegen übler Nachrede sowie Anstiftung zum Totschlag anzeigen würde. Und anschließend würde sie die Presseleute auf ihn hetzen, ebenso wie Ilse Binders Galerist einst die Journalisten auf Markus Waldmoser gehetzt hatte, als dieser die riesigen Skulpturen ins Feuerwehrhaus einsperren ließ, um Besucher vor ihrem Anblick zu schützen. Seitdem wusste die ganze Nation, was für ein Banause dieser Bürgermeister war.

»Könnte es einer von der Bürgerwehr gewesen sein? Die, von denen Ihr Cousin heute Morgen sprach?«, fragte sie.

Leopolds Stimme klang klein und hilflos. »Glaub ich eher ned. Aber wissen tu ich gar nix. Bloß, dass alles furchtbar schnell gangen ist.«

»Und was sagt Ihr Vetter dazu?«

»Wissen S', den find ich nämlich grad auch ned. Alles ist so komisch da. Die Hauptstraßen ist g'sperrt, und überall stehn Übertragungswagen vom Fernsehen umeinand ...« Ganz ängstlich wollte er plötzlich wissen: »Meinen S' denn, dass die da einen Krimi drehen und mich quasi bloß aus Versehen niederg'schlagen hätten?«

Franziska unterdrückte ein Lächeln. »Nein, das meine ich nicht. Ihre Chefin, wie Sie sie nennen, stellt heute ihre

Skulpturen vor. Deshalb sind die Presseleute da. Herr Schmiedinger, versuchen Sie doch mal, sich genau zu erinnern. Was ist wie passiert? Fällt Ihnen noch irgendetwas ein? Etwas Ungewöhnliches?«

»Also, da war mit einem Mal wer hinter mir, weil, die Tür hat auch so komisch knarzt g'habt. Ich hätt mir grad eine Tütensuppen kochen wollen und hab schon den Wasserkocher eing'schaltet g'habt, demnach wird's so um halbe zwei rum g'wesen sein, weil, das mach ich jeden Tag um die Zeit. Aber weil ich so ein eigenartiges Gefühl kriegt hab, wollt ich mich umdrehn, und zack, da war's auch schon vorbei. Plötzlich ist mir ganz schwarz vor Augen worden, und ich hab ned mal mehr g'merkt, dass mir beim Hinfallen kochendes Wasser über meine linke Hand g'laufen sein muss. Die ist jetzt sauber verbrüht.«

»Fehlt was?«

»Ach wo, die Finger wären schon noch dran. Ich hab auch schon eine Creme draufg'macht. In der Hütte hat's einen Verbandskasten. Und eine Kopfschmerztabletten habe ich dann auch gleich g'nommen.«

»Ich meine, ist Ihnen was gestohlen worden?«

»Wie denn, ich hab doch nix. Bloß einen Schnaps und Kartoffelchips. Und das wär alles noch da.«

Franziska nickte. »Wissen Sie, was Sie jetzt machen? Sie gehen in den Blauen Vogel und warten dort, bis ich Sie abhole. Okay? In spätestens einer halben Stunde bin ich da. Jetzt werd ich noch schnell meinen Mitarbeiter darüber informieren, dass Sie gleich kommen. Der ist sowieso schon im Blauen Vogel und passt auf die Wirtin auf. Der soll ein Auge auf Sie haben, damit Ihnen nicht noch mehr zustößt. Und versprechen Sie mir bitte eins: Was auch passiert, gehen Sie auf keinen Fall in Ihr Gartenhaus zurück. Verstanden?«

»Ja.« Er klang erleichtert.

Franziska klappte ihr Handy zusammen und dachte,

dass sich ihr letzter Satz so angehört hatte, als lese sie eine Monopoly-Ereigniskarte vor.

Ihr Fahrer war im Blauen Vogel, ihr Kollege auf den Kanaren, die Dienststelle wie immer unterbesetzt, und das alles hieß, dass sie selbst nach Kleinöd fahren musste. Missmutig schnappte sie sich in der Fahrbereitschaft den erstbesten Wagen, der zur Verfügung stand. Es war ein auberginefarbener und ziemlich betagter BMW mit Automatik.

Franziska fuhr nicht gern Auto, fühlte sich auf eine befremdliche Weise ungeschützt, wenn sie allein hinterm Steuer saß, als würden die Hektik, die Ungeduld, der Stress und die schlechte Laune aller anderen Autofahrer auf sie überspringen. Otmar Kandler ging es nicht so. Sie hatte ihn gefragt. Für ihn war das Auto ein geschützter Raum, eine Art Schneckenhaus. Nach dem Tod seiner Frau, so hatte er ihr gestern gestanden, war er tagelang durch die Gegend gefahren, als müsse er sich mit dieser Reise ohne Plan und Ziel seine Existenz als Witwer er-fahren, gleichzeitig aber war er auch vor der Trauer geflüchtet. Alles, was ihm wichtig war, hatte er in seinem Audi um sich verteilt: ein paar Fotoalben, zwei CDs, einen Pullover, den seine Frau ihm gestrickt hatte, seinen Pass und sein Sparbuch. Er hatte in seinem Wagen geschlafen. Dieser Raum schützte ihn. Was wäre das bei ihr, fragte sich Franziska, was würde sie mitnehmen, wenn sie nur fünf Minuten Zeit hätte? Ihren Mann und ihren Kater. Das Wesentliche. Das, was ihr Leben ausmachte.

Von ihrem Kater Schiely wusste sie wenigstens, dass der immer in der Wohnung war. Ob ihr Mann inzwischen auch schon heimgekehrt war? Und falls ja, warum meldete er sich dann nicht? Hatte er ein schlechtes Gewissen, oder dachte er sich nichts dabei?

Franziska Hausmann biss sich auf die Lippen, konzentrierte sich auf die Straße und gab Gas.

Paare und Familien spazierten an diesem Vorfrühlingsnachmittag durch die Stadt und streckten ihre Gesichter in die Sonne. Die Hauptkommissarin hielt Ausschau nach einzelnen Spaziergängern, aber es gab keine Solisten, nicht einmal Solisten mit Hund, als sei es Männern und Frauen gleichermaßen verboten, allein und ohne menschliche Begleitung vors Haus zu treten. Falls Christian sie wirklich verließe oder sie sich von ihm trennte – alles schien ihr augenblicklich möglich –, würde sie bei ihren zukünftigen einsamen Wanderungen an der Isar oder durch das Vilstal damit rechnen müssen, wegen ihres Einzelgängertums von allen angestarrt zu werden, als sei sie eine Aussätzige, eine der binderschen Figuren, die beim oberflächlichen Betrachten zunächst einmal Angst und Ekel auslösten.

Sie überquerte die Isar, verließ die B 20 und überholte wettergestählte Biker auf dem Gurkenradweg, der sich für achtundzwanzig Kilometer an der Staatsstraße entlangschlängelte und dessen Hinweisschilder mit grinsenden und in die Pedale tretenden Gurken illustriert waren. Auch die Radler waren immer in Gruppen unterwegs oder zumindest zu zweit. Wie die feixenden grünen Gurken. Wie schön wäre es, wenn es jetzt regnete oder ein Hagelschlag herunterginge. Dann müssten die athletischen Radler Deckung suchen, sie aber würde entspannt und schadenfroh durch die dicksten Pfützen fahren und darauf achten, dass das Wasser auch wirklich in hohem Bogen zur Seite spritzte. Sie seufzte. Das würde sie natürlich nicht tun. Aber die Vorstellung entsprach ihrer momentanen Laune. Sie war wirklich finster drauf. Hinter dem Ortsschild von Pankofen klingelte ihr Handy, und sie erschrak so sehr, dass sie fast eine Vollbremsung hingelegt hätte. Glücklicherweise war sie allein auf der Straße. Vorsichtig bog sie auf einen Feldweg ab, hielt an und suchte in ihrer Handtasche nach dem kleinen Telefon.

Es zeigte den Eingang einer SMS. Absender: Christian.

> Bin wieder daheim. Buch ist fertig, würde gern den Abschluss der Übersetzung mit Dir feiern, wo steckst Du? Meld Dich. C.

Es war genau sechzehn Uhr und fünfundfünfzig.

Was er konnte, konnte sie auch. Postwendend simste sie zurück:

> Bin auf dem Weg nach Kleinöd. Mordfall vom vergangenen Dienstag. Kann spät werden – leider. F.

Komisch, mit einem Mal ging es ihr besser.

Kapitel 23

Sie hätte einen Arzt bestellen sollen. Vermutlich hatte Leopold Schmiedinger eine Platzwunde und musste genäht werden. Hatte er nicht gesagt, dass sein Kopf geblutet habe? Was war nur los mit ihr, dass sie derart selbstverständliche Dinge, die eigentlich zur absoluten Routine gehörten, einfach vergaß! Hoffentlich hatte sich Otmar Kandler darum gekümmert, wenn nicht, würde sie ihn gleich damit beauftragen.

Direkt nach dem Ortseingang von Schäffleröd kamen ihr Übertragungswagen des Bayerischen Rundfunks und des Zweiten Deutschen Fernsehens entgegen. Ilse Binders Event schien also beendet zu sein. Das Wetter hatte heute großartig mitgespielt. Die Aufnahmen mussten brillant geworden sein. Es schien auch so, als säßen die Fernsehfuzzis zufrieden hinter ihren Windschutzscheiben.

Eduard Daxhuber beneidete seinen Freund Adolf nicht. Der hatte niemals Feierabend und musste an allen Ecken und Enden präsent sein. Auch an einem Samstag. Hätte der Eduard der Kommissarin nicht versprochen, seinem in der Tat augenblicklich völlig überforderten Freund und Polizeiobermeister zur Hand zu gehen, so hätte er an diesem Nachmittag, wie jeden Samstag, sein Auto gewaschen, den Rasen gerecht und vielleicht sogar Ottis Gemüsegarten umgegraben.

Stattdessen aber hatte er mit Adolf zusammen zwei Ampeln aufgestellt, eine Umleitung nebst Straßensperre eingerichtet, verschärfte Personenkontrollen durchgeführt und bedauerlicherweise wieder mal nichts von der Sportschau mitgekriegt. Und das alles nur, damit die Frau Professor Binder nebst all ihren grauslichen Skulpturen ins Fernsehen kam. Und dann noch die Zeugenvernehmung von Blochinski und Hombach, die ungefähr so überflüssig gewesen war wie ein Kropf, dafür aber schnell ad acta gelegt werden konnte. Denn der Wladimir und der Hermann machten seit zehn Tagen Urlaub in der Türkei in einem All-inclusive-Hotel. Um ganz sicherzugehen, hatte sich der Adolf das auch noch vom zuständigen Reisebüro bestätigen lassen. Nein, rund um die Uhr war man beschäftigt. Und keiner dankte es einem.

»Wenn das kein Einsatz ist«, murmelte Eduard Daxhuber nun in sich hinein und winkte einen weißen Übertragungswagen mit roten ORF-Insignien durch, der von einem kleinen roten Auto verfolgt wurde.

Das »Stopp« war ihm herausgerutscht, bevor er es denken konnte. Breitbeinig pflanzte er sich vor der kleinen Limousine auf: »Von wo kommen Sie denn her?«

Statt zu antworten, beugte sich der Fahrer Richtung Beifahrersitz, griff nach einem Stück Papier, zerknüllte es hektisch und schob es sich unter den Po. Eduard blickte durchs Wagenfenster, und seine Augen wurden groß: Was er sah, war die klassische Innenausstattung eines Opel Kadett A vom Anfang der Sechzigerjahre: weißes Lenkrad mit eingebautem Lenkschloss, weißer Griff am rot lackierten Handschuhfach, ovale Lüftungsschlitze. Ein Traumwagen, allerdings ziemlich ungepflegt und heruntergekommen. Dieser Journalist musste bei der Anreise durch Adolfs Kontrolle gekommen sein, und Eduard ertappte sich dabei, dass er ein bisschen enttäuscht war. Adolf wusste von seiner Leidenschaft – eine winzige Info per Handy hätte genügt, um ihm den langen Nachmittag etwas zu versüßen. Gut, dass er wenigstens jetzt so schnell reagiert hatte.

»Ham S' Papiere?«, fragte er nun und bereitete sich innerlich auf ein reizvolles Expertengespräch vor. Doch dieser junge Mann, der vermutlich gar nicht wusste, in was für einem Schätzchen er da saß, schob sich die dunkle Sonnenbrille noch weiter ins Gesicht, zog an seiner Zigarette und hob genervt die Augenbrauen.

»Warum?«

Eduard bemühte sich um Freundlichkeit. Er wollte es sich auf keinen Fall mit dem Besitzer des Opel Kadett verderben. »Reine Routinekontrolle. Ich bräucht zum Beispiel auch Ihre Eintrittskarten. Nur g'ladene Gäste sind da reinkommen.«

»Will nicht rein, will raus«, antwortete der Fahrer mit tschechischem Akzent.

Eduard ließ nicht locker, holte tief Luft und begann mit dem Vorspiel zu seinem Expertengespräch: »Einen brutal schönen Wagen ham S' da. Respekt, echt wahr! Ich tät mich nämlich durchaus ein bisserl auskennen damit. Ein Traumfahrzeug wär das für mich. Den Gleichen hab ich übrigens auch schon einmal g'habt, mei, ist das lang her, da war ich noch verlobt. Tät halt gelegentlich einmal ein bisserl ein Einwachsen brauchen, der Wagen. Aber sonst – tipptopp in Schuss. Ehrlich wahr. Wissen S', das hab ich mir fei neulich auf die Entfernung schon denkt g'habt, wie ich Ihnen das erste Mal hab fahren sehen mit dem Wagen da durchs Dorf, und ich hab noch g'sagt g'habt zur Frau, Frau, hab ich g'sagt ...«

Mit quietschenden Reifen stob der rote Opel Kadett davon, sodass Schottersteinchen gegen die Windjacke des Ordnungshüters prasselten. Oberhalb des Nummernschilds des flüchtigen Fahrzeuges klebte eine Länderplakette mit der Kennung »CZ«.

Eduard schnaufte empört: »Ja, sag einmal, was wär denn das! Eine solchene Unverschämtheit! Also so ein unfreundlicher Teufel, wie das da einer wär! Das wirst mir fei noch büßen ... du ... du ... vogelwilder Hund du!«, rief Eduard Daxhuber ihm hinterher, hob erst die Faust und notierte sich dann die Nummer auf seinem Zeugenvernehmungsblock, den er seit gestern früh in der Hosentasche trug. »Alle Verkehrssünden, die was mir bloß einfallen möchten, werd ich dem greislichen Hammel anhängen, und da wird mir der schlecht widersprechen können, wo der doch keinen Zeugen ned hat. Da werd dann hoffentlich grenzüberschreitend ermittelt gegen den Büffel. Fahrt mir der da einfach davon, ohne auch bloß eine einzige anständige Antwort zum geben. Ja, wie hätt'n mir das denn! Dir werd ich schon einihelfen in die Schuh, mein lieber Freund und Kupferstecher.«

Etwa drei Minuten später piepste Eduards Handy, es war Adolf. Sämtliche Übertragungswagen hatten inzwischen die Hauptstraße geräumt und die geladenen Journalisten ihre Autos vor dem Blauen Vogel geparkt, um sich vor der Rückreise noch ein wenig zu stärken. Das letzte Mal hatten bei dem Pokalspiel des Großöder Fußballvereins gegen Schalke 04 so viele Autos vor dem Lokal gestanden.

Eduard sah zum Wirtshaus und schüttelte enttäuscht den Kopf. Dieses tschechische Bürscherl hätte ruhig auch noch was zu sich nehmen sollen. Dann hätte er sich nämlich auch allein in aller Ruhe das Auto anschauen können. Aber er würde ihn schon kriegen, so oder so. Mit ihm konnte man nicht so umgehen!

»Tätst, glaub ich, die Ampel jetzt schon ausschalten können und das Umleitungsschild wegtun«, ordnete der Polizeiobermeister geschäftig an und fügte wie in einem Actionfilm hinzu: »Der Ort wär dann wieder befreit. Over.«

Wäre Eduard Daxhuber nicht so wütend gewesen, hätte er darüber gelacht. Aber Adolf hatte die Verbindung sowieso schon beendet, ohne eine Reaktion seines Freundes abzuwarten.

Außerdem würden sie sich später noch im Blauen Vogel sehen.

Klar, dass Ottilie nicht zu Hause war. Auch das ärgerte ihn. Wenn Eduard Daxhuber nur einmal in seinem Leben seine Frau brauchte, um etwas wirklich Wichtiges mit ihr zu besprechen, war sie nicht da. Typisch! Sie hatte doch auch das rote Auto gesehen! Wann war das nur gewesen? Anfang der Woche? Es hatte zu Mittag einen Eintopf mit Gemüse und Wiener Würstchen gegeben – das allerdings war zu wenig, um den Wochentag zu bestimmen. Auf jeden Fall war es weder Freitag noch Donnerstag, denn freitags gab es immer Fisch und donnerstags immer Leberkäs. An allen anderen Tagen wurde variiert. Also vermutlich war es Montag gewesen oder vielleicht doch Dienstag?

Er seufzte erschöpft und dachte, dass seine Otti vielleicht doch zur Binderin gegangen war, weil es zu ihrem widersprüchlichen Wesen gehörte, einerseits über die Skulpturen der Bildhauerin zu jammern, sich andererseits aber gern in Szene zu setzen. So hatte sie sich garantiert heute Mittag ihr bestes Gewand angezogen und sich mit der Hoffnung, diesmal ins Fernsehen zu kommen, in den

Vorgarten der Binder platziert. Wie oft schon hatte er versucht, ihr das auszureden, ihm war es einfach nur peinlich, sie aber hielt dagegen, dass Journalisten durchaus gelegentlich auch Anwohner befragen und beispielsweise von ihr wissen wollen könnten, wie es denn sei, in unmittelbarer Nachbarschaft mit solchen Figuren und einer so berühmten Bildhauerin zu leben. Und falls es jemals dazu kommen sollte und man ihr eines dieser in weiches Fell eingepackten Mikrofone vor die Nase hielte, so würde Ottilie sehr bedeutungsvoll mit nur einem Wort antworten, einem Wort, das sie seit Jahren insgeheim übte. Mit erprobtem Augenaufschlag würde sie in die Kamera lächeln, sich das Haar zurückstreichen und wie eine Frau von Welt hauchen: »Apart! Ausg'sprochen apart.«

Durchs Küchenfenster sah Eduard seinen Verdacht bestätigt. Ottilie stand im Vorgarten der Binder und unterhielt sich angeregt mit der gemeinsamen Nachbarin Charlotte Rücker, die in den vergangenen Monaten nicht nur zu einer fürsorglichen Großtante, sondern auch zur alleinigen Expertin in Sachen Kindererziehung mutiert war. Eduard war davon überzeugt, dass die Lotti bis zu ihrem Lebensende entweder rosa gerüschte Babywagen vor sich herschieben oder rosa gerüschte kleine Mädchen an der Hand halten würde. Es stand ihr einfach zu gut. Insgeheim fand er das so in Ordnung, denn mit ihrem Mann, diesem sturen Baulöwen Bernhard Döhring, konnte die Lotti sicher ebenso wenig reden wie er oder alle anderen im Dorf. Warum sie den überhaupt geheiratet hatte? Frauen – man verstand sie nicht.

Während Eduard darauf wartete, dass sein Computer hochfuhr und mit einem Piepsen bekannt gab, dass nun endlich mit der Arbeit begonnen werden durfte, beobachtete er Ottilie und Charlotte und spürte so etwas wie Erleichterung. Sie redeten wieder miteinander. Endlich! Und das war gut so.

Denn als dieses Kind – damals noch im Bauch der rückerschen Nichte Gertraud – ins Nachbarhaus einzog, war Ottilie in sich zusammengesunken, hatte weinend am Küchentisch gesessen und immer wieder vor sich hingemurmelt: »Das tu ich mir ned an, das tät ich mir keinesfalls weder anschaun mögen noch können! Die da drüben hat jetzt ein Kind, das sie großziehn kann – und ich hab nix! Wenn ich da bloß dran denk, gibt's mir fei jedes Mal einen Stich, weil ich alles drum geben hätt, wenn mir zwei unser Enkerl auch für immer da bei uns hätt'n haben können. Aber du hast ja deine Tochter zu einer solchenen Egoistin erziehen müssen, dass die keinerlei Rücksicht nimmt auf niemand, und schon gar ned auf ihre Eltern. Und das alles weiß die Charlotte auch, und trotzdem lasst s' dieses Mädel, ihre Nichte, um die sie sich doch sonst auch nie kümmert hat, jetzt bei sich wohnen, g'wiss bloß, um mich zum ärgern. Und dabei hätt ich doch immer g'meint g'habt, dass die Lotti meine Freundin wär.«

»Geh weiter, so ein Schmarrn, warum tät die denn so was bloß wegen dir machen sollen, das glaubst doch selber ned, naa, naa, ach wo, an dich denkt die doch dabei g'wiss gar ned«, hatte Eduard vehement widersprochen.

Nun lud er sich sein Lieblingsportal und betrachtete andächtig die Fotos des Opel Kadett A. Fast hätte er ihn mit seinen eigenen Händen berühren können. Vor nicht einmal einer Stunde. Eine rot lackierte Karosserie mit schwarzem Dach. Eduard überlegte, wie viel Euro er für das Auto geboten hätte. Wie weit wäre er gegangen? Er überschlug seine Ersparnisse – drei- bis viertausend Euro könnte er sicher an Ottilie vorbeischmuggeln.

Und dann würde er in der Einfahrt seiner Garage die Karosserie polieren, Rostflecken behandeln und an den entsprechenden Stellen überlackieren. Vorhin hatte er bei seinem ersten Blick ins Wageninnere gedacht, dass die

Polster aus cremefarbenem Kunstleder mal gründlich abgewaschen werden müssten, vielleicht hatte Ottilie da einen guten Tipp.

Wenn er Glück hatte, würde vielleicht sogar sie selbst sich darum kümmern, während er mit Wattestäbchen die ovalen Lüftungsschlitze im Inneren des Wagens reinigte und klammheimlich und an Ottilie vorbei das im vergangenen Jahr auf dem Landauer Weihnachtsmarkt erworbene Duftöl mit dem intensiven Vanillearoma unter die Fußmatten tropfte. Denn er erinnerte sich, dass es aus dem Inneren des Wagens heraus nach kaltem Rauch und Schmutz gestunken hatte.

Und dann – dann würde er genau dieses Auto, natürlich in gereinigter und spiegelblanker Form, auf seinem Lieblingsportal anbieten und dafür mindestens zehntausend Euro verlangen. Ein wirklicher Opel-Kadett-Fan legte sicher locker diese Summe für einen derart gepflegten Flitzer hin.

Plötzlich ging ihm ein Licht auf. Genau, sein letzter Besuch auf exakt dieser Seite war doch an dem Tag gewesen, an dem er den Kadett zum ersten Mal gesehen hatte, was kurz vor dem Mittagessen gewesen sein musste, denn er erinnerte sich, dass Ottilie ihm deshalb nicht erlauben wollte, das Haus zu verlassen, um den Wagen zu fotografieren.

Mit der Gewissheit, ab heute über die Intuition eines Meisterdetektivs zu verfügen, lud Eduard Daxhuber sich das Protokoll der zuletzt von ihm besuchten Websites. Tatsächlich: Am Dienstag um elf Uhr fünfundvierzig hatte er in das Autoforum reingeguckt und nach dem Wert eines Opel Kadett gesucht. Er jubilierte insgeheim: Mit dieser Information – Ottilie war seine Zeugin – würde er es dem jungen und arroganten Journalistenbürscherl aber zeigen. Er würde ihn nicht nur wegen Fahrerflucht, Beamtenbeleidigung, Alkohol am Steuer und Geschwindigkeitsüberschreitung, sondern auch noch wegen heimtückischen Mordes und versuchten Totschlages belangen. Schließlich war der unverschämte Bengel an genau dem Tag und zu genau der Zeit in Kleinöd gewesen, als Teres einen Schlag auf den Schädel bekommen hatte und ihr zahlender Hotelgast von mehreren Kugeln durchbohrt worden war. Und er würde ganz schön Stress haben, um das Gegenteil zu beweisen – ha, und bis dahin säße er ja sowieso in Untersuchungshaft und müsste sich vielleicht aus finanziellen Gründen von seinem Auto trennen. Das wäre natürlich das Beste.

Zufrieden seufzte Eduard Daxhuber und dachte daran, dass er gemeinsam mit Adolf Schmiedinger eine lange Liste von Straftaten und Ordnungswidrigkeiten erstellen würde. Dann ging er an den Kühlschrank und nahm ein um sechs Stunden verspätetes Mittagessen zu sich: Ottilie hatte Sülze mit Essiggurken vorbereitet. Dazu genehmigte er sich zwei Semmeln und mehr Senf, als seine Frau ihm je erlaubt hätte. Sie sah es ja nicht.

Kapitel 24

Franziska war davon überzeugt, dass sie für die Fahrt nach Kleinöd länger brauchte, als wenn Otmar Kandler sie gefahren hätte. Während sie hinter einem Traktor her über die Bundesstraße fuhr, fragte sie sich immer wieder, wer wohl hinter dem Anschlag auf Leopold stecken könnte. Wenn bei ihm wirklich nichts zu holen war, wie er selber sagte, warum war dann bei ihm eingebrochen worden? Wer hatte ihn zu Boden geschlagen? Sollte es tatsächlich einer von der selbst ernannten Bürgerwehr gewesen sein, so würde das ein böses Nachspiel haben. Sie, Franziska, würde alle Geschütze auffahren, derer sie habhaft werden konnte, um dem Waldmoser in seiner Eigenschaft als Bürgermeister mal zu zeigen, wo es langging. Was zu weit ging, ging zu weit.

Allerdings hatte ihr Adolf Schmiedinger in seiner Eigenschaft als Polizeiobermeister versichert, dass weder Reschreiter noch seine Mannen das Privatgelände der Bildhauerin betreten würden, nicht nur, weil er es ihnen eindringlich untersagt hatte, sondern auch, weil das Grundstück gerade an diesem Tag aus versicherungstechnischen Gründen für Fremde tabu war. Außerdem hatte er auf Bitte der Binder überall da, wo das Grundstück von der Gartenseite aus ohne größere Hindernisse zu begehen war, Schilder mit dem Text »Betreten verboten« aufgestellt und diese mit dem extra auf Klebefolie ausgedruckten Zusatz »Zuwiderhandlungen werden als Hausfriedensbruch verfolgt« versehen. Franziska seufzte.

Auch konnte sie sich beim besten Willen nicht vorstellen, wie Lukas Reschreiter und seine mordlüsternen Gesellen vor laufenden Kameras das Gartenhaus enterten, um Leopold Schmiedinger zusammenzuschlagen. Irgendetwas stimmte da nicht. Hatte sie etwas übersehen, hatte sie falsch gedacht?

An genau dieser Stelle ihres Grübelns kam sie auf Christian. Wie oft hatte sie ihrem Mann schon bei schwierigen Ermittlungen von den Problemen erzählt, die ihr durch den Kopf gingen, und während er einfach nur zuhörte und seine klugen Zwischenfragen stellte, gelang es ihr, Zusammenhänge zu entdecken, mögliche Verknüpfungen aufzuspüren und den roten Faden zu finden. Auch jetzt erzählte sie ihm in Gedanken von all dem, was sie beschäftigte.

»Weißt du«, richtete sie das Wort an den leeren Beifahrersitz. »Ein halbes Jahr lang lassen ihn alle auf dem Grundstück der Binderin vor sich hin wurschteln, und kaum ist die Bildhauerin da, wird der Leopold überfallen. Wie findest du das?«

Fast meinte sie seine Stimme zu hören, als sie sich selbst zur Antwort gab: »Findest du es nicht eigenartig? Dein erster Gedanke zu Beginn dieser Ermittlungen war, dass der Mörder definitiv nicht aus Kleinöd kommen kann. Warum ermittelst du nicht mehr in diese Richtung?«

Gereizt, wie so oft, hörte sie sich ihrem imaginären Beifahrer antworten: »In welche Richtung soll ich denn denken? Außerdem geht es nun grad mal nicht um Liškas Mörder, sondern um den Einbruch beim Schmiedinger Leopold. Ich will wissen, wer den zusammengeschlagen hat und warum.«

Fast meinte sie, ihren Mann neben sich zu spüren, als sie ihn gelassen zurückfragen ließ: »Und wenn das dieselben Leute sind?«

Franziska wiederholte: »Dieselben? Warum sollten sie? Ich sehe da keine Verbindung.«

Der imaginäre Mann an ihrer Seite blieb ungewöhnlich souverän. »Es muss eine Verbindung geben, denk nach.«

FRANZISKA *(nervös)*: »Ach du, du mit deinen Ratschlägen.«

ER *(ganz ruhig)*: »Wovor hast du eigentlich Angst?«

FRANZISKA *(ärgerlich)*: »Ich und Angst, du spinnst ja.«

ER *(beschwichtigend)*: »Hey, Franziska, ich tu dir nichts! Bleib auf dem Teppich!«

FRANZISKA *(anklagend)*: »Du warst weg, als ich dich brauchte.«

ER *(erleichtert)*: »Na endlich, jetzt kommt es heraus!«

FRANZISKA *(kopfschüttelnd)*: »Das tut jetzt aber nichts zur Sache. Mit dieser Diskussion sind wir auf der falschen Baustelle.«

ER *(entspannt)*: »Mag sein. Aber das hier ist auch wichtig. Hör nicht auf deine Angst. Sie ist fast immer ein schlechter Ratgeber.«

FRANZISKA *(angespannt):* »Und worauf soll ich hören, deiner Meinung nach?«

ER *(lächelnd):* »Auf dein Herz. Wem gehört es nun? Mir oder ihm?«

FRANZISKA *(zynisch):* »Mein Herz? Ausgerechnet du fragst nach meinem Herzen.«

Sie grinste und ließ Christian in ihrem Phantasiegespräch pragmatisch feststellen: »Du weißt ja gar nicht, was ich in München gemacht habe. Deine Phantasie ist fürchterlich. Deine Phantasie unterstellt mir all das, was du dich getraut hast. Ich frag dich nicht, und du fragst mich nicht. Dann sind wir quitt. Oder hast du je daran gedacht, mir die Nacht von Donnerstag auf Freitag zu erklären?«

FRANZISKA *(erleichtert):* »Wir sollten also deiner Meinung nach so tun, als seist du nicht in München gewesen und ich nicht im Hotel? Du meinst, wir reden einfach nicht darüber?«

ER *(nachdenklich):* »Vielleicht in einem Monat, in einem Jahr.«

FRANZISKA *(angriffslustig):* »Ist das der Titel deines sogenannten literarischen Romans? Schön und traurig und irgendwie auch kitschig.«

ER *(seufzend):* »Ich meine es wirklich so. Unabhängig davon ist es, soweit ich mich erinnern kann, der Titel eines Romans von Françoise Sagan.«

Schweigen.

FRANZISKA *(lauernd):* »Was meinst du, könnte es etwas mit dem Zeitungsartikel zu tun haben? Hat jemand den gelesen und eine Chance gewittert?«

ER: »Mit der Zeitung oder mit dem Internetauftritt. Diese unsägliche Reportage war immerhin schon zwölf Stunden früher zugänglich – und zwar weltweit.«

FRANZISKA: »Also bereits gestern Abend ab circa zwanzig Uhr?«

ER: »Wie lange braucht jemand von Prag nach Landau – wenn er mit dem Auto fährt? Wie viele Kilometer sind das in etwa?«

FRANZISKA *(grübelnd)*: »Alexander hat knapp vier Stunden gebraucht, ich meine, er sprach von etwa dreihundertfünfzig Kilometern.«

ER: »Nehmen wir an, der Typ ist heute früh um acht losgefahren. Dann kann er es – zeitlich gesehen – mit Leichtigkeit schaffen, am frühen Nachmittag ins Gartenhaus der Binder einzudringen und den Schmiedinger niederzuschlagen.«

FRANZISKA *(kopfschüttelnd)*: »Aber warum? Bei dem Leopold ist doch definitiv nichts zu holen!«

ER *(nachsichtig)*: »Meine Liebe, wenn du das so felsenfest behauptest, muss ich mal wieder stellvertretend für dich an deine Großmutter denken. Du zitierst sie häufig mit dem Satz: Dass ihr mir bloß das Haus ordentlich abschließt – nicht dass jemand kommt und uns was in die Wohnung stellt.«

FRANZISKA *(zustimmend)*: »Ja, aber was willst du damit sagen? Und warum ausgerechnet jetzt?«

ER *(geduldig)*: »Wie wär es denn, wenn nur deshalb in das Gartenhaus eingebrochen wurde, um dort etwas zu deponieren, wenn also nichts weggekommen ist, sondern der Einbrecher etwas mitgebracht hätte?«

FRANZISKA *(überrascht)*: »Donnerwetter – so könnte es gewesen sein. Der oder die Einbrecher könnten dem Schmiedinger die Tat in die Schuhe schieben wollen. Die denken vermutlich, dass sie mich auf diese Art davon überzeugen, dass nur der Leopold mit seiner Sicherungsverwahrungsvergangenheit in Straubing der Täter sein kann. Aber darauf falle ich nicht rein. Ich doch nicht.«

ER *(zufrieden):* »Genau. Für wie blöd halten die uns eigentlich?«

FRANZISKA *(erleichtert):* »Tatsächlich, so könnte es sein!«

ER *(zweifelnd):* »Weißt du, eins aber ist mir noch unklar: Wie haben die aus Prag oder von wo auch immer den Weg nach Kleinöd gefunden?«

FRANZISKA *(zögernd):* »Nehmen wir an, Liškas Standort wird anhand seiner Telefonate geortet. Dann setzt der Guru, dessen Namen wir noch nicht kennen, jemanden auf Mirek Jaroslavs Spur. Dieser Jemand findet heraus, dass Jaroslav sich im Blauen Vogel versteckt.«

ER *(beharrlich):* »Wie viele Gasthäuser mag es in einem Planquadrat von, sagen wir mal, drei Quadratkilometern rund um Kleinöd geben? Ich wette mit dir: Da gibt es nur den Blauen Vogel. Und hast du nicht selber gesagt, dass das Orten von Handystandorten immer genauer wird?«

FRANZISKA *(anerkennend):* »Trotzdem, wie hat der Mörder herausgefunden, dass der Gesuchte im Blauen Vogel wohnt? Ich bin mir sicher, dass Teres nichts gesagt hat, die hat ja nicht einmal gewusst, wie der Tätowierte hieß.«

ER *(zustimmend):* »Da magst du recht haben. Andererseits: Sie hatte nur dieses eine Zimmer vermietet, oder? Dann genügt es doch, wenn jemand so nebenbei am Tresen fragt: Sagt mal, habt ihr zufällig zehn Zimmer frei? Denn dass das Gasthaus über zehn Zimmer verfügt, ist ja gleich an der Rezeption groß angeschrieben. Und die Wirtin oder diese Daniela antwortet: Tut uns leid, eins ist vermietet, aber die anderen neun Zimmer können Sie haben. Daraufhin setzt sich dieser Jemand vor die Tür und beobachtet den Blauen Vogel. Was stellt er fest: Da geht kein Fremder ein und aus. Aber er weiß, dass einer da ist und dass sich dieser eine versteckt. Und damit ist Liška schon so gut wie eingekreist und gefunden.«

FRANZISKA *(fragend):* »Und wie kommt er auf Leopold?«

ER *(anerkennend):* »Genau, das habe ich mich auch gefragt. Und jetzt komme ich dir mit einem uralten Klischee: Der Mörder kehrt immer an den Ort seines Verbrechens zurück. Übertrag diesen Satz doch mal in unser technisiertes Zeitalter. Da muss sich so ein Mörder nicht mehr selbst auf den Weg machen. Da genügt es doch schon, wenn er den Ort seines Verbrechens in eine Suchmaschine eingibt, um über den Stand der Dinge informiert zu werden. Also: Er tippt Kleinöd ein und gerät zwangsläufig auf diesen unsäglichen Internetauftritt des Landauer Anzeigers, in dem nicht nur Leopold Schmiedinger, sondern auch dessen Hütte klar zu erkennen ist. Leichter kann man es ihm wirklich nicht machen.«

FRANZISKA: »Ja, so könnte es gewesen sein. Sobald ich bei Teres bin, werde ich das mal überprüfen, die wirbt ja so großspurig mit ihrem Hotspot, da muss sie eigentlich auch einen Computer haben.«

ER: »Also wenn ich ein Mörder wäre – für mich wäre das die ideale Lösung, um den Verdacht von mir abzuwenden. Da wird eh schon einer verdächtigt, und dem kann ich dann noch schnell ein paar wesentliche Beweisstücke unterjubeln.«

FRANZISKA *(zufrieden):* »Du hast recht. Ich werde jetzt genau diese Spur verfolgen. Super.«

Zuversichtlich wie seit Langem nicht mehr fuhr sie über die Otto-Brindl-Straße in Pankofen, als ihr Handy erneut klingelte. Da sie gerade an einer Ampel stand und diese zudem auf Rot gesprungen war, meldete sie sich ausnahmsweise, ohne zuvor in eine Parkbucht zu fahren.

»Hey, Franziska. Ich bin's. Schön, dass ich dich erwische.« Es war Christian.

Noch immer beeindruckt von den Ergebnissen des imaginären Gesprächs mit ihrem Mann, antwortete sie zuversichtlich: »Du, stell dir vor, ich glaube, wir haben die Lösung oder zumindest einen Lösungsansatz gefunden. Weißt du, wenn ich unsere Theorie nun überprüfe und wenn sie tatsächlich stimmen sollte, also dann sind wir einen großen Schritt weitergekommen.«

»Wir?«, fragte er misstrauisch zurück. »Wen hast du denn bei dir? Ich dachte, Bruno sei auf den Kanaren.«

Erst da wurde ihr bewusst, dass sie mit ihrem Mann nur ein fiktives Gespräch geführt hatte und dabei ganz von selbst auf die Lösung gekommen war. So nah standen sie sich also. Christian war ein Teil von ihr. Das war verwirrend und gut zugleich.

»Du, wart mal kurz«, murmelte sie und fuhr auf den Parkplatz der BayWa. Dort wuchteten rundliche Familienväter Tüten mit Grassamen in die Kofferräume ihrer Wagen, während Frauen und Kinder Salat- und Gemüsesetzlinge anschleppten.

»Ich habe mich in Gedanken mit dir unterhalten, und wie das so ist in Frage- und Antwortsituationen – mit einem Mal bin ich in der Sache ein ganzes Stück weitergekommen. Das meinte ich mit wir. Ich hab mir dich zu mir gedacht. Eigenartig, oder?«

Er lachte. »Das hört sich gut an. Sag mal, dein aktueller Fall – ist das etwa diese Gruselgeschichte mit dem Tätowierten und Gepiercten, dem sie das Geschmeide vom Leib gerupft haben? Die Münchner Boulevardpresse ist ganz voll davon.«

»Ach was, dann hat Georg Cannabich vom Landauer Anzeiger sicher schon ein gutes Geschäft gemacht und Informationsgelder eingesackt«, stellte Franziska sachlich fest.

»Dafür müssen seine Praktikanten wenigstens nicht umsonst arbeiten«, meinte Christian. »Erinnerst du dich,

Bruno hat uns doch mal erzählt, dass der Landauer Anzeiger einer der wenigen Arbeitgeber ist, der diese armen jungen Menschen der Generation Praktikum zumindest mit einem Taschengeld entlohnt. Insofern sind die Euros eigentlich auch wieder ganz gut angelegt. Aber weshalb ich anrufe ... Ich habe aus München ein paar Delikatessen mitgebracht und wollte wissen, ob du dazu lieber einen französischen oder italienischen Rotwein möchtest.«

»Aus welchem Land kommen denn die Delikatessen?«

»Aus Italien.«

Franziska hielt kurz inne und beschloss, so zu tun, als sei nichts geschehen, als habe sie ihm und seiner Münchenreise nicht die wildesten Dinge unterstellt und als habe die Begegnung mit Alexander Konrádová niemals stattgefunden.

Ihr Magen knurrte, und ihr lief das Wasser im Mund zusammen. »Also, wenn du beim Italiener warst, dann wäre ich für einen Barolo.«

»Gut, den mach ich jetzt auf und freu mich auf dich. Hoffentlich wird es nicht zu spät.«

»Das hoffe ich auch.«

Kapitel 25

Er saß still in der hintersten Ecke des Gastraumes, fast eingeklemmt hinter seinem Tisch zwischen den zwei Türen mit der Aufschrift »Für Weiberleut« und »Für Mannerleut«, und sah ängstlich um sich. Zu essen hatte er nichts gewollt, nur ein Glas Wasser und eine weitere Kopfschmerztablette. Teres hatte es ihm gebracht und dabei die blutende Wunde auf seinem Hinterkopf bemerkt.

»Um Gottes willen, da brauchen mir fei einen Arzt. Das da müsst unbedingt g'näht werden, so wie's ausschaut.

Otmar! Schau dir das an! Ja Himmel Herrschaftszeiten, was ist denn da schon wieder passiert, ist denn der Sauhund etwa z'rückkommen und hat diesmal dich niederg'schlagen?«, regte sie sich auf. Leopold Schmiedinger nickte und legte einen zitternden Zeigefinger auf seine verschlossenen Lippen.

»Warum das denn nachad?«, fragte sie laut, und er flüsterte: »Ich weiß von fast gar nix nimmer. Aber die Kommissarin hat mich trotzdem herb'stellt, und zwar als einen Zeugen, und deswegen tät ich vorher auch lieber nix dazu sagen wollen.«

»Versteh schon. Z'wegen einem Zeugenschutzprogramm.« Teres nickte verständnisvoll. Seit sie einen ehemaligen Polizeivollzugsbeamten zum Freund hatte, liebte sie Begriffe aus seinem Beruf, ja erfand sogar gelegentlich welche. So hatte sie neulich die schönen Worte »Einsichtsirrtum« und »Schuldüberschreitung« geprägt, und Otmar hatte sie gleich in seinem Büchlein notiert, in dem er alle Worte festhielt, die ihm gefielen oder über die er dann nachdenken wollte, wenn er wieder mal Zeit hätte.

»Musst mir g'wiss auch nix sagen. Ich tät schon noch ganz gut wissen, wie das ist, wenn dir wer eins über den Schädel haut. Schön wär dann doch eher was anders, gell?«, beruhigte Teres nun Leopold Schmiedinger, schob sich die Brille zurecht und inspizierte dessen Kopfwunde. »Aber zum Arzt musst unbedingt, schaut ned so toll aus ... Oder noch besser, der soll herkommen. Otmar!«

Otmar Kandler öffnete die Tür mit der Aufschrift »Privat«. Er hielt eine brennende Zigarette in der Hand. »Ja?«

»Sei doch bitt schön so gut und schau in meinem blauen Bücherl nach, das unterm Telefon liegt, da müsst in goldenen Buchstaben Adressbuch draufstehen. Unter D wie Doktor steht die Nummer von dem Doktor in der Neubausiedlung, den ich auch immer anruf, wenn sie wieder einmal recht g'rauft haben da herin. Der schaut dann unbürokratisch vorbei und näht die Platzwunden.« Sie hielt kurz inne. »Wenn ich's mir recht überleg, war der eigentlich schon lang nimmer da. Da könnt man fast meinen, dass die Leut doch ein bisserl vernünftiger werden täten mit der Zeit.«

»Oder älter«, kommentierte Otmar Kandler aus dem Hintergrund, blätterte in dem Büchlein und fragte: »Ist das vielleicht ein Doktor Wild?«

»Ganz genau.« Sie nickte und raunte Leopold Schmiedinger zu: »Musst dich ned fürchten. Der heißt bloß so. In Wirklichkeit ist der eher zahm.«

Geschmeidig richtete sie sich auf und schenkte Otmar Kandler ihr strahlendstes Lächeln. »Ruf doch bitte g'schwind an, der tät herkommen sollen, mir hätten da was zum nähen.«

»Also, magst entweder jetzt was zum essen oder später?«, wandte sie sich erneut an den bleichen Leopold Schmiedinger. »Geht aufs Haus. Aber entscheiden tätst dich schnell müssen. Weil gleich kommen die eing'ladenen Leut von der Binder. Und wenn die da sind, hab ich für dich erst einmal keine Zeit nimmer.«

»Nachad am liebsten ganz spät«, murmelte Leopold. »Mir ist nämlich irgendwie grad so komisch, fast schon schlecht.«

»Grad so ist's mir fei auch gangen, speiübel ist's mir g'wesen. Komisch, da ziehen s' dir einen voll über den Scheitel, und spinnen tät dann der Magen. Verstehn soll das doch, wer mag! Willst noch ein stilles Wasser? Nachad bring ich dir noch eins.«

Er nickte.

Der Parkplatz vor dem Blauen Vogel war bereits so vollgestellt, dass Franziska eine Runde durchs Dorf drehte und letztendlich in der Einfahrt der Daxhubers vor deren schilfgrüner Limousine parkte.

Sie stieg aus und sah sich um. Auf der gegenüberliegenden Straßenseite entdeckte sie Ottilie Daxhuber, die sich im Vorgarten der Binder angeregt mit Frau Rücker unterhielt. Die wiederum schob voller Inbrunst einen rosa gerüschten Kinderwagen vor und zurück und beugte sich ab und zu mit liebevollem Blick in das Wageninnere. Beide Damen hatten sich so aufgebrezelt, dass man sie kaum wiedererkannte: Rock, Blazer, Bluse, blitzende Halbschuhe. Selbst ohne Brille konnte Franziska erkennen, dass sie geschminkt waren: Rouge, Lidstrich und Lippenstift.

Franziska winkte Ottilie zu, zeigte erst auf sich, dann auf das Auto und wies in Richtung Blauer Vogel. Ottilie Daxhuber nickte zustimmend. Wenn es also wirklich Stress geben sollte, so würde sie ihrem Mann schon sagen, wem der betagte BMW gehörte. Nicht, dass Eduard den auch noch abschleppen ließ.

Ein paar junge und ganz in Schwarz gekleidete Männer standen am einzigen Zigarettenautomaten des Dorfes und rauchten hektisch. Die Kommissarin schnappte im Vorübergehen Wortfetzen und Halbsätze auf: »Qualvolle Distanz, neue Ästhetik, Gegenwelten, entgrenzte Konturen, versinnbildlichte Pein«. Nicht in ihren kühnsten Träumen wäre sie auf derart verstiegene Deutungen gekommen. Kopfschüttelnd wunderte sie sich wieder einmal darüber, dass die Wirklichkeit ihre Phantasie doch bei Weitem übertraf.

Leopold Schmiedinger hob schüchtern den Zeigefinger, als Franziska Hausmann das Gasthaus betrat. Sie entdeckte ihn sofort. Im Blauen Vogel war es so laut, dass man sein eigenes Wort kaum verstand. An allen Tischen fachsimpelten Journalisten und Redakteure über die künstlerische Entwicklung der Bildhauerin. Ungeduldig und gelegentlich auch mit unterkühltem Entsetzen wurde darüber spekuliert, wie weit Ilse Binder noch gehen, welche Grenzen sie in den kommenden Monaten überschreiten werde oder könnte. Irgendwie hatte Franziska das Gefühl, die meisten der Anwesenden zu kennen. Gesichter, die ihr einerseits fremd und dennoch geläufig waren. Erst viel später wurde ihr bewusst, warum: Fast alle waren ihr aus Kulturdiskussionen des Fernsehens vertraut.

Wie ein stabiler Leuchtturm in der Brandung wirrer und stürmischer Haarschöpfe strahlte Leopold Schmiedingers weißer Kopfverband an einem von der Garderobe fast verdeckten Tisch. Das Gesicht darunter war fast ebenso weiß.

Erleichtert ging Franziska auf ihn zu. »Sie sind also schon beim Arzt gewesen? Das beruhigt mich sehr.«

»Der Doktor war sogar da herin bei mir«, verkündete Leopold Schmiedinger mit verhaltenem Stolz. »Wissen S', der Herr Kandler, der Kollege da von Ihnen, also der wollt ned, dass ich das Haus verlassen tät. Weil, der hat Angst g'habt, dass mir noch mehr zustoßen könnt – und das, wo ich doch schließlich ein wichtiger Zeuge wär.«

»Das war in der Tat klug und vorausschauend von ihm.« Franziska nickte zustimmend, griff sich einen kleinen Hocker und setzte sich an Leopolds Seite. »Ich will mich nur schnell orientieren, danach gehen wir dann zu Ihnen, in Ihr kleines Haus.«

Leopold nickte schweigend.

Sie suchte den Stammtisch, der so prominent stand, dass man ihn eigentlich direkt beim Betreten der Wirtsstube sah – den sie jedoch vorhin bei ihrer Ankunft gar nicht wahrgenommen hatte. Nie zuvor hatte sie eine solche Menschenansammlung im Blauen Vogel gesehen – nicht einmal damals, als sie zum ersten Mal in Kleinöd ermittelte und an der Beerdigung des Mordopfers teilnahm. Damals hatte die Trauerfeier auch im Blauen Vogel stattgefunden, dem einzigen Gasthof des Ortes und zugleich Anlaufpunkt für die Bewohner der zahlreichen umliegenden Ansiedlungen und Höfe. Wohin sonst sollte man laden, wenn es um Hochzeiten, Taufen oder Todesfälle ging?

Jetzt saßen anstelle der üblichen vier bis sechs Männer aus dem Dorf nur Hochwürden Wilhelm Moosthenninger und Doktor Hans Maronna am Stammtisch und starrten schweigend in ihre Bierkrüge.

Um sie herum drängten sich dicht an dicht mindestens zehn Brille tragende Kulturmenschen, die aufs heftigste miteinander diskutierten. Die beiden Stammtischhalter ließen die Sätze der wortgewaltigen Experten gefasst über sich hinweglärmen – wohl wissend, dass diese jeweils im Frühling und im Herbst eintretende Invasion von Spezialisten ebenso plötzlich wieder verschwinden würde, wie sie gekommen war.

Franziska hatte genug gesehen und nickte Leopold Schmiedinger aufmunternd zu. Der erhob sich erleichtert, froh, dem lärmenden Treiben entfliehen zu können.

Für Leopold Schmiedinger musste es die Hölle sein, mit so vielen Menschen in einem so großen Raum zu sein – wo ihm doch schon das leere Haus seines Cousins verwirrend geräumig erschienen war und er sich bis zum Protest des Bürgermeisters in die einzige Gefängniszelle des Ortes, klein und vertraut, zurückgezogen hatte. Mehr als neun Quadratmeter Wohnfläche schienen ihm Angst zu machen. Andererseits musste er sich an ein Leben außerhalb der Justizvollzugsanstalt gewöhnen, und wenn sie es recht bedachte: War er nicht auch freiwillig in den Supermarkt gegangen, der sicher eine Verkaufsfläche von knapp sechshundert Quadratmetern hatte?

Still schlich er neben ihr her, unter dem weißen Verband wirkte sein Kopf ungewöhnlich groß. Er war immer noch sehr blass.

Franziska sah ihn besorgt an. »Geht es Ihnen nicht gut?«

»Doch, doch, freilich, müsst schon gehn, bleibt mir ja sonst auch nix anders, gell? Mir war bloß vorhin ein bisserl schlecht.«

»Das hört sich ganz nach Gehirnerschütterung an. Was meinte der Arzt?«

»Ja, von irgend so was hätt der Doktor schon g'sprochen g'habt, und mei, dass ich ihn halt möglichst ruhig halten sollen tät, meinen Kopf. Der redet sich natürlich leicht, bloß wie tätst denn so was praktisch machen sollen, wenn s' dir verschiedenerseits nach dem Leben trachten? Da ist's ja dann doch wohl die Hauptsach, dass man wachsam bleibt, oder?«

Er wirkte gleichermaßen verzweifelt wie angespannt, sah hektisch nach rechts und links und fasste sich dann mit beiden Händen an den Kopf. Dann seufzte er. »Passt schon. Eigentlich hätt ich grad eher Hunger als wie Schädelweh.«

»Okay, wenn wir uns den Schaden angesehen haben, kehren wir ins Gasthaus zurück und essen was. Bis dahin sind auch die Fremden weg. Hoffentlich lassen die uns noch was übrig.« Sie lächelte ihn an. »Alles wird gut.«

Nur fünfundzwanzig Kilometer weiter, dachte Franziska, während sie die asphaltierte Straße überquerten, sitzt Christian nun allein vor seinem geöffneten Barolo und hat sich bestimmt schon ein erstes Glas eingeschenkt, damit dem Kater Schiely zugeprostet und prüfend daran genippt. Und vor ihm auf dem Tisch sind auf einer ovalen weißen Porzellanplatte mit Goldrand all die Leckereien und kleinen Vorspeisen angerichtet, die er für uns gekauft hat. Und daneben liegt ein noch warmes Ciabatta.

Sie meinte fast, den Duft des frischen Brotes zu riechen. Nur fünfundzwanzig Kilometer weiter wartet jemand auf mich. Bei diesem Gedanken wurde ihr ganz warm ums Herz. Ja, alles würde gut, alles musste gut werden.

Als Leopold Schmiedinger neben ihr herstolperte und

stotternd gestand, dass er die Tür zu seinem Unterschlupf niemals abschloss, was natürlich auch daran lag, dass er keinen Schlüssel besaß, blieb Franziska mitten auf der Hauptstraße stehen und sah ihn entgeistert an: »Wollen Sie mir etwa damit sagen, dass der, der Ihnen den Schlag versetzte, einfach so hereinspazieren konnte?«

Leopold nickte betreten.

»Na, grüß Gott. Also, schwer haben Sie es dem oder der ganzen Bande ja wirklich nicht gemacht. Da bestell ich am besten gleich die Spurensicherung. Die Jungs und Mädels freuen sich garantiert über diese Programmänderung am Samstagabend.« Sie suchte in ihrem Anorak nach dem Handy.

In Leopold Schmiedingers kleiner Behausung sah es noch genauso aus wie am Vormittag.

Es roch auch noch so.

Franziska sah sich eine Zeit lang prüfend um und meinte nachdenklich: »Das macht auf mich nicht grad den Eindruck, als hätte man was gesucht. Kein Durcheinander, keine offenen Schubladen, alles steht an seinem Platz. Sogar Ihre beiden Vögelchen sitzen noch an ihrem Platz.«

Es war allerdings nicht zu übersehen, dass Ouzo und Brandy zerfleddert und wie nach der Mauser wirkten. Sie waren eindeutig verstört und hatten Federn gelassen. »Nun ja, wenn nichts gesucht wurde, so soll ja vielleicht etwas gefunden werden.« Betont langsam zog Franziska sich die hauchdünnen Latexhandschuhe über und hob mit spitzen Fingern ein Kissen von der schmalen Bank, die dem Mann neben ihr tagsüber als Sofa und nachts als Bett diente. Dann klappte sie die Schaumstoffmatratze hoch und entdeckte darunter auf einer Lage gelb-roter Plastiktüten ein blitzendes Ringlein sowie einen silbernen Karabinerhaken in Miniaturformat. Behutsam legte sie beides beiseite und sah Leopold Schmiedinger blass werden.

»Damit haben Sie nichts zu tun«, beruhigte sie ihn. »Die wollen Ihnen was unterschieben. Also wirklich, für wie blöd halten die uns eigentlich?«

Leopold Schmiedinger drehte sich mit zitternden Fingern eine Zigarette und murmelte: »Ich versteh das alles nimmer.«

»Ich allerdings beginne langsam zu verstehen«, hielt Franziska dagegen und schob mit einer Handbewegung die Plastiktüten zur Seite.

Vor ihr lag die in Tschechien am weitesten verbreitete Schusswaffe, eine CZ 75.

»Na bitte, das scheint ja die Tatwaffe zu sein. Die nehmen wir gleich mit.« Sorgfältig ließ sie die Pistole in eine Plastiktüte gleiten.

Leopold Schmiedinger rauchte hektisch und erklärte: »Hab ich in meinem Leben noch nie g'sehn, den Schießprügel.«

Franziska nickte bestätigend. »Ich glaub's Ihnen gern. Mir war von Anfang an klar, dass man Ihnen den Mord in die Schuhe schieben will, das bot sich ja auch schon fast an nach diesem Internetauftritt des Landauer Anzeigers.«

»Richtig! Hab ich doch pfeilgrad heut früh schon zu Ihnen g'sagt g'habt. Den Artikel, hab ich g'sagt, den kannst im Zweifelsfall so oder so lesen. Ganz deppert bin ich nämlich auch ned. Und ich hab mir echt denkt g'habt, der Bub tät's bloß gut mit mir meinen!«

Franziska packte ihre Sachen zusammen und sah kurz hoch. »Enzo Blumentritt?«

Ihr Gegenüber nickte. »Genau, grad so heißt der. Wär quasi mein Nachbar, hat er g'sagt. Meinen S', ich tät mal hingehen und mich beschweren sollen?«

»Nein, nein, Enzos Artikel war in Ordnung. Der Junge ist davon überzeugt, dass Sie mit der ganzen Sache gar nichts zu tun haben. Und ich bin da ganz seiner Meinung.«

Kurz überlegte Franziska, ob sie Leopold Schmiedinger über den vom *Daily Mirror* geprägten Internetauftrag des Landauer Anzeigers informieren sollte, ließ es dann aber. Der kleine Herr Schmiedinger hatte heute schon genug mitgemacht und wirkte ziemlich entkräftet.

»Wissen Sie was«, schlug sie vor. »Die Spurensicherung ist auf dem Weg, und wir gehen nun zurück in den Blauen Vogel. Dort essen Sie erst einmal etwas Vernünftiges.« Besorgt sah sie ihn an. »Haben Sie heute eigentlich schon etwas zu sich genommen?«

Er schüttelte den Kopf und hielt ihn sich mit beiden Händen. »Die Tütensuppe ist mir doch über die Hand gekippt.«

»Dann wird's aber allerhöchste Zeit. Kommen Sie.«

Während sie schweigend durch den Skulpturengarten der Bildhauerin stapften, hoffte Franziska inbrünstig, die Damen und Herren von der Spurensicherung mochten entweder Fingerabdrücke oder andere verwertbare Spuren finden.

»Ich müsste mal ins Internet und bräuchte dafür Ihren Computer«, stellte die Kommissarin wenig später klar und sah der Wirtin des Blauen Vogels zu, die voller Hingabe ihre Edelstahltheke putzte. Nach der plötzlichen Invasion der Kulturschaffenden schien es nun in der Gaststube ungewöhnlich still zu sein. Leise lief im ehemaligen Herrgottswinkel der Fernseher und zeigte die wichtigsten sportlichen Begegnungen des Tages.

Teres nickte, öffnete die Tür zu ihrem Räucherkammerl und rief: »Otmar, die Kommissarin tät an den Rechner müssen!«

»Und geben Sie dem jungen Mann dort was zu essen«, flüsterte Franziska und wies auf Leopold Schmiedinger. »Rechnung geht an mich.«

»Das wär ja noch schöner!« Teres schüttelte den Kopf.

»Ich hätt den doch vorhin schon zum Essen eing'laden g'habt, aber da hat der vor lauter Schädelweh nix essen können, und mir ham erst den Doktor holen müssen. Gott sei Dank, dass es den ned noch schlimmer erwischt hat. Der hat echt grad so ein Massel g'habt wie ich. Aber echte Sturschädel halten natürlich schon auch ein bisserl was aus.«

Die frisch auf die Welt losgelassene Website des Landauer Anzeigers war noch genauso reißerisch aufgemacht, wie Franziska es in Erinnerung hatte. Da hatte noch kein Administrator für Ordnung gesorgt, diffuse Verdächtigungen und infame Anklagen beseitigt und dem Ganzen wieder jenen seriösen Anstrich gegeben, der dieser achtbaren niederbayerischen Zeitung entsprach.

Kopfschüttelnd betrachtete Franziska das Machwerk der *Daily-Mirror*-Grafiker. Irgendjemand hatte dem Internetauftritt dieser Geschichte ein Foto des Kleinöder Bürgermeisters hinzugefügt. Markus Waldmoser wurde mit dem Satz zitiert: »Ich habe mich von Anfang an dagegen gewehrt, ein derart verkommenes Subjekt in meine Gemeinde aufnehmen zu müssen.«

Angewidert überflog Franziska Hausmann den Artikel. Wieso war der eigentlich noch nicht aus dem Netz genommen worden? Hatte Georg Cannabich denn gar nichts mehr zu sagen? Spätestens morgen würde sie sich auch noch darum kümmern müssen.

Kapitel 26

Wenn Eduard Daxhuber sich ganz weit aus seinem Badezimmerfenster hinauslehnte, konnte er einen Blick auf den Parkplatz des Blauen Vogels erhaschen. Vor dem Duschen war es dort noch brechend voll gewesen. Jetzt, mit frisch gewaschenem Haar und eingehüllt in ein vorgewärmtes Badetuch, schaute er erneut aus dem Fenster. Nun sah die Sache schon um einiges entspannter aus. Das hieße also, dass Adolf und er auf jeden Fall einen Platz und vielleicht sogar einen Tisch für sich bekommen könnten.

»Mir hätt'n bloß kurz was zum besprechen!«, würde er seinen Stammtischbrüdern zurufen, und zwar so laut, dass alle Anwesenden begriffen: Dank Eduards Einsatz stand die Lösung des Falles kurz bevor. »Mischts halt derweil schon mal und teilts aus, mir kommen dann gleich.« Immerhin galt es, eine Strategie zu entwickeln, um diesem Tschechenbürscherl beizukommen. Der sollte sein Lebtag daran denken, welche Folgen es hatte, einen Eduard Daxhuber wie den letzten Dreck zu behandeln. Ihm das Gespräch zu verweigern und einfach abzubrausen. Nicht mit ihm!

Als er eine halbe Stunde später die Wirtsstube betrat, musste er jedoch feststellen, dass Adolf nicht allein an einem Tisch saß, sondern sich angeregt mit der Kommissarin unterhielt. Zwischen ihnen hockte mit hochrotem Kopf Adolfs schmächtiger Cousin und vertilgte eine Schweinshaxen mit zweierlei Knödeln und Speckkrautsalat. Eduard seufzte so, wie sonst nur Nachbarin Charlotte zu seufzen pflegte, und schlich mit hängenden Schultern an ihren Tisch.

»Ja, ja, die Spusi ist schon am Tatort und kommt dann hierher«, versicherte Franziska gerade. »Damit wir gleich wissen, was Sache ist. Ich bin übrigens davon überzeugt, dass sie Fingerabdrücke finden. Der oder die Täter haben sich einfach zu sicher gefühlt.«

»Fingerabdrücke? Wo?«, schoss es aus Eduard heraus. Eigentlich hatte er sich schweigend und schmollend neben Adolf an den Tisch setzen wollen, aber seine Neugier gewann wie so oft die Oberhand.

»Ja, stellen Sie sich vor, Herr Daxhuber!« Franziska lächelte ihn an und hob ihr Wasserglas. Sie hätte lieber ein Bier getrunken, aber in Eduards Einfahrt stand der betagte BMW, und zu Hause wartete Christian. Für die Fahrt mit dem Auto und vor allem für die Begegnung mit ihrem Mann brauchte sie einen klaren Kopf. Begierig verfolgte sie, wie Eduard sein Bier ansetzte, und fuhr fort: »Es sieht ganz so aus, als habe Liškas Mörder den Presserummel des heutigen Nachmittags genutzt – und damit auch Ihre und Adolf Schmiedingers Abwesenheit –, um diesem Herrn Schmiedinger hier ein paar Schmuckstücke sowie die Tatwaffe unterzuschieben. Dabei hat man ihm auch noch einen kräftigen Schlag verpasst.« Sie wies auf Leopolds turbanartigen Kopfverband, den er trug wie eine Krone.

»Gehn S' weiter«, murmelte Eduard, dem nichts Besseres dazu einfiel.

»Was mich jetzt wirklich beschäftigt, ist: Wie kam er ins Dorf, und wie kam er zum binderschen Grundstück? Sie hatten doch die Hauptstraße gesperrt?«

»Ja schon, aber mir ham ja die weiträumige Sperrung bloß zu zweit eing'richtet g'habt, und wie mir die Ampel beim Blauen Vogel aufg'stellt ham, da ham mir natürlich ned gleichzeitig kontrolliern können, was da grad auf der Höhe vom Waldmoser sein Haus passieren tät.«

»Verstehe, verstehe.« Die Kommissarin nickte. »Ab wann haben Sie denn an den jeweiligen Sperren Stellung bezogen? Gibt es da eine ungefähre Uhrzeit?«

Adolf und Eduard sahen sich an und hoben gleichzeitig

die Schultern. Der Polizeiobermeister kratzte sich am Ohr und meinte: »Ja mei, auf die Uhr ham mir natürlich auch ned dauernd schauen können. Halbe, drei viertel zwei schätzungsweis?«

»Hmm.« Franziska stützte die Ellenbogen auf den Tisch und hielt sich den Kopf mit beiden Händen. »Nehmen wir mal an, der Täter liest im Internet den Artikel des Landauer Anzeigers. Er weiß, dass das dort abgebildete Häuschen in Kleinöd steht, weil er ja bereits am vergangenen Dienstag vor Ort war, um Liška umzubringen und Teres niederzuschlagen. Das heißt, der kennt sich hier so richtig gut aus.«

»Der Sauhund!«, unterbrach Adolf und legte seinem Cousin fürsorglich einen Arm um die Schultern.

Leopold zuckte zusammen. Er war es offensichtlich nicht gewohnt, berührt zu werden.

»Weit weg«, spann die Kommissarin ihren Faden weiter, »vielleicht in einem anderen Land, hat unser Mörder jeden Tag seinen Computer eingeschaltet, den Namen Kleinöd in die Suchmaschine getippt – und schwupp wird er heute Nacht fündig und entdeckt Enzos Artikel. Garniert mit einem Foto des binderschen Gartenhauses, einem Bild, das Leopold von hinten zeigt, sowie dem äußerst bedenklichen Kommentar Ihres hochverehrten Bürgermeisters. Einfacher kann man es einem wirklich nicht machen. Unser Mörder setzt sich entspannt in sein Auto, fährt in aller Ruhe nach einem gemütlichen Frühstück los und ist um die Mittagszeit hier in Niederbayern, um seine Tat zu vollenden und den Verdacht auf Leopold zu lenken. Denn all seine Probleme sind ja mit einem Schlag gelöst, wenn die Tatwaffe bei dem gefunden wird, den sowieso fast alle für den Mörder halten.«

»Ich war's aber ned«, erklärte Leopold mit vollem Mund, und Franziska legte ihm beruhigend eine Hand auf den Arm. »Ich weiß, Herr Schmiedinger, ich weiß.«

»Sauber, sag ich!« Eduard griff erneut zu seinem Bier.

»Das heißt, unser Mann muss vor dreizehn Uhr fünfundvierzig vom Supermarkt kommend bei der Binder eingebogen sein und hat sich dann vermutlich im Zuge der allgemeinen Abreise mit seinem Wagen unter die Autos der abfahrenden Journalisten gemischt.« Franziska nickte nachdenklich und murmelte: »Schade, auf die Idee, die Journalisten beim Verlassen der Veranstaltung erneut zu kontrollieren, sind wir leider nicht gekommen. Da bleibt uns jetzt tatsächlich nur die Hoffnung auf Fingerabdrücke. Von den binderschen Gästen, die auch schnell anhand der schriftlichen Einladungen zu identifizieren wären, war es garantiert keiner. Und die Kameraleute von den einzelnen Sendern haben die Skulpturen im Fokus gehabt, nicht aber das versteckt stehende Gartenhäuschen mit seinem einsamen Bewohner.« Sie seufzte und notierte sich ein paar Stichworte. »Ich werde wohl nicht umhinkommen, mir eine Kopie des gesamten Filmmaterials schicken zu lassen, um alles im Zeitlupentempo zu untersuchen. Da können wir nur hoffen, dass auf einer dieser Dokumentationen eine Bewegung im hinteren Teil des Gartens wahrzunehmen ist.«

»Ich … ich … ich …« Eduard stieß mit dem Zeigefinger in die Luft und stotterte.

»Herr Daxhuber?« Franziska nahm einen weiteren Schluck Wasser.

»Ich … ich tät bloß sagen wollen, also ich hab da doch einen von denen Leuten beim Nausfahren sozusagen kontrolliert g'habt, weil eigentlich wär ich ja bloß auf dem seinen Wagen neugierig g'wesen und hätt den bloß ein bisserl was dazu fragen wollen, und nachad hat der sich aber richtig komisch benommen, hat mir andauernd den Rauch von seiner Zigaretten ins G'sicht blasen, sich in einer Tour die Sonnenbrillen z'rechtg'rückt und allerweil bloß ned zu mir her, sondern zum Fenster nausg'schaut.

Und wie ich mit dem reden wollt, hat der einfach Vollgas geben und ist mit mindestens achtzig Sachen abdüst, und das mitten in der Ortschaft. Wenn das keine G'schwindigkeitsüberschreitung g'wesen sein soll, dann fress ich fei einen Besen.« Eduard schluckte, griff in seine Hosentasche und zog triumphierend das ihm von Adolf zur Verfügung gestellte Notizbüchlein hervor. »Aber dem seine Autonummer, die hätt ich schon für alle Fälle!«

Franziska sprang auf. »Vielleicht haben wir ja mehr Glück als Verstand – warum zum Teufel haben Sie das nicht gleich gesagt?«

»Ja mei, Sie wärn gut, wie hätt denn ich bitt schön dadrauf kommen sollen?« Eduard ging in Verteidigungsstellung.

»Ich bitte Sie! Nationalität des Toten: tschechisch. Autokennzeichen: tschechisch. Flüchtender Fahrer: vermutlich auch tschechisch. Da hätte selbst Ihnen ein Licht aufgehen müssen. Also wirklich.« Sie stöhnte, und Eduard zog die Schultern hoch. Franziska wandte sich an die Wirtin des Blauen Vogels: »Frau Schachner, kann ich noch mal kurz in Ihr Privatzimmer?«

Teres nickte einladend und kommentierte mit einem Seitenblick auf Otmar: »Ich hätt g'meint, Sie tät'n gar nimmer rauchen?«

»Ich muss ein Gespräch führen, und zwar mit meinem Handy«, antwortete Franziska und fand es irgendwie albern, dass sie sich rechtfertigte. Doch als sie die Wirtin des Blauen Vogels lächeln sah, versöhnte sie das mit dem ganzen Tag.

Franziska schloss die Tür hinter sich und griff zu ihrem Handy. Sie ließ sich direkt zum Einsatzleiter des Grenzschutzes durchstellen und gab eine Fahndung nach einem roten Opel Kadett mit dem genannten Kennzeichen durch.

»Und sobald Sie etwas Neues erfahren, rufen Sie hier an. Ich sitze im Büro vom Blauen Vogel, nehmen Sie die

Festnetznummer, falls das Handy belegt ist.« Franziskas Stimme nahm einen Befehlston an, als sie hinzufügte: »Vor ungefähr zwei Wochen hat Kommissar Kleinschmidt einen neuen E-Mail-Verteiler einrichten lassen und diesen ›grenzenlos aktuell‹ genannt, weil darin auch die Kontakte zu den Grenzübergängen von Österreich und Tschechien aktualisiert wurden. Nehmen Sie unbedingt den – er liegt im Kontaktordner unseres Zentralcomputers –, dann werden für diese Fahndung auch die Kollegen auf der tschechischen Seite der Grenze aktiviert. Eine Errungenschaft des grenzenlosen Europa.« Sie seufzte kurz. »Und bevor ich es vergesse: Bitte klicken Sie unbedingt vor dem Absenden der E-Mail den Button ›höchste Priorität‹ an. Kollege Kleinschmidt hat mir nämlich versichert, dass die Nachricht dann mit einem kleinen Sirenenton an den jeweiligen Rechnern empfangen wird. So was wird grad an Samstagnachmittagen gern gesehen ... so viel zur neuen Technik. Und noch was: Der Fahrer in dem gesuchten Wagen ist gefährlich und vermutlich auch bewaffnet.«

So, das wäre geschafft. Zufrieden lehnte sie sich in Teres' Schreibtischsessel zurück. Vor ihr lag eine Schachtel Zigaretten, die offenbar der Wirtin gehörte.

Der Einsatzleiter des Grenzschutzes hatte noch nicht aufgelegt. Seine Stimme klang verunsichert, als er zögernd nachfragte: »Aber ich müsst das dann praktisch bloß auf Deutsch machen, oder? Ich mein, für die Österreicher sollt's ja kein Problem sein. Aber bei die Tschechen ...«

»Gut, dass Sie nachfragen«, lobte Franziska ihn. »Daran habe ich gar nicht so schnell gedacht. Übersetzen Sie Ihre Anfrage doch bitte auch noch rasch ins Englische. Dann sind wir auf jeden Fall auf der sicheren Seite.«

Er stöhnte. »G'schwind übersetzen? Also, ganz so schnell täten die Preußen dann doch ned schießen. Weil, wissen S', da tät ich nämlich erst heimmüssen und mein

Wörterbuch holen. Nachad geht die Fahndung wohl kaum vor Mitternacht naus.«

»Herr Kollege, in diesem Fall zählt wirklich jede Sekunde. Da können wir keine Rücksicht auf die eleganteste Formulierung nehmen. Lieber machen Sie es dann halt nur auf Deutsch. Aber dafür sofort, und mit sofort meine ich innerhalb der nächsten fünf Minuten, okay?«

Die Kommissarin verdrehte die Augen. Die Zigaretten vor ihr leuchteten verführerisch. Sie saß in dem einzigen Raum des Blauen Vogels, in dem Rauchen erlaubt war. Das Leben war eine einzige Versuchung. Aber Franziska Hausmann blieb standhaft.

Erschöpft lehnte sie sich zurück. Draußen war es schon dunkel. Schemenhaft und eigenartig leicht wirkte ihr Gegenstück vor dem nächtlichen Fenster – fast körperlos und durchsichtig. Möglicherweise nahm Agnes Harbinger die Manifestation der Toten als ähnliche Bilder wahr. Aber Liška aus dem Blauen Vogel hatte sich ihr nicht gezeigt und keine Auskunft gegeben. Vielleicht hätte er viel zu sagen gehabt.

Als sie vor einem halben Jahr einmal mit Agnes Harbinger gesprochen hatte, hatte diese über »die Dampfplauderer von drüben« geklagt, mit aufgerissenen Augen zur Decke oder in den Himmel gesehen und behauptet, von den Verstorbenen würden sich am ehesten die zu Wort melden, die nichts zu sagen hatten und sich nur wichtig machen wollten. Franziska musste lächeln.

Und dann gab sie sich plötzlich einen Ruck und entschied sich, alles abzuschließen. Wenn sie mit Alexander abschloss, konnte sie auch diesen Fall abschließen. Es war magisches Denken. Aber egal.

Denn erst wenn sie den Fall abgeschlossen hätte, wäre mit Christian ein Neuanfang möglich. Ob er ihr von dem Barolo wohl noch etwas übrig gelassen hatte?

Beherzt wählte sie die Dienstnummer von Alexander.

Er hatte sie auf seiner Visitenkarte rot eingekringelt; der Kringel sah fast aus wie ein Herz. Sie schluckte und nahm sich fest vor, standhaft zu bleiben. Ihr Leben gehörte nach Landau und zu ihrem Mann. Keinesfalls zu dem Fremden, mit dem sie ein paar Stunden hatte träumen dürfen. Auch wenn der Traum noch so schön gewesen war.

Eine Frauenstimme meldete sich auf Tschechisch, sprang aber augenblicklich über ins Deutsche und begrüßte Franziska aufs Herzlichste: »Sind Sie Frau Hausmann aus Landau?«

»Genau.«

»Schön, dass Sie anrufen. Ich heiße Beata Světlik, Hauptkommissarin Světlik. Alexander hat mir schon von Ihrem Fall berichtet.«

Franziska biss sich auf den Nagel des kleinen Fingers. »Ich würde Herrn Konrádová gern persönlich sprechen.«

»Frau Hausmann – es ist Wochenende! Wenn Sie Alexander kennen würden, so wüssten Sie, dass er an den Wochenenden nie im Dienst ist. Niemals. Freitags eventuell, aber nur in äußersten Notzeiten – doch niemals am Samstag oder gar am Sonntag. Diese Tage sind ihm heilig. Sicher gibt es etwas Neues, sonst würden Sie ja nicht anrufen, oder?«

»Ich weiß nicht, ob es okay ist, wenn ich mit Ihnen darüber spreche.«

»Doch, ist schon okay. Ich bin Alexanders Vertretung – oder sagen wir einfach, wie es ist.« Sie lachte. »Ich bin das Hauptkommissariat des Wochenendes.« Es war ein sympathisches Lachen. Franziska hätte zu gern gewusst, wie Beata Světlik aussah. Vermutlich ist sie so alt wie Bruno, überlegte sie und stellte sich eine Mittdreißigerin voller Ehrgeiz und Energie vor. Dunkelhaarig, mit grauen Augen und dezent geschminkten Lippen. Ein bisschen zu taff, als dass er mit ihr ein Verhältnis angefangen hätte, und garantiert war sie in festen Händen. Irgendwie passte es zu Alexander, dass er sich so eine zur Assistentin genommen hatte. Alexander der Lebemann, Alexander der Genießer, Alexander der Ästhet …

Zögernd gab sie die von Eduard notierte Autonummer weiter und hörte, wie Beata Světlik per Telefon oder Funk ihre Leute darauf ansetzte. Die Prager Kommissarin sprach schnell, bestimmt und mit einem fordernden Unterton, und es schien Franziska, als hätten Beata Světliks Mitarbeiter begriffen, dass ein Infragestellen der Aufgaben oder gar Widerstand zwecklos waren.

»So, da bin ich wieder, die Sache läuft«, wandte sie sich erneut an Franziska. »Übrigens super, Ihre Liste mit den Zahlen und den Buchstaben. Ich hab sie sofort an unsere Leute weitergegeben. Dadurch haben wir unglaublich viel über Pen Yantee und dessen Organisation erfahren. Und Sie können sich nicht vorstellen, wie lange wir da schon recherchieren!«

»Pen Yantee? Was ist das denn?«

»Ach so, ja genau. Klar, wie sollten Sie etwas wissen, was wir bis gerade eben selbst noch nicht wussten?« Sie lachte erneut dieses freundliche Lachen. »Stellen Sie sich vor, Frau Hausmann, das ist der Name des Gurus vom Crowley College, CC – und von dem müsste Alexander Ihnen doch erzählt haben.«

Sie sah nicht, dass Franziska nickte, und berichtete weiter: »Wir haben die ganze Zeit gerätselt, wer es sein mag – nun kennen wir seinen Decknamen und natürlich auch seinen wirklichen Namen. Pen Yantee ist übrigens eine Abkürzung des thailändischen Satzes: ›pen yang tee kun pen‹, was so viel bedeutet wie: ›Sei, wer du bist.‹ Dieser Name ist auch sein Programm. Sei, wer du bist«, wiederholte sie verächtlich. »Wenn jeder so wäre wie der – na dann, gute Nacht. Dieser Typ ist wirklich ein schlimmes Gemüschen, oder wie heißt das bei Ihnen?«

»Ja, ja, passt schon.« Franziska war neugierig geworden. »Erzählen Sie!«

»Ich fass einfach mal zusammen, was wir bisher haben und wie wir uns den Mord an Liška erklären: Dieser Liška muss vor etwa einem Jahr auf Pen Yantee aufmerksam geworden sein. Wie und wo sie sich zuerst begegneten, ist noch nicht geklärt. Auf jeden Fall wollte Jaroslav Mirek ein besserer Mensch werden – und das hat er nun davon: Jetzt ist er tot. Entschuldigen Sie, ich weiß, das ist nicht lustig, aber die ganze Geschichte hat uns schon so gestresst, da muss ich mal auf diese Weise ablästern.«

»Versteh ich gut. Außerdem mag ich makabre Scherze«, murmelte Franziska und fügte hinzu: »Humor ist, wenn man trotzdem lacht.«

Beata Světlik schien zu lächeln. »Das beruhigt mich. Dann kann ich Ihnen ja auch die Geschichte so berichten, wie ich sie am allerliebsten erzählen würde.«

»Nur raus damit.«

»Also – es war einmal ein Mann, der plötzlich zum Gutmenschen werden wollte. Dieser Mann hieß Jaroslav Mirek. Er hatte sich zuvor ein wenig in der Unterwelt herumgetrieben, wollte nun in die Oberwelt und in ein besseres und vorbildhaftes Leben. Vermutlich aus Liebe. Aus welchen Gründen kommt man denn sonst auf derart absurde Ideen?«

»Kann sein«, pflichtete Franziska ihr bei.

»Gut. Unser Mirek, genannt Liška, trifft dann schicksalhaft auf Pen Yantee, den großen Wunscherfüller, und er geht davon aus, dass dieser ihn zu einem guten Menschen machen wird. Deshalb lässt er sich zusätzlich zu seinen bereits vorhandenen überreichlichen Tattoos noch die Cs eintätowieren. Dann tritt er der Gemeinschaft bei und harrt von dem Augenblick an der Erleuchtung. Die aber lässt auf sich warten, ebenso wie das Wunder.«

»Was für ein Wunder?«, wollte Franziska wissen.

»Ein wirklich außerordentliches Wunder. Liška wollte nämlich, dass sich eine bei uns sehr populäre Rapperin über beide Ohren in ihn verliebt. Dabei kannte die erstens unseren Kandidaten nicht einmal, und zweitens ist sie eine bekennende Lesbe. Na ja, wie dem auch sei. Um die Sache zu beschleunigen und weil er vermutlich dachte, die Energie seiner Heiligkeit könne auf ihn abfärben, wurde Liška Pen Yantees Privatsekretär. Und damit setzte sich die Spirale der Enttäuschung in Gang.« Beata Světlik zögerte leicht und gestand dann vertraulich: »Enttäuschungsspiralen führen übrigens immer nach unten. Wussten Sie das? Ich betreibe darüber empirische Forschungen.«

»Ich kenne auch Enttäuschungsachterbahnen«, bemerkte Franziska. »Da geht's dann aber richtig ab.«

Die Hauptkommissarin aus Prag lachte.

»Und wie ging es weiter?« Franziska nickte ihrem Spiegelbild in der dunklen Fensterscheibe zu.

»Na ja, mit Nähe kommt Enttäuschung. Zwangsläufig. Unser Mann öffnet den Männern und Frauen, die zum Guru wollen, die Tür. Was wird ihm dabei klar? Einige bleiben länger, dafür wird anderen das Maß an Zeit und Aufmerksamkeit gekürzt. Jaroslav übersetzt das in seine Sprache: Der Meister ist nicht gerecht. Das war der erste Keil. Liška wird kritisch. Er stellt fest, dass Pen Yantees Reden voller Widersprüche sind. Dass der Meister selbst sich nicht an das hält, was er den anderen predigt, dass er Launen hat und aus diesen Launen heraus die täglichen Gebetszeiten zur Wunscherfüllung nicht einhält. An allen unerfüllten Wünschen ist also allein Pen Yantee schuld. Deshalb verfolgt Liška jenen, der da predigt: ›Sei, wer du bist, und tu, was du willst, nur dann bist du frei.‹ Dabei stellt er fest, dass Pen Yantee selbst kein freier Mensch ist, sondern eine arme, von Süchten getriebene Kreatur. Der Meister ist sexsüchtig. Und der Sex, nach dem er süchtig ist, ist teuer. Wir haben in dieser Stadt einen privaten Fitness Club namens ›Happy Ours‹. Nur die wenigsten wissen, dass es sich dabei um das teuerste, aber auch preziöseste Freudenhaus der Republik handelt. Auch eine Art Wunscherfüllung, oder? Niemand schöpft Verdacht, das Studio ist in einer Gründerzeitvilla untergebracht. Zutritt nur für eingetragene Mitglieder. Aber Liška kannte sich aus. Er kam ja aus der Szene, und er wusste auch von dieser Konkurrenz.« Mit einem Mal klang Beatas Lachen bitter. »Die Spendengelder, mit denen Pen Yantee eigentlich eine Kapelle um den Schrein der Wünsche bauen sollte, wurden letztendlich verwendet, um seine eigenen abnormen Bedürfnisse zu befriedigen. Da blieb kein Cent mehr übrig.«

»Und dann?« Franziska schüttelte den Kopf. Sie wollte sich lieber nicht vorstellen, was im »Happy Ours« alles möglich war. »Hat Liška den Guru erpresst?«

»Ich glaube, der Punkt war schon überschritten. Liška wollte ihn nur noch vernichten. Nicht nur, dass es ihn ekelte vor jemandem, der zu den ›Happy Ours‹ ging und dafür die, die an ihn glaubten, bestahl – jetzt war es Liška, der sich dazu berufen fühlte, der Welt Gerechtigkeit zu predigen. Er schrieb seine eigenen Pamphlete, verfasste Liebesbriefe an die Rapperin und entwarf eine Art Hirtenbrief für künftige Anhänger. Diese Texte verschlüsselte er dann mit jenen zweistelligen Zahlencodes, die ihm im wahrsten Sinne des Wortes unter die Haut gegangen waren. Ohne Sie, Frau Hausmann, würden wir noch immer an den Zahlen auf seinem Computer herumrätseln und vermutlich absurde Rechnungen aufstellen. Vielen Dank.«

»Schon okay.« Franziska nahm ihre Handtasche auf und suchte nach einem Taschentuch. Und da lagen sie wieder vor ihr: die Zigaretten. Sie stand auf und ging mit dem Handy zum Fenster. »Wie haben die den dann hier gefunden?«

»Überläufer gibt es doch überall. Er hat mit einem vermeintlichen Komplizen telefoniert, und der hat das Handy orten lassen. Dann erhielt Pen Yantee die Koordinaten und schickte seinen Killer los.«

»Interessant. Und der Killer fuhr den roten Kadett?«

»Sieht ganz so aus. Und den kriegen wir auch noch. Das verspreche ich Ihnen.«

Später versuchte Franziska sich einzureden, dass sie die letzte Frage nur gestellt hatte, um Klarheit zu gewinnen. Aber sie wusste, dass das nicht stimmte. Da war immer noch Sehnsucht mit im Spiel. Nur deshalb hatte sie von Beata Světlik wissen wollen, wann Alexander denn wieder zu sprechen sei.

»Keinesfalls vor Montag«, hatte Alexanders Kollegin gesagt. »Der genießt sein Wochenende, und ehrlich gesagt, ich kann ihn verstehen. Der gute Alexander hält sich an seine Prinzipien. So ginge es mir aber auch an seiner Stelle, wenn ich eine junge und gut aussehende Frau zu Hause hätte und dann noch diese süßen fünfjährigen Zwillinge. So was von niedlich!«

Ungläubig hatte Franziska nachgefragt: »Sind Sie sicher, dass Sie von Alexander Konrádová sprechen, von dem, der hier in Landau war?«

»Ja, ich weiß, er ist nicht mehr der Jüngste, und wenn die Familie durch die Stadt geht, wird er oft für den Großvater gehalten. Aber stellen Sie sich vor: Unseren Hauptkommissar hat es auf seine alten Tage noch mal so richtig erwischt. Erst vor sechs Jahren hat er geheiratet, und da war er schon um einiges über fünfzig und hatte bis dahin verdammt viele Wochenenden eher im Büro als zu Hause verbracht. Seine Frau ist fast dreißig Jahre jünger als er. Aber es heißt ja, je älter die Väter, desto klüger die Kinder. Und wissen Sie was, seine beiden Jungs, das garantiere ich Ihnen, das sind die Einsteins der Zukunft.«

Da war sie also jetzt, die Achterbahn der Enttäuschung. So schnell konnte es gehen. Vorhin noch hatte sie sich fast unverwundbar gefühlt. Und nun raste sie schon Richtung Hölle. Franziska Hausmann zitterte so sehr, dass sie sich an der Tischkante festhalten musste. Gut, dass niemand sie sah. Sie würde jetzt einfach die nächsten zehn Minuten hier sitzen bleiben, in diesem rauchgeschwängerten Büro der Teres Schachner, und sich umsehen, sich erden und beruhigen.

Noch immer lagen dort die Zigaretten und direkt daneben ein Feuerzeug. Wenn sie jetzt zugriffe, wären all die Monate des Leidens und der Entwöhnung umsonst gewesen. Sie wusste es genau, nahm die Packung und legte sie auf die Tastatur von Otmars Computer. Dann umfasste sie mit beiden Händen ihr Wasserglas.

Seufzend sah sie sich um und zwang sich dazu, jene Veränderungen wahrzunehmen, die seit ihrem letzten Besuch geschehen sein mochten. Diese »Übung« hatte sie sich schon während ihrer Ausbildung angewöhnt und war seitdem darin erprobt, auch anscheinend unbedeutende Abweichungen wahrzunehmen. In diesem Raum waren die Veränderungen unübersehbar: Das Zimmer war geputzt worden. Auch die Fensterscheiben, in denen sie sich spiegelte, glänzten wie Kristall. Vor wenigen Tagen noch waren sie mit Schmutzschlieren und Staubschichten überzogen gewesen. Franziska hatte das Empfinden, noch den Zitronenduft des Putzmittels riechen zu können.

Die Kassettentür zur Wirtsstube wirkte wie frisch gestrichen. Hatte dort nicht noch vor wenigen Tagen das Poster eines Jubiläumskonzerts irgendwelcher Volksmusikanten gehangen? Es war nun verschwunden. Mit Otmars Auftauchen hatte es offenbar seine Bedeutung verloren.

Bei ihr selbst aber war dafür gemeinerweise – und zwar direkt in ihrem Herzen – das Poster eines Kollegen aus

Prag befestigt worden. Das Bildnis eines Mannes mit graugrünen Augen, verständnisvollem Blick, verführerischer Stimme und weichen Lippen. Sie musste es sofort entfernen, um wieder denjenigen wahrnehmen zu können, der eigentlich dorthin gehörte.

Während sie gleichermaßen fror und schwitzte, wurde ihr klar, dass sie sich schämte. Sie schämte sich für sich und für diesen Alexander, der sich nichts dabei gedacht hatte, als er mal schnell das Verliebtheitsspiel auf den Tisch zauberte, so wie am Stammtisch nebenan allabendlich die Schafkopfkarten auf den Tisch gelegt wurden. Aber den Schafkopfspielern waren die Spielregeln bekannt. Sie dagegen hatte nicht gewusst, dass es sich nur um ein Spiel handelte und dass es ihn als Gewinner und sie als Verliererin geben würde. Sie hatte ihm jedes einzelne seiner Worte geglaubt und sich in eine fatale Verwirrtheit ziehen lassen.

Sie hatte ihre Ehe als Einsatz in dieses Spiel gegeben. Sie musste verrückt gewesen sein. Erneut schüttelte sie über sich selbst den Kopf.

Der Rosenholzschreibtisch mit den zwei Türen und den drei Schubladen war vor das südliche Fenster geschoben worden, glänzte satt und roch nach frischer Politur. Hatte sie sich nicht genau einen solchen Schreibtisch als Geschenk für Christian ausgedacht?

Nun standen mehrere Ablagekörbchen aus Plexiglas in Reih und Glied auf der Arbeitsfläche und schienen Quittungen, Belege und sonstige Bescheinigungen zu enthalten. Ein gerahmtes Foto auf dem Schreibtisch zeigte Otmar Kandler, lächelnd und so entspannt, wie sie ihn selten gesehen hatte, im rechten Mundwinkel hing ihm lässig eine brennende Zigarette, deren Rauchkringel wiederum sein rechtes Auge blinzeln ließen. Von diesem Bild herab blickte er durchaus zuversichtlich auf die ungeordneten Papierberge, und Franziska ahnte, dass der Polizeibeamte a. D. in Zukunft nicht mehr zu ihrer Dienststelle kommen und nach Arbeit fragen würde. Inzwischen war er nicht nur Teres' Leibwächter, der dieser Aufgabe bei Tag und Nacht nachging, sondern offensichtlich auch ihr Bürovorsteher, Personalchef und Oberbuchhalter.

In diesem Augenblick klingelte ihr Handy. Es war die Kollegin aus Prag.

»Frau Hausmann, wir haben das Nummernschild gecheckt. Der Wagen gehört einem gewissen Jirka Macák.«

»Und? Kennen Sie ihn?«

»Ja.« Beata Světliks Stimme klang nun sachlich-kompetent. Der vertraute Unterton, mit dem sie vorhin über Alexander gesprochen hatte, war verschwunden. Oder bildete Franziska sich das nur ein? Sie zwang sich zuzuhören.

»Und wie wir ihn kennen. Er ist in unserer Datenbank, stammt aus dem Rotlichtmilieu, und – aber das wundert uns nach all den Vorgeschichten gar nicht mehr – er gehört den CCs an. Innerhalb der Gemeinschaft scheint er das Mädchen für alles zu sein. Er ist vermutlich derjenige, der immer wieder die Karre aus dem Dreck ziehen muss. Da wir hier noch einige ungeklärte Todesfälle ehemaliger CCs haben, vermuten wir, dass er auch da die Finger im Spiel hatte oder uns zumindest einiges erzählen kann. Hoffentlich geht er uns nicht durchs Netz. So wie ich das sehe, hat Pen Yantee ihn erneut als sein Werkzeug benutzt. Liška war ausgestiegen, das Motto der Sekte heißt aber: Bis dass der Tod uns scheidet. Also musste Macák die Scheidung vollziehen. Das wäre meine Deutung des Tathergangs.«

Franziska nickte. »Vermutlich haben Sie recht.«

»Wann haben Sie seine Autonummer notiert? Meine Güte, wie sicher muss der sich gefühlt haben, wenn er sogar sein eigenes Auto nimmt, um mal kurz grenzüberschreitend einen Mord zu begehen. Unglaublich.«

»Zuletzt ist er hierhergekommen, um einem als suspekt verschrienen Bürger die Tatwaffe und andere Beweise ins Haus zu schmuggeln. Andererseits ist hier vermutlich jeder suspekt, dessen Stammbaum nicht bis zu den allertiefsten Kleinöder Wurzeln zurückverfolgt werden kann.«

Franziska dachte an Martha Moosthenninger, die sich in Gottes Hand wähnte und sich für unverwundbar hielt. Über das gleiche Maß an Vertrauen zu Pen Yantee schien Jirka Macák ja wohl nicht zu verfügen, sonst hätte er nicht erneut nach Kleinöd reisen müssen, um dem armen Leopold die Tatwaffe unterzuschieben.

»Frau Světlik, wissen Sie, was mir gerade durch den Kopf geht?«

»Nein, aber sagen Sie es mir.«

»Also, ich könnte mir vorstellen, dass Jirka Macák tatsächlich mit dem gleichen Wagen in Sachen Mord unterwegs gewesen ist. Vermutlich hat dieser Oberpriester, dessen Namen ich mir nicht merken kann, ihm versichert, dass ihm niemals etwas passieren wird. Und jetzt das! Einer meiner Mitarbeiter ...« Franziska hielt kurz inne und stellte sich vor, Eduard Daxhuber erführe, dass sie ihn als ihren Mitarbeiter bezeichnete. Vermutlich würde er nur noch mit stolzgeschwellter Brust durch die Gegend laufen. »Also, einer meiner Mitarbeiter hat das gleiche Auto schon an jenem Dienstag gesehen, als der Mord geschah. Auch deshalb habe ich bereits eine Fahndung nach diesem Jirka Macák eingeleitet – der geht uns keinesfalls mehr durch die Lappen.«

»Und was meinen Sie, wo steckt unser Jirka jetzt?«

Franziska sah auf ihre Uhr. »Gleich ist es halb sieben. Da er hier mit dem Journalistenpulk abgereist ist und gegen siebzehn Uhr von meinem Kollegen gestoppt wurde, müsste er bald an der Grenze sein, und dort schnappen ihn sich entweder unsere oder Ihre Kollegen.«

»Diesmal kriegen wir ihn.« Beata Světlik klang zuversichtlich.

»Gut, wir bleiben in Verbindung.« Franziska schloss ihr Handy und starrte auf die Tür zum Gastraum. Da musste sie also nun wieder hinaus und so tun, als sei nichts geschehen, als sei sie eine Frau von Welt, die zudem äußerst zuversichtlich der Lösung ihres aktuellen Falles entgegensah. Sie seufzte. Zu Hause warteten wunderbare italienische Vorspeisen auf sie, und sie saß hier mit knurrendem Magen und wusste nicht, ob sie sich auf ihren Mann freute oder nicht und wie sie sich ihm gegenüber verhalten sollte, und erst recht nicht, ob der Fall schon gelöst war oder ob noch weitere Katastrophen auf sie warteten.

Es klopfte, und mit einer Zigarette im Mundwinkel kam die Juniorwirtin in ihr Räucherstüberl. Sie sah die Kommissarin fragend an: »Und, ham S' den Sauhund schon erwischt?«

»Wir sind zuversichtlich«, antwortete Franziska. »Ich weiß inzwischen definitiv, dass es niemand aus dem Ort war.«

»Das hab ich Ihnen doch gleich g'sagt.« Teres Schachner sog gierig den Rauch ein und wurde von einem Hustenanfall geschüttelt.

Franziska wies auf den Rosenholzschreibtisch. »So ein schönes Stück. Das tät mir auch gefallen.«

»Hat der Vater von meiner Mutter seinerzeit nach Maß schreinern lassen. Praktisch das einzige echte Erbstück von unserer Familie – abg'sehen vom Blauen Vogel natürlich.«

»Verkaufen wollen Sie den wohl nicht?«

»Im Leben ned.« Vehement schüttelte sie den Kopf. »Das tät g'wiss bloß ein Unglück geben. Und im Übrigen wär das da ja jetzt fast schon so was wie dem Otmar sein hiesiger Arbeitsplatz worden. Da kann der nämlich rechnen und rauchen, wie dass der mag, mein Spatzl. Einen zweiten Computer werden mir uns dann am g'scheitesten wohl auch noch einistellen.«

Franziska nickte. Sie hatte verstanden.

»Die Fremden wärn jetzt auch alle gut weiter«, erklärte Teres. »Gott sei Dank!« Sie seufzte. »Frühjahrs- und Herbstausstellung bei der Binder, zweimal im Jahr die gleiche Gaudi … Aber mei, Hauptsach ist, ein Umsatz geht her.«

Erneut klingelte Franziskas Handy. Teres wandte sich ab, blickte demonstrativ aus dem Fenster und rauchte mit erhobenem Haupt.

»Mir haben ihn«, sagte der Einsatzleiter des Grenzschutzes.

»Und wo?«

»Der wollt wahrscheinlich bei Philippsreut nach Tschechien nüber, aber unsere Burschen ham sich den kurz vorher noch kauft.«

»Und, war er bewaffnet?«

»Das ned, aber mir haben in dem seinem Auto ein Blattl Papier g'funden, und raten S' mal, was da drauf war?«

»Der Ausdruck einer Seite des Internetauftritts vom Landauer Anzeiger?«

Der Mann am anderen Ende der Leitung war einen Moment lang sprachlos. »Woher wissen S' denn das schon wieder?«

»Ich hab es mir gedacht. Ich meine, dieser Aufmacher lädt ja wirklich dazu ein, dem armen Leopold Schmiedinger einen Mord unterzuschieben. Können Sie dafür sorgen, dass der Verdächtige nach Landau in die Untersuchungshaft kommt?«

»Jawoll, mach'n mir.«

»Übrigens, falls Sie noch nicht wissen, wie er heißt: Sein Name ist Jirka Macák. Auch wenn was anderes im Pass steht.«

»Respekt.«

Dieser Respekt war ihr mit so viel unverhohlener Bewunderung gezollt worden, dass Franziska lächeln musste. Sie würde jetzt noch einmal in die Gaststube gehen und dann heimfahren, heim zu ihrem Mann.

Kapitel 27

»Wenn Sie nicht so klug gewesen wären, sich die Autonummer zu notieren, wären wir noch keinen Schritt weiter. Danke. Danke auch im Namen unserer Kollegen aus Prag. Und verzeihen Sie mir bitte, dass ich Sie vorhin so angepflaumt habe – wir haben halt alle nicht mehr die besten Nerven.« Franziska reichte Eduard Daxhuber die Hand und setzte sich wieder zu ihm und den beiden Schmiedingers an den Tisch. »Sieht so aus, als hätten wir ihn. Er wollte grad wieder rübermachen nach Tschechien.«

Der am Nebentisch sitzende Bürgermeister Markus Waldmoser spitzte seine Ohren. Auch die ihn umringenden Mitglieder der ad hoc zusammengewürfelten Bürgerwehr drehten die Köpfe, während ihr Chef mit Donnerstimmer verkündete: »Nachad haben S' den Mörder also endlich doch noch g'fasst. Höchste Zeit ist's aber auch worden!« So laut, dass selbst die Gäste an den hintersten Tischen ihn hören mussten, fügte er hinzu: »Ich selber hab's ja immer g'wusst, dass das nie und nimmer einer von da sein kann. Da wohnen nämlich bloß ehrliche Leut. Und die einen ehrlichen Leut ham die anderen ehrlichen Leut vorbildlich b'hütet und b'schützt. So muss es sein, denn da auf'm Land, da halten mir noch alle z'samm.« Seine Vasallen nickten ergriffen, hoben ihre Krüge mit dem Freibier und stießen auf den Sieg der Gerechtigkeit an.

Franziska schüttelte den Kopf und schwieg. Denen war wirklich nicht mehr zu helfen, und das mit der Bürgerwehr würde sowieso ein Nachspiel haben. Sie hatte den zuständigen Staatsanwalt bereits informiert.

Ihr Magen knurrte. »Meine Herren, das war's dann für heute. Ich fahr heim.«

»Alleine?« Otmar Kandler stand hinter ihr. »Oder soll ich Sie bringen?«

»Nein, nein.« Die Kommissarin wehrte ab. »Sie bleiben besser hier und kümmern sich um Frau Schachner.«

Er strahlte sie an. »Gerne. Selbstverständlich. Sehr gerne.«

»Wennst dableiben kannst, dann kannst ja auch was trinken«, stellte Teres klar und hielt einen Krug unter den Zapfhahn.

Im Blauen Vogel war die Welt in Ordnung.

Am Sonntagmorgen wachte Franziska neben ihrem Mann auf. Sie hatte das Gefühl, nach einer unendlich langen Reise endlich angekommen zu sein. Am Fußende des Bettes saß sehr aufrecht und großäugig Kater Schiely und hatte seine beiden Menschen fest im Blick. Er schnurrte fast so laut, wie Christian schnarchte. Franziska gähnte, reckte sich, streckte eine Hand aus und drehte den Wecker so, dass die Uhrzeit nicht mehr sichtbar war.

So gut war es gewesen, gestern heimzukommen. Ein gedeckter Tisch, eine offene Flasche Rotwein, ein verteufelt gutes Angebot an italienischen Vorspeisen und dazu frisches Weißbrot. Christian hatte ihr die Tür geöffnet, und für den Bruchteil einer Sekunde hatten sie beide ein bisschen gefremdelt. Dann hatte sie sich an seine Schulter fallen lassen, und er hatte sein Kinn auf ihren Kopf gelegt.

Als ihrer beider Atem im gleichen Rhythmus ging, sagte er: »Komm, Frau. Da drüben gibt es Hausmannskost.«

Überaus vorsichtig hatten sie sich dann einander angenähert. Er sprach nur über das endlich fertige Buch und darüber, dass das garantiert sein erster und einziger Ausflug in die literarische Übersetzung war. Kein Wort über die Lektorin. Sie berichtete von Liška, Leopold und der waldmoserschen Bürgerwehr. Kein Wort über die Sekte und über den Kollegen aus Prag.

»Wenn du noch mal hinmusst, komme ich mit«, hatte Christian gemeint. »Ein kleiner Ausflug, eine Art Urlaub. Ilse Binder, die Skulpturen, die Katzen und deine ganz persönlichen Helden Eduard Daxhuber und Adolf Schmiedinger.«

»Meinst du wirklich, wir sind urlaubsfähig, ausgerechnet wir?«, hatte sie gefragt und ihn an ihre gemeinsamen Reisen erinnert.

Er aber hatte gegrinst und gemeint, dass man nicht aufgeben sollte. »Niemals.«

Es hatte so geklungen, als würde er sich ändern wollen. Als habe er begriffen, dass Liebe und Zusammenleben immer auch mit Arbeit verbunden war.

Franziska reckte sich erneut und beschloss, sich in Zukunft genau dieser Arbeit zu stellen. Aber vorher brauchte sie einen richtig starken Kaffee.

Etwa zur gleichen Zeit stellte sich Polizeiobermeister Adolf Schmiedinger in seinem weiß gefliesten Badezimmer vor den Spiegel und rasierte sich mit besonderer Sorgfalt. Er hatte in der Nacht von Frieda Zwacklhuber geträumt, und in diesem Traum hatte er mit ihr auf dem grauen Sprungtuch eines Trampolins Walzer getanzt, mit immer ausladenderen, höheren und inbrünstigeren Schritten, und am Ende waren sie gemeinsam über den Ort geflogen.

In zwei Stunden würde er zu ihr fahren. Er freute sich.

Danksagung

Ich danke Anne Eisfeld, deren Skulpturen ein Vorbild für die Werke der Romanfigur Ilse Binder sind, sowie Professor Dr. Herbert Seibold, der einen kritischen Blick auf die medizinisch-forensischen Details warf. Besonders danke ich meinem Mann Thomas für das geduldige und aufmerksame Lesen und die hilfreichen Anmerkungen. Mein Dank geht auch an Susanne Pfeiffer, die Hausmannskost bereithielt, wenn's mit dem Schreiben haperte, sowie an Monika Bradna, die mich bei allen tschechischen Ausdrücken beriet. Der tschechische Satz auf Seite 160 heißt übrigens wörtlich übersetzt: »Ich liebe dich.«

Katharina Gerwens

Gerwens & Schröger

Anpfiff in Kleinöd

Ein Niederbayern-Krimi.
320 Seiten. Piper Taschenbuch

In der Nähe des niederbayerischen Weilers Kleinöd wird eine furchtbar zugerichtete Leiche gefunden. Wer war der Tote, der von vielen Frauen des Dorfes als Heiliger verehrt wurde, weil er angeblich die Stimmen der Toten hören konnte? Und warum musste er sterben? Ein Fall für Kommissarin Franziska Hausmann, die es bei ihren Ermittlungen diesmal nicht leicht hat: Seit das Los entschieden hat, dass der prominente Fußballklub Schalke 04 der nächste Gegner der örtlichen Kicker im DFB-Pokal sein wird, haben zumindest die meisten männlichen Kleinöder nichts als das runde Leder im Kopf. Als die Polizei endlich auf eine heiße Spur gerät, ist es fast zu spät, und die Ereignisse überschlagen sich dramatisch …

»Gerwens und Schröger gelingt eine gleichermaßen rasante wie auch hintergründige Durchdringung menschlicher Abgründe und dörflicher Idylle.«
Heilbronner Stimme

05/2400/01/L

Susanne Mischke

Der Tote vom Maschsee

Kriminalroman. 304 Seiten.
Piper Taschenbuch

Im grünlichen Wasser des Maschsees treibt eine Leiche. Die Zunge des Toten liegt abgetrennt auf dem Stöckener Friedhof in Hannover, auf dem Grabmahl der Opfer des Massenmörders Fritz Haarmann. Schnell findet die Kripo Hannover heraus, dass es sich bei dem Ermordeten um einen namhaften Psychiater handelt, einen Experten für Sexualstraftäter, dessen kühle, rationale Thesen sogar im Fernsehen für Aufregung gesorgt haben. Aber wer wollte den Mann so symbolträchtig zum Schweigen bringen?

»Ein spannender, gut und schlüssig konstruierter Krimi, der die dunklen Seiten der Psyche und ihre Abgründe auslotet.«
Saarbrücker Zeitung

05/2536/01/R

Das Buch

Wer als Mitglied des weiblichen Geschlechts in die Lage kommt, Märchen vorzulesen, wird irgendwann feststellen, daß die zahlreichen Prinzessinnen, die immer nur wachgeküßt oder sonstwie von vorbeikommenden Prinzen gerettet werden, nicht mehr so ganz dem aktuellen weiblichen Selbstverständnis entsprechen. Auch die Brüder Grimm waren schließlich nur Männer. Dabei gibt es in den Märchen aller Völker zahlreiche Geschichten von starken, klugen, solidarischen und einfallsreichen Frauen, bei denen frau sich während des Lesens und Vorlesens nicht ständig Gedanken machen muß, »wie sag ich's meinem Kinde«, und an deren Lektüre auch selbstbewußte Töchter – und Prinzen, die selbst mal befreit werden möchten – Vergnügen haben können. Für dieses etwas andere Märchenbuch sind zahlreiche Beispiele aus aller »Herren« Länder zusammengestellt, in denen die Frauen mehr sein dürfen als schön und brav oder häßlich und bös.

Die Herausgeberin

Monika Kühn, am 1. April 1943 in Krefeld geboren, ist selbst Mutter eines »Prinzen« und unterrichtet an einer Hauptschule in Krefeld die Fächer Kunst, Deutsch und Geschichte.